GAEA

Gaea

大風颳過 著

龍緣

三神同盟

龍緣

卷貳

目錄

第五章

「只要你答應，我立刻幫你讓整個凡間血流成河。」

寧瑞十一年三月二十日清晨，京城風暖日和，晨光甚好。

樹葉的清香、春花的幽香蕩漾在風中，只有皇帝的寢宮散發出濃郁的藥香。

崇德帝和韶躺在偏殿的軟榻上，看著窗外的春色。

皇城內這幾日都洋溢著一股喜洋洋的氣氛，如同爛漫的春光一樣。

新太子的冊立詔書已發，一個月之後，將舉行太子冊封大典。

大內總管許公公站在軟榻的不遠處，躬身稟報：「……剛剛接到消息，和禎殿下已經在趕來京城的路上。」

和韶淡淡哦了一聲。

許公公偷眼察看和韶的神色，又道：「新太子殿下可眞是孝順皇上，費盡心思找來了有仙緣的法器，皇上的龍體不日便可痊癒康健。」

和韶笑了一聲：「太子啊，也難爲他了，這般年紀，要給朕做兒子。」

崇德帝和韶今年方才二十八歲，比慕禎只大了數歲。

許公公連忙道：「皇上這話若讓太子聽見可是會折煞他了，別說太子殿下，就算安順王爺做皇上的兒子，也是對他天大的恩德。」

和韶依然看著窗外，又笑了一聲：「安順王麼?恐怕他巴不得了。」

許公公賠笑道：「安順王爺一向對朝廷、對皇上赤膽忠心，這次替皇上前往天下第一論武大會，法器之事，據說也是王爺先留意，太子方才去辦的。那件法器，好像是太子殿下修習武藝的門派內一位飛升的師祖所留，有仙家法術護佑。」

和韶遙遙望著階下一株含苞的芍藥：「仙法之事虛無縹緲，朕一向並不如何相信。便譬如昔日先祖得鳳神護佑終得天下之事，朕就一直心存疑惑。」他收回目光，側首。「許禮，你覺得這世上眞的有鳳神麼？」

許公公怔了怔，將腰彎得更深些：「皇上，這個，老奴可說不好，先鳳祥皇帝陛下能看見鳳神，典冊中都有記載。依據此等，鳳神的確存在無疑了。仙玄法術，確實是有的，比如太子殿下這次爲皇上龍體特意找回的法器，就是清玄派當年飛升成仙的一位道長所留，再如安順王府的幕僚鳳桐，是位通曉玄法的異士，老奴聽說此人這次在論武大會上大展神通，震懾了不少人。」

和韶挑眉：「這次論武大會，鳳桐也去了？」許公公點頭。

和韶沉吟，鳳桐是國師馮梧之弟，據說和國師一樣通曉玄法，身懷異能，他曾派人去鳳桐隱居之處請他出山，還許諾司天監監正的官銜，卻被鳳桐推拒，沒想到鳳桐竟進了安順王府做幕僚。

和韶問：「太子的冊封大典預備得如何了？」

許公公道：「稟皇上，都已經預備好了，禮部那邊一應事務都安排妥當，太子殿下的袍服也已經預備好。」

和韶哦了一聲，突然撕心裂肺地大咳起來，許公公急忙上前，偏殿的帷幕後擁出幾個宦官宮女，奉盂、端茶、遞帕。

和韶用衣袖掩住口，蒼白的雙頰泛出一抹暗紅，片刻後，躺倒在榻上，輕聲道：「讓人預備太子袍服的時候，順便替他把龍袍也做了吧……」

許公公和眾宦官宮女們立刻撲通跪倒在地，許公公伏在地面上，叩首道：「皇上，太子已經尋來珍貴的仙家寶物，皇上的龍體一定可以痊癒。」

和韶輕笑一聲：「太子、仙家寶物、痊癒……」他轉過頭，看向窗外。「倘若這個世上當真有神仙，朕的鳳神又在哪裡？」

京城東南角梧桐巷的宅第內，碧葉連蔭，花香怡人，鳳桐站在懸掛著細竹簾的廊下，簾後傳來細碎的腳步聲，錦衣少女挑起竹簾，簾旁流蘇上綴著的銀鈴搖出一串清脆聲響。

「君上命你進去。」

鳳桐走進簾內，少女跟在他身後，偷偷拉他衣袖：「桐哥哥，論武大會好不好玩？」

鳳桐微笑：「好玩，我還制伏了一隻噬骨獸，不過留在那邊讓凡人處置了，沒法帶回來給妳玩。」

少女皺皺鼻子：「桐哥哥老愛說這些馬後炮的話，甚麼沒法子，你定是一忙就把我忘了。」

鳳桐再笑，將要走到門前，少女吐吐舌頭，做了個噤聲的手勢，替鳳桐推開門扇。

鳳桐邁入房內，向著垂簾後隱約的身影跪下：「君上，鳳桐回來了。」

垂簾後的身影正坐在窗邊，闔上手中的書冊：「鳳桐，你沒有和新太子一道回京？」

鳳桐低首：「太子還在路上，鳳桐有事稟報君上，故而先行一步。」

他將這幾日論武大會上所見，一一向鳳君稟報，崑崙山麒麟族的公主琳箐已經到了凡間，新一任護脈玄龜及所選之人也已出現，似乎麒麟、玄龜兩家，打算串通起來和龍聯手，與鳳神族作對。

簾後的鳳君淡淡道：「意料之中。」

鳳桐接著道：「麒麟族選中的人是青山派的弟子，名叫樂越。與琳箐公主的脾氣有幾分相似，勇而無謀，不足為患。龜神選中之人我正在查其來歷。龍那邊的動靜還未查到。」

鳳君放下書冊：「鳳桐，你行事還是欠缺老練。龍族的繼位者其實一直在你身邊。」

鳳桐詫異抬頭。

鳳君道：「與麒麟和玄龜在一起的人中，是否有個看起來像凡人，十三、四歲大小的少年？他是辰尙的兒子，叫作昭沅。」

鳳桐猛然回憶起當日論武會上的種種，那條白色小蛇，以及與蛇連著的法契金線……他急抬頭，神色微變：「不好，君上，龍族要找的人恐怕已經找到……」

鳳君悠然道：「不但已經找到，而且血契也已定下，青山派的弟子樂越，不是麒麟族選中的人，而是遺留在外的和氏後代。」

鳳桐僵僵地跪著，神情變幻不定，片刻後再低頭：「君上，是我眼拙疏忽，請君上責罰！」

鳳君抬手擺了擺：「罷了，此事你察覺不出情有可原。」

鳳桐遲疑地問：「君上，接下來要怎樣辦？」

鳳君雲淡風輕道：「不足為患，只管按著計畫一步步走便是。」

鳳桐垂首領命。

鳳君又道：「鳳桐，依你看來，如今的太子與和氏後人樂越，孰優孰弱？」

鳳桐思索片刻，道：「新太子爭強好勝，器量略窄，偶爾好些投機取巧之事，並非完全合格的人選，但就目前來說，他卻是最優之人。至於那個樂越……」鳳桐皺眉。「就我在論武大會上所見，此人資質平庸，並無專長，空有些莽撞與勇武。與太子懸殊太大，沒有可比之處。」

待過了約半盞茶工夫，鳳君方才道：「你爲了栽培輔助太子，花了不少心血，今後便一直幫扶他吧，來日他繼位爲君，你就和如今的鳳梧一樣，做他的鳳神。」

鳳桐怔了怔，隨即露出一絲喜悅的神色：「多謝君上。」他再抬頭，眼底又閃過一絲猶豫。「只是君上，爲何你從不親自做這些皇帝的鳳神？」

簾內的鳳君沒有回答，鳳桐心知唐突，忙轉換話題：「對了，還有件小事要稟報君上，太子昨日得了一件寶物，據說是青山派一位成仙道士留下的，那東西確實有些仙氣，被我的鳳火燒了半日都沒有一絲損壞。」他笑一笑。「太子說，他要用這件寶物來醫治當今皇帝的痼疾。不過據我看，他打算拿這件東西做另外的事。」

鳳君微微蹙眉：「寶物？該不會是當年助天庭伏妖魔的道士留下的東西吧。」

鳳桐點頭：「正是。」

鳳君笑了一聲：「那你們可眞是搶錯東西了，雖然這件事年代久遠，我並沒有經歷過，不過據我所知，留下的那件東西並不是甚麼寶物，你們可能搶了個棘手的東西。」

鳳桐怔住。

□

樂越、昭沅、琳箐、杜如淵和烏龜矗立在陰寒刺骨的風中。

朗朗晨色早已變成森森黑夜。

綠皮鴨蛋上的裂紋從一道變成了兩道，兩道變三道，漸漸像漁網的網紋布滿整個蛋身。裂紋每多一道，周圍就陰暗一分，冷峭的風，捲動著琳箐的長髮和樂越的衣襟。

濃雲湧動，電閃雷鳴。

這，是絕代的大妖怪將要橫空出世的場景！

昭沅、杜如淵及烏龜興致勃勃地瞪大眼，琳箐握緊手中的鞭子，雙眼閃動著欣喜的光。

樂越忽然猜到了，這枚蛋究竟是甚麼東西。

恐怕新太子和鳳凰要找的，就是它，師父應該早知道這件事情，所以把蛋藏進了醃鹹蛋的罈子內，太子和鳳凰錯把鹹菜罈當成了法寶，樂顛顛地抱走了。

實際上飛升的祖師留下來的，可能不是降妖伏魔的法寶，而是封著魔頭的器具。

傳說中連天庭都覺得棘手的大妖魔就被關在蛋內，由掌門人代代看守，以保凡間太平。

蛋中傳來幽幽的聲音：「從來不被哪個管，不怕玉帝不怕天；九霄只任我來去，隨他誰看不順眼。串通凡人將我騙，我在蛋裡睡得甜；不知蠅營螻蟻輩，已成灰燼多少年……」

樂越問：「這是詩麼？」

琳箐道：「算是吧。」

杜如淵搖頭：「否，處處不通，頂多是個順口溜。」

那唸順口溜的聲音雖然充滿了霸氣和瀟灑，但其中蘊藏的不滿情緒，怨氣沖天。

昭沅扯扯樂越，小聲說：「它爲甚麼要唸這個？」

樂越摸摸下巴：「可能因爲剛醒，須要發洩一下。」

他的口氣雖然輕鬆，右手卻一直按在腰間的劍柄上。

琳箐雙手繞著鞭子，饒有興趣地看著，目光裡充滿了躍躍欲試。

隱隱雷聲中，蛋身的裂紋又多了幾道，那聲音森森道：「打擾本座好夢者，是誰？」

樂越按著劍上前一步：「是我。」

那聲音長笑一聲：「好，想不到此時的凡間，還有如此有骨氣的少年。你姓甚名誰，敢不敢報給本座？」

樂越痛快地道；「晚輩叫樂越。」

那聲音又問：「眼下是何年何月，離明昌八年有多少年了？」

樂越想了一想，回道：「今天是寧瑞十一年三月二十，明昌是前朝宣武帝的年號，離現在有四百二、三十年了吧。」

那聲音長笑道：「原來這一覺，竟然睡了快五百年，真是好得很。」

它說了這麼多話，卻依然在蛋裡沒有出來，只見蛋殼上的裂紋多了再多，這位魔頭仍安然不動，真不知該說它是沉得住氣還是磨蹭。

魔頭仍舊在蛋中道：「少年，你可知道清玄派？有無聽說過一個叫作卿遙的人？」

樂越答道：「清玄派在百餘年前分成了青山和清玄兩個門派，晚輩是青山派前弟子，飛升成仙的卿遙道長是晚輩的師祖。」

遮天蔽日的濃雲突然急促地翻滾起來，雷聲大作。

「成仙？卿遙竟然成仙了！哈哈，原來他眞的得償所願了，你竟然是卿遙的徒孫？哈哈哈，好！實在是太好了！」

在長笑聲中，一道閃電劃出刺目的白光，驚天雷聲炸響，蛋殼在雷聲中四散碎開，狂風捲開重雲，黑暗漸除，白晝逐現，四散的蛋殼中冒出黑色濃煙，怪異猙獰，頂天立地。

樂越昭沅琳箐杜如淵和烏龜屏住呼吸，一動不動。

昭沅皺起眉，喃喃道：「龍氣，是……龍。」

黑色的濃煙翻滾變幻，漸漸淡去淡去淡去淡去……

樂越等人和烏龜繼續屏著呼吸凝視凝視凝視……

直到煙霧漸漸變得透明，琳箐方才疑惑地嘀咕：「哪去了？怎麼甚麼都沒有？

立刻，幽幽的、低沉的哼聲響起：「你們這群小娃娃，打擾本座沉眠，要付出一些代價。」

琳箐的眼眨了眨，擰起眉毛，這個聲音，似乎是從……

眾人一同順著聲音傳來的方向望去，只見腳下草叢裡，方才蛋的位置趴著一團黑乎乎的物體。

那物體扭動了一下，冷笑：「怎麼，爾等小後生，看見本座眞身，竟然嚇傻了麼？」

眾人目前是都有些傻，不過不是被嚇的。

蛋中爬出的「魔頭」是個十分奇怪的東西，身體很像蛇，但有四隻爪，長短和昭沅的原身差不多，皮色黑漆漆的，最稀罕的是，他的脊背上有一對小小的肉翅，撲搧撲搧的。

琳箐蹲下身，湊近那團物體：「好奇怪耶，我第一次看見長翅膀的蜥蜴。」

蜥蜴勃然大怒，渾身砰地又冒出一團黑煙，黑煙再次散去後，草地上站著一個十歲左右的男童，黑衣黑髮，橫眉豎目望著琳箐，一臉老氣橫秋：「無知的小麒麟，當日本座大戰十幾個神仙時，妳還不知道在哪裡，居然敢如此無禮！」

琳箐挑挑眉，正要再開口，卻聽杜如淵頭頂的烏龜道：「敢問前輩可是昔日應龍帝君應澤？」

樂越詫異，應龍？傳說中生有雙翼、曾助黃帝滅蚩尤，又助大禹治水的應龍？

烏龜語氣異常謙恭，男童舒眉笑了一聲，負起雙手：「看來這世上，還是有人記得本座的名字。」

烏龜從杜如淵頭頂爬到地面，趴在草叢中點首三下：「護脈玄龜族商景見過應澤殿下。」

男童哼了一聲，神情異常倨傲：「原來是玉帝派給凡人的奴才護脈神族，看在你態度尚且恭敬的份上，本座免你死罪，不用多禮了。」

樂越皺眉。這口氣也太跩了些，應龍帝君應澤？聽起來很了不得的樣子，到底是甚麼來歷？

琳箐伸手指向應澤：「呀，原來你就是那個犯天條被壓在凡間的應龍應澤！」男童冷笑，琳箐再眨眨眼。「不對啊，我記得應澤被收是在太古仙魔大戰的時候，怎麼會變成窩在凡間小土山的小妖魔，還是被一個凡人收伏的小妖魔。」

仙界典籍記載，太古時，仙魔大戰，應龍帝君應澤與魔族之帝有交情，私露軍情給魔族，使天庭折損數員天將、無數天兵，神霄浮黎仙帝親自斬斷應澤的龍筋，將應澤鎖在凡間岩山下，深水潭中，萬年不得翻身。

在傳說中，應澤是應龍一族最強的龍，何至於被一個小小的凡間道士封在一顆蛋裡？

應澤負手望著天邊，童稚的臉上充滿了滄桑和寂寞：「仙魔大戰時，是我做錯了，不該相信妖王的謊言，以為他有向善投降之意，念在故交，想放他一條生路，洩露了仙機。神霄帝座沒有取我性命，已是手下留情。」

樂越和昭沅、杜如淵都不知內情，聽他這樣感嘆，聽得一暈一暈的。他身量太矮，眾人看他要低頭，有點累，琳箐遞給他水袋，索性在他身邊坐下：「那麼應澤殿下你，爲甚麼會從被鎮封的地方出來，又爲甚麼會被凡人封在蛋裡呀？」

應澤蔑視地看了一眼水袋，但還是伸手接過，喝了一口。

樂越拉著昭沅也坐下，杜如淵也跟著坐到他們身邊，大家一起目光灼灼地望著滿臉寂寞滄桑的應澤，聽他繼續敘述。

應澤冷哼道：「幾百年前，我僥倖從封押處脫身，重得自由。我的龍筋當日被神霄帝座斬斷，雖然後來又重新長起，法力卻已遠不及當年。不想這麼多年過去了，玉帝竟然變得昏聵，我爲了救少青山下鎮中的人，私下了一場雨，讓天庭察覺到了我的氣息，玉帝便以爲我脫身後要反抗天庭，派天將來抓我。」

琳箐點頭：「然後你老人家就大展昔日雄風，獨自大戰數名天將。」

應澤再蔑視地冷笑，仰頭喝了一口水：「雖然本座的法力遠不如當年，但區區幾個小後生，還休想在我手下討便宜。」

琳箐托著下巴：「那你老人家最後爲甚麼會被他的師祖、一個小小的凡人小道士關在蛋裡，關了幾百年啊。」

這句話，似乎戳中了應澤的軟肋，他手中的水袋撲哧一聲，被掐出了幾個破洞，所剩不多的水順著洞和他的手指滴滴答答流下。應澤冷冷看著樂越：「凡人都不是好東西！卿遙的徒孫，你想好怎麼死了麼？」

樂越挖挖耳朵，簡潔地回答：「沒有，我還沒活夠，暫時不考慮死的事情。」

應澤陰冷的目光又如刀般鋒利起來，昭沅站起身，擋在樂越面前。

琳箐笑嘻嘻地在一旁觀望：「小傻龍越來越有出息了。」

應澤眯起眼：「你是龍？」

昭沅戒備地看著他，不說話。

應澤的雙目眯得更細了些：「你是護脈龍神？原來如此，卿遙的這個徒孫，是你選中的人？」

昭沅緊緊護住身後的樂越：「我不會讓你傷害他。」

應澤挑起一邊的嘴角：「好大的口氣。你這條乳臭未乾的小龍要怎麼攔住本座？」

琳箐也站起身，繞著手中的長鞭：「你老人家現在的模樣，比他還要乳臭未乾。」

空氣中凝結的氣氛像一根緊繃到極點的弦，輕輕一碰就會斷裂。

樂越慢吞吞從昭沅身後爬起，拍拍身上的草屑，站到昭沅的身邊。

昭沅急忙斜跨一步，想再擋到樂越身前，樂越按住他的肩膀，看向應澤：「這位應龍殿下，我不知道幾百年前師祖和殿下有甚麼恩怨。不過殿下口口聲聲說我打擾了你的好夢，要取我性命，實在太不講道理。殿下分明是被關在了這顆蛋裡，如果不是我，可能還要被關個幾百年、幾千年，甚至上萬年。現在我放出了殿下，你卻要殺我。原來堂堂上古龍帝就是這麼知恩圖報的，我眞是長見識了。」

應澤緊緊地盯著他：「少年，難道你還想以本座的恩人自居？」

樂越搖頭：「不敢，我原不知應龍帝君殿下被關在這顆蛋裡，只是誤將蛋殼打破，而且我師祖與殿下似乎還有些恩怨，所以我和殿下算是各不相欠。」

樂越在心中補充，如果本少俠知道鴨蛋裡關著的是你，一定把蛋有多遠扔多遠，給我玉皇大帝做我也不放你出來。

應澤面無表情地望著他，過了片刻，大笑：「好一個各不相欠！少年人，你的個性與卿遙一點都不一樣，這個歪理本座喜歡。」他似乎認可了樂越的說法，不想再取他的性命了。

昭沅鬆了口氣，轉頭佩服地看看樂越。

樂越咳了一聲，恭敬道：「應龍殿下，我們幾個還有要事，先告辭了哈，你多多保重，我們就此別過，從此山高水長，再也不見。」衝應澤抱抱拳，拖著昭沅，迅速撤離。

琳箐和杜如淵心領神會，走得一點也不比他們慢。

剛閃出不到一丈遠，眼前突然黑光一閃，應澤又擋在他們面前。

樂越含笑道：「殿下還有甚麼事情嗎？」

應澤的雙手依然負在身後：「雖然你說各不相欠，但本座思慮了一下，覺得你的確算是本座的恩人，本座應當報答你。」

樂越邊向後退邊道：「我只是無意爲之，殿下不用報答，眞的。」

應澤眯眼：「不行，假如不報答你，本座日後豈不要落人口實？這樣吧，少年人，本座可以滿足你一個願望，你想要甚麼？」

看樣子這位應龍大人是打算蠻不講理地跟他們耗上了，樂越在心中嘆息，道：「好吧，我們想到離這裡最近的城鎮中投宿，請殿下送我們過去吧。」

應澤搖頭：「不行，這個要求太簡單，有損本座顏面，有沒有複雜一點的。」

樂越在心中哀嘆一聲，道：「那麼，我的願望就是，請殿下不要報恩了。」

應澤又搖頭：「唯獨這種願望，本座不能答應你。」

樂越壓抑住仰天長嘯的衝動，道：「那怎樣的願望才可以？」

應澤道：「本座也不曉得，反正你就想一想，想個本座覺得可以的願望就行。」

樂越終於明白了，和這位目前一臉青春年少的老龍沒有道理可講，他樂越少俠縱橫江湖數年，今天終於遇到了一個比他還會歪纏的。

樂越忍不住道：「憑甚麼？」

應澤皺眉：「嗯？」他的頭頂立刻咻地飄來一朵小黑雲，喀啦啦、轟隆隆，打了一道閃電、兩個悶雷。

樂越立刻從善如流地道：「你說甚麼就是甚麼吧，可我一時半會兒想不出來。」

應澤似乎沉思了一下，而後道：「這樣吧，本座暫且跟著你們一路，等你慢慢想到了願望，再告訴我不遲。」

廣福鎮最好的麵館是阿福麵館，阿福麵館的招牌麵是福祿麵。

福祿麵一概用青藍福字的敞口瓷碗盛，麵條顏色金黃，半韭菜葉粗細，用雞蛋和麵，揉麵、醒麵、擀麵、切麵皆有講究，是店內的獨門祕訣。麵湯乃是大骨熬成的祕製高湯，雪白的湯浸泡著金黃的麵，點綴著青菜、蔥絲、香菜和醬紅色的醬菜粒兒，頂上還碼著幾片醬肉，熱騰騰地上桌，再澆上一小勺辣油，堪稱人間絕品。

這樣人間絕品的麵擺在眼前，樂越卻覺得食慾不是很高，身邊的琳箐戳戳他，悄悄向旁邊比一比，壓低聲音：「噯，你覺得他跟著我們真的是要向你報恩麼？」

樂越用渙散的目光看了一眼對面幾乎將頭插在麵碗中、狼吞虎嚥的應澤，以及他身邊摞起的三個空碗，喃喃道：「假的，他是來蹭吃蹭喝的。」

杜如淵愁眉苦臉：「這樣下去，吾的一點盤纏實在難以堅持很久啊。」

應澤把頭從麵碗中抬起來，從桌上的鹹菜碟中挑起一筷鹹菜，拌進麵碗內，又開始埋頭繼續。

端上第五碗麵的店小二笑嘻嘻地向樂越說：「令弟的飯量真好。」

琳箐小聲道：「要不然我們就假裝沒錢付飯費，把他押在店裡洗盤子算了。」

樂越僵硬地抽動嘴角：「妳敢嗎？」

琳箐吐吐舌頭，不說話了。

昭沅悄悄拉拉樂越的衣角：「如果沒錢了，我可以幫你洗盤子賺錢。」

樂越搖頭：「你洗一個月的盤子，恐怕也賺不了他一頓的飯費。」

放下第六個空碗，應澤終於抬袖抹了抹嘴：「嗯，勉強墊墊底了。」

樂越迅速一拍桌子：「小二，結帳。」

出了麵館，應澤還舔著嘴角，一臉意猶未盡：「凡間的飯食，過了幾百年的確有長進了。不知道凡間的酒，有沒有一同長進。」

樂越、昭沅、琳箐、杜如淵和商景統統當作沒有聽到。

應澤繼續自言自語：「想當年，我在山崖上賞月喝酒，共喝了十八罈，那酒，我記得，叫作女兒紅。」

樂越等人依然當作沒有聽到，琳箐向杜如淵道：「對了，書生，你那天說分析天下局勢甚麼的，你覺得我們應該怎麼做，往哪裡去？」

杜如淵走到街角一個棚子下席地而坐，伸手到袖子裡掏了兩掏，掏出一張圖紙，在膝蓋上攤開。樂越、昭沅和琳箐湊到他身邊或蹲或坐，杜如淵指了指圖紙：「現在我們在廣福鎮內，向東走，可到京城，向南走是定南王屬地。我那日曾說過，如今天下兵馬大權，分落在四個藩王手中，京城的安順王勢力最大。其餘的三個王分別是定南王、平北王、鎮西王。假如能得到這三王的兵權，樂越師兄奪取皇位便有很大的希望。」

樂越道：「也就是說，若能說服這三個王聯手反對安順王，就能阻止安順王和新太子奪皇位？」

他的話裡，明顯故意地將自己奪皇位的事情忽視掉，杜如淵和商景默默看看他，昭沅低頭，目光有點哀怨。

杜如淵頷首：「可以這麼說。」

琳箐道：「可是樂越甚麼都沒有，也沒甚麼能證明他是皇室血脈。兩手空空，拿甚麼說服那三個王，讓他們支持樂越？」

樂越道：「如能向他們曉之以理，動之以情，告訴他們安順王和新太子其實是想謀朝篡位呢？」

杜如淵搖頭：「四個藩王各踞一方，如今安順王坐大，其餘三王早已和他有過節，但這三位藩王彼此之間也有過節。這三王中，也不是都對皇室忠心，是更想和安順王一樣，企圖有朝一日擁兵自立的。」

樂越皺眉，局勢如此，十分棘手。

杜如淵接著道：「不過，辦法還是有的。」

他指著地圖，逐一分析。

原來其餘的三個王中，只有定南王一直忠心於和氏皇族，平北王勢力稍大，早有了擁兵自立的野心，鎮西王的勢力最弱。

杜如淵道，只要先說服定南王，再擺平鎮西王，最後合兩王勢力搞定平北王，就可萬事大吉。

琳箐撇嘴：「你說得倒容易，有甚麼能成功的辦法麼？」

杜如淵笑咪咪道：「不急不急。」抬手在地圖上定南王的勢力範圍處畫了個圈兒。「我們如今可以先去說服定南王，這件事情包在我身上。至於鎮西王處，如果樂越師兄願意奉獻，他一個人就可以搞定。」

琳箐詫異：「怎麼奉獻，怎麼一個人搞定？」

杜如淵笑盈盈的目光落在樂越身上，樂越直覺地感到一股寒意，應該不是甚麼好事。

果然，杜如淵跟著道，鎮西王與平北王一向勢不兩立，平北王意圖謀反，想要擴張勢力，不敢向安順王下手，只能先蠶食臨近的鎮西王地盤，兩方數度交兵。前日，有平北王處的奸細混入鎮西王府，毒死了鎮西王和王妃，鎮西王的世子今年才兩歲，如今只能由鎮西王的女兒楚齡郡主主持局面。

這位楚齡郡主十六、七歲，是位難得有見識、有骨氣的女子，據說從小習武，還能披甲上陣，但她一個女孩子畢竟難撐大局，所以楚齡郡主在父母靈床前發出招親告示，誰能替她取下平北王的項上人頭，她就嫁給誰。

杜如淵摸了摸下巴：「新太子定在考慮將她納爲太子妃，但鎮西王和安順王也素有舊怨，郡主不會輕易相從，她性情剛烈，說不定樂越師兄這種豪邁爽朗的江湖少俠正合她心意……」

樂越睜大眼：「你讓本少俠使美男計色誘郡主？」

昭沅用前爪撓撓頭，他覺得這個方法有點……

杜如淵搖搖手指：「別說得這麼難聽，哪裡是色誘了，樂越師兄你身爲未來的大俠，爲一位柔弱少女討回公道難道不是理所應當？那位少女因此傾心於你，願意以身相許，又難道不是順理成章？說不定這件事情還能成爲千古佳話。英雄美人、家仇國恨、愛恨交加，多麼動人心魄啊！」

琳箐白他一眼：「你能不能出一個像樣點的主意？」

杜如淵正色道：「爲何麒麟姑娘妳也如此沒有見識？此法不費一兵一卒便可得到一方勢力。得郡主等於得鎮西王兵權。」

樂越道：「爲了兵權就去欺騙勾引一個父母雙亡的女孩子，這種事我做不來。」

杜如淵再搖頭：「樂越兄，你怎麼如此迂腐？哪裡讓你勾引了？哪裡讓你欺騙了？只不過讓你去那位郡主面前晃一圈，行俠義之事幫幫她，看她能不能順便看上你而已。光明正大，有哪點違背道義情理？」

昭沅覺得杜如淵的話是很有道理，只是還有哪個地方怪怪的。

樂越嗤鼻：「這是歪理。」

杜如淵悠然道：「管他歪理正理，只要好用就是眞理。」摺起膝蓋上的地圖，重新收回袖內。「當然，我只是出主意而已，要不要做，最終還是看樂越兄你自己的意思。」杜如淵撣撣衣袖，輕飄飄地道。「如果你眞的無意爲之，大不了在下去投靠太子。」

琳箐瞪眼：「你敢。」

杜如淵輕笑：「麒麟姑娘，在下不喜歡被人恐嚇。」

眼看雙方將要爭執起來，一直站在一旁不作聲聆聽的應澤忽然道：「原來爾等是要謀朝篡位。」

端詳了一下昭沅。「你這隻小龍保的，不是太平皇帝，而是開國之君。」

可他這個保開國之君的龍神做得很不稱職，昭沅有些慚愧。

應澤點頭：「有志向，本座喜歡。你們要對付的龍神，是不是比你強了很多？」

昭沅小聲說：「我們對付的不是龍，是鳳凰。」

應澤詫異：「甚麼？」

杜如淵長嘆道：「唉，應龍殿下，你老人家在蛋裡待了太久，還不知道眼下凡間的局勢，已與幾百年前大不相同。」

他口舌翻飛，將護脈龍神與護脈鳳族的恩怨，以及近百年來的天下局勢一一道來。

應澤越聽神色越凝重，最後一拍大腿，勃然大怒：「你爹辰尚也忒不中用了，我龍神一族自開天闢地以來，還從沒怕過誰，他竟然被幾隻鳳凰欺負成這樣！實在丟臉。區區幾隻小鳥，能有多大能耐！廢物，實在是廢物。」

昭沅挺直脊背：「我父王不是廢物！」他的爭辯聲太響亮，引起過往行人側目，樂越急忙安撫地拍拍他肩膀。

應澤冷笑：「不是廢物，就是蠢材，太蠢了。」

昭沅攥起拳頭：「不准你這樣說我父王。」

應澤瞇眼：「不准？你這隻乳臭未乾的小龍敢對本座說不准？你拿甚麼來和本座說不准？」

樂越急忙一把拉住昭沅：「他還小，不懂事。你老人家別和他計較。」

應澤哼了一聲，看著昭沅搖頭：「你身爲龍神，竟然要凡人反過來護著你，實在太沒用了。」

他負起手，望向樂越，這個姿勢本該十分有威儀，可惜他現在是十歲左右的孩童模樣，還要抬頭才能與樂越對視，威儀打了不少折扣，平添了幾分喜感。

「少年，你是卿遙的徒孫，我本不是很待見你，但你能明目張膽地謀朝篡位，坦坦蕩蕩、有野心、敢承認，這點與卿遙不同，本座有些欣賞。不如你拋棄那條無用小龍，本座來做你的龍神如何？」

昭沅的心裡咯噔一下，轉眼看向樂越。

在一旁看熱鬧的琳箐嗤笑道：「護脈神是由玉帝冊封的神族，在天庭典冊上均有記錄，還沒聽說過有誰自己說想做就能做了。」

應澤又瞇起雙目：「天地間的事情還沒有本座想做做不了的。」

這口氣也太大了，樂越腹誹道，既然如此，爲甚麼你還被壓在凡間幾千年，又被關在蛋裡幾百年？

應澤盯著他：「怎樣，少年？這就當是本座報你的恩。假如本座做了你的龍神，別說是區區一個凡間皇帝，這個世間，你想要的，本座都能滿足你。甚麼天、甚麼地、甚麼凡規天條、甚麼玉帝，統統不用在意。」

樂越道：「那個……應龍殿下，此事須從長計議，我先要考慮考慮。」

據最近幾天觀察，這位應龍帝君看起來很不靠譜，但對他不能硬頂撞，只能先使用緩兵之計。

應澤道：「還考慮甚麼？只要你答應，我立刻幫你讓整個凡間血流成河。」

血……血流成河？

應澤一甩衣袖，抬手：「看透吧，少年，我告訴你，這世上人人皆會負你，可信的唯有自己。假如世間所有的一切都不復存在，只有鮮血流遍大地，多麼安靜，多麼美麗，從此世間便歸於你。」

看來老龍當年曾經遭遇過被背叛的傷心事，導致他頹廢憤懣，撿個機會就要抒發下對整個世間的絕望。

從他的言語分析，這件事十有八九和成仙的師祖卿遙有關。

樂越小心翼翼地繞開他的瘡疤，道：「倘若如此，我不是成了貨真價實的光桿皇帝？除了我沒別的活人，我吃甚麼、穿甚麼、用甚麼？連碗麵都吃不上了。」

應澤沉吟道：「那就把賣麵的留下吧，其餘的都滅掉。」

樂越道：「你老人家也喝不成女兒紅了。」

應龍道：「唔，那麼把賣酒的也留下，別的滅掉。」

樂越面無表情道：「我看你老人家還是把所有人都留下，只滅掉我就可以了。」

應澤定定地看著他，半晌後道：「你竟然打算寧死不從？本座在你眼中竟然比不上一條百無一用的小龍？他哪裡強過本座？」

昭沅湊到樂越身邊，緊緊抓著他的胳膊。

樂越在心中道，他再百無一用，也比你正常。

經過這幾天，樂越越發感覺，「正常」是一種最難能可貴的品格。

應澤一言不發地看著樂越和昭沅，片刻之後，半閉起眼道：「算了，看來此事對你來說太過突然，你的確須要考慮一下。本座從來不做強人所難之事，就暫時跟著你，等你的決定。」他充滿威儀地踱開，走向棚子外。

昭沅輕聲道：「他的話是甚麼意思？」

樂越望著應澤徑直走向包子鋪的背影：「他的意思就是，他會繼續跟著我們，蹭吃蹭喝。」

不遠處，應澤在包子鋪前的對話順著薰薰然的春風飄來——

「你們店鋪中，都有甚麼包子？」

「醬肉包、雪菜包、豆沙包、大肉包、三鮮包……甚麼都有，大約十來種，小少爺你想吃甚麼餡兒？要幾個？」

「唔，每樣先來兩顆嚐嚐吧。那邊棚子裡的人付錢。」

……

樂越抬手捂住眼，琳箐按了按太陽穴，杜如淵長長嘆息。

昭沅又碰碰樂越：「有沒有甚麼可以賺錢的方法，我幫你。」

只有商景依舊趴在杜如淵頭頂酣睡，雷打不動。

晚上，一眾人等投宿到客棧內。

合計後，樂越決定聽從杜如淵的意見，去定南王處，至於鎮西王那邊，主動贏得楚齡郡主芳心一事，他仍然不妥協。

杜如淵道：「也罷，反正只要說服了定南王，合定南王與鎮西王兩方的兵力，一定可以打敗平北王，所以說不定不用娶楚齡郡主，只要雙方聯手出兵就可搞定。」

他這番話，樂越覺得可以接受。

琳箐道：「你爲甚麼如此篤定可以說服定南王，還說由你一個人就可以？」

杜如淵笑嘻嘻道：「自然因爲我有獨門妙計。」他似乎打算在這件事上賣個大關子，一直不肯透露會用甚麼方法說服定南王。

琳箐切了一聲，抱起雙臂：「裝模作樣。」

琳箐最近有些心浮氣躁，她要找的亂世梟雄人選遲遲沒有出現，她曾動用法力占卜，卻一無所獲。想到護脈神中眼下只剩她要護持的人選未能確定，便覺得十分丟面子。

簡單合計完畢後，眾人各自散去睡覺。

因爲杜如淵的盤纏所剩不多，爲了節省開支，他們只要了兩間客房。琳箐單獨睡一間，樂越、昭沅、杜如淵、商景加上應澤，擠在另一間。

琳箐走後，剩下的幾個開始分床，房間窄小，地上只能鋪下一張地鋪。

樂越道：「我睡地下吧，杜兄床上請。」

杜如淵道：「不不，你我一同睡地鋪，請應澤殿下床上歇息。」

昭沅道：「我變回原形睡就好，不佔地方。」他唸動咒語，嘭地變回原身，趴到地鋪枕頭邊的被角處。

應澤雙手背在身後，看了看昭沅，道：「本座也能變小，少年，我就與這條小龍一道，和你擠一擠吧。」

樂越立刻說：「不敢不敢，殿下你還是床上請。」

應澤道：「本座從不計較這種小事，你不用太小心。」說話間，他渾身冒出一股黑煙，也變成半尺大小，他忌諱如今原身的模樣像條長翅膀的蜥蜴，太難看，只是變小了尺寸，依然是人形。

樂越在地鋪上睡下，應澤蹲到他的枕邊：「少年，我今天所說之事，你要好好考慮清楚。能得到本座當你龍神，是你幾輩子都難得的福氣。只要你想，本座便能為你辦到。」

他的後背處伸出一對黑漆漆的翅膀，撲撲搧動。

應龍乃有翼之龍，樂越只聽過傳說，如今當真見到，忍不住多看了兩眼。

應澤側首看他：「你似乎對本座的雙翼很感興趣。」拍打了幾下翅膀，向樂越鼻子尖處湊了湊。「想不想摸摸看？本座恩准你摸。」

樂越還真有些想碰碰，昭沅抬爪在他後頸上撓了一下，小聲說：「千萬別摸。」他也是第一次看見應龍，但他聽父王說過，應龍有翼，觸碰龍翼者便視為與應龍訂立誓約，有生之年，不離不棄。

應澤引誘樂越摸他翅膀，是想讓樂越稀裡糊塗便認他做了龍神。

昭沅覺得這種搶人的方法很無恥。

應澤哼道：「想不到你這條小龍還懂一些事情，罷了，本座從不強人所難，今日便算了。」背後雙翼噌地收起，鑽進被中。

昭沅還是不放心，便繞著地鋪的席子邊緣從樂越枕頭左側爬到右側，擋在應澤和樂越中央。

應澤陰森森道：「小龍，你難道懷疑本座會食言？」

昭沅不回話，把頭埋在被子中。

半夜，昭沅在夢中，感覺到自己駕雲般飛了起來。

有甚麼捏著他的後頸，讓他懸在半空中，風涼涼地吹在身上，昭沅下意識地扭動抓撓幾下，甚麼都抓不到。

昭沅打了個激靈，猛地睜開雙眼，醒了。

他發現自己的確在天上飛，頭頂是明月寒星，腳下房屋的屋頂像山巒般連綿。有隻手捏著他的後頸，昭沅有些驚慌，立刻拚命掙扎起來。

頭頂上一個聲音道：「不用怕，本座只是想讓你出來陪我看看月亮。」

跟著，他的身體在半空停住，然後落到了一片屋瓦上。

昭沅立刻變回人形，站起身揉了揉眼，他正在一處房屋的房頂，應澤坐在他身邊的屋脊之上，腳邊還放著兩個圓圓的罈子。

應澤拍拍身側：「來這裡坐下，陪本座賞月。」

昭沅皺眉，謹慎地在屋脊上坐下。他搞不懂，這位應龍殿下剛剛還企圖和他搶樂越，為甚麼突然又把他弄到這裡看月亮？

應澤望向夜空：「從凡間看天上，月有時盈、有時缺，不管多少年，都是一樣。」

應澤的身影在夜空下看起來很孤寂。昭沅忍不住道：「在天庭，月亮是甚麼模樣？」

應澤道：「在天庭月亮叫作月宮，由太陰星君掌管，他與太陽星君輪流當值，這樣人間就有黑夜白晝。月宮中還有很多美貌的仙女、很多桂花樹，有最香醇的桂花酒。」他側首瞧了瞧昭沅。「你對天庭有興趣？」

昭沅點頭，應澤道：「我已經有幾千年沒有回過天庭了，不知道如今的天庭有沒有變模樣。」他看向月亮，目光很寂寞。

昭沅小心翼翼問：「你是不是很想回天庭？」

應澤沉默片刻，突然拎起腳邊的一個罈子，打開封口，湊到嘴邊，風中頓時酒香四溢。他仰首飲了兩口，舉著罈子向昭沅晃了晃：「要麼？」

昭沅猶豫地伸出雙手捧過酒罈，舉到嘴邊抿了一口，刺嗆辛辣的味道頓時順著舌頭蔓延入腹中，昭沅被嗆得皺起臉咳了兩聲。

應澤哈哈笑道：「看來你是第一次喝酒，酒要大口喝才痛快。」

他從昭沅手中拿回酒罈，耳邊似乎有一個聲音從幾百年前傳過來——

「澤兄此言差矣，大口喝酒固然淋漓酣暢，淺斟慢酌亦有怡然之趣。」

應澤猛地舉起酒罈，向口中灌去。

昭沅擦著充滿酒氣的嘴角欽佩地看他喝，待罈中酒盡，應澤方才放下空罈，問昭沅：「今日本座要做那少年的龍神，你是不是不高興？」

這個問題很不好回答，說不高興會不會惹到這位應龍殿下？昭沅謹慎地沒有作聲。

應澤揚起嘴角：「我只是有意試探，看看那少年品德如何，如今看來，他目前還勉強湊合。」他盯著昭沅。「不過，千萬不要相信凡人。」

昭沅覺得不能苟同，應澤挑眉：「怎麼，看你的神色，你覺得本座的話不對？你似乎很喜歡那個少年。」

昭沅嗯了一聲：「我要幫助他當上皇帝，把父王丟掉的護脈龍神位子拿回來。」

應澤拍拍他肩頭，滿臉讚許：「這句話說得好，記住，這凡人只是你奪回護脈龍神位子的工具。」

昭沅終於還是忍不住反駁：「不是工具，樂越和我是朋友。」

應澤嗤鼻：「朋友？你還乳臭未乾，不知道凡人究竟是甚麼東西。連他們自己都定論說，人心難測。你也只不過是他的工具。」

「工具」兩個字讓昭沅覺得很刺耳。

「樂越根本就不想做皇帝，那時候我還不知道他就是我要找的人，他就幫了我很多忙，如果不是他，我早就被鳳凰抓去了。」

應澤像聽到了甚麼很好笑的事情一樣，呵呵大笑：「他是不是還和你說，他無心權勢，只想逍遙自在？他是不是一直好像不圖回報似地和你在一起，說你和他是朋友？」

昭沅點頭。

應澤又呵呵兩聲：「果然啊，果然不愧是卿遙的徒孫，果然這些凡人的伎倆全都一樣。」他又拎起一個酒罈，拍開。「本座知你不服，不再多說，等到有一天你後悔時，就會明白本座告訴你的道理多麼正確。」

昭沅沒作聲。

應澤仰頭飲了口酒：「我問你，假如你不是護脈龍神，打算做甚麼？」

昭沅老實地回答：「我想變成像敖廣表舅公那樣的龍，可以呼風喚雨，法力高強。」

應澤哼道：「敖廣兄弟那四條小泥鰍，愚忠玉帝，不值得效仿。真正的龍，當無拘無束，天上天下任意縱橫。所謂世間凡人，不過都是渺小塵埃，轉瞬無影無形，不足罣礙。」

把應澤關進鴨蛋中的樂越的師祖，一定很深地傷了應澤，昭沅同情地看他，小心轉開話題：「你現在有甚麼打算？」

應澤沒有回答，沉默地喝酒。昭沅也就不再說甚麼，默默地陪他坐著。

酒漸漸又要喝盡，殘缺的月偏離了中天，應澤瞇眼看著星光，耳邊似有笛聲響起。

他總記不住那些曲子的名字，只覺得悠揚婉轉如同九天上繚繞的浮雲，讓他忍不住想睡，半迷濛中，身側淺青的衣袂在夜風中飛揚。

那眞的已是許多許多年前。

次日清晨，樂越從酣夢中乍醒，先聞到一股刺鼻的酒氣，從房內的一個角落飄來。他詫異望去，只見正常尺寸的應澤正躺在牆角的地上，睡成了一個大字。

樂越戳戳枕頭邊的被子，昭沅睡眼矇矓地從被角處露出腦袋，樂越指指應澤：「你知道這位應龍殿下怎麼了麼？」

昭沅抬起前爪揉揉眼：「唔，他昨天抓我去房頂看月亮，喝了很多酒，最後在房頂上睡著了，我費了很大勁才把他揹回來。」當時應澤睡得像灘淤泥，他好不容易扛著對方找回了客棧，現在後背還隱隱作痛。

樂越痛心疾首地看他：「你幹嗎不把他扔在房頂上自己回來就好。」

昭沅愣了愣，片刻後道：「可是我覺得他醒來之後還是會找過來繼續跟著我們。」

樂越長嘆一聲。

應澤睡到日上三竿才醒，樂越一行退房結帳。出了客棧，就聽街邊有閒人聚在一處嘀嘀咕咕：「你說奇怪不，幾罈二十年的竹葉青就跟長了翅膀一樣從地窖裡丟了，空罈子跑到了殺豬劉大家房頂，王掌櫃氣得半死，說是黃鼠狼精作怪。」「黃鼠狼只偷雞，怎麼會偷酒喝，我覺得另有蹊蹺。」……

昭沅瞄了一眼應澤，只見他面不改色地奔向路邊的小吃攤，向攤主露齒一笑，充滿一個普通的十歲孩童應有的稚氣，天真爛漫：「五碗豆腐腦，十屜小籠包。」

樂越喃喃道：「總有一天他會逼我和他同歸於盡。」

杜如淵拍拍他肩膀：「大丈夫當忍一時之氣，淡定。」

按照杜如淵的計策，樂越一行出了廣福鎮後，折轉向南，直奔定南王的封地。

應澤對於凡間美食的熱情一直有增無減，大概過了四、五天後，杜如淵的盤纏就被吃了個精光。一時之間搞不到錢，他們連城鎮都進不得，只好落魄地在郊外露宿。

樂越打開包袱，拿出最後幾片乾燒餅，分給杜如淵、琳箐、商景和昭沅各一片，自己留下一塊只剩了半截的，捧起最後一片完整的燒餅給應澤。

應澤看看燒餅，表示了對這種粗糙食物的不屑：「本座不吃。」

樂越道：「只剩下這個了，如果應澤殿下你不怕餓肚子，不吃也行。」

應澤踱開到一邊，忽然抛下一句「我去去就來」，冒出一股黑煙，不見蹤跡。

樂越和其他人都懶得問他要去哪裡，眞心希望他就此不回來了更好。

昭沅跑去附近河邊接了點水，大家圍坐在幾棵大樹間的空地上，生起一堆火，就著涼水啃燒餅，一旁的草叢裡忽然傳來窸窸窣窣的聲音。

樂越側首聽了聽，精神大振：「難道有野兔？」油汪汪的烤野兔，乃露宿荒野安慰漫漫長夜的最佳滋補。

琳箐搖搖頭：「不像，好像有妖氣，是隻小妖怪。」

妖怪不能當食物，樂越興趣頓失。

琳箐道：「懶得理它，它如果敢過來，我們就修理修理它，如果不過來就算了。」

杜如淵道：「很是，現在主動找事就是浪費力氣，浪費力氣等於浪費食物。」

也不知道草叢裡的妖怪是不是聽到了他們的談論，窸窸窣窣的聲音突然消失了。

琳箐道：「沒有走，藏在草裡偷看我們呢。」

大家都覺得，他們身上沒甚麼值錢的東西，被一隻妖怪偷窺一下並無甚麼不妥，於是全都坦坦蕩蕩地坐著，任憑它看。

啃完燒餅後，樂越摸摸肚皮，就地躺下，準備閉上眼睛一覺到天亮，突然有陣陰風吹過，火堆抖了兩抖，接著又冒出一股黑煙，應澤無聲無息地站在火堆邊，噗地將手中提著的一個包袱丟到地上。

一股濃郁的燒雞香味從包袱中散發出來，應澤簡潔地吐出兩個字：「晚飯。」

樂越翻身坐起，拆開包袱，兩隻肥碩的燒雞、三個豐滿的滷豬蹄躺在荷葉包中，冒著熱騰騰的白煙，在火光下反射出銷魂的油光。應澤坐到地上，放下一個酒罈。

樂越吸了吸鼻子：「呃，這些東西，你老人家從哪裡弄來的？」

應澤仍然簡潔地說：「城裡。」

樂越道：「我知道是城裡，但，怎麼弄到這些的？」老龍身無分文，一路吃來，全是杜如淵付帳，如今能抱來這些東西，除非……

應澤道：「哦，我看見城裡有個錢莊，就進去拿了點錢。」

樂越手抖了下：「這叫搶劫。被官府抓住，要坐牢的。」你老人家不會坐牢，我們就不一定了。

應澤耷拉著眼皮道：「搶劫本座見過，本座這是拿，不是搶。」

樂越道：「不告而取非竊即搶。」

應澤道：「那麼本座現在回去告訴他們一聲，錢是本座拿了，有膽他們就從我手中再拿回去。」

樂越扶住額頭：「這更叫搶了。」

應澤噌地站起身：「凡人就是忒多規矩，吃飯要付錢，拿點錢叫作搶，這裡那裡都要講規矩，滿口禮儀規矩，卻俱是利用，到最後都無情無義。」他一甩衣袖，捲起一隻燒雞和那只酒罈，走到遠處的樹下自啃自飲。

琳箐眨眨眼，看看樂越：「你的那位師祖，當年到底對他做過甚麼？」

樂越揉揉太陽穴：「我也很想知道。」

包袱裡的燒雞和豬蹄散發出勾人的香氣，樂越十分猶豫是吃還是不吃。反正應澤搶也搶了，東西也買了，放著不吃也挽回不了甚麼，但吃的話又實在對不住江湖道義和自己的良心。

樂越從一旁草叢中掐了一片草葉，拋起來，假如落到地面正面朝上，就吃，背面朝上，就不吃。

草葉畢竟不是銅板，輕飄飄地在空中打了個轉，被一陣過路風一吹，竟落進了火堆之中。樂越只得再去掐一片。

昭沅在一旁看樂越的掙扎和矛盾，眼角餘光忽然發現樹後有團黑影悄悄探出了頭。昭沅訝然，對面坐的琳箐向他眨眨眼，示意他不要說話。

樂越也有所察覺，仍然裝作不知情，彎腰掐草葉。

黑影探頭探腦地從樹後跳出，悄悄地、一點一點，跳向裝著燒雞和豬蹄的包袱，用嘴叼住包袱的一角，往樹的陰影中拖。

樂越猛地轉身，一個餓虎撲食，牢牢將黑影擒獲在掌下。

昭沅、琳箐和杜如淵紛紛湊上前，連在一旁孤獨啃燒雞的應澤都向這邊望來，只有商景還趴在杜如淵肩頭酣睡。

那黑影是隻野兔，灰撲撲的，樂越拎著它的耳朵晃了晃，野兔瑟瑟顫抖，突然口吐人言：「大俠饒命。」

會說話，的確是妖。而且聽說話的聲音，好像是隻雌兔妖。

樂越從來不為難女孩子，立刻將兔子放回地上。

琳箐蹲下身，用鞭子柄戳戳它：「兔子不是吃草嗎？妳為甚麼偷肉吃？」

兔子匍匐在地上哽咽道：「麒麟大仙饒命，我是這座山裡的兔精，修行兩百年，從來不曾傷人。我本不敢打擾各位，但，我洞中有一個人命在旦夕，假如再不吃點好東西，他就要死掉了……」

兔子抖動了兩下，身周泛起淺淺光芒，頃刻後變成了一名灰衣少女，相貌倒還算甜美標緻，雙眼盈滿淚水。

兔精少女說，前幾天她在山上採集芝草，看見山邊道路上有幾個人圍住一人，好像在爭執，然後那個被圍住的人想要離開，其餘幾人中爲首的一個突然從背後刺了那人一劍，他們可能以爲那人立刻會死，拔出劍後把他拋進了路邊的土坑便走了。她跑過去察看，發現那人還有氣息，就把他拖回洞裡，日夜照顧。

兔精哭道：「可是，我道行很淺，不會治傷的法術，我怕被道士發現，也不敢進城。他一直不見好轉，馬上要死掉了……我想如果能弄點補養的東西給他吃，他是不是會好起來。」

妖精救人是件很感人的事情，尤其是一位柔弱的妖精少女不顧自己安危拯救一個落難之人，更加令人感動。樂越的俠義之情頓時熊熊燃燒：「姑娘，妳帶我們去看看那個重傷的人吧，我們或許能幫上忙。」

摸黑走過九曲十八彎的小路，翻過一個土坡，方才到了兔精姑娘的洞穴。

洞穴只是一個普通的土洞，和狐老七家相差了十萬八千里，洞裡囤積了一些野菜青草，洞內最深處，靠近石壁的草墊上躺著一個人，頭邊擱了一只盛滿清水的碗。

昭沅跟著樂越湊到近前，看清那人的模樣，都大吃一驚。

怎麼會是他？怎麼可能是他？

草墊上的人衣衫髒污，頭髮枯黃凌亂，面容灰敗枯瘦，但仍透出一種虛弱的俊美。

他眞的要感謝這張臉，假如他不是擁有這張臉，打動了路過的兔精姑娘，而是像他的師父重華子那樣，年近黃昏、腦滿腸肥、一臉齷齪，大概他早已是一具路邊屍體，閻王殿裡又多出一縷冤魂。

兔精姑娘痴痴地望著他，淚盈盈道：「就是他了。」

樂越喃喃道：「怎麼會是洛凌之……」

昭沅幫著樂越一起扶起洛凌之，樂越解開他的衣襟，洛凌之身上在論武大會被妖獸所傷之處剛剛癒合，痕跡清晰，前胸和後背又各有一處新傷，糊著厚厚的、顯然是兔精姑娘自製的草藥。

杜如淵彎腰仔細瞧了瞧：「現在傷口處有藥，不好察看，不過看位置，應該是被鋒利的兵器穿胸而過。」

琳箐道：「他是胸與背受傷，不應該仰躺，應該側臥呀。」

兔精低頭：「我、我沒有照顧過傷患，對不起。」她眼中的淚水終於掉了下來。「是不是因爲我沒照顧好，所以他要死掉了？」

樂越急忙安慰：「沒有沒有，要不是因爲妳，他可能早就沒命了，妳放心，我們不會讓他死的。」

琳箐在一旁看著樂越和兔精，哼道：「你別忙著保證，還不知道要怎麼救他呢。」

杜如淵摸著下巴：「他這傷我們幾個救不了吧？」他將詢問的目光投向另外的一人兩獸，見那三個非常默契地點頭，接著道。「所以得找大夫，要找大夫當然是要進城。」

大夫不可能來這荒山野嶺的兔子洞救人，只能把洛凌之運進城去，問題是，進城找了大夫後，這診金要拿甚麼付……

還有，洛凌之前胸有傷、背後有傷，不能揹、不能扛，傷勢很重，還要輕運輕放，如何將他運進城去也是一個問題。

琳箐道：「我可以用法術把他瞬間弄進城，路遠的話不太好辦，還好這裡離城鎮很近……哎呀！」她突然一拍手。「差點忘了，我帶著麒麟族的療傷祕藥，應該有點用處。」

樂越看著琳箐匆匆給洛凌之塞下兩顆藥丸，用清水餵下，心中稍安，又不免沉思猶豫，進城的問題解決了，可診金該怎麼辦呢……

跟著過來的應澤抱著雙臂靠在洞口：「怎麼，少年，缺錢用了？要不要本座借你？」

樂越猛抬頭，鏗鏘有力地向應澤道：「多謝應龍殿下。」

半個時辰後，洛凌之安穩地躺在了永壽鎮最好的客棧裡最柔軟的床上，樂越要了桶溫水，幫洛凌之擦洗了一下，拿自己的乾淨衣袍替他換上。

收拾完後，正好杜如淵也領來了城中最好的大夫。

洛凌之受的傷的確是被利器從背後刺入穿胸而過所致，還好行凶之人的準頭有些偏，未傷到心臟，利器應該是一把雙刃鋒利的長劍。

大夫把過脈，開了藥方，樂越憂心地問：「這位傷患有性命危險麼？」

大夫猶豫了一下，道：「他受的原本是致命傷，又拖了幾天，按理這位公子早該……但他脈相平穩，好像內傷已癒，只有皮肉刀口仍在，實在奇怪，老夫行醫多年，從未見過這等怪事。」

樂越乾笑兩聲：「那個，可能因爲這位少俠是大名鼎鼎的清玄派首席弟子，從小修習玄法，有法術護佑吧。」

大夫遂連連感歎：「所謂道法之術，果然玄妙也！」

大夫走後，樂越大大誇讚了一番琳箐的靈藥。

昭沅趴在洛凌之床邊看了看，見他面上的死灰色已經褪去，呼吸平穩，像在安詳地沉睡。

昭沅抬爪探探他的鼻息：「如果再給他塞一顆丸藥，他是不是就能醒了？」

琳箐拍手道：「是耶，我試試看！」

樂越表示贊同：「說不定連外傷也一起好了。」

只有杜如淵謹慎地道：「飯可以多吃，藥不宜多服，萬一治過頭了，會不會出現別的毛病？」

琳箐從腰間袋中翻出藥瓶：「怎麼可能，這藥是用我們崑崙山上的多種珍奇藥材配製而成，頂多就是吃太多他能多活個一、二百年，不會有其他顧慮。」

樂越從她手裡接過藥瓶，拔開瓶塞，倒出一顆藥丸，餵洛凌之服下。

昭沅屏住呼吸，趴在床沿眼也不眨地看，洛凌之臉色漸漸泛紅，額頭滲出薄汗，突然嗆咳一聲，吐出一大口暗黑的血。

樂越和昭沅頓時手忙腳亂，樂越扶起洛凌之，昭沅趕緊拿過一塊手巾擦去血漬。

杜如淵涼涼地在一旁道：「我就說會治過頭吧。」

原來琳箐是火麒麟，所以長老們專門給她配製的傷藥都偏暖性，洛凌之的重傷之軀難以承受，導致內火攻心。

商景在杜如淵頭頂探出頭，甕聲甕氣道：「用偏寒的法術替他稍微順順氣，會好一些。」

昭沅就懂得偏寒的法術，他立刻捲起袖口，躍躍欲試。

樂越回想起頭一次見他時他噴出的水霧，以及之後施展的種種法術，將手按在他肩上，語重心長道：「你還是算了吧。」

昭沅唔了一聲，浮起失望的神情，低頭默默走到一邊。

琳箐道：「喂，你不讓他試，我們這邊還懂寒性法術的，就只剩下那位應龍殿下了。」

應澤正在一旁桌邊吃宵夜，用筷子挾著一只蒸餃往辣醬碟中蘸，他老人家顯然在留意這邊的動靜，正襟危坐的姿勢和大模大樣的表情都明白地表達著一句話——「來求本座吧。」

琳箐把聲音壓到最低：「你不覺得他更不靠譜嗎？」

洛凌之氣息微弱，樂越有些茫然了。

商景搖搖頭：「你們這群淺薄的後生，成事不足敗事有餘，老夫眞爲將來憂心。」

光芒一閃，他已從杜如淵頭頂瞬間移動到床上，慢慢爬到洛凌之胸前，從他身上發出的暗綠色光芒將洛凌之整個罩住。很快地，洛凌之的面色又漸漸恢復正常，呼吸平順，眼皮忽然微微顫動……

洛凌之醒了。

昭沅蹲在房間角落的小火爐邊，拿著一把破蒲扇搧爐火，爐子上熬著傷藥。不過昭沅覺得洛凌之好像不怎麼需要喝這個東西了。

坐在窗邊的洛凌之除了臉色還有點蒼白之外，行動舉止都與平常無異，很難看出他昨天晚上還是個只剩下半口氣的重傷患。

如果不是他建議再多給洛凌之塞一顆藥，可能洛凌之連那點蒼白的臉色都不會有，昭沅心中湧起一股愧疚，繼續賣力地搧火。

洛凌之正在向樂越道謝：「越兄，你兩次救了我的性命，這份恩情，不知將來該如何答謝。」

樂越爽朗笑道：「我和洛兄算是多年的交情，談甚麼報答，說不定哪一天，我也需要洛兄救命，所以多謝之類的客套話就不必說了。」他轉過話鋒，問出從昨天疑惑到現在的話。「究竟是誰把洛兄傷成這樣？」

根據兔精姑娘的說法，洛凌之顯然是被人暗算，而且之前有過爭執場面，代表洛凌之與暗算者認識，說不定還很熟。

洛凌之是清玄派大弟子，武功高、法術好，一向待人寬厚溫和，會是甚麼人和他有如此深仇大恨，還能在洛凌之毫無防備的情況下一招得手？

還有，永壽鎮距離清玄派足有數百里路，洛凌之爲何會來到這裡？

洛凌之斂眉，凝起神色：「越兄，我也有事相詢，你在永壽鎮，難道是鶴機子掌門已經得知太子煉妖之事，讓你前來打探阻止？」

樂越茫然：「甚麼太子煉藥？打探阻止甚麼？」

洛凌之雙眉緊皺：「你竟然毫不知情？那你爲何……」

樂越抓抓後腦：「洛兄，實不相瞞，太子放火燒了青山派後，我就被師父逐出了師門，至於因何緣故，以及爲甚麼會在這裡，說來話長。看來你要說的事情比較要緊，還是你先說吧。」

洛凌之頷首，長長嘆息：「此事緣由，還是在太子從你們青山派搶走的那件法器上。」

樂越在心中偷笑兩聲，看來太子還抱著那只鹹菜罈當寶貝，不過，那日倘若他眞的帶走了關著應澤的蛋，樂越也十分願意。

洛凌之道：「越兄，你還記得迎春花麼？」

何止記得，簡直畢生難忘，樂越點頭。怎麼忽然又從法器跳到了迎春花身上？

洛凌之再嘆息：「當日安順王府的那位幕僚桐先生擒獲了噬骨妖獸後，華山掌門便將那名弟子逐出師門，把妖獸交由家師處置，後被太子殿下討去，說要把它帶到京城。」

樂越驚訝：「噬骨妖獸是凶獸，除了傷人之外沒別的作用，太子帶它回京城幹嗎？」

洛凌之蹙眉：「當時我也百思不得其解，還曾從旁勸說，但太子執意爲之；之後，他又帶人從貴派搶回了那件法器。安順王與那位桐先生先太子一步回京，太子啓程時，師父怕妖獸與法器在半路出差錯，遂派我和其餘十九名師弟護送太子返京。」

樂越道：「可是京城在東，永壽鎮在南，根本不是一個方向。」

洛凌之道：「我和師弟們護送太子出了鳳澤鎮，太子突然下令調轉方向，改向南行，我們不能抗命，只好相隨。走到永壽鎮附近郊野時，我無意中聽見太子與佟嵐師弟的談話言語，才知道原來太子殿下是要去雲蹤山煉妖。」

當年，德中子離開師門，自創新的清玄派時，除了盜走「天下第一派」的令牌外，還捲走了幾本道法武學祕籍和記錄祕事的卷宗。其中，由創派祖師傳下的一本異聞錄裡，提到了雲蹤山和斬神劍。相傳，數千年前，有一位神將違反天條，被天庭的仙帝親手打下凡間，用劍釘在寒潭之下，再壓上一座高山，使其萬年不得翻身。

釘住神將的神劍就叫作斬神劍，得此劍者，能上斬天兵，下誅妖魔，橫掃凡間更是輕而易舉。

太子應該是在清玄派做弟子時，讀過這本書，對斬神劍嚮往已久。

樂越挖挖耳朵，這個被釘在寒潭下的神將傳說，聽起來有點耳熟，好像和最近誰說的哪個故事有點雷同。

太子對法器的執著也讓他很不理解，何必呢，反正他都是太子了，聽說皇帝已經半隻腳踏進閻王殿，馬上整個天下都是他的，他幹嘛還要辛辛苦苦去找甚麼神兵法器，這不是給自己找累嗎？

難道太子和鳳凰已經察覺到他們的存在，先預備好對付他們的東西？

樂越道：「太子既然有意得到那把傳說中的神劍，又爲甚麼要勞師動眾，拖著迎春花帶著我們門派的寶罈前往？」

他不打算把寶罈其實是個普通鹹菜罈這個悲傷的事實說出來，洛凌之爲人太君子，被他知道了，一定會去告訴太子。

樂越衷心希望，最好太子能一輩子都把鹹菜罈當成寶貝。

洛凌之道：「太子得了貴派的寶罈，卻不知如何使用。」

樂越誠懇地道：「是，那個罈子在我們廚房當了無數年的鹹菜罈，我們都沒有發現，可見它必須用特定的、祕密的方法才能啓動。」

洛凌之無奈道：「太子拿到手後也試過種種方法，都沒能找出使用的竅門，我想他這次帶著迎春花，應該是想用血祭大法。」

樂越皺眉：「那不是邪門歪道麼？」

一般妖魔邪教中煉製魔器時，才用血祭大法，以妖魔之血祭養器皿，器皿便可獲得魔性。

應澤、杜如淵和琳箐一直坐在牆角，假裝替昭沅看著藥鍋，正大光明地偷聽，琳箐道：「不對啊，假如他只是想拿那把劍，沒必要帶收妖的器皿還用血祭大法。」

商景在杜如淵頭頂慢吞吞道：「得神劍，斬神將，吞元神，獲長生。他打的是這個主意吧。」

樂越和洛凌之都驀然回首，洛凌之應該看不見杜如淵頭頂的烏龜，因此把這句話當成是杜如淵所說，若有所思地望著他：「你的意思是，太子殿下打算拔出神劍，拿那只寶罈困住神將，再得到其元神，以此長生不老？」

在人間，攀上權勢的最巔峰莫過於做皇帝，目前，皇位已唾手可得，太子竟然還想長生不老、千秋萬世，永遠做皇帝。眞是個追求不俗的有志青年。

樂越在心中搖頭，不知道他有這種遠大志向是自修成才還是鳳凰教導有方。

洛凌之神色凝重：「這種做法有違天地自然，以血祭煉妖極容易走火入魔，取神劍、斬神將更是違背天規，恐怕會招來彌天大禍。」他站起身。「越兄，我必須立刻告辭，趕回清玄派，稟告家師。」

樂越也起身，攔住他去路：「洛兄，你重傷尚未痊癒，不宜趕路勞累，而且，恕我直言，你覺得回到清玄派，令師重華子掌門會管這件事麼？說句不好聽的，說不定你師父早就知道此事，才派你們師兄弟前去幫著太子。」

洛凌之面色堅定：「越兄，你對清玄派有些誤會，家師並非這種人。」

樂越冷笑：「不是這種人？洛兄，你一直沒說暗算你的人到底是誰，那人就是太子吧。」

洛凌之是清玄派大弟子，其餘弟子一定不敢輕易對他下手，倘若是太子的侍從，他又會有所防備，能一招得手者只有太子。

樂越道：「你發現了太子和令師弟商量的事情，便現身勸諫，但太子肯定是不會聽的，所以發生了爭執，於是你打算回去稟告你師父，就被太子從背後偷襲。」

洛凌之道：「太子既然偷襲我，便表明家師不知此事，因此家師必定是不贊成他的所作所爲。太子一方人數眾多，只有快些告訴家師，他老人家和師叔們聯手，才能阻止太子。」

樂越覺得洛凌之實在太頑固不化：「我想太子不是怕你回去告訴令師，而是怕你在告訴令師之外，又將此事洩露給別人。」

洛凌之肅起神色：「越兄，請不要隨便說出『我想』這種沒有眞憑實據的推測言辭。」

樂越無奈地點點頭：「好吧，算我說錯了，但是洛兄，永壽鎮離清玄派有幾天的路程，恐怕你拖著重傷未癒的身體勉強趕回去，你的師父和師叔們再趕到雲蹤山，太子早就大功告成，回到京城準備做皇帝了。」

洛凌之道：「假如我使用御劍術，加上輕功，一路趕回去，說不定還來得及……」

樂越變色道：「洛兄，你不要命了？」

御劍術十分消耗元氣和內力，洛凌之剛從鬼門關回來，這樣飛一飛，再用用輕功，等趕到清玄派，必虛脫而死。

樂越一把拽住他胳膊：「捨身成仁不是這樣耍的，洛兄。」

洛凌之神色從容道：「越兄，你放心，我自有分寸。」他將衣袖從樂越手中扯出，又道。「我將這件事告訴你，也存有些打算，我知道，你身邊的小師弟和那位姑娘，還有這位以一本《韓非子》不戰而勝的公子，都不是尋常人。越兄你一向俠義正氣，必定不會對這件事情袖手旁觀，倘若我師父和師叔們不能及時趕去雲蹤山，阻止太子之事就拜託越兄和幾位了，此是不情之請，望越兄能答應。」

老天啊，這不是在交代遺言嗎？

洛凌之爲啥就這麼迂腐、這麼不變通、這麼不懂拐彎呢？

樂越長吁短嘆：「洛兄，你爲甚麼一定要選返回清玄派這條死路啊，你和我們一道去阻止太子不行麼？」他盯著洛凌之的雙眼。「該不會，太子除了要煉妖血祭拿神劍之外，還想幹點甚麼別的事，你目前不好說吧。」

洛凌之垂下目光，不言語。

杜如淵坐在火爐邊開口道：「洛少俠，容我插句嘴，如果你想找令師重華子道長的話，不用回清玄派。我今早去替你買藥時聽見街巷間的閒談，九華山地藏宮將於四月初八開一場佛道法會，各大佛門寺院與玄道門派均會參加，天下香客蜂擁前往，據說貴師門在參與法會的名單之內，大概令師幾天前已經率人前往了，而且，佛道法會由安順王發起，這些門派的一舉一動他應該都會知道吧。」

洛凌之神色微變。

杜如淵慢悠悠道：「洛少俠，就算你師父和安順王及太子不是一路的，現在你想阻止太子，也只能選擇和我們一路了。」

終於，在迫不得已之下，洛凌之還是留了下來。

樂越等人讓他在房內休息養傷，準備歇息一天後，立刻動身趕往雲蹤山。

雲蹤山正好在定南王的勢力範圍內，與他們本來的打算恰好相合。

現在唯一思慮的就是，到底是先去定南王府，還是先去雲蹤山。

樂越、昭沅和琳箐都一致認定當然應該先去雲蹤山，及時阻止太子，如果晚到一刻，就甚麼都難以挽回了。

那個泡菜罈子根本不是法寶，殺掉迎春花血祭，一點用也沒有，誰知道太子仗著一顆比天還大的雄心，亂用些半吊子的邪門歪道法術，會在取神劍、企圖殺神將奪元神時發生甚麼事？

樂越冷笑：「說不定，到最後變成我們去救他的命。」

杜如淵卻堅持應該先去定南王府說服定南王。

琳箐看著他道：「你這個書生，平時文謅謅的滿嘴仁義，想不到比我們哪個都狠，你是不是算準了太子頂多懂些半吊子法術，又抱著個泡菜罈子當寶貝，一定不會成功，想讓他乾脆在取劍斬神的時候掛掉，我們就不用費事了？」

杜如淵道：「不是的，吾只是覺得去定南王府處借點親兵一同前往會好一點，畢竟我們人少，太子人多嘛，我們又不可能傷人。」可惜他嘴上這樣說，滿臉別有居心的表情一點說服力都沒有。

杜如淵又說，雲蹤山是定南王府的地盤，假如不打個招呼就闖進去不太好，而且太子祕密前往，定南王並不知情，萬一太子在雲蹤山出了甚麼差錯……定南王會很難辦，鳳凰和安順王悲憤之下，說不定會滅掉定南王發洩悲痛，那時候局面就不好控制了。

他說的話有點像歪理，似是很有道理，雙方僵持不下。

琳箐道：「要麼，看哪個意見支持的多，就聽哪個嘍。」

樂越舉手贊同直接去雲蹤山，昭沅也跟著抬起一隻前爪：「我和樂越一樣。」

杜如淵無奈地看他一眼。

樂越摟住昭沅的肩膀：「好兄弟！」昭沅喜孜孜地傻笑。

琳箐理所當然也站在樂越一邊。

杜如淵和商景堅持應該先去定南王府。

琳箐道：「我們這邊三個，你們兩個，你輸了耶。」

杜如淵微笑：「誰說的？」他捲著手中的書卷，敲敲一旁的小桌。「應澤殿下，你贊同哪一方？」

應澤剛剛吃完早飯不久，現在正在吃午飯前的開胃菜，他挾著一個春捲，甚有威儀地道：「本座覺得，不用去雲蹤山。」

琳箐氣憤地道：「你耍詐，你給老龍買春捲收買他！」

杜如淵挑眉：「只要有結果，用哪種手段有甚麼所謂？」

琳箐暗恨。

應澤嚥下口中的春捲：「小麒麟，不得亂喊本座老龍，本座正當盛年。」

三對三打平，依然僵持不下。

琳箐道：「那就叫上洛凌之，我和你賭腦袋，他肯定站我們這邊。」

杜如淵搖搖手中的書：「其一，我們只是在商量一件普通的、有點意見不一致的事情，不須要賭腦袋這麼悲壯。其二，你如果讓洛凌之選擇，首先要把我們爲甚麼去定南王府的原因告訴他。定南王府就在去雲蹤山的路上，我們直接說要去知會一聲定南王，頂多只耽誤半天工夫，按照洛凌之的個性，應該不會拒絕。」

琳箐嗤笑：「頂多只耽誤半天，你還眞自信，你覺得半天就能說服定南王幫我們？」

杜如淵微笑：「我肯定，要不要和我賭？」

樂越張張嘴，還沒來得及開口，琳箐已經噌地站起身，斬釘截鐵地說：「好，我和你賭！」

樂越捂住額頭，長嘆一聲：「琳箐，妳上他的套了。」

昭沅撓撓頭，看看琳箐，又看看笑咪咪的杜如淵，突然明白了過來。

琳箐和杜如淵打賭，就等於答應了要和他一同去定南王府。這樣一來，琳箐就變成了贊同去定南王府的一方，現在成了二對四，就算加上洛凌之贊同樂越，也是杜如淵一方穩佔上風。

樂越唏噓不已，琳箐慢慢挪到他身邊，慢慢蹲下，小小聲說：「對不起。」

樂越向杜如淵抱抱拳頭：「佩服佩服。」

杜如淵笑吟吟道：「好說好說。」

大局已定，由樂越前去告訴洛凌之，去雲蹤山前順路先知會一聲定南王，以免給對方帶來麻煩。

洛凌之果然很能理解地同意了。

洛凌之繼續在房內休息，預備第二天啓程，他單獨睡一間房，樂越、昭沅還是和杜如淵、商景、應澤擠在一間，琳箐單睡一間。

計畫商議完畢，無事可做，吃過午飯後，琳箐來敲他們的房門，向樂越道：「反正下午沒有事情，我們一道逛逛城裡的市集吧。」

她換了件嫩黃色的新衣服，髮辮也綁得和平時不大一樣，漂亮的眼睛難得一點也不凶巴巴的，笑盈盈地望著樂越，昭沅忽然覺得，房間裡好像開滿了芍藥花。

樂越卻顯然缺少欣賞美麗鮮花的那根筋，皺眉道：「我們現在吃住的錢都是應澤搶來的，囊中空空，逛市集只能徒然傷感，還是在房裡睡覺吧。」

琳箐道：「逛市集未必要買東西呀，只是四處看看嘛，我很久都沒有逛過凡間的市集了。在房裡睡覺有甚麼好，你們房裡這麼擠，一下午待在裡面，多憋悶啊。」

樂越一臉爲難道：「可我眞的懶得動，要麼這樣，讓如淵兄陪妳去吧。」

杜如淵立刻道：「我和龜兄下午預備去幾間書坊轉轉，想來琳箐姑娘肯定會嫌無聊，就不和你們一路了。」

琳箐繼續鍥而不捨地望著樂越：「只當出去活動活動筋骨，好不好？」

樂越打個呵欠：「這幾天趕路，活動得可夠多了。」他向一旁張望張望，一把拽住昭沅。「要麼這樣，昭沅沒怎麼逛過凡間的市集，妳和他一起去逛吧。」

變小鑽在地鋪中睡覺的應澤從被角露出頭：「本座也有興趣一逛。」

琳箐突然收起笑容：「算了，我沒興趣了，也要回房睡覺，你好好休息吧。」她轉身離去，帶起一股涼風。

樂越躺回地鋪繼續睡覺，昭沅變回龍形縮在枕頭邊。

杜如淵和商景出去後不久，昭沅在睡夢中，聽見身邊窸窸窣窣的，似乎是樂越起身，悄悄走出了房間，昭沅抬起充滿倦意的腦袋看了看，樂越果然不見了。

奇怪，他一個人要去哪裡？

昭沅困惑地抬爪揉揉眼，又繼續鑽回被子裡睡了。

過了一個多時辰，昭沅睡飽了起床，樂越還是沒有回來，他去洛凌之和琳箐那裡找了一下，洛凌之和琳箐都說沒有看見過樂越。

琳箐哼道：「不肯和我一起去逛街，卻偷偷跑出去，有甚麼神祕的事情要做？」

她拉著昭沅一道去樓下大堂找小夥計打聽，剛下樓，就看見一個人從外面匆匆進來，正是樂越。

琳箐立刻快步衝上前：「你跑到哪裡去了，我還以為你被鳳凰抓了，我都快……我……」她忽然結巴起來，一把拉過昭沅。「我……幫著他找你，他很擔心你，都快擔心死了。」

昭沅覺得琳箐的態度有點奇怪，樂越的懷裡鼓鼓的，揣著一件很大的東西，那東西還會蠕動。

樂越滿臉神祕道：「我自然是想到了一件特別重要的事情，才跑出去的。」

琳箐緊緊盯著他懷中鼓起的那團：「這就是你覺得特別重要的事情？怪不得我讓你和我一起逛街你都不去。」她咬住嘴唇，猛地轉過身，走回樓上。

昭沅莫名其妙地眨眨眼，抬頭看樂越，樂越也是一臉莫名其妙。

昭沅跟在樂越身後，看他徑直上樓，敲開洛凌之的房門：「洛兄，我覺得有個人，你應當見見，實際上是她救了你的命，她很想見你，可是不敢進城，我就特意把她帶來了。」

樂越從懷中捧出灰毛茸茸的一團，輕輕放在地上，灰色的毛團在地上蹦跳兩下，跳到洛凌之身邊，怯怯地抬頭，抖抖豎起的耳朵，用晶亮晶亮的眼睛望著他。

原來是那位兔精姑娘。

洛凌之俯身，溫柔撫摸灰兔的頭頂，然後再站起身，深深一揖：「多謝，救命之恩，永生難報。」

灰兔的眼睛裡盈滿了淚水，迅速幻化成灰衣少女，垂著頭低聲道：「我知道你是修道門派的弟子，我只是一隻兔精，你一定很看不起我。我只想能和你說說話就可以……」

洛淩之低頭望著她，目光清澈而溫和：「仙又如何，人又如何，妖又如何，對我來說，天地萬物，沒有高下之分。」

兔精姑娘的雙肩輕輕地顫抖，不敢相信般地抬起頭：「你……眞的這麼想？」

洛淩之輕輕頷首：「姑娘，能否告訴我妳的名字？」

兔精姑娘又垂下頭：「我沒有名字，認識我的精怪都叫我灰灰。」

洛淩之微笑：「若妳不嫌棄，我送妳一個名字吧。古人常說月中有兔，天庭有瑤池，妳叫月瑤如何？」

「月瑤月瑤……」兔精驚喜地在口中喃喃唸著，臉上泛出淡淡的紅暈。「雖然，人與妖殊途，但我會永遠記得你。」

到了傍晚，樂越又將灰兔揣進懷中，趕在天黑之前送她回郊野。

這次昭沅和他一起去，琳箐也跟來了。

樂越在山道邊放下灰兔：「月瑤姑娘，就此別過，妳好好修煉，願妳有朝一日眞的能飛升天庭，成爲瑤池中的仙女。」

兔精姑娘化作人形，向樂越福身道：「多謝少俠相助，這份恩情，我永遠記得。」

樂越笑道：「不用那麼誇張，姑娘妳救人才是最積福報之事，我不過順手幫幫忙而已。」

兔精姑娘再福了福身，方才離去，她一面走，還一面頻頻回頭。

樂越一直等到看不見她的身影，方才轉身回城。

等回到客棧，杜如淵、洛凌之和應澤已在樓下大堂內吃晚飯了，應澤埋首在一只碩大的麵碗中，吱溜溜地喝湯。

樂越、昭沅和琳箐也湊上前坐下，各自點了飯。

應澤從碗中拔出頭，又跟著要了一碗麵。

洛凌之初次看見應澤進食，還不太習慣，低聲向樂越道：「越兄，這位小公子這樣吃，不會脹食麼？」

樂越道：「放心，他把這個客棧吃下去都脹不到。」

杜如淵斯文地喝著粥道：「我們明日努力趕路，大約兩、三天後就能趕到定南王府所在的誠州城，然後再去雲蹤山，大約再需要一天就可以。」

樂越道：「但願一切順利嘍。」

應澤臉埋在麵碗中含糊道：「雲蹤山，無須去，白費力氣。」

洛凌之的神情有點詫異，樂越打了個哈哈：「小孩子，大人說話喜歡亂插嘴。」

應澤抬起頭，皺眉：「本座……」樂越立刻抓起桌上的一只肉包，遞到應澤面前，應澤接過，塞住了嘴。

樂越心知應澤這種狀態很難瞞過洛凌之的眼，讓他相信應澤是個尋常人，便小聲道：「他叫應澤，是昭沅的弟弟。小黑蛇。」洛凌之一臉瞭然，樂越的聲音再小點。「脾氣古怪，能吃。」

樂越一臉真誠的痛苦，洛凌之理解地點頭。

晚飯後，昭沅跟著樂越上樓，琳箐突然在身後戳戳他，輕聲道：「你和我到我房間去，我有話要問你。」

昭沅一頭霧水地跟著琳箐到了她的房間，剛跨進去，琳箐就緊緊插上門，還抬手上了道法障。

「我問你幾句話，你必須老實回答哦。」

琳箐的表情非常鄭重，昭沅遂也鄭重地點頭。

琳箐晃晃手指：「一定一定要老實回答。那我來問你第一個問題……」

昭沅聚集精神望著她，琳箐在房間中來回走了兩步，又湊近他身邊：「你覺得，我和今天的那個兔子精月瑤，到底誰比較好看一點？要說實話。」

昭沅不假思索地道：「當然是妳好看。」除了大姐和澤覃表姐外，琳箐是他見過的最好看的女孩子，那個兔精姑娘是很可愛，但是論好看，遠遠比不上琳箐。

琳箐又來回走了兩步，再目光灼灼地問他：「那麼你覺得，她哪些地方比我強，我又哪些地方比她強？」

這個，昭沅抬爪計算了下：「嗯，她比較可愛，比較溫柔；妳比她好看，比她厲害，比她能打。」

琳箐神色變了變，用手指繞著胸前的頭髮：「最後一個問題，你覺得一般的凡人……比如樂越這種的凡人……是喜歡可愛溫柔一點的，還是喜歡好看厲害能打的？」

昭沅直直地看她：「原來妳喜歡樂越。」

琳箐立刻敲了他頭頂一記：「亂說，少自作聰明！」

昭沅道：「我又不是傻瓜，妳問那麼多，不就是怕樂越喜歡了兔精姑娘麼？妳放心，兔精姑娘喜歡的人是洛凌之。樂越只是幫她忙而已。」

琳箐抱起雙臂看他：「你這條傻龍，倒是一天比一天厲害了。」她豎起手指，一字一頓。「我、告、訴、你，我才沒有喜歡樂越，我只是在想我要找的亂世大英雄人選，是不是在找到他的時候應該收斂一下脾氣比較好，別把他也嚇到，又被誰搶了。」

昭沅沒有接話，琳箐明顯在口是心非。可是如果戳穿她的謊話，琳箐發起脾氣，一定很恐怖，昭沅覺得還是順著她比較好。

凡人常說明哲保身，眞的很必要。

京城中，安順王府中最幽靜的院落內，紅衣小童彎腰向正在院中品茶的鳳桐道：「主人，太子殿下沒有直接回京城，一行車馬折轉向南，似乎要去雲蹤山。」

鳳桐頷首，放下茶盅：「慕禎此人甚麼都尙可，只是野心太大，太喜歡投機取巧，時常想要些根本不可能要到的東西。」他斂衣起身。「我即刻去雲蹤山走一趟，來不及告知君上，你替我代爲稟告吧。」

次日，樂越一行按計畫出發，洛凌之的傷休養了一天後已經沒有大礙。

他們晝夜兼程，快速向南趕路，終於在三天後的清晨，站到了定南王府所在地——誠州城的城門前。

第六章

他活了許多許多年，看過很多事情，
他一直很喜歡凡間，也很喜歡凡人。
因為在凡間，你永遠無法預料到，誰與誰有緣。

誠州城是南郡最大的城，繁華熱鬧，是鳳澤鎮之類的小城小鎮遠不能及的。

芍藥花期剛至，誠州每年四月初一都有一場芍藥花會，這幾天正在張羅布置，街邊的賞花台已經搭好，眞正的名品尚未擺出，尋常的花株已擺了不少，姹紫嫣紅，錦繡處處。

樂越欲抓個行人問清定南王府所在處，直接殺將過去，被杜如淵抬手攔住：「不用忙，我們先在城中四處逛逛。」

樂越知道他裝神弄鬼的毛病又發作了，遂聽從他的意見，不再問路。

琳箐在一旁道：「那日可是有人誇下海口只需在定南王府耽擱半日，就可以趕去雲蹤山。假如午時過後，我們沒有在去往雲蹤山的路上，有人可要願賭服輸喔。」

杜如淵敲著書道：「當然當然。」

他們在街道上左右觀望，做閒逛模樣。

洛凌之忽然道：「那位應澤小兄弟好像不見了。」

樂越聞言四周一看，果然，方才還在昭沅身邊走的應澤沒了蹤影，他擺手道：「無妨，朝著有賣吃食的地方看，肯定能找到他。」

老龍最近幾日相當不錯，在洛凌之面前一直沒有露出馬腳，很配合地扮演著天眞可愛的蛇弟弟。當然，這也是因爲他們一直順著應龍殿下的鱗片，他想吃甚麼，就給他吃甚麼，應龍殿下看起來相當滿意。

樂越還是一直不敢放鬆警惕，老龍好像是爐灶邊的一堆稻草垛，不知甚麼時候沾上個火星，就能燒起來。

樂越的視線細細掃過街邊每個賣小吃的攤位。

他還有些隱隱擔憂，不知道應澤看到了誠州城的花花世界，會不會感覺囊中羞澀，難以施展，再找個錢莊搶點錢花花。

一條街道走了一半，樂越才發現了應澤的身影，不是在小吃攤前，而是在一條暗巷的巷口，應澤正站在巷口吃著一包炸丸子。

昭沅道：「爲甚麼他的額頭好像沾了個東西。」

樂越仔細一看那個東西，心中咯噔一下，玉帝啊，不會有哪個膽大包天的拐子敢打應龍殿下的主意，給他拍了個花餌吧。

拍花餌是拐帶孩童的拐子常用的手段，花餌是一種餅狀的迷藥，拐子挑個適當的時機拍黏在孩童的額頭上，小孩子在迷迷糊糊中就會任由他們領著帶走。

樂越走到近前，果然發現，在那條暗巷的中央，正躺著一個黑漆漆的人影，在痛苦地抽搐。

方才應澤獨自在小吃攤前晃悠，引來一個拐子的覬覦，他看見這個孩童長得富貴漂亮，從衣袋裡掏出一把一把的錢一點也不含糊，料想他肯定是個大戶人家溜出來玩的孩子，還慶幸自己碰上了一個大買賣，遂摸出一塊花餌，拍在了應澤腦門上。

因爲藥效一時發作不到最大，拐子特意買了一包炸丸子，引著應澤走進暗巷，哪知道這孩子剛剛接過丸子包，拐子忽然覺得渾身一麻，一道電光劈中了他的天靈蓋。

應澤捏著一枚丸子神色肅然道：「凡人的品德眞是一日差似一日。」

樂越低聲拍他馬屁道：「是，你老人家寬宏大量，饒他一命已經是恩德了。」

昭沉替他拿下黏在腦門上的花餌，用袖子幫他擦擦額頭，應澤滿意地享受：「本座一向慈悲爲懷。」

應澤吃完炸丸子，開了胃口，抬腳進了一家飯館吃早點。

樂越等人從善如流地跟上，叫完飯，琳箐用筷子敲著面前的小碟道：「離中午越來越近了，有的人可要記得自己打過的賭啊。」

杜如淵微微笑道：「放心，就快了。」

吃完早點，杜如淵又說要到茶樓裡喝茶，琳箐再次提醒時辰，杜如淵還是說不急，就快了。

在茶樓裡聽了一段書，應澤吃掉幾盤點心，洛凌之起身如廁。

琳箐道：「我總覺得，洛凌之還瞞了件很重大的事情沒有告訴我們。」

樂越道：「能讓洛凌之隱瞞的，跑不出兩點，一是清玄派相關，二是他師父重華子相關，肯定不是甚麼好事，但具體的就難猜了。」

琳箐嘀咕：「那個斬神劍眞的有那麼厲害？我倒想看看，太子把它弄到手之後，上次的小鳳凰舉著它，能不能眞正擋住我三招。」

她雙目中閃動著興致勃勃的光芒，一旁吃點心的應澤哼了一聲：「妳放心，區區凡人，不可能拿得動。」

琳箐詫異：「你知道？」

應澤慢悠悠道：「甚麼斬神劍都是無知凡人亂喊，那劍叫雲蹤劍，所以它化成的山，便叫作雲蹤山。有哪個凡人能扛得動一座山？」

四周一片沉默。

應澤幽幽道：「如果不是我告訴他，他也不會知道這就是雲蹤山，後世你們這些凡人，更不會叫那裡雲蹤山……」

四周更沉默了，應澤寂寞地拿起一塊雲片糕，送進口中。

昭沅在困惑中道：「你知道被壓在潭中的神將是誰？他到底被壓在哪裡？」

應澤側首：「本座不就坐在你面前麼？」

琳箐伸出顫抖的手指：「你……你……」

應澤嗯了一聲：「是我一直忘了說，本座當日在神霄仙帝座下，被封爲天澤將軍。」

趁著洛凌之還沒有回來，樂越沉痛地捂住額頭。

昭沅小聲說：「那我們還用去雲蹤山麼？」

樂越捂著額道：「如果不去，怎麼和洛凌之說？」

說，洛兄啊，對不住，和你開了個玩笑，其實你身邊這位天眞可愛的蛇弟弟就是那個神將啊……？

杜如淵道：「去，還是要去的，我們要去救迎春花麼。噬骨妖獸，那也是一條生命。」

琳箐磨著牙狠狠地盯著應澤：「爲甚麼你一直不說？」

應澤道：「唔，本座看你們好像很怕被那個洛少年知道一些事情，所以一路特意幫你們掩藏。」

在客棧時，樂越他們分明沒和洛凌之住在一個房間。

應澤道：「那時候，本座忘了。」

故意的……老龍絕對是故意的……

樂越瞄見洛凌之回來的身影，掙扎著恢復常態。

洛凌之還是看出不妥，皺眉道：「樂兄，你們怎麼了，是否哪裡不適？」

樂越僵硬地笑道：「沒甚麼，可能茶水喝多了，脹著了。」

又坐了一刻鐘左右，杜如淵看了看窗外，突然放下茶杯：「來了。」

茶樓大門外呼啦啦擁進大群兵卒，為首的一個向他們一指：「拿下！」

琳箐立刻拍案而起，杜如淵抬手：「麒麟姑娘，拜託妳聽在下這一次，不用動。」

兵卒如潮水般殺到桌前，將他們套上繩索，押出大門。

門外停著幾輛大車，樂越等被兵卒們像麻袋一樣拋進車內。

昭沅被摔得七葷八素，幸虧先被扔進來的樂越用身體墊了他一下。

馬車顛顛簸簸，似乎奔過了幾條街道，而後停下，他們又被兵卒們一個個從車上拎下。

他們下車的地方是一處宅邸大門口，朱紅大門，鎏金銅釘，門上懸著一塊碩大匾額——定南王府。

兵卒押著他們進了府內，定南王府中屋宇重疊，花木珍奇，富貴風流。

穿過開滿芍藥的寬闊庭院，走過蜿蜒曲折的迴廊，一路上有許多衣衫精緻的僕役和婢女來來去去，與他們相遇時都斂身退到一旁，婢女們都拿手帕掩住口，好像在偷笑。

終於，兵卒將他們押進了一間寬闊華美的大廳。

廳差不多有青山派一個祖師殿那麼大，花磚鋪地，陳設奢華，讓窮困的青山派弟子樂越和河溝中長大的土龍昭沅眼花繚亂。

昭沅偷偷撞撞樂越：「為甚麼牆角那個瓶子身上都是裂紋，還可以放在這裡？」

樂越低聲道：「那些裂紋是故意燒出來的，一般的窯燒不出這種瓶子來。」

昭沅恍然地點頭，覺得凡人的有些愛好，很難理解。

廳中也站著幾名秀美的婢女，聽見他們的對話，又開始偷偷用手帕掩住口。

樂越咳了一聲，向杜如淵道：「杜兄，你是不是和定南王有仇？」

杜如淵道：「很大的仇。」

好像爲了詮釋他的這句話一樣，大廳另一頭的屏風後傳來冷冷的哼聲。

有一個人緩步從屏風後踱出，樂越憑藉犀利的眼光，斷定他一定是定南王本人。

來人約四十左右年紀，一身暗紫色衫袍，儀容華美，劍眉微皺，漆黑的雙瞳冷冷地盯著杜如淵：「小畜生，不派兵抓你不行是吧。」

杜如淵恭敬地開口：「是你讓我滾出去就別回來的，爹。」

樂越的頭有點暈。

「杜兄，他……他是你的……」

定南王平靜地看了他一眼：「我是他老子。」

這句有些粗淺的話從定南王嘴裡說出來，居然帶著一絲冷靜的優雅與霸氣。

樂越忍不住抽抽嘴角，這、這就是傳說中的王侯氣質啊！今日總算見識到了……他又忍不住向身邊一一望去：昭沅，一條龍；琳箐，一隻麒麟；應澤，一條太古龍神。現在杜如淵又變成定南王的兒子，就算最平常的洛淩之，好歹也是天下第一派清玄派的首徒。他憂鬱地想，本少俠眞是大運不斷，身邊隨手抓一個都是個人物，而且每個人物都帶給他不小的「驚喜」。

定南王命人替樂越等人一一鬆綁，只有杜如淵依然被捆著。定南王道：「本王爲了抓犬子回府，得罪了幾位，實在抱歉。」語氣十分隨和，神情也和盯著杜如淵時陰冷的表情截然不同。

樂越揉揉被捆得有些痠的胳膊，賠笑道：「王爺客氣了。」

昭沅輕輕撞撞樂越，小聲問：「爲甚麼杜如淵還被捆著？」樂越抽動嘴角輕聲道：「凡間有句俗話，父子是冤家。」昭沅茫茫然一臉不解。

被捆著的杜如淵依然氣定神閒，和定南王兩兩對峙的模樣，的確像冤家仇敵，隱隱然暗濤洶湧。

琳箐嘖了一聲：「書呆子，想不到你居然是定南王的世子，怪不得你一直裝神弄鬼，還總說定南王的好話。」

杜是誠州一帶的大姓，城中百姓十家中有四、五家都是姓杜，加之杜如淵一直神神叨叨，所以他們從沒想過杜如淵的身分居然會如此尊貴。

區區一個人間的定南王世子，在琳箐眼中自然不算甚麼。她這樣滿不在乎地和杜如淵笑嘻嘻說話，廳中的婢女們都覺得她口氣太不恭敬，俱不滿地剜了她兩眼。

定南王卻挑起了一邊眉毛：「哦？」隨即揚起嘴角。「小畜生倒還有些良心，知道在外人面前說你爹的好話。」

杜如淵低頭咳了一聲。

樂越立刻接口：「是啊是啊，杜兄天天在我們面前說，定南王是天下最英武的王爺，忠心朝廷，體恤百姓。聽得我們都煩了，原來他竟是世子，這就難怪了。」

定南王的嘴角越揚越高，雖然面上還是一派平靜，但眼中已有藏不住的悅色。

樂越趁熱打鐵：「王爺，世子之所以與我等一起急忙忙趕回來，實在是因爲有件火燒眉毛的要緊事，世子十分擔心會牽連到王爺，簡直是心焦如焚，還望王爺體恤世子一片孝心。」

杜如淵很配合地低著頭，一副彆扭的孝子模樣。

定南王另一邊的眉毛也挑了起來：「甚麼要緊事？」

見杜如淵還是低頭不語，琳箐不耐煩地皺眉：「你就別在你爹面前裝模作樣了！喂，這位定南王爺，那位新太子帶著一隻妖獸和幾十個小道士去了雲蹤山煉妖殺神，現在可能已經到山邊上了。假如他在你的地盤上被妖怪吞了，那麼這件事對你來講算不算大？」

定南王斂起雙眉，凝住神色。

杜如淵抬首：「正是，爹，這位洛公子是清玄派的首徒，他可以作證。」

洛凌之向前半步，正待開口，定南王已肅起面孔道：「世上哪有甚麼鬼神！所謂鬼神之說都是別有用心之徒在故弄玄虛，將太子殿下與此等事扯在一起，乃大不敬。」

他這句話表面上像在教訓兒子，但弦外之音卻讓洛凌之有些不是味道，於是把即將出口的話嚥了下去。

杜如淵道：「爹，你不信鬼神，太子信，他現在拉著一頭猛獸要去雲蹤山邊血祭，萬一他被猛獸所傷，難道不會怪罪到我們家頭上？眼下救太子要緊，其他的甚麼大不敬小不敬之事，回頭再慢慢計較吧。」

定南王瞇起雙眸：「確有此事？」

杜如淵苦笑：「我怎麼敢編這種事來耍爹？」

琳箐在一旁涼涼道：「不信也沒關係，大不了就是太子被猛獸當點心吃掉。」

好像配合她這句話一樣，應澤的肚子應景地「咕嚕嚕」響了一聲，他懶懶地打了個呵欠，摸摸肚子，咂咂嘴。

定南王杜老爹的神情越發嚴肅。他揚聲喚來侍從，吩咐立刻調親兵去雲蹤山探查。

杜如淵道：「爹，我這幾位朋友武技超群，不如讓我們同去，應能更好地保護太子。」

定南王略一沉思，微頷首：「好。」

定南王手下盡是精兵，巳時四刻，有二百親兵到城外集結等候，侍從來報，已在後院備好馬車供世子與幾位大俠行路之用。巳時五刻後即可出發。

杜如淵噙著一絲若有若無的笑容瞄了琳箐一眼，琳箐自然明白他是在得意打賭贏了她的事，扭過頭哼了一聲。

定南王府地方頗大，眾人在侍從的引領下，穿過一道道迴廊、走過一層層院落，後院似乎還離著十萬八千里。盛開的一叢叢嫵媚芍藥及其他叫不上名的名貴花朵，依傍著玉階朱欄，富貴華美，看花了昭沅的眼。

樂越一路左看右看，頗多感慨：「杜兄，你們定南王府平時吃個飯一定挺費事的吧。」

他一向聽說豪門大宅中都備有車轎代替步行，還想著有錢人就是會享受，一步路都懶得走，今天算是領教了其必要。

琳箐點頭表示贊同：「書呆子，你家是挺大的，差不多有我的半個寢宮大了。」樂越咳了一聲，以眼神提示她，不要忘記旁邊還有王府的侍從和婢女。幾個隨他們一道去後院的婢女正用奇怪的眼光偷偷看她，眼神中透著對吹牛皮者的鄙夷。琳箐吐吐舌頭，轉過話題：「呃，你家後院快到了吧。」

杜如淵道：「就快了。」

但他們沒能順利平安地到達後院，中途出了點意外。

一個不知道從哪裡轉出來的婦人突然斜刺裡衝進迴廊，一把扯住杜如淵，淚水漣漣：「淵兒，你終於回來了……你們爺倆以後再犟上，先把我殺了算了……你從此後哪也別去，別再嚇我了……」

樂越等被嚇了一跳，抱著杜如淵哭的婦人簪著金玉珠釵，一身華服麗裳，相貌柔美，看起來約莫三十左右。一堆婢女呼啦啦地圍上來，輕聲勸解：「娘娘，別再哭了，世子已經平安回來了啊。」

樂越頓時瞭然，這位美貌的夫人大概是杜如淵的……

杜如淵輕聲道：「是啊，娘，我這不是好好地回來了麼?」

定南王妃緊緊抓住杜如淵的衣袖，淚如噴泉：「別瞞著我，我都知道了!淵兒你哪裡都不許去，等我去找王爺理論!兒子剛進家門，娘親還沒見過，就被往外趕，這是甚麼道理!?」

杜如淵苦笑道：「娘，這次不關爹的事，是我自己向爹請命的……」

他向王妃說出緣由，無奈王妃就是不鬆手，說甚麼也不讓兒子再出家門。

昭沅拉拉樂越的衣袖，樂越明白小龍是看到杜如淵一臉的爲難，想讓他幫幫忙，他搖頭道：「這是旁人的家務事，不好插手。」

琳箐抱起雙臂，閒閒地道：「乾脆讓書呆子留在家裡好了，反正他不懂武功，去了說不定只能拖我們後腿。」

一直靜靜站在一旁的洛凌之贊同地頷首。杜如淵掙扎著回頭：「不帶這樣不講義氣的！」

王妃的眼頓時直了，舉著用手絹擦眼淚的另一隻手立刻噌地抓住他的衣袖：「義氣？淵兒，你不會去混了那個甚麼江湖了吧。我早說過，那些話本傳奇多看無益，滿紙打打殺殺，就是哄你們年少沒閱歷，讓你們把舞刀弄槍、結伙打架當好事，等到將來後悔想抽身時就難了。那不是好玩的，不講王法，混淆道理，你千萬不能沾那些東西……」

昭沅看了看樂越，他覺得，杜如淵的爹媽好像很看不上他們。杜如淵的爹說，鬼神都是在裝模作樣；杜如淵的娘又說，江湖很不好。

杜如淵反手按住王妃的雙手：「我這幾位朋友都是江湖門派出身，娘妳當著他們的面說這些話，有些失禮。」

樂越立刻笑道：「無妨無妨，王妃娘娘，我們這幾個人都是正經江湖門派出身，被朝廷認可的。尤其這位洛凌之少俠，還是皇上親自封的天下第一派清玄派的首徒，世子與我幾人萍水相逢，雖然做朋友，卻沒有沾染江湖事。這次要去辦的，是保護太子、保衛江山社稷的正經事。請王妃放心。」

王妃凝目看他，神色漸漸和緩，微微露出一抹歉意：「我擔心淵兒，一時口不擇言，請各位見諒。」

樂越連忙道沒關係，杜如淵趁機將衣袖從王妃雙手中拽出來，扶住王妃的手臂：「娘妳放心，我只是去雲蹤山走一趟，爹派了二百名親兵跟著，十萬分周全，我一定速去速還。」

王妃的眼淚又冒了出來，用絹帕按住雙目，杜如淵再接再厲地勸解，從忠君報國到忠孝禮儀一一分析，大約一刻鐘後，王妃總算輕輕輕輕地點了點頭。

「你被你爹捆進家，連口水都沒喝，好歹吃了午飯再走……」

杜如淵如蒙大赦，立刻抛下一句：「太子性命關乎社稷，來不及了。」與樂越、昭沅等一道，一溜煙奔向後院。

後院寬敞的空地上，馬車已經備好，能坐七、八個人還綽綽有餘，四匹駿馬拉車，兩位趕車的侍從亦已整裝待發。

樂越正要爬上車，眼角餘光瞄見一個暗紫身影從樹叢中走來。定南王在馬車邊站定，望著自己的兒子，淡淡道：「一切小心些。」

樂越在一旁看著，心中浮起了一句話——可憐天下父母心。

馬車奔馳在官道上，很快，又很平穩。

昭沅靠在座椅上打瞌睡。用樂越的話來說，王爺家的東西就是不一樣。馬車裡的座椅都鋪著厚厚的錦褥，擺放著柔軟的靠墊，還能拉展成小床睡覺，馬車中有一張小桌，座椅下的暗屜內有點心、茶水、果酒。還有一副圍棋、一副象棋。

應澤吃了幾碟點心，品了兩壺小酒，變成半尺大小躺在一個靠墊上愉悅地睡了。杜如淵和洛凌之下棋解悶，琳箐和樂越觀戰。昭沅也很想睡，但他覺得，樂越有些怪怪的，並不像平時那麼開心，於是強撐著睏倦半闔的眼皮，只敢淺淺地打個瞌睡，準備隨時開解他。

可惜樂越一下好像有心事，一下又好像沒心事，下棋他看不懂，應澤的鼾聲把他的睡意越引越濃。他靠著車廂壁，意識漸漸一片模糊朦朧，馬車一個顛簸，他方才猛地驚醒，急忙再去看樂越，樂越塞給他一個靠墊，誠懇地說：「睡吧。」

昭沅嗯了一聲，把靠墊挨著樂越放，方才變回龍形，趴在靠墊上，他覺得離樂越近一點，比較方便履行護脈龍神的職責，便放心地睡了。

他這一覺，睡到了天快黑，醒來時，他們已經到了離雲蹤山約三百里的一處曠野，那二百精騎的兵卒正在飲馬餵馬搭帳篷，準備在此處露宿一宿，明天再趕路。

親兵們帶有乾糧，又打了些野味，晚飯十分豐盛。

只是被樹枝串著的烤野兔讓昭沅想起了救下洛凌之的野兔姑娘，當一個兵卒遞給他一隻烤得金黃油亮、皮脆肉嫩的野兔腿時，他婉言謝絕。

洛凌之也沒有吃烤野兔，昭沅分給他一隻烤雞翅，洛凌之微笑搖頭，樂越啃著雞腿含糊地道：「不用讓他，他吃素。」

昭沅很詫異，樂越吞下一口雞肉，嘆息著解釋，清玄派身爲名門大派，戒律森嚴，門下弟子一律要吃素，頓頓青菜蘿蔔皮。當然，那些門徒不會這麼老實地遵守，暗地裡打個野味偷吃兩口的大有人在，不過像洛凌之這種至誠君子就斷然不會做了，他一向持齋把素，從未破戒。

昭沅回想一下，一路走來，洛凌之好像的確只吃素食，只是因爲他們趕路吃的本就不怎麼好，他才對這件事沒有太在意。他這些日子品嚐到不少人間美食，知道洛凌之只吃素要用多大的毅力才能做到，假如讓樂越吃素，估計不出一個月，他就會抑鬱而卒。昭沅望著洛凌之的目光轉成了濃重的欽佩。

在一旁啃雞肉的應澤讚許地看了洛凌之一眼：「嗯，少年人，有毅力，可成大事。」

洛淩之笑了笑：「我只是從小如此，習慣了。」

晚飯吃完，各自去帳篷中睡覺時，琳箐走在樂越和昭沅身旁，望著一段距離外洛淩之的背影，擰起眉毛：「我不喜歡這個洛淩之。你們有沒有覺得，他很裝。」

昭沅迷茫地抬頭，琳箐向他補充：「就是他很會裝模作樣，裝好人、裝清高這種啦。」

杜如淵搖頭：「唉，姑娘妳好像也用這個詞形容過在下，在妳眼裡，除了樂越兄，難道就沒有像樣的人？」

琳箐撇撇嘴：「我懶得和你打嘴仗。洛淩之的裝法，和你不同，怎麼說呢，他樣樣都做得滴水不漏，完美無缺，於是就顯得假了。一般這種人，都很有心機。」

昭沅聽得有點暈，他覺得，洛淩之不是琳箐所說的那樣。

樂越哈哈笑道：「琳箐，妳多慮了，我和洛淩之打過多年交道，他這人看起來好像心機深沉，其實接觸久了就知道他只是一根筋而已，死板得很。」

樂越還記得，當年幾位師兄剛剛叛逃去清玄派，十二歲的他成了大弟子，責任驀地重了許多，首先就要幫師父和師叔們塡飽師弟們的肚子。於是他每天都去臨近的山上挖野菜，而洛淩之居然很無恥地拿著鏟子和他一起挖，搶他的口糧。

樂越大怒，爲捍衛青山派的野菜要和洛淩之單挑，洛淩之卻把挖到的野菜都放進樂越的竹筐中。樂越怒上加怒，把野菜抓出來丟掉：「少假惺惺裝模作樣！你是在恥笑我們青山派麼!?」

洛淩之彎腰去撿：「不是。」

「不是？那你是同情我們？青山派不用人同情！特別是你們清玄派！」

洛淩之捧著野菜站著，一向乾淨整齊的衣裳已經縐了，還沾了不少泥污：「我沒有。」

樂越懶得理他，拎起籃子走去另一邊，洛淩之又陰魂不散地湊上來：「對不起。」

那句對不起，樂越覺得很扎耳朵。

洛淩之接著又說：「樂越，我們……是朋友。」

樂越像被針扎到一樣跳起來：「誰和清玄派的人是朋友！回你師父身邊去！」拿起竹筐，大踏步離開。

洛淩之沒有再跟上來，走出很遠後，樂越回頭看，一個黑點還站在原地，一動不動。

如今回想起舊事，樂越已經能夠想通師兄們投靠清玄派本就是他們嫌貧愛富想攀高枝。門派事務，當時才十二、三歲的洛淩之不可能參與，不該遷怒於他。可那時他年紀還小，覺得整個清玄派都不是好東西，洛淩之也是迫害青山派的仇敵之一。

樂越叼著一根草躺在帳篷中回憶往事，感覺胳膊被甚麼碰了碰，他頓時回神，發現傻龍蹲在身邊，把一個水袋遞給他。樂越坐起身，接過灌了兩口，抹抹嘴，把水袋遞還給昭沅：「謝了。」

昭沅接回水袋，抱在懷中，雙目仍一眨不眨地望著他：「樂越，你是不是……有甚麼不開心的事。」

樂越轉著方才叼在牙間的草：「嘿，也沒甚麼，就是多想了點事情。」

昭沅唔了一聲。樂越不打算告訴他是甚麼事情，表示他這個護脈神還不能徹底被信任。昭沅心裡有些悶，他大著膽子說：「你……如果有甚麼想不開的事情……可以告訴我。」

樂越瞪大眼，哈地笑出聲，拍拍他的肩膀：「不錯不錯，一天天地長進了。你出來這麼久，有沒有想過你爹娘？」

昭沅嗯了一聲：「想過。」他挺想父王的咆哮、母后的嘮叨，還有大哥大姐吵架、弟弟妹妹撒嬌吐水泡。「特別是今天杜如淵的娘抱著他哭的時候，我很想我母后。」

樂越長長吐了口氣：「有爹有娘眞讓人羨慕。」

昭沅驀然想到了，樂越從來沒見過他的爹娘，大概今天見了定南王和王妃，讓他想起了關於父母的事。

他張張嘴，想安慰樂越，卻發現不知道該怎麼說。只好再抬起前爪笨拙地碰碰樂越。

樂越看著小心翼翼的對方，心情有些異樣，傻龍最近一天比一天小媳婦，搞得他總覺得自己隨身帶了個童養媳。他很想說，其實你熱血點更好，又怕傷到傻龍那脆弱的小心肝。

正在此時，琳箐掀開門簾進了帳篷，杜如淵跟在她身後。看到樂越和昭沅兩個都是一副欲言又止的模樣，琳箐好奇地詢問樂越，兩人剛才在說些甚麼。

樂越抓抓頭：「哦，正在說爹娘的事，我一向覺得沒爹沒娘活得也挺好，不過今天在王府看見杜兄和王爺、王妃一家三口，還是覺得怪羨慕的。」

琳箐在一旁地鋪上坐下，點頭：「嗯，特別是書呆子你爹定南王，一副好像和你有仇的樣子，其實挺疼你的。和我父王有點像，都是那種只有嘴巴凶得要死的人。喂，你到底爲甚麼和你爹吵架離家出走？」

這個問題琳箐一路上問了他很多遍，杜如淵始終是一個答案：「說來話長。」然後就沒了下文。這次也一樣如此。

琳箐不放棄地循循善誘：「你爹看起來挺嚴肅的，說太子的事情他還覺得我們不恭敬，還說鬼神之事都是騙人，難道我和傻龍還有那隻睡得像死豬一樣的老龍都是假的？」

一直在帳篷角落呼呼酣睡的應澤抬起頭，肅然道：「本座正當盛年。」

所有人都選擇忽視他，應澤申明完畢，繼續倒頭去睡了。

杜如淵的表情有點無奈：「我爹他就是太過愚忠，一向堅持鬼神玄法之類都是無稽之談。」

琳箐睜大眼：「啊？」

樂越摸摸鼻子：「那他豈不是看我們青山派和清玄派這種修道門派很不順眼？」

杜如淵滿臉沉重。他說，定南王不只是看修道門派不順眼，而且是非常不順眼。定南王曾經數度寫奏章給皇帝，痛斥道士和尚裝神弄鬼欺哄百姓，稱朝廷公開封賞修道門派，是朝政之弊端，天下之流毒隱患。所以皇上才不待見定南王，好幾年沒有召他去京城了。

琳箐喃喃道：「那你乾脆讓商景現個原形出來證明給他看。」

杜如淵搖頭：「沒用的，他會說我不知道從哪裡學來的障眼法糊弄他。」

昭沅恍然大悟，怪不得杜如淵和他爹說起太子之事時，只說太子帶了猛獸，而非妖獸。

杜如淵走到一邊的空地鋪上，整了整被褥，商景從他頭頂慢吞吞地爬下來，先鑽進被中。

大家俱沉默下來，氣氛略有點尷尬。樂越摸了摸下巴，沒話找話：「我覺得杜兄你的相貌更像令尊些，眉毛和嘴型比較像令堂。」

杜如淵坐到地鋪上，笑了笑：「我娘並非我的生母。」

樂越怔了一怔，立刻道：「抱歉。」

「沒甚麼。」杜如淵神色平靜。「我娘除了不是生我的人之外，我與她和平常的母子沒甚麼兩樣，對我來說，她就是我唯一的娘。」

牽扯到他人的家事私隱，不方便再多說甚麼，樂越打算再換個話題，還沒想好說甚麼，身邊的昭沅已傻呆呆地問了一句：「那你的親生母親……」

樂越在心中嘆氣，琳箐很是無奈地看了他一眼。昭沅抬爪撓撓頭，惶惶然地想，自己好像又說錯話了。

杜如淵的神色卻還是很平常，淡淡說了兩個字：「走了。」

樂越沒來得及捂住昭沅的嘴，又被他問出第二句傻話：「去哪裡了？」

杜如淵抬手向上指了指：「天上。」

樂越猛地一拽昭沅的衣袖，阻止他繼續犯傻，再婉轉地道：「杜兄，你如今年少有爲，令堂在九泉之下，一定會很安慰。」

杜如淵的神色有些複雜：「我的生母，並不是過世了。」

不是過世了？樂越暈了，琳箐詫異地道：「你說你的生母去天上了，那麼不是過世，難道是……」

樂越還是沒按住昭沅，被他又問出一句：「她是不是成仙了？」

杜如淵拆下頭上的方巾，慢吞吞地摺疊：「你們要不要聽個故事？」

樂越、昭沅和琳箐立刻正襟危坐，一齊點頭，連應澤的鼾聲都停住了。

杜如淵道：「這個故事，說來話長。從前，有這樣一個少年……」

杜如淵的故事果然很長很長，像一則話本中或戲文裡的傳奇。

從前，有個少年，他出身貴族，十三歲就被封郡王。年少又居於高位，難免驕縱，少年郡王喜豪奢、擅揮霍，結交了許多身分差不多的貴冑子弟，成天鬥雞舞馬，恣意遊樂。

有一天，少年郡王去山林中打獵，遇見一位白髮老者坐在林邊樹下，向郡王討一杯清水喝。郡王見老者白髮蒼蒼，虛弱老邁，便讓手下拿了一個裝滿水的水袋，丟給到老者面前。

老者沒有去撿水袋，也沒有道謝，郡王懶得再費神耽誤工夫，策馬繼續前行。待進入山林深處，不知從何處冒出一個道人，攔在郡王馬前。

郡王便勒馬問他爲何攔住自己去路，道人問，方才王爺是否遇見一位討水老者？王爺如何回他？郡王回答，是遇見了，本王讓屬下扔了一袋水給他。

道人又問，路見長者，王爺爲何不親自捧水相敬，而只是高高在上地丟水施捨？禮待賢德之士，敬重年長之人，本是世人皆應具備的品德。

被莫名其妙的道人莫名其妙地攔住，莫名其妙地質問莫名其妙的事，郡王當然感覺很荒唐。他覺得，討水者雖然年長，但只是個平常百姓，他來討水，沒有按照規矩行禮，自己不予計較，依然給他一袋水，已經是寬容大度了。這種不懂得敬重長者的指責實在可笑。假如他眞的是個不懂涵養禮儀的人，豈會容忍一個野道人攔在馬前囉嗦半天。

道人於是說，少有萬貫不算富，老來安和方是福，王爺雖然現在貴爲王爺，但等到像討水老人那般年紀時，境況如何還未可知，又怎能輕論尊卑？

道人語重心長地勸告郡王，謙和有德，惜福積善方能長久昌榮。

郡王終於忍無可忍，斥責道人不知所謂。他不過偶發善心，送袋水給旁人，竟被一個野道攔著路，說一堆風馬牛不相及的大道理。他有德無德不勞外人評論，人生在世，應當隨性而為，及時行樂，才不會虛擲年華。

道人便說，郡王雖憑當前的權勢可以恣意隨性，但有三樣平常百姓物，他可以打賭，郡王絕對難以得到。

道人的話刺激了郡王，他與道人立下賭約，假若他輸了，今後路遇長者，無論貴賤，他皆會恭敬待之。若道人輸了，就自綁王府門前三天示眾。

道人躬身應允。郡王問道人所說的三樣平常百姓物是甚麼，道人回答曰，一是暖心絮；二是與你彼此真心相待之人；三是一碗充飢的白飯。

道人與郡王約定賭局的時間是半年。郡王覺得這個賭是個笑話，他無論如何，不可能輸。能夠暖到心的棉絮根本就不用去找。郡王的王府中有天下最好的雲床錦被，隨便抱它幾十條被子蓋在身上，別說暖心了，寒冬臘月天裡熱火燒心都能辦到。

郡王自認交友遍天下，肝膽相照的朋友可車載斗量。至於最後一樣，一碗可以充飢的白飯，那就更可笑了，隨便哪裡，找不來一碗飯？

郡王開開心心地繼續去打獵，他的侍從引弓射大雁，無意中射傷了一隻路過的白鶴。郡王當時心情很好，見白鶴落地後瑟瑟發抖很可憐，便讓侍從放了牠，順便還給牠的翅膀上了點傷藥。

郡王回到王府後，悠悠哉地數著日子，等著半年期限度過。誰知就在幾個月內，他遇見了天翻地覆的大變故。

皇帝駕崩，未留遺詔。先帝共有兩位皇子，都還年幼，到底由誰繼位，朝中幾派勢力爭執不下。最終，在鳳神殿中抽籤，大皇子和韶中籤繼位，改年號崇德，世稱崇德帝。太皇太后、太后、三公及國師馮梧輔政。支持二皇子的丞相趙初與振國將軍不服，企圖逼宮奪位，被鎮壓。

少年郡王與振國將軍有些交情，受到了牽連，同被打成亂黨，王爵被削，王府被抄，本人被押進京城，打入死牢。

郡王被押送往京城時，正是寒冬臘月，他只穿著單薄的罪衣與芒草鞋，手腳開裂，生滿了凍瘡，被枷鎖鐐銬磨破，鮮血淋漓。平時逢迎他的人、巴結他的人，與他稱兄道弟他自認肝膽相照的人，都唯恐被牽連，遠遠地避開，沒有一個人敢來看他。一路上他時常凍得或餓得昏倒，連啃到石頭一樣硬的饅頭都算是美餐。

途經一處山林時，有一位道士踏雪而來，迎著囚車，立於路旁。

道士問：「王爺還記得與貧道的賭約否？」

郡王恍然想起，今日便是那賭局的半年期限到期之日。

只半年時間，他從一個呼風喚雨的王爺變成了落魄的死囚徒。那三樣他以為如塵土般普通的東西他一件都沒有。

是他輸了。

郡王心中一片冰涼，在他恍然醒悟的時候，囚車已向前走了很遠，道士並沒有跟來，他未能開口認輸。再回頭看，只見身後白茫茫，空空蕩蕩，天地之間，似乎一無所有。

他萬念俱灰，趁著押送的士兵將他從囚車中放出來吃飯休息時，跳下了山崖。

身爲一個故事的主角，跳崖死不了乃是一條鐵律。待郡王從昏迷中醒來，發現自己身在一間茅屋中，他的身上蓋著一條棉被，雖然粗陋，卻異常溫暖，茅屋內藥香挾著飯香，暖霧繚繞。

有位少女，端著一只冒著騰騰熱氣的碗，向他嫣然一笑。

這個笑容，是郡王一生中見過最美的笑。

少女名叫荷仙，她說自己父母雙亡，獨自住在這座山谷中的小屋內，偶然發現了昏迷的郡王，就把他救了回來。

郡王告訴少女，他是被判謀逆罪的死囚徒，如果救了他，會被牽連。不如趁早將他交給官府。

少女卻說，我救你時，就知道你是誰。可能你已不記得我了，你曾是我的救命恩人，我曾落入王府，是王爺讓人放了我，這份恩情，我永遠難忘。

郡王確實不記得有做過這件事，他依稀想起一、兩年前總管曾新買進一批僕役，他覺得沒有必要，就讓全部放還回家，只當賜他們一個恩德，大概荷仙就是其中的一個。

卻沒想到這個無心之舉居然給自己留下一線生機，最後救他的人，竟是一個曾經的婢女。

荷仙悉心照料郡王。她冒著風雪去附近的城中給郡王買藥，半夜還守在火爐邊煎藥，手凍得又紅又腫。她家境貧寒，只能做粗茶淡飯，黃粱米、醃的過冬鹹菜，半點葷腥都沾不到。郡王卻感覺，這些飯，比他之前吃過的所有山珍海味都珍貴。

郡王的傷勢漸漸轉好，年三十的晚上，荷仙不知從哪裡弄來了一些白米，蒸了半鍋白米飯。拌些醃的葫蘆條兒鹹菜乾，就是他們的年夜飯。

接過盛滿飯的碗，看著向自己微笑的少女，郡王的心中湧起一個已蟄伏許久的想法。他想，自己如果就這樣一輩子隱居在山谷中，也許是最幸福完美的事情。因爲他蓋著暖心的棉被，手中有熱騰騰的白飯，眼前更有他想要相守一生的人。

他見過許多豪門千金，荷仙與她們相比，只是一個有些瘦弱的清秀少女而已，沒有芍藥般的雍容艷麗，沒有端莊高貴的儀態，但只看著她的笑容，他就覺得擁有了世上最珍貴的一切。

可他現在還是個潛逃的謀逆之徒，他甚麼也給不了荷仙，只能拖累她，他沒有資格問她，願不願意和自己相守一生。

目前的日子，他已經知足，但他隱隱預感到，這種日子不會長久。

果然，當冬雪開始漸漸融化的時候，有一隊士兵進入山谷，圍住了這間茅屋，郡王將荷仙護在身後，兵卒中走出一人，向他單膝跪下：「王爺，聖上已查明，謀逆之事與王爺無關。我們奉命請王爺回去。」

郡王在數月之內，經歷了人世最大的起落。他曾在一夜之間喪失所有，而現在，喪失的一切又重新回到他的手中。

據說，是當時權勢最大的國師馮梧爲他翻案，證明了他無罪，而眼下，朝廷正有件燃眉大事等他幫忙。

太皇太后輔政，致使外戚權力膨脹，他們不將年幼的崇德帝放在眼裡，竟然想取而代之。

郡王帶兵鎭壓了外戚叛亂，從昔日的謀反死囚變成了護國功臣。皇上重新賜他王銜，又將許多土地加封給他作封地。他成了手握重兵、權勢最大的四王之一。

在權高得意之時，他做了一件讓世人震驚的事情——娶了一位出身寒微的村野少女做王妃。他許下誓言，今生唯有一妻，永不立側妃。

洞房花燭夜，王爺的新床上只有一床粗被，紅燭下擺著兩碗白飯。眾人皆不明其理，這兩樣東西的意義，只有他和她懂。當掀開蓋頭，握住荷仙的手時，郡王覺得，他今生再無奢望。

從此，郡王和荷仙夫唱婦隨，攜手相伴。

杜如淵拿起水袋，灌了口水，問：「聽了這段故事，你們有何感想？」

樂越、昭沅和琳箐一直眼也不眨出神地聽，此時才都稍微活動了一下僵直的筋骨。

樂越道：「發人深思，頗爲受教。」

昭沅道：「明白了很多道理。」

琳箐道：「對目光短淺的凡人有不少告誡作用。」

樂越又道：「感覺冥冥之中，自有因果，但是……」他抓抓頭，杜如淵所說的這位王爺最後和彼此眞心相待的人喜結連理了，可這樣和定南王目前的狀況好像對不上號。

杜如淵慢慢道：「這個故事還沒完，後面還有一段。」

郡王娶了荷仙之後，夫唱婦隨，相攜相伴過了一段幸福的日子。郡王領悟到當惜福積福的道理，洗去桀驁鋒芒，處事寬厚仁和，尤其敬重長者，謙和待人。

有一天，郡王親自去街上施藥，供百姓防時令疾病，當日和他打賭的道士忽然出現，向他道：

「你與王妃，乃是一段孽緣，她非善類，你須早早休了她，斷此孽緣，方能免傷心之禍。」

郡王大怒，向道士道：「先生於本王曾有點化之恩，我本應拜謝，但即便是先生，說此傷人言語，我也斷不允許！」遂冷臉踱開。

道士在他身後長嘆道：「罷了，我老人家本不愛道人是非，只是不忍看你被騙，你本不該有此一劫，如今看來，也不可免了。」

郡王自不理會。

一年多之後，王妃有孕，王爺大喜，王妃懷胎十月，在冬天即將臨盆。

孩子要出生時，王妃卻忍著陣痛苦苦哀求王爺撤走產婆和婢女，只留她一個人。郡王自然不會答應，王妃哭求不成，突然渾身冒出異光，房中的產婆和婢女們都昏睡過去。在異光之中，王妃居然長出了翅膀，她告訴郡王，其實她並非凡人，而是一隻成仙的白鶴，乃負責看守瑤池的仙婢。

郡王非常震驚，這才明白王妃是他當年救過的那隻鶴，但他仍然說，妳救我雖為報恩，但之後妳我彼此傾心，不管妳是人是鬼是妖是仙，都是我唯一最愛的女子。即使妳是仙，我是人，我仍要和妳長相廝守，生生世世永不分離。

荷仙卻說，王爺，你錯了，我並不是為了報恩才救你，我奉天命點化你，如今產子完畢，緣分已盡，該回天庭覆命了。

荷仙這才說出實情。原來當年，郡王的先人只是一員普通的武將時，有一次路過一處山林，看見林中的山神廟破舊不堪，神像倒塌，就出錢找人將山神廟翻新重建，再塑神像。郡王承襲王爵後，驕縱揮霍，山神念及他祖先的情義，決定點化他一下，讓他明白富貴易失，當珍惜福德的道理。所以山神便上書玉帝，奏請此事，玉帝恩准了。正好郡王註定有場大劫，山神就化作乞水老人和道士，點化於他。

這件事情，本與荷仙這個小仙娥無干，偏偏湊巧，天上的一位仙君要請山神喝酒，臨時讓她到凡間傳信，不想剛到凡間，就被郡王侍從的箭射中。

等見了山神之後，荷仙知道了他點化郡王之事，她雖然是個小仙娥，但心中一向很有主張。回到天庭後，她便在王母面前進言，說山神的點化太淺，既然她與郡王因一箭結緣，不如由她再去點化一番，讓郡王徹底明白世間一切繁華，一切恩怨，一切情緣，看似天長地久，不過都是過眼雲煙。

原本，郡王坐在囚車內，於風雪中遇見道人後，立刻就會有京城來的使臣出現，宣讀赦罪聖旨，山神想用此瞬失瞬得之感讓他頓悟。但荷仙用法術讓使臣迷了路，馬失蹄跌進了山澗，使臣暈在雪堆中。

然後郡王跳崖，再然後，荷仙把郡王運進茅屋，把他扣在偏僻的山谷中數月，使得朝廷的人滿天下尋他不得。

不負她苦心，郡王住了幾個月茅屋，吃了幾個月的粗糧鹹菜蘿蔔皮之後，終於徹底領悟了該領悟的道理。

荷仙流著眼淚道，我為了讓你徹底明白，所謂世間凡情不過是一場虛空，便下嫁於你，嫁給你之後，我曾害怕，萬一點化你不成，自己反陷俗世凡情之中，該如何是好。還好，總算功德圓滿，孩子已經生了，我該回天庭覆命了。

荷仙漸漸化成了一隻白色仙鶴，拍拍翅膀，窗扇自動打開，仙鶴展翅，飛出了窗外。

房中靜靜一片，郡王木木呆呆地站著，他身邊的床上錦被中，有一顆碩大的蛋。

樂越、昭沅、琳箐都目瞪口呆。

樂越道：「咳，這應該還算是個教化世人的故事……但是……」

昭沅抬爪撓撓頭，他不敢再亂說話了，但是……爲甚麼，他覺得，杜如淵的爹好可憐，他被玩弄了。呃，玩弄這個詞用在凡人的雄性身上是不是不太恰當？

琳箐脫口道：「這叫什麼點化呀，這叫耍人這叫騙婚好吧！」她立刻又向杜如淵道。「對不起哈，我沒有對誰不尊敬的意思，我只是針對故事而已。」

樂越感慨道：「曾經，我還幻想過，有個溫柔、美麗的仙女愛上我，現在看來，仙女眞不是好娶的。」他也向杜如淵道。「我也只是對這個故事發點感嘆而已。」

杜如淵沒說甚麼，反而是琳箐接上了他的話：「仙族的女孩子並非都是這樣的，她是特例。像我就……」

樂越注視著她，琳箐忽然有點慌亂地結巴起來：「像我就、就不會做這種事！」

樂越嗯了一聲，在心裡道，妳彪悍在另外的地方。

昭沅小聲道：「澤覃表姐也不會。」

琳箐眨眨眼看他：「澤覃表姐是誰？」

昭沅臉有點熱，期期艾艾地低下頭。樂越摸著下巴奸笑著瞧他，原來傻龍心裡還一直惦記著他的表姐。

琳箐戳戳他：「不要像個小媳婦一樣吞吞吐吐的，說嘛說嘛，這位澤覃表姐是不是你喜歡的雌龍啊？」她托起下巴做思索狀。「喔，四海龍王是你的表舅公，那麼這位表姐是不是龍王家的龍公主？眼光不錯嘛！」

昭沅的臉越來越熱，像火燒一樣，結結巴巴辯解：「不、不是的……」

樂越仗義地及時出手，替他擋下琳箐：「算了，不要跑題，總之，不管是凡人還是神仙，都有一、兩個這種……」畢竟是杜如淵的生母，不能多說甚麼，樂越把這種後面的詞省略。「這種存在。」

琳箐笑盈盈地去看樂越，連聲贊同，不再追問昭沅了。他感激地望著樂越，用前爪抓住對方的袖角。

帳篷的角落裡突然陰森森地冒出一個聲音：「說的很是。」眾人一起看去，只見應澤不知甚麼時候從被窩裡爬了起來，端坐在地鋪上，渾身散發著料峭的寒意。「人也罷，仙也罷，總有一、兩個為了自己向上爬便不知羞恥欺騙他人的傢伙，實在可惡至極！」他的頭頂聚起一朵黑雲，喀啦打了一道雪亮的小閃電。「欺騙感情者，罪不可恕！」

眾人都巴巴地看著他，靜候下文，以為會接著再聽一段感情八卦。沒想到應澤冷冷地說完這句話，再躺回被中，接著睡了。

琳箐嘀咕：「甚麼嘛，每次一點眞相都不說，空發牢騷。」

樂越再次將話題正回去：「杜兄，你的故事還沒有說完，仙娥化鶴飛走之後，郡王怎麼樣了？」

杜如淵繼續道，仙鶴飛走之後，郡王大病數日，他在病中下令，誰也不能靠近那間屋子。王府中的人都覺得很奇怪，王妃生產之後，她的房門一直被緊鎖，婢女們只敢把飯菜放在門前，過幾個時辰再將根本無人動過的飯菜收走。王府的下人都在傳說王妃難產死了，連外面也謠言紛紛，十天後，下人們忽然聽到王妃房中傳來嬰兒的啼哭聲。他們立刻前去稟報郡王。

郡王強撐病體掙扎著進了王妃的房間，沒人知道裡面發生了甚麼事，約半個時辰之後，郡王走了出來，懷中抱著一個哇哇啼哭的嬰兒，他對下人們說，王妃已經死了。王妃下葬時，由郡王獨自把遺體放入棺木，立刻命人釘棺。直到如今，關於王妃依然有種種謠傳，有人說王妃離奇暴斃，有人說王妃生的孩子不是郡王的，所以郡王殺妻。

從那之後，郡王開始痛恨鬼神之說，他說鬼神都是杜撰哄騙世人之物，他堅持認爲神仙、玄法都不存在。

帳篷中再次寂靜良久。昭沅有種不知道該說甚麼的感覺。杜如淵用好像講故事一樣的口氣述說這段往事，其實他心裡也很不好受吧。

樂越道：「杜兄，我有件事想問你，這個故事……你是如何得知的？」

杜如淵對這段舊事知之甚詳，必定是有人告訴他，定南王強迫自己相信那都是不存在的一場夢，他一定不是告訴杜如淵這件事情的人，那麼會是誰呢？

杜如淵道：「告訴我的人正是我的生母。只有最後一段，是我從王府下人閒談中聽來的。」

樂越再次有點被震驚住。

杜如淵道：「每年八月十五，我的生母都會回來看我，她自己告訴我這段往事，她問我，能不能體諒她。」他再笑了笑。「所以，你們也應該明白，爲甚麼我能看見一般凡人看不見的東西了吧。」

樂越點頭，杜如淵這樣，其實算是半人半仙，或是半仙半人？「那麼你現在的娘……」

杜如淵道：「我現在的娘是太傅之女，本就從小和我爹定了親事。」

後來定南王娶了荷仙，把這件定下的親事拋到一邊。太傅家也沒說甚麼，定南王殺妻謠言傳出後，沒有人敢做他的續弦，沒想到還是這位一直沒嫁的太傅千金成了他的第二任王妃。

琳箐道：「怪不得我一直覺得你和一般凡人不大一樣。書呆子，其實你也滿強的，居然自己從蛋裡出來了，幸虧你生在冬天耶，要是夏天，可能沒等你爬出殼，蛋就臭掉了。」

杜如淵搖頭晃腦道：「這就叫天賦異稟。我小時候也是因爲無意間看到了龜兄，才知道自己和常人不同。」

小時候，他經常遭人指指點點，說他並不是王妃親生的。有一天，他看見魚池邊站了一個人，遙遙地看著自己，便問旁邊的僕人那人是誰，僕人卻大驚失色地說，魚池邊並沒有人。

有人把這件事告訴了郡王，郡王請出一根大棍子打了他一頓，說他如果再敢裝神弄鬼就打斷他的腿。他被打得出氣多入氣少，幸虧娘攔住了爹的大棍，把他送回房中。

傷好不多久，他又發現一隻烏龜趴在魚池邊，好像在曬太陽。他年幼淘氣，跑去抓龜，烏龜很老實，任憑他抓住，他把烏龜翻過來翻過去玩了半天，最後端了一只空盆，裝滿水，把烏龜放進去，帶回自己房中養。

下人卻問他，小世子你爲甚麼要把一盆水放在自己的房裡？他發現，別人看不見盆裡的烏龜。

他很害怕，烏龜從盆裡爬出來，突然開口說出人話，叫他不要怕。結果更把他嚇得直哭，淚眼矇朧中，他看見烏龜變成了一個人，走到他面前，摸著他的頭，替他擦乾眼淚，竟然就是他曾在水池邊看到的人。

樂越越來越佩服杜如淵了，他的這段童年往事簡直是個鬼故事，杜如淵小時候挺強的，居然沒被嚇傻了。

琳箐指著被窩裡的商景道：「哎呀，虧你還是輩分很老的龜族大長老，居然用這種現身方法嚇小孩子。還成天說別人膚淺。」

杜如淵道：「之前我生母每年來看我一次，我每次說起這件事就會被我爹打一頓，後來才知道別人都看不見她，所以早已習慣這種事了。」商景趴在他的手邊睡，杜如淵接著道。「後來，龜兄就一直陪著我，我懂的不少東西，都是他教的，龜兄於我算是半師半友。」

昭沅景仰地望著商景，越發覺得自己很不夠格。琳箐可以保護樂越，商景教過杜如淵很多東西，而他，幫不了樂越不說，反而要樂越時時教導幫助他。

他低頭嘆了口氣。

杜如淵又道：「我之所以說這段舊事，是告訴樂越師兄，我爹看起來厭惡鬼神之說，古板不化都有緣故，實際上，他心裡還是明白，只是不願承認。因此只要能找到合適的方法，讓他相信你是和氏後人，他就會幫忙。」

樂越思索，定南王的過去實在太慘痛，如果爲了拉他幫忙就挖開這個大傷疤，有點不人道，於是他道：「到時候再說。眼下先把太子和迎春花的事情擺平了。」

太子事件現在已經變成了一個笑話，實在激不起眾人的熱情。

琳箐打了個呵欠：「要不是想看看洛凌之到底隱瞞了甚麼沒說，我根本就懶得過來。」

樂越道：「說不定能看到太子跳大神的現場，很難得嘛。」

一般做甚麼祭典儀式，都要在地上畫個陣，擺上長桌，插香燭，燒黃紙，披頭散髮按照步法揮舞桃木劍，樂越把太子代入這個場景想像了一下，覺得很值得期待。

天色已晚，幾個人各歸各位，倒頭睡了。樂越快沉入夢鄉時，感到身邊的昭沅拉了拉他的衣角：「我不會一直這麼差。」樂越含糊地唔了一聲，繼續睡了。

昭沅趴在枕邊，將臉埋進被角，到底要怎樣做，才能快點變成強大的護脈神。

□

帳外夜色深重，明月高懸，照著此處，也照著彼方。

雲蹤山腳下，太子的大帳已經駐紮，只待明日午時，布陣作法。

看守大帳的親兵們走來走去巡視，一頂小帳篷中，幾個清玄派弟子將一只鐵籠團團守住。

鐵籠裡蜷縮著一隻小小的虎崽，它已經知道了明天等著它的結果，它的妖筋已經被鳳桐打斷，再使不了法術，變不成龐大的模樣。它憂傷地趴著，偶爾舔舔傷口還未痊癒的右前爪。

夜已近三更，加之連日趕路奔波，清玄派中年紀較小的弟子已經有些睏倦。

一個小弟子偷偷打了個呵欠，向他身邊的師兄道：「假如明日事情成功，師父是不是真的就能做國師？」

那位師兄瞪他一眼：「小聲點說話，別被外面的親兵聽見。他們都是王府的人，說不定會去報告那個鳳桐。」

小弟子縮縮脖子：「可我覺得，太子對鳳桐十分倚重，而且那人很厲害。據說他一個人，就放火燒了整個青山派，這隻噬骨獸也是他降伏的。」

師兄哼道：「再厲害，厲害得過師父？鳳桐是安順王爺的幕僚，太子自然會看在親爹的面子上尊重他，可他是師父的徒弟，青山派的寶物，以及明天的這件事，都是師父教給他的。依我看，那鳳桐根本無法和師父比。」

其餘弟子們都連連稱是，又有一個弟子道：「那天，大師兄和太子說完話就辭行回去，連招呼都沒和我們打，應該是趕著回去向師父報告或商量對策吧。不知道明天師父和大師兄會不會趕過來。」

迎春花縮在籠中，這些人說的話它都聽不懂，它知道自己明天會死掉，他們要殺了它，把它的血抹在一個罈子上。

迎春花很害怕，它非常非常想念主人。

噬骨獸的幼崽出生後不久就會被母親丟掉，任它們自生自滅。它們是妖獸，長相醜陋，凡人都害怕它們。但是它們有一種天生的自保方法，會變化成別的長相可愛的年幼靈獸模樣，讓其他母獸餵養自己。

迎春花在初春的某天被丟棄在一個山坡上，它被雨水淋了一天一夜，奄奄一息，到了早上，雨漸漸停了，有一隻母虎帶著自己的虎崽到附近覓食，迎春花看見虎崽們在母虎身邊撲來撲去，愜意地滾動玩耍，它把自己也變成了一隻虎崽，想讓母虎收養自己。可惜它已經爬不動了，母虎沒注意它，帶著虎崽們走了。

迎春花很絕望，就在這個時候，忽然有人在它頭頂上說：「師兄師兄，這裡有隻幼虎，好像有靈氣，是靈獸。」跟著它被一雙溫暖的手小心翼翼地捧起，燦爛的陽光下，它首先看到的是主人的笑臉。

主人說：「我在迎春花叢邊撿到你，就叫你迎春花吧。」

主人給它洗澡梳毛，餵它好吃的東西，抱著它睡覺。

主人說：「你要變成最厲害的靈獸，給我長臉！」

所以它要保護主人，誰敢欺負主人它就咬誰。

迎春花要和主人永遠在一起。

主人……

迎春花閉著眼，眼角滲出的水珠滴到它的前爪上，浸得傷口絲絲的疼。

小弟子指了指籠子：「師兄，它在哭。」

師兄哼道：「大師兄可差點被它咬死，哭得再可憐也是只妖獸。」

雲蹤山下的夜風吹綴了帳篷的布簾，月光下，一個身影站在太子營帳邊的樹枝上，望著腳下。營帳中的一切都落入他的眼底，包括方才小帳中，清玄派弟子的談論。

鳳桐在細風之中靜靜地站著。

凡人的某些「雄心壯志」實在可笑，原來清玄派的掌門竟有此圖謀。鳳桐回想起論武大會時，重華子每每見他都滿臉諂媚，一口一個桐先生，顯然已看出他鳳神的身分，更露骨地暗示過能否由鳳桐引薦，拜見鳳君。轉過臉背地裡，卻打這種不上道的小算盤。

重華子攛掇太子做此事，是想讓太子有足以擺脫護脈神的力量吧，太子會聽從去做，就說明已有此打算。

該不該誇他一聲有抱負？鳳桐輕笑，他以為從人變成神仙會如此容易？

鳳桐已經仔細地查探過雲蹤山，整座山隱隱有仙氣，應該是一件仙家兵器所化。寒潭下萬年玄鐵打造的鎖鏈長滿長長的青苔，的確曾關押過一位法力強大的仙者。可惜如今鎖鏈已斷，仙者早已蹤跡不見。

和禎的一番心血，註定是場空。

鳳桐一直很懶，兄長鳳梧已經輔佐了兩代皇帝，他卻成天跟在鳳君身邊優哉游哉地喝茶下棋睡覺，若不是鳳君吩咐，加上輔佐亂世之君比較有趣，他才懶得去和這些凡人打交道。

鳳桐不明白，為何當初鳳君會為了凡人奪神位、改天命，他覺得不值得為了凡人這樣做。比如眼下，他奉命幫扶和禎，但他對其他三支護脈神的動靜興趣更濃一些。

貪得無厭、無自知之明，這些凡人的通病和禎一樣也不少，也許讓他吃點苦頭就能長些教訓。

鳳桐看向太子的大帳，他準備暫時不現身，袖手旁觀，隨便和禎去折騰。

折騰夠了總會消停點。

鳳桐眯起眼，營帳旁的樹叢中忽然冒出可疑的白煙，巡邏的親兵一個個無聲無息地倒了下去。

跟著，一個黑色的人影從暗處躥出，奔向那頂關著噬骨獸的小帳篷，把一根細管悄悄地塞進帳篷門簾縫隙中，往帳篷裡吹了些甚麼。

盞茶工夫後，黑影鑽進帳篷，片刻，抱著一團東西飛快奔出來，奔進樹叢，奔向小路。

鳳桐饒有興趣地挑眉，黑影抱走的那團東西，似乎正是那隻老虎模樣的噬骨獸。

鳳桐有點猶豫了，是繼續站在這裡看太子，還是跟過去瞧瞧？好像跟過去會比較有趣。

他彈彈手指，昏倒在地上的親兵們立刻像被雷劈到一樣跳起來，茫然四顧瞬間後，頓時大喊起來：「不好了！有刺客！保護太子！」

鳳桐隨即一甩衣袖，乘風追著黑影逃竄的方向而去，他有意沒隱去身形，風吹動他的衣袂發出聲響，親兵們抬頭望天大嚷：「刺客用輕功跑了！快追！」

第二天，昭沅大清早起，去小河邊把幾個水袋裝滿，留著路上喝。

樂越、洛凌之和杜如淵三人站在馬車邊說話，昭沅沒在杜如淵身上發現商景的影子，他一直想向商景請教，當年的護脈龍神是如何保護皇帝的。

昭沅抱著水袋四處找尋，走過門簾半挑的帳篷，發現商景和琳箐正在帳篷裡說話。

因為他傻，所以琳箐和商景知道他走進來也不避諱，沒有中斷話題。

琳箐抱著手臂看商景：「……真的和你沒關係？昨天聽到杜如淵說他爹娘的舊事，我就覺得有的地方說不通，荷仙就算自作主張，但嫁人兩年還生個孩子，她也太樂於奉獻了，很可能……有誰早已算到，她生下的孩子會和這場亂世有關係，奏請天庭，讓荷仙不得不生。」

商景慢吞吞道：「小麒麟，別把事想得太複雜，也別認為誰都精於算計。」

琳箐挑起眉毛：「算了，我不會過界插手別家的事情。只是擔心，萬一眞的此事和你有關，早晚有一天杜如淵可能會知道，如果因此和你反目，影響了大局就不好了。」

商景沒有說話。

琳箐轉身向帳外走，走到昭沅身邊時，又側回身：「當初，你爲甚麼會站在魚池邊讓杜如淵看見呢？只是湊巧偶然路過？」

商景依然沒有說話。

昭沅覺得，這個時候去找商景討教好像不太好，便默默地跟著琳箐離開了。片刻後，杜如淵走進帳內，俯身伸出手：「龜兄，要啓程了。」

商景爬到他手中，杜如淵將他放到自己頭頂。商景穩穩地趴著，半瞇起眼睛。小麒麟見識太少，自以爲聰明。只有多經歷些才會明白，凡塵俗世中本有許多意外、許多湊巧。

就像他遇見杜如淵，的確便是湊巧。

那時候商玄這個娃兒丟下一句護脈神他不做了，長老們再重新選個誰吧，便腳底抹油，溜之夭夭，他老人家只好十萬火急從群仙宴上趕回，親自去抓商玄。

天冷老人家容易犯睏，他路過一處凡間豪宅，打算進去借張空床休息一下，結果竟然察覺到一絲微薄的仙氣。他鑽進一間空房，發現床上有個蛋。

豪宅是處王府，裡面有很多下人，但這間房卻被牢牢鎖住，也沒人照看這顆蛋。

商景從不多過問與自己和本族無關的事情，但這個蛋讓他想起了族中的年輕小龜們剛生下來的樣子。於是他決定在這張床上睡個好覺，遂變回一隻大龜，孵著蛋睡了數日，十天之後，蛋中的孩子總算被他孵出來了。等孩子的爹趕來後，他便放心地上路，繼續去抓商玄。

這件事雖小，他還是一直記著，幾年之後，商玄依然沒抓到，他路過這個地方，就順便去看看那個孩子。

他站在魚池邊，看見一個掛著如意項圈的孩子趴在走廊欄杆上，一雙眼睛好奇地睜大，指著他問身邊的乳母：「他是誰？」

商景知道了，這個孩子天生有仙緣，他感到一絲熟悉的氣息，決定留下再查看查看。他變成烏龜趴在池邊，被杜如淵撿起養了幾天，細細查探之後，他確定，這個孩子有文昌星護佑，是與護脈龜神有緣的人。

他終於抓到了商玄，把他五花大綁拎回族中，商玄卻死活不肯繼續做護脈神，嚷嚷說：「文人多酸氣，我簡直像是被泡在醋缸裡過了百十年，打死不再做了。再說，那種想藉著玩凡人往上爬的小仙鶴生的孩子，我可不樂意帶。」

族中其他的小龜要麼傻，要麼浮躁，都不能穩重到委此大任，杜如淵已經七、八歲，再臨時培養小龜們也有些來不及。商景想起他變成龜形，那個孩子把他放進水盆中，一路跌跌撞撞捧回房時燦爛的笑臉，心中有點觸動，他嘆息道：「要不然，這一任就由我來做吧。」

這段往事，商景沒想過要告訴誰，包括杜如淵，有些事，不須要多說。他手把手教導這個孩子，讓他變成今天的模樣，可能他很多地方都不算完美，不過商景還是覺得很欣慰。

他相信這個孩子一定能成為一位支撐新朝的棟梁之臣，為凡間做很多事情，青史留名。

他活了許多許多年，看過很多事情，他一直很喜歡凡間，也很喜歡凡人。

因爲在凡間，你永遠無法預料到，誰與誰有緣。

馬車繼續沿著官道飛馳，據兵卒們說，中午之前，一定可以趕到雲蹤山。

琳箐一路都在摩拳擦掌，聲稱如果那隻小鳳凰敢出現，就在曠野處好好和他打一場，出出火燒青山派的氣。

樂越閒來無事，去和應澤聊天：「殿下，咱們打個商量，等下見了太子，你就幫我按住他，讓他不要傷害迎春花，或者讓迎春花不要傷害他。你我之前就算扯平了，你看怎麼樣？」

老龍這一路除了吃還是吃，別的甚麼也沒幹，不嫌人，可樂越看著他，總愁得慌。

應澤不答應，他說這樣太簡單了，不能顯示他老人家的手段。

應澤吃下兩盤點心，打個瞌睡消食，他懂得享受，指名讓昭沅幫他捏捏肩膀，昭沅眞的就去捏。

琳箐看不過去，道：「怎麼他叫你捏你就捏啊。」

昭沅嘿嘿傻笑兩聲。

琳箐無奈地轉眼看了看樂越，她很想問，你養的這條爲甚麼越來越不像龍了？

他們說話漸漸不怎麼避忌洛凌之，洛凌之只是坐在一旁，淡淡地，不多問。

樂越閒得發慌，抓一把瓜子邊嗑邊道：「你們說，鳳凰如果在，會不會已經察覺到我們接近，提前設下埋伏，等下，突然之間，就會從天上衝下一群刺客，說時遲那時快……」

他正指向車頂比劃，忽然砰的一聲，一個重物砸在車頂上，穿破頂棚直擊而下，電光石火之間，琳箐猛一揚手，杜如淵頭頂的商景周身綠光一冒……

樂越連眼都沒來得及眨，一個影子已經「嗖」地奔向藍天，只留下車頂的破洞和破洞外廣闊的天空，跟著，琳箐抓著長鞭，從破洞越出車外，直追黑影而去。

馬高高抬起前蹄驚嘶，車外這才響起噌噌拔出兵器的聲音：「全員戒備！有刺客！」

樂越抓著瓜子看著頭頂，洛凌之也和他一起向上看：「這位姑娘身手真好。」

商景甕聲道：「年輕人就是精力充沛。」

待驚馬被兵卒安撫住，樂越走出車廂時，琳箐已經回來了。

她兩隻手各拎著一樣物事，一起丟在地上，遺憾地拍拍手：「不是小鳳凰。」

樂越看著地上愕然，他身邊的洛凌之也怔了怔。

這不是……

「白祖茂？」

「迎春花？」

被琳箐丟在地上的人看到樂越和洛凌之也臉色蠟白，他掙扎著爬起，趴在地上拚命磕頭：「兩位師兄，求求你們，高抬貴手，當日是我該死，求你們放我和迎春花一條生路吧！」

這個人正是迎春花的飼主，論武大會上放妖獸咬人的華山派弟子。樂越聽了洛凌之方才的話才知道，原來他叫白祖茂。

洛凌之彎腰想去攙扶他：「白兄快不要如此，你不是已被逐出師門，怎麼會……」他的手還沒碰到白祖茂，迎春花便對著他炸起毛露出牙齒。

白祖茂連忙呵斥一聲「迎春花」，把它按進懷中。

樂越摸著下巴看著眼前種種：「這位白兄，你從太子手裡救出了迎春花？沒想到你這個人還挺講情義的。」

白祖茂哆哆嗦嗦地抱著迎春花，抖得像根風中的麥穗，洛凌之安慰他道：「白兄請放心，我們正是來阻止太子的，不會爲難你們。」

白祖茂這才結結巴巴道：「我……我被逐出師門後……就藏在城外……然後一路追隨太子……昨天晚上……」

琳箐打斷他：「過程就別說了，說結果，你現在是不是被太子的人追？有沒有個穿大紅的追你？」

白祖茂把懷裡的迎春花摟得更緊了些：「不、不知道，我救了迎春花後，就沒命地跑跑跑，有時候後面有追兵的聲音，我就跑小路……後來我用御劍術，剛才風大，我內力不足，就……」

樂越往嘴裡扔了顆瓜子，砸得還眞準。

琳箐沒問到小鳳凰的消息，滿臉遺憾，她建議，要不然大家也別費事往雲蹤山趕了，直接在路邊等著太子送上門，反正有這隻噬骨獸，不愁太子不過來。

白祖茂立刻抖得更厲害了，腿一軟，又要跪下：「求幾位師兄、女俠、兵爺高抬貴手，放我們一條生路……」

琳箐笑嘻嘻地寬慰他：「你別怕，只是用你們做一下魚餌啦，有我……和這位樂少俠在，一定會保護你們。」她作保證時仍然不忘記替樂越增添點俠義的光輝。

昭沅注意到了這細小之處，佩服地記在心裡。不過，他總感覺，從剛才起，附近好像就有一雙看不見的眼睛在盯著他們。可是其他人都沒發現，難道是錯覺？

他向身側道路邊的樹林處瞄了一眼。

隱隱有馬蹄聲從往雲蹤山方向的道路一端傳來。琳箐轉著鞭子，大喜：「終於來了！」

馬蹄聲漸近，兵卒們握緊兵器，杜如淵抬手擺了擺：「勿動刀槍，準備恭迎太子，不得冒犯。」

騎馬的人影漸漸逼近，琳箐寂寞地說：「好像沒有那隻小鳳凰。」

袖手立於一旁的應澤嗤道：「小麒麟，妳成天吹噓自己厲害，如何連本座這個成天被妳笑話的同族小輩都不如，他方才都已經有所察覺，妳卻沒有麼？妳口口聲聲要找的小鳳凰，從一開始就站在那邊的樹梢上。」

琳箐大驚，轉頭向樹梢看去，只聽見一聲長笑：「原來區區低段的障眼法，竟能瞞得過琳箐公主。」

一抹火紅的身影跟著那聲長笑飄飄蕩蕩自半空中落到路邊，琳箐剛要揚鞭子衝過去，樂越抬手攔住她：「凝著定南王和太子的關係，他們不挑事，我們不能先打。」

鳳桐落地後，只是袖手站著，沒有找茬，目光一一掃過杜如淵、商景、樂越、昭沅、應澤，在樂越、昭沅和應澤身上多轉了兩個圈，樂越衝他抱抱拳：「鳳先生，再次相逢，幸甚幸甚。」

鳳桐含笑對他點點頭：「樂越少俠。」他喊出樂越的名字，昭沅心裡咯噔一下，這表明鳳凰已經在注意樂越了。

他戒備地盯著鳳桐，鳳桐的目光有意無意地又在他身上打了個圈。

此時，騎馬人群已在不遠處，一名兵卒遵照杜如淵的吩咐迎上前高聲道：「我等奉定南王爺之命前來保護太子，來者何人？」

那群人勒馬站定，緩緩向旁移開幾步，有兩人拍馬自分出的空隙中走出，其中一人朗聲道：「原來是定南王府的親兵。那可正巧了，在下等人乃是鎮西王府的家臣，奉命前來送請帖。」

竟然不是太子的人？

樂越定睛仔細看，見那行人皆騎著清一色的棗紅駿馬，銀色甲冑，只有越眾而出的兩人穿著軟綢緞的長衫。衣甲紋飾的確不是安順王府的紋章。

這可不關他們的事，只和杜如淵有關了。

杜如淵向前走了兩步，拱了拱手：「原來是鎮西王府的客人，幸會幸會，不妨請再移步稍近些許，方便說話。」

那隊人馬便走到近前，樂越看著中間的兩人瞇了瞇眼。中間那位穿湖色長衫的少年視線在眾人身上一掃：「難道定南王世子在此？」

杜如淵再拱拱手：「閣下好眼力。」

少年微微笑了笑：「路邊的馬車雖已破損，卻不掩其奢華，且有定南王府印記，應是王爺或世子所用，諸位中，並無年長之人，故而推測定然是世子在此。」

他身側的隨從滾鞍下馬，走到杜如淵面前，單膝跪地，捧上一張紅帖。

少年仍騎在馬上：「既然世子在此，在下等人便不去定南王府打擾了，這張請帖，還望世子收下。」

杜如淵取過請帖，收進袖中，少年秋水般的雙目牢牢盯在他的身上，揚起兩道秀眉：「原來世子在自家封地上遊玩，也不騎馬只坐車。」

杜如淵道：「見笑見笑，在下自幼不擅騎射，比起郡主巾幗不讓鬚眉，連舉辦招親大會都親自騎馬千里送帖的豪氣，實在慚愧。」

「少年」的長眉皺起復又舒展開來：「世子的眼力也不差。」

喔喔喔，這位原來就是鎮西王的郡主。樂越興致勃勃地在一旁觀望，杜如淵還打算讓本少俠色誘她，現在看來，這位郡主好像不是個能被輕易色誘的人。

昭沅也暫時忽略了鳳桐，聚精會神地看這邊。他不明白，為甚麼那麼多的女孩子都愛把自己打扮成雄性呢？明明裝得一點都不像，身材不一樣，臉不一樣，聲音更不一樣。

樂越戳戳他：「喂，郡主太漂亮，你看呆了？」

昭沅搖頭：「她只比兔精姑娘好看點，但是比琳箐差遠了，我覺得你可能不會喜歡她。」

樂越哈地拍拍他肩膀：「不錯不錯，江湖經驗又多了點。但是你對女孩子要求太高了。」樂越咂咂嘴。「郡主的姿色，已算作沉魚落雁、閉月羞花之列了。」

琳箐立刻迅速瞟了樂越一眼。昭沅疑惑地皺眉，有那麼好嗎？他低聲問樂越：「你是不是喜歡她？」

樂越的表情很無奈：「如果誇一個人好看就是喜歡，那本少俠就是天下多情第一人。喜歡這種事很複雜，臉固然重要，但最重要還是要看內在，看對不對脾氣。學問很深。」

昭沅似懂非懂地點頭。

鳳桐遠遠地在一旁站著，他掂量樂越和昭沅半晌，橫看豎看只看到了一個「傻」字。這樣的一人一龍湊在一起，如果能掀翻如今的朝廷，那麼只能證明世道變了。

鳳桐想到和禎，突然有些偏頭痛，太子其實……也有點小傻。像是這場妄圖斬神修仙的鬧劇，眼前的這個樂越肯定不會做，但太子就做得出。

到底傻大膽和傻樂天之間哪個更讓人犯愁一些，鳳桐竟然一時不好判斷。護脈神實際算不上甚麼好差事，鳳桐惆悵地長嘆。樂越關切地問：「鳳公子，你臉色不好，是不是頭疼？」

鳳桐淡淡道：「我牙疼。」

那廂，杜如淵誠意邀請郡主下馬坐坐，郡主道：「不用。我還有別的事，先告辭了，來日再見吧。」

杜如淵笑道：「郡主眞的不再等一等？我們是在此恭候太子殿下，再過片刻，殿下大概就會到了。」

郡主道：「不必，去請太子大駕未免太不敬了。」她像男子一般抱拳道了聲告辭，調轉馬頭，帶著眾隨從揚鞭遠去。

樂越看著馬後揚起的塵土喃喃道：「郡主眞是英姿颯颯。」把最後一枚瓜子仁扔進口中。「太奇怪了吧。」

琳箐道：「英姿颯颯的女孩子很奇怪嗎？」

樂越道：「我是說太子。這又過了大半天，也該來了吧。」

琳箐眨眨眼：「是耶，該不會……路上出甚麼事了吧。比如……調戲民女被打了？」

太子和鎭西王郡主走的路線一致，雙方碰面的可能極大，鑒於當日太子曾對琳箐意圖不軌地搭訕，眾人都覺得，他再度搭訕鎭西王郡主而被揍十分有可能發生。太子的搭訕水準實在不怎麼樣，鎭西王郡主看起來又實在很不好惹。

鳳桐皺眉：「胡說。」太子雖偶爾做些自不量力的事，但斷不會如此不自持。

正在此時，不遠處天空一聲尖銳的哨響，開出一朵花火。

定南王府的親兵長頓時道：「是王爺的煙火信號，王爺詢問我們在何處！」他揚揚手，立刻有先行兵摸出一根竹管，點燃引信後拋上天空，也是一聲尖哨，跟著炸開一朵煙花。

鳳桐向著第一朵煙火的方向飛身而起，樂越趁機向一直縮在旁邊發抖的白祖茂道：「快走！」

白祖茂抱著迎春花愣住，樂越催促道：「趕快，等那個紅衣人回來，或者太子的人過來，你就走不掉了。」

洛凌之也道：「白兄，你快走，我們會幫你擋一陣。」

白祖茂這才醒悟過來，還磨磨蹭蹭、痛哭流涕道謝地說大恩大德無以為報……樂越恨不能讓琳箐助他們一臂之力，再把他們一掌甩飛。

白祖茂「來世願做牛做馬」還沒說完，如雷的馬蹄聲便響起，從隱約的悶雷變成震撼大地的巨雷，而且不是來自一方，而是四面八方。

這下想走也走不掉了。

樂越無可奈何地嘆息，定南王府的兵卒們卻都很興奮，引頸張望：「是鐵騎營！」

漫天沙塵中，千餘黑色甲冑的精騎從道路兩頭，加兩側的林間擁了過來，將他們團團圍住，有兩人拍馬而出，樂越他們身邊的兵卒們立刻齊刷刷跪倒在地。左側一身錦袍者，正是太子，右側深紫衣、束蟒帶者，卻是定南王。

杜如淵恭恭敬敬喊了聲爹，定南王神色肅然：「無禮，見了太子還不下跪！」

太子掃了一眼杜如淵，吊起一邊嘴角：「定南王，原來這位竟是令郎。」他一一掃視眼前。「看來本宮要找的異獸果然是被人偷了。定南王，窩藏盜賊之事，令郎似乎有份，這群人現在見到本宮仍不下跪，當如何處置？」

他話未落音，視線掃到了一處，眼瞳猛地放大，滿臉見到鬼的神情。洛凌之向前一步，神色平靜：「殿下。」

太子握緊轠繩，面無表情，洛凌之只是靜靜站在原地，有一瞬間，四周變得出奇寂靜。

樂越故作疑惑道：「太子怎地像受了驚嚇？難道你的昔日師兄洛凌之有甚麼能嚇到你的地方？」

太子神色一斂，復又滿面倨傲：「洛凌之，你不告而別，如今見了本宮還拒不行禮？」

一旁的琳箐手指繞著軟鞭，走到洛凌之身邊：「我也不打算理會你，你要不要先治治我的罪？」

和禎的目光柔和起來：「琳箐姑娘……」

定南王皺眉看著眼前的一切，氣氛變得有些詭異。

樂越忽然抬起手，笑嘻嘻地朝著天上揮了揮：「鳳公子，太子在這裡，你快下來吧。」

鳳桐飄飄蕩蕩自天上落下，立於路邊。

太子看到他，表情又變了一變：「桐先生……你……」鳳桐明明是和他父王一起回了京城，如今居然獨自出現在此處？

和禎曾見識過鳳桐的不少手段，知道他並非常人，眼下忽然看到他，更對鳳桐的本事多了分敬畏。但他表面上看起來還是很平常地問：「先生幾時過來的？」

鳳桐微笑道：「剛到。」

和禎當下揣測，來雲蹤山之事他有意避開鳳桐，如今鳳桐竟能收到消息，迅速趕來，究竟自己身邊被安插了多少眼線，是否自己的一舉一動都在鳳桐的掌握之中？

重華子曾說過，欲掌大權，手段過強的人當用之又防之，若你掌控不了他，他會反過來掌控你。重華子當時暗指的就是鳳桐。和禎明白，重華子這樣說，有自己的打算，不過這兩句話的確很對。

和禎一直清楚，鳳桐是他能否登上皇位的關鍵。甚至，安順王府有如今的勢力、他成爲太子，可能都是因爲鳳桐。

鳳桐是當今國師馮梧的師弟，也有傳聞說，馮梧本名鳳梧，與鳳桐是親兄弟。自崇德帝親政後，馮梧便不怎麼再管朝政，崇德帝聽說了鳳桐此人，曾派人去請，鳳桐拒不出山。

幾年前，鳳桐突然有一天出現在安順王府中，自薦做幕僚。和禎聽說父親當時很驚詫，詢問鳳桐因何緣故，鳳桐道，我欲投貴主，令郎慕禎世子，他日必定前途無量。

父親大概是認爲鳳桐就是傳說中的鳳神，一直對其言聽計從，在他被冊封爲太子之後，鳳桐就從父親的幕僚變成了他的幕僚。

鳳桐太有手段，讓和禎既放心又不放心，假如這次取仙元之事能成功，天下也罷，鳳桐也罷，都能毫無顧忌地被他掌握在手中。

和禎不由想得出神。

鳳桐的出現使原本劍拔弩張的氣氛和緩了些，定南王便在這片刻的和緩中開口道：「殿下所說的被盜之物是？」

鳳桐道：「哦？殿下有東西被盜了？」

和禎揚起馬鞭指向縮在破損馬車旁的白祖茂：「本宮的一隻瑞虎，被此人盜走。」

當著定南王的面，假如說出噬骨獸，勢必會引來定南王的疑問，和禎只說是一隻瑞虎的幼崽。

樂越挖挖耳朵，滿臉茫然：「虎，哪裡來的虎？」

和禎冷冷道：「他懷中抱著的可不就是本宮的瑞虎？」

樂越神色更茫然了，側身指了指瑟瑟發抖的白祖茂和迎春花：「太子殿下是說他抱的那隻貓？」

和禎拉下臉：「大膽，竟然敢在本宮面前指虎爲貓！」

樂越一臉無辜：「太子，你看錯了吧，它明明就是一隻貓。」

定南王和不明眞相的王府親兵們都一起看向迎春花，黃毛茸茸的一團看起來很乖巧，但那對圓耳，那粗壯的四肢，那身花紋，那條耷拉在下面的粗尾巴，實在很像一隻虎崽。

和禎渾身散發著刀般的寒氣：「虎。」

樂越擲地有聲道：「是貓。」

太子抬手：「拿——」拿下兩個字剛說了一半，白祖茂懷中的迎春花突然蠕動了一下：

「喵……」

四周頓時一片寂靜。太子的侍從們刀劍已從鞘中拔出了一半，拔也不是，收也不是，一起愣著。

太子的臉漲成了紫色：「這隻妖獸在作怪，拿下！」

樂越上前一步：「且慢！」他滿臉正氣，望著太子。「殿下剛剛還說它是虎，現在又說它是妖獸？那它是甚麼妖獸？請太子明示。」他頓了頓，一臉沉痛。「就算它是一隻小貓，殿下也不能這樣冤枉。」

迎春花的雙耳抖了抖，捲起尾巴輕輕甩動，睜著黑漆漆的雙眼無辜地叫：「喵，喵喵……」

太子眼睜睜看著他睜眼說謊話，礙於定南王，又不能辯駁，怒氣鬱結在胸中，急火攻心。他燒青山派、搶寶鐔、祕密來南郡，一番心血眼看皆成泡影，居然連迎春花都要被明目張膽地搶走。

定南王鄭重道：「殿下，世上本無鬼神，也沒有甚麼妖獸。別有用心之人的杜撰之說，千萬不可當真。」

太子只得低聲道：「桐先生。」

鳳桐垂下眼簾：「殿下，會這般叫的，確實是貓，不是虎。」

和禎怔在馬上：「桐……桐先生……」

樂越等也萬萬沒有想到鳳桐會這麼說，倒有些像在幫他們，不由得詫異。樂越暗中緊繃的心放鬆下來，笑嘻嘻地向鳳桐抱了抱拳：「鳳公子真是個明事理的人。」

鳳桐頷首：「謬讚了。」他轉目望向太子。「殿下，冊封大典在即，你即使爲了替皇上祈福，帶瑞虎來雲蹤山取天水，孝心拳拳，也未免太輕率。殿下請速回京城吧。」

鳳桐的話聽來很合理合體，卻等於明白地讓和禎回京城。太子攻心的怒火之上又加了一勺不悅的滾油，臉色越發鐵青起來。

鳳桐走到他的馬前，遞上一張摺著的紙。

太子接過展開，掃了一眼，神色再定了定，把紙捏成一團，塞進袖中：「預備啓程回京！」

紙上只寫著一句話——雲蹤山下並無神劍神將。

樂越高聲道：「請問太子殿下，這位白兄和他的貓能走了麼？」

太子終於壓抑不住怒火，喝道：「還不快滾！」

樂越笑著應了句多謝太子。白祖茂這次總算長了教訓，抱著迎春花，像一溜被疾風捲著的輕煙般，逃了。

太子的侍從們去雲蹤山下通知仍然守在寒潭邊的清玄派弟子們。預備由定南王護送，出南郡，回京城。

杜如淵總算有機會去問定南王：「爹，你怎麼來了？」

定南王依然板著面孔道：「讓你和那幾個神叨叨的少年人前來保護太子，無一點穩妥，簡直兒戲，爲父有意試煉試煉你，才點了隊人跟著你過來。」

樂越一行走了不久，定南王處理了一些要緊事務，點麾下鐵騎營精兵千餘人，快馬加鞭，趕向雲蹤山。

樂越他們走的是官道，定南王率人走了小路，今天清晨正好與追捕白祖茂的太子相遇，故而才耽擱到此時。

定南王道：「你天黑紮營，日上三竿方起，倘使這是行軍打仗，只怕你好夢沒醒，敵人的刀已經讓你的頭頸分家。」

杜如淵低頭：「爹的教誨，我一定銘記在心。」

定南王哼道：「出去跑了一趟，倒是乖覺不少，吃了苦頭知道還是家裡好了？」

杜如淵嘿嘿地笑。定南王繃著面孔：「回去之後，先和你娘道歉，再去藏書樓把《六韜》、《三略》各抄十遍！」

杜如淵低頭應是。

樂越、昭沅、琳箐遠遠坐在路邊的草地上，太子與侍從們也下馬休息，要等雲蹤山下清玄派的人來會合後方能啓程。

侍從們捧出錦褥緞墊，一層層鋪於地上，太子坐下後，猶是一副唯恐草屑灰塵污了他衣衫的神情。如此做派讓樂越等人頗不以爲然。連另一邊的定南王都微微皺眉。

琳箐道：「只看他這些舉動，就難成大事。」

一直沉默站在樂越這邊的洛凌之突然緩步走向太子，樂越、昭沅、琳箐立即豎起耳朵目不轉睛地看。太子顯然對洛凌之很是忌憚，他的侍從們都悄悄伸出手，去摸腰間的兵器。

洛凌之的面容依然平靜如水：「殿下，我有件事想請教。」

太子道：「哦？」

旁邊的侍從喝令洛凌之向太子行禮，洛凌之不予理會，只看著太子道：「殿下隨身佩帶的，可是玄清劍？」

太子道：「不錯，本宮隨身帶的劍，就是玄……」

就在此時，大地突然震動起來，站著的人不由自主腳下踉蹌。

頓時有人驚呼：「地震了！」定南王疾聲道：「鎮定！遠離大樹！蹲下不要動！」

太子的侍從們高喊保護殿下，四周亂成一團。

混亂中，琳箐和鳳桐穩穩地站著，不約而同望向雲蹤山方向，他們都感覺到，這並非地震。

琳箐急急地轉頭四處看了看，問樂越和昭沅：「知道老龍在哪裡麼？」

樂越昭沅同時搖頭。

琳箐抛下一句：「我去看看。」飛身而起，是向著雲蹤山方向。

杜如淵頂著商景踉蹌地奔過來，商景向昭沅道：「你也跟過去看看吧，小麒麟不穩妥。這裡我守著。」

昭沅立刻點頭，有種初次擔起重任的興奮。他繞進樹林裡，悄悄使用駕雲術。他駕雲術也只懂初階的，根本追不上琳箐。他變回龍身趴在一朵小雲上，龍尾拚命拍打，拍起風幫雲飄得更快些，氣喘吁吁地向前趕。漸漸看見前方有一座青翠的高山，四壁陡峭，好像一把從雲端插入地面的寶劍，高山正在劇烈地抖動，帶動著周圍數十里的土地都在顫抖。

昭沅駕著小雲落向地面，落地有點不穩，跌了個跟頭。他剛要爬起來，後頸驀地被一雙手捏起。昭沅掙扎扭動，抓著他的那雙手將他轉了個方向，他看到近在眼前的琳箐豎起一根手指抵在唇邊，示意他不要發出聲音。

昭沅趴在琳箐手掌中，和她一道躲在一棵樹後，向山的方向看去。

雲蹤山仍然在抖動轟鳴，山下潭水濺起數丈高的白浪。

潭水邊站著一個黑色的身影，手負在身後，抬頭看著劇烈顫動的山峰。

那身影，是應澤。

昭沅的雙眼睜大了一些。

應澤長長嘆了口氣：「雲蹤，幾百年不見，你想我了，我也想你了。你待出而鳴，我卻拿不動你了。我老了，你也老了。」他抬手撫上山石。「你暫且繼續在凡間做一座山吧。」

雲蹤山的轟鳴聲震耳欲聾，黑雲聚，狂風起，雪亮的閃電劈向山頂。電光亮徹天地的一瞬，昭沅恍惚看見高高的雲蹤山變成了一把巨大的黑劍，包裹在暗色的烈焰中。

烈焰裡，有千軍萬馬廝殺的場景，轟鳴化作了戰場上的吶喊，一個身穿黑甲的身影立在一輛戰車上，從半空中飛馳而過，一劍揮出，鮮血洶湧濺起，遠處的魔兵們四散潰逃。

琳箐用最細的聲音喃喃道：「這就是老龍風光的過去。」

再一瞬，電光熄了，巨劍、火焰和種種幻象皆消失不見，雲蹤山不再轟鳴顫抖，靜靜矗立，又變回那座寂寞的山峰。

應澤又站了良久，一甩袖，山壁上的一塊石頭砰地化成粉末。應澤化作一道黑光，無影無蹤。

待他消失片刻後，琳箐帶著昭沉從樹後走出來，站到方才應澤站著的位置，琳箐雙手合在胸前，對著地上的那堆石屑唸了幾句甚麼，團出一個光球，彈到石屑上，石屑被光球包裹竟然漸漸地聚攏，立了起來。

昭沉蹲在一旁，他覺得這樣窺探應澤的隱私不大好。

那塊被打碎的石頭有一面如鏡面般光滑，上面刻著一行字——

清玄派卿遙到此一遊。

琳箐和昭沉趕回去後，發現應澤躺在一棵樹下打瞌睡，一副好像甚麼都沒發生過的模樣。樂越和洛凌之在一旁坐著。洛凌之一言不發，樂越正百無聊賴，看見他們精神一振，立刻跳起來湊到近前小聲問怎麼回事，琳箐向應澤那裡使了個眼色。

樂越恍然領悟，原來是老龍回雲蹤山懷舊鬧的，只是這場懷舊的動靜未免太大。

再過了約半個時辰，清玄派的弟子們趕到了，他們被那場震動嚇得不輕，紛紛議論是否是地龍翻身或者雲蹤山有大妖怪要出世。太子聽在耳中，神色變幻不定，清玄派的弟子們看見洛凌之，大爲欣喜，立刻圍上前問他爲甚麼不告而別，只有佟嵐恭恭敬敬地站到太子身側。

樂越仍然懶得理清玄派的人，閃遠了些，洛凌之對師弟們的追問閉口不答。太子向著他們的方向揚聲道：「洛凌之。」

洛凌之轉身，向太子的方向行了兩步：「殿下。」

和禎露出一個微笑：「洛凌之，方才你詢問本宮的話本宮還未回答你。不錯，我佩帶的劍，就是玄清劍。」

他伸出右手，隨侍的侍從單膝跪地，雙手托著一把樣式古樸的長劍放入他手中，劍柄上掛著一枚綠珠和黃色的劍穗，正是清玄派歷代掌門方有資格佩帶的玄清劍。

和禎握著長劍，舉到眼前：「這柄劍，是本宮臨出發前，師父親自給本宮的，本宮只是暫時使用。不過，本宮已經和師父商定了他日這柄劍的主人。」

他一揚手，把劍丟向身邊的佟嵐，佟嵐急忙上前接住，牢牢攥在手中跪下：「多謝太子！」

和禎噙著笑望著洛凌之：「洛凌之，你是不是痴心妄想地以爲，這把劍會是你的？你既無能力，又不識時務，只不過因爲生下來起就在師父身邊，才做了清玄派的大弟子，說實話，你眞是丟師門的顏面。」

其餘的清玄派弟子都變了臉色，可他們不敢得罪太子，只能默默地站著。

和禎挑眉：「本宮顧念昔日同門情誼，看在師父的面子上恩准你留在清玄派，望你今後更謹愼些。別太不知進退、自以爲是。」

洛凌之神色從容地靜靜站著，待太子的話說完，從懷中取出一樣東西，解下腰間的佩劍，一起遞到旁邊一位清玄派弟子手中：「替我交給師父，我就不向他老人家拜別了。」

那樣東西是清玄派弟子人人皆有的身分銅牌。

那名清玄派弟子僵僵地看著他：「大師兄……」

洛凌之右手在他肩上拍了拍：「從此刻起，我不是大師兄了，多保重。」轉身大步離開。

佟嵐向他的背影朗聲道：「大師兄何必賭氣呢，他日我當上掌門，一定還會繼續尊你為大師兄。師父說，他也會繼續把你當成大徒兒。」

洛凌之好像沒聽到般，繼續向前走。走到樂越身邊時，向他拱拱手，道：「越兄，這一路多謝了，暫且告辭，欠你的情，來日再報。」

樂越攔住他：「喂喂，那你打算到哪裡去？」

洛凌之笑了笑，沒有回答，縱起身形，沒入林中。

太子的視線凝在洛凌之消失的方向片刻，又掃過滿面淒惶與不忿的清玄派眾弟子，臉色陰晴不定，突然揮手喝令立即啓程回京。

杜如淵走到樂越身邊，道：「樂越師兄，我們也該走了。」

樂越的目光也膠在吞沒洛凌之身影的林子方向，思量再三，還是放心不下：「杜兄，我有點擔心洛凌之。不然這樣，你我暫分兩路，你先回王府，我去追洛凌之，以後直接去西郡，你我鎮西王府的招親會上見。」

杜如淵思索片刻道：「也好。我爹在這裡，我肯定要回家一趟，不然我娘那裡也交代不過去。而且去西郡，有些事情還要預備一下。我回去後先試著說服下爹，不過可能暫時不會成功。」

鎮西王郡主的招親會是五月二十，他們就約定五月二十在西郡郡州府廣池城的東城門見面。昭沅肯定跟著樂越。琳箐也說要和樂越一起走，好在路上繼續找她要找的人。應澤他老人家則要跟著樂越繼續報恩。於是只剩下商景陪著杜如淵回家。

定南王和太子一行騎馬沿著官道出發，樂越和昭沅、琳箐、應澤一起轉身走向林間的小路。

琳箐邊走邊問樂越：「你幹嗎這麼擔心洛凌之啊，他離開那個烏煙瘴氣的清玄派反倒更好吧。」

樂越搖頭：「妳不懂，洛凌之這個人死心眼，他和本少俠不一樣，重華老兒跟清玄派就是他的天。他連劍都不要了，現在心灰意冷，萬一一時想不開，找個樹杈，掛上腰帶，或者爬上一座山頭，往下一跳，咻——唉！」

聽樂越這麼一說，昭沅也有些擔心了。琳箐嘀咕道：「他要是眞想不開，留著劍抹脖子不是更快？我看他沒那麼纖細。」

他們沿著路繞過一個拐角，竟然看到前方樹邊站著一抹熟悉的紅。

琳箐立刻振奮精神：「喂，小鳳凰，你跟著我們做甚麼？」

鳳桐雲淡風輕地道：「幾位要走，方才沒來得及道別，所以過來說一聲。」

琳箐冷笑。樂越抱一抱拳：「客氣客氣。」

他們正要無視鳳桐繼續趕路，鳳桐悠然向昭沅道：「令尊辰尚近來安好否？」

昭沅渾身一震，僵僵地站住。鳳凰果然已經甚麼都知道了，他渾身龍鱗戒備地豎起。樂越按住他的肩，問鳳桐：「尊上鳳君近日好麼？」

鳳桐彎起眼：「樂越少俠眞會開玩笑。」

樂越嘿嘿笑道：「哪裡哪裡，鳳公子，彼此彼此。」

鳳桐細長的眼眸凝望著他：「他日諸位若到京城來，我必定擺酒相待。」

樂越再抱抱拳：「多謝多謝，到時定不負約。」拽著昭沅，大踏步離開。

鳳桐的聲音最後從背後傳來：「你們要找的人，往西北方的山上去了。」

南郡一帶多山，除了雲蹤山外，還有幾座高矮不一的大小山峰，錯落分布，有斷有連。

鳳桐指給他們的那座山就在不遠處，樂越遙遙打量了一下，挺高。他和昭沅、琳箐、應澤一道氣喘吁吁地爬到山頂，果然看到了洛凌之。

洛凌之正坐在懸崖邊的一塊石頭上，樂越深知這個時候不能刺激他，讓昭沅、琳箐和應澤在後面的樹叢中暫時休息等待，獨自小心謹慎地一尺尺接近洛凌之：「洛兄。」

洛凌之回首看他，浮出一絲疑惑的神色：「越兄？」

樂越打個哈哈：「哦，我聽說，這座山山頂看風景不錯，就爬上來看看，沒想到居然會碰到洛兄你，哈哈，眞是巧。」趁機走到洛凌之身側坐下，確保他在自己抬手就能抓到的範圍。「洛兄，你覺不覺得坐在山頂看四方，胸懷會豁然廣闊起來？」

洛凌之沒有回答。

樂越抬手指向前方：「洛兄，你看那邊的山、那邊的樹、那邊的水，那邊的曠野，山河多麼壯闊！這就是屬於我們大丈夫的天地！在這種山河天地裡，有甚麼坎是過不去的！」

洛凌之收回一直飄在懸崖外的視線，轉到樂越身上：「越兄，我只是上來坐坐，不是來跳崖的。」

樂越頓時有些尷尬，抓抓後腦道：「是我多管閒事……」

洛凌之輕聲道：「多謝。」

樂越拍拍洛凌之：「唉，洛兄，現在你我同病相憐，都是被逐出師門的天涯一匹狼了。不過，做獨行俠也很有前途。」

看著遠處的山，樂越又想起了少青山，不知道師父和師弟們過得好不好，青山派的新房子是不是已經開始挖地基了。

他還記得自己七、八歲的時候，經常翻過山到清玄派和青山派之間的山間空地找洛凌之玩。因爲那時候師兄們年長，只有洛凌之和他差不多大。洛凌之雖然規規矩矩的有點死板，又是對頭門派的，但也總比沒人玩強。後來他漸漸長大，懂得了門派恩怨的深重，加之添了十幾個師弟，也就不怎麼找洛凌之了，再之後發生了師兄們投靠清玄派事件，洛凌之就徹底變成了敵人。

如今大家都離開師門，想想過去的恩怨眞是小孩子鬧事，毫無意義。一陣山風便吹得乾乾淨淨。能毫無芥蒂地再做朋友，倒是件好事。

樂越問洛凌之：「今後有甚麼打算？」

洛凌之輕嘆道：「暫時還不知道。」

樂越看著他落寞的神情，脫口而出道：「最近西郡王的郡主要公開招親，肯定很有趣，我們要過去看熱鬧，你要不要一起去？」

洛凌之思索了一下，點頭：「好。」

關於去西郡也捎帶上洛凌之這件事，琳箐難得地沒有贊同樂越。她認爲他們現在需要時刻商量關於天下和對付鳳凰的大事，多個洛凌之在場不方便說話，等於多個累贅，身邊有應澤這個胃口宛如無底洞的累贅已經夠煩了，現在簡直煩上加煩。樂越很堅持，他說做人不可以不講情義，昭沅贊同樂越。

琳箐恨恨地瞪昭沅一眼：「你有不跟著樂越說話的時候嗎？」

昭沅道：「妳以前也一樣……」

琳箐忿忿地跺腳走了，樂越欣慰地把手搭上昭沅肩膀：「說得好。」

他們在夜晚前趕到附近的一座小鎮，找了家客棧。

半夜，整個小鎮都在沉睡的時候，昭沅悄悄從被角中爬出，無聲無息地打開窗子，鑽到屋外。

他爬到屋頂，月光下，有個黑影已經站在屋頂上等著他，拎起他飛到了城鎮外的曠野上空。

應澤帶著他落到一條河邊：「小龍，你想求本座教你甚麼？」

昭沅誠懇地看他：「請你教我能快點變強的方法。」

應澤睉起眼：「爲了幫那個凡人？」

昭沅知道應澤對樂越有成見，但還是點點頭，又補充道：「也是爲了能打敗鳳凰，奪回護脈龍神的位子。」

應澤神情莫測：「也罷，本座想看看，你這條小龍到最後會得到甚麼結果。不過，本座不會白教你，將來你也要替我做一件事情。」

昭沅立刻用力點頭。

應澤遂道：「那本座先教你一些最簡單的養氣方法。」

應澤說，他是應龍，和昭沅不屬於一種龍，所以有的修煉法門不一樣。不過，吸精華、養仙氣，這種最基本的修煉仙元方法是一致的。

應澤告訴他，龍，並不是只有在水中才能修養仙氣。月光的陰潤之氣、太陽的陽澤之氣、雲氣霧氣，甚至吐納間的氣息，都可以吸收精煉，納入體內，蓄養仙元。

打根基的關鍵兩個字就是「養」與「蓄」，養和蓄不需特定的場合時辰，這本該是無時無刻都在進行的事情，要變成水到渠成般自然。

昭沅暫時還無法達到應澤教他的境界，他只能一步步小心地按照應澤教他的方法吐納。試著讓仙氣緩緩在體內順暢運行、周轉。

他悟性不算慢，應澤挺滿意。

應澤又告誡他，天地間有清氣，也有濁氣，萬不可爲求速成，吸收因暴戾、血光而產生的濁氣，更不可以殺戮來養自身，否則會墮入魔道，反噬其身。所以有時說，仙與魔，只是一步之差。

應澤乃上古龍神，他教給昭沅的，都是天庭最上仙的修養之法，比昭沅的龍爹辰尚自然高明了不少。昭沅吐納了幾個時辰，就覺得渾身舒暢，有種從未有過的輕快之感。

天漸漸泛藍時，昭沅抖去身上的露水又悄悄鑽回樂越身邊，把頭湊進枕邊，閉上雙眼。

昭沅一天天地修煉，表面上看起來並沒有甚麼變化。應澤教導他，修煉仙法猶如積水成淵，一點點累積之後，會在某日因一個契機，徹底脫胎換骨。

他跟著樂越一路向西郡去，應澤每天夜裡要教導他，胃口日益增大，走了三、四天，當日搶來的盤纏也漸漸要被吃光。

樂越趕在傾家蕩產之前，在途經的一個小城中做了點小買賣，賺些路費補貼。

他做的買賣就是自己的老本行，替人算卦看相。

可惜樂越年紀輕，縱使舌燦蓮花，別人也覺得他不牢靠，比較像騙錢的，不肯光顧他。

樂越也不氣餒，蹲在城隍廟前那張租來的破桌後，繼續招攬生意。他蹲到天將中午時，突然有人狂奔而來，高喊：「不好啦，孫將軍帶人要殺進城裡來了！」

樂越茫然地看著街上來往的行人頓時開始四散逃命。

不會這麼倒楣吧，賺個盤纏都能碰見打仗？

第七章

「樂越是他要守護的人，到底算早已註定，還是碰巧遇見。」

街上奔逃的行人亂成一團，樂越隨手拽住一個問道：「兄台，請問一下，孫將軍是誰？」

那人用饅頭噎到喉嚨的表情看看樂越：「外鄉人，快找個地方躲躲吧，孫將軍殺人不眨眼的。」掙開樂越的手，像被鬼追一樣地跑了。

樂越站在原地愣了愣，身後有聲音在喊：「喂，小兄弟！」

樂越回頭，只見城隍廟的老廟祝扒在門框上衝他招手：「快，想進來躲就趕緊！要關門了。」

樂越扛起桌子，大步跑到城隍廟門前，把桌子推進門內，衝廟祝抱抱拳頭：「謝了老丈，我幾個朋友都在客棧，要趕回去通知一聲。」

老廟祝搖頭：「少年人，聽句勸，你還是在這裡躲躲吧，一聽孫將軍三個字，家家戶戶立刻插門，你跑到客棧，也未必進得去。」

樂越笑了笑：「進不去也得回去，他們要等我不著，更著急。」再次謝過老廟祝的好意，大步奔回客棧。

樂越臨出門賺錢時，讓昭沅、琳箐、洛凌之和應澤在客棧房內等候，當時唯有應澤一邊吃著飯後點心一邊「唔」了一聲，琳箐和昭沅都表示很想一起去賺錢，被樂越堅定地拒絕。

琳箐立刻哼道：「反正你就是一到這個時候便不信任我們。」

昭沅又露出小媳婦一樣的表情：「我能幫你忙，真的。」

樂越在心裡道，我正是太信任你們了，知道你兩個去一定會越幫越忙。

連洛凌之都問了一聲：「越兄，不然我和你一道去，多個人總會好些。」

樂越搖頭：「不必了。」他湊到洛凌之身邊，壓低聲音。「勞駕洛兄你在這裡，幫我照看著他們……一些。」

洛凌之瞭然地頷首。

滿大街的人都在跑，樂越跟著人群邊向客棧跑邊在心中唸叨，希望洛凌之看得住場子，那兩條龍一頭麒麟能安分老實地在客棧裡待著。

待奔到客棧門前，果然已門窗緊閉，樂越用力拍門，門內絲毫沒有回應。一條桃紅色的人影飄飄蕩蕩在他身邊落下，笑嘻嘻地看著他：「你回來了呀。」是琳箐。

琳箐看著街上奔逃的路人，雙眼興奮得閃閃發亮：「我聽店小二說，要打仗了！」

樂越趕緊道：「打仗的事情等下再細說，妳先帶我進去吧。」

琳箐雙頰的酒窩深深的：「嗯。現在你不嫌我靠不住了？」拉著樂越的手走到客棧窗下，抓住樂越的雙肩飛身而起，姿勢極其優美地飄進窗內，惹得樓下忙著逃命的人都駐足抬頭驚歎。

樂越的雙腳踏上房間地面，立刻四處環視。

房間內空蕩蕩的，只有應澤躺在床上酣睡。

琳箐說：「傻龍和洛凌之幫你賺錢去了，馬上就過來。」

樂越大驚：「賺錢？去了哪裡？」那條傻龍怎麼會賺錢？

琳箐道：「就在這個客棧裡找點零工做啦，傻龍在廚房洗盤子，姓洛的在大堂掃地擦桌子，本來我在幫忙端菜來著，街上突然有人喊甚麼孫將軍打進來了，夥計立馬就堵住了大門。剛才我感覺到你回來了，就出來接你嘍。」

樂越詫異，昨天晚上他曾向客棧掌櫃懇切自薦做零工，被無情拒絕，方才不得不去城隍廟擺攤，爲甚麼……

琳箐看透了樂越的心思，笑嘻嘻地解釋道：「你不是說掌櫃不答應你在客棧裡打工麼？今天你走了後，我想閒著也是閒著，就和昭沅去求了求掌櫃和他夫人，他們立刻就同意了。掌櫃夫人還給應澤糖吃，說我們帶著弟弟出來討生活眞不容易。」

她正說著，房門嘎吱開了，昭沅和洛凌之一前一後走進來，昭沅看見樂越，立即站到他身邊。洛凌之問道：「越兄，聽說馬上有兵要打進城來，到底是怎麼回事？」

樂越搖頭：「我也不清楚。」

他們現在所在的小城叫舒縣，還屬於南郡的地盤，離西郡已經不遠。

琳箐便猜測，難道是西郡的兵馬偷襲南郡？可杜如淵明明說過，南郡和西郡的關係還算可以。而且西郡那邊目前自顧不暇，哪會主動惹事打南郡。

或者南郡有兵馬不服定南王搞叛亂？杜如淵的爹看起來滿厲害的，他手下的人應該沒那麼容易反吧。

琳箐與樂越左猜右猜，都不得要領。此時有人輕敲房門，殷勤地道：「幾位客官，要茶水嗎？剛沏好的新茶。」

樂越疑惑：「搞甚麼？」他們身上盤纏少，昨天住店時一堆人只要了一間房，掌櫃和小夥計們一臉不待見，連洗臉水都不給他們送，現在居然殷勤地送茶水。難道是傻龍、琳箐他們在做幫工的時候與客棧的人建立了友情？再說了，眼下客棧的人不是應該忙著收拾貴重物品躲避甚麼孫將軍麼？

樂越大步上前打開房門，一個小夥計端著茶盤站在門外，小夥計身邊還站著一個身穿褐色綢衫的中年胖子，正是客棧的黃掌櫃。

黃掌櫃目光越過樂越瞄向房內，笑容更絢爛了幾分：「少俠，剛從外面回來，有無口渴？這是小店特意準備的上好毛尖，請幾位少俠嚐嚐。」聲音帶著一、兩分諂媚。

樂越渾身寒毛下意識地顫了顫，讓開身，黃掌櫃與小夥計一同進屋，小夥計將茶盤放在桌上，先端下一碟蜜漬核桃仁、一碟松子杏仁糕，方才開始斟茶。黃掌櫃捻著上唇的短鬚笑道：「小店的茶點都是南邊作法，稍微甜了些，不知道幾位少俠口味偏南還是偏北，是否合意。」

昭沅站在桌前，覺得有些暈。剛剛他們做幫工時，黃掌櫃與小夥計們還「喂喂」地喊他們，呼來喝去，一點也不客氣，怎麼轉眼間態度變了這麼多。

肯定有甚麼意圖。

樂越道：「多謝掌櫃的，我們雲遊四海，甚麼口味都吃得慣。」

黃掌櫃道：「少俠眞是個爽利的人。唉，小店有眼不識泰山，怠慢了諸位，望請見諒。」還眞就拱手彎了彎腰。

樂越只得跟著抱抱拳頭：「掌櫃的客氣了。」

黃掌櫃的眼像兩彎下弦月，越過樂越看琳箐：「不知幾位少俠是哪個門派的高徒？這位女俠眞是好俊的輕功，方才帶著少俠上樓簡直是如履平地啊。」

樂越謙虛道：「無門無派，只是尋常江湖遊俠而已。」

黃掌櫃終於繞上了正題：「其實在下過來，是想請問幾位少俠，眼下孫將軍又要進城，不知能否幫小店一道退敵？」

原來如此。

即將要打仗一事早已讓琳箐的戰魂熊熊燃燒，黃掌櫃的請求立刻令她心花怒放：「掌櫃的，你很有眼光嘛。」樂越還沒來得及提醒她謹慎，琳箐已經一拍桌子，豪邁地道。「區區一個孫將軍而已，包在我和這位樂越少俠身上！」

黃掌櫃大喜：「多謝女俠！」

樂越無語地看她，姑娘，好歹妳也等搞清楚孫將軍是誰之後再答應。

一旁的洛凌之問：「請教黃掌櫃，孫將軍是何許人也？」

黃掌櫃斂起笑意，換上愁容，長嘆一聲：「孫將軍，他……」

孫將軍住在舒縣向西數十里的一座小土山上。

小土山頂有個黑風林，林中有一山寨，孫將軍及其手下平日在寨內，每逢缺酒少肉或者孫將軍心情好心情不好的時候就到舒縣小城內洗劫一番。每次搜刮都砸掠無數，黃掌櫃悲苦地說，連廚房中的一把蔥頭都不放過。

眾人聽得一愣一愣的，樂越道：「這孫將軍怎麼聽起來好像是個土匪。」

黃掌櫃淒苦地點點頭，道：「孫將軍他就是個土匪。但孫將軍最不愛聽人家叫他土匪頭子或者山大王，自封爲將軍，老百姓們便只有喊他孫將軍。」

琳箐興趣頓失：「我還以爲兩郡交兵，敵軍壓城，竟然只是個土匪。你們縣城雖小，總也有些守軍吧。官府的兵卒連窩土匪都對付不了？」

黃掌櫃復長嘆道：「女俠，妳有所不知，孫將軍非同常人，每次本縣的馬總兵都帶兵關上城門誓死抵抗，可……」

他話剛說一半，窗外突然飛沙走石，狂風大作。黃掌櫃頓時滿臉驚惶：「不好，飛先鋒來了！」

樂越挖挖耳朵，飛先鋒？那又是甚麼東西？

旁邊的小夥計踉蹌地奔到窗邊，闔上窗，拖過桌子死死頂住，走廊上有人厲聲高喊：「不好了，飛先鋒殺進來了——」

黃掌櫃快步走到門邊，向外大聲道：「諸位不要慌，鎮定！」再轉身向樂越等人道。「諸位能否移步到樓下大堂內？」

既然琳箐已經答應了人家，便不能食言，況且此時百姓危險，正是需要行俠仗義之時，樂越便率先啓步隨著黃掌櫃一起走，昭沅緊跟著他，琳箐與洛凌之隨後，應澤抓了兩把松子杏仁糕放進袖內，帶著一臉本座只是去看熱鬧的神情跟在最後。

琳箐戳戳樂越的後背，小聲道：「噯，我剛才聞見風裡有妖氣，飛先鋒可能是隻小妖怪。」

一樓大堂內已聚集了十來人，高矮胖瘦男女老少皆有，都坐在桌前，握著兵器，應該是黃掌櫃與小夥計們臨時請出的住店江湖客。

樂越、昭沅、琳箐、洛凌之和應澤也找了張桌子坐，整個大廳中，就數他們幾個看起來最年少，其餘人用眼角餘光向他們瞧了瞧，神情中都微微露出些不以爲然。

黃掌櫃站在大堂正中央，拱手道：「小店與店中其餘客人的安危今日便仰仗各位了，多謝各位肯仗義施援。」

狂風捲著沙石，撼動敲打著門窗牆壁，樂越他們鄰桌一個瘦小的短鬚中年漢子道：「掌櫃的客氣了，擋不了這群土匪，我等也會被搶，這本就是份內事。」他神色自若，雙手卻一直按在面前放著的一對短刀的刀柄上。

靠著牆角坐著一個算命先生打扮的老者，朝桌面上擺著的銅錢喃喃道：「看卦相，卻非凡類，乃妖異之相。大凶，大凶。」

老者旁邊桌的一個杏衣美婦輕笑道：「老爺子，土匪未到，你卻先嚇起自己人來了，難道你覺得搶劫的土匪是妖怪？」

其餘人都跟著笑了幾聲，美婦身邊的錦衫少年道：「嬸娘，興許老爺子說的有理，方才聽見人喊甚麼飛先鋒，想來是在天上飛的，那可不是妖怪麼？」

廳中的人又都大笑，黃掌櫃卻神色肅然道：「老先生眞乃高人，飛先鋒的確是隻妖——」

妖字剛吐出一半，哐啷一聲，臨街的一扇窗陡被砸開，狂風沙石頓入，杏衣美婦一揚手，數點寒光跟在算命老者桌上的銅錢之後激射而出，只聽吱吱吱幾聲慘叫響起，詭異淒厲，似乎……不是人的聲音。

樂越和琳箐跳起身，與其餘人一道直撲向窗前，杏衣婦人用衣袖掩住口，啊的一聲驚呼。

窗下地上掙扎著黑乎乎的兩團，穿藤甲，戴藤盔，渾身黃褐色的短毛，用前爪捂住臉吱吱吱吱地厲聲叫，竟然是兩隻猴子！

狂風中有拍打翅膀的聲音，數道黑色影子從天疾撲而下，樂越身邊的短鬚中年後退一步，喃喃道：「猴子，猴子竟然……」

那數道黑影也是穿藤甲戴藤盔的猴子，猴子的身後居然有一對蝙蝠般的皮翅，在狂風裡搧動，睜著血紅的雙目，齜牙咧嘴，張著鋒利的前爪向窗內直撲過來。

洛淩之微皺眉：「原來此地竟有翼猴。」

樂越奇道：「甚麼是……」說那遲那時快，幾隻飛猴已撲到窗邊，爪子狠狠撓下，琳箐抬一抬手：「唉，只是小角色。」

幾隻飛猴在她遺憾的嘆氣聲中像幾枚被彈弓射出的石子一般，倒飛向了遠方。大堂中的其餘人直直地看她，好像眨眼都成了木雕泥塑。

樂越繼續把剛才那句話問完：「甚麼是翼猴？」

洛淩之道：「《四海異奇錄》中記載，西南山林有妖獸，形似猿猴，脅生肉翼，故名翼猴。性詭詐凶殘，應該就是指這種猴子。」

樂越抓抓後腦：「長翅膀的猴子做土匪，眞是奇哉怪也，難道孫將軍是隻大馬猴？」

黃掌櫃搖頭：「孫將軍是人，但這些會飛的妖猴都聽他號令。」

黃掌櫃道，孫將軍名叫孫奔，是一位奇人，可以號令翼猴，沒人知道他從哪裡來。一年多前，孫奔突然出現在南郡，帶著一隻長著雙翅的大猴子去拜見定南王，自薦入定南王的兵營，並說自己通玄法，可飛沙走石、駕馭妖獸。恰好定南王最不喜歡說鬼神弄玄法的人，看完他的自薦信後，回了兩個字，不見。孫奔一人一猴在王府門口蹲了數天，始終沒能打動定南王，遂悲憤離去，到了舒縣旁的小土山上做了土匪。

舒縣被孫奔一伙土匪和翼猴們滋擾數次，知縣大人和總兵大人曾經帶著滿身被猴子撓出的傷痕去向定南王請求援兵，也曾寫過無數封字字血淚的求援信，均被定南王駁回。

定南王不信鬼神，更不信這世上有妖獸，翼猴之說被他斥爲無稽之談，定南王堅信那不過是普通的野猴子而已，批覆曰：「以一縣之兵，竟連百餘山匪，幾隻猴子都抵擋不住。百姓賦稅，朝廷供奉，養爾等何用？」他一向治下從嚴，便責令總兵反思自省，嚴加練兵，剿山匪，滅猴患，否則便免其官職。知縣和總兵都怕官位不保，不敢再求援了。

黃掌櫃嘆氣道：「王爺是位好王爺，只可惜有些地方……」

樂越心道，杜如淵的爹在這件事上的確做得不對，即便不信，也該派些兵過來看看才是，他以爲這叫磨練下屬，殊不知置之不理受罪的還是老百姓。

洛凌之道：「居上位者，當廣納言，察而擇定，不可以一己喜好，聞想所聞，不問不欲問。此事定南王爺做得有失妥當。」

昭沅聽得有些暈暈的，但覺得很有道理。琳箐站在窗邊，一面隨手打著再接再厲撲過來的翼猴玩，一面撇撇嘴：「說得文謅謅的，不知道的還以爲你被杜書呆上身了。」

洛凌之只是淡淡地笑了笑。

此時窗外忽然暗了起來，錦衫少年顫聲道：「來……來了隻大的。」

樂越和昭沅轉頭看，只見一塊黑影遮蔽了縣城上方的天空，卻並非烏雲，而是一隻碩大的翼猴。

一簇簇小翼猴環繞在這隻大翼猴的翅膀下，吱吱呀呀地叫著伸舌頭扮鬼臉。大翼猴兩只燈籠般大的紅眼睛似乎要噴出烈焰，用前肢捶著胸脯，高聲嘶吼，頓時飛沙蔽天。

昭沅情不自禁攥緊了前爪，想必，這就是那隻飛先鋒了吧。

大翼猴血紅雙目注視的，正是客棧的方向，掄起拳頭又咚咚地捶了捶胸脯，再次高聲嘶吼，房屋和大地似乎都在它的吼聲中震動。

琳箐笑道：「這隻還有點意思。一隻小毛猴居然還敢讓我出去決一死戰，好吧，就陪你玩玩。」她拍拍手，正準備施施然飛出窗去，一旁的錦衣少年卻緊緊抓住的她的衣袖：「姑娘，不可！」

琳箐不耐煩地皺眉，少年死死抓住她的手臂：「姑娘，這隻妖獸非同小可，不能硬碰。」

樂越在一旁悠然道：「這位兄台，我勸你還是不要阻攔，儘管讓她去。」萬一惹急了麒麟姑娘，噴一口火，大翼猴就有現成的烤全人可以吃了。

少年怒目瞪視樂越，痛斥道：「讓個姑娘去送死，你卻袖手旁觀，還算不算男人！」他話音未落，雙手忽地一麻，已被琳箐震開。

琳箐抽出腰間軟鞭，待要飛身而出，腳下卻一絆，隨即好像被甚麼釘在地面上，再也抬不起來。琳箐驚詫皺眉，一直坐在桌邊吃點心的應澤慢吞吞站起身：「待本座來會一會此猴。」

琳箐豎起柳眉瞪視他：「你憑甚麼和我搶！」

應澤負手看向天上，滿臉寂寞：「本座已經有很多年沒有見過妖魔了。」

琳箐惡狠狠道：「你多年沒見我就要讓你？哪門子的道理？我打了半天，好容易才來了隻大怪，你竟然暗算我來搶，太無恥了！」

自從在青山派與鳳桐一戰不得盡興後，琳箐就一直很憋悶，一路沒有遇見過甚麼大妖怪，好讓她打打發洩一下。終於在今天見到一隻起碼個頭比較大的猴子，著實珍貴，她要誓死捍衛。

應澤傲然道：「本座喜歡。」

琳箐嗤道：「你喜歡就是你的？這隻是我打小猴子引來的，是我的！」

應澤道：「本座的。」

琳箐伸開雙臂擋住窗戶：「我的。」

樂越昭沅和洛凌之在一旁觀戰，相當無語。其餘的江湖客和黃掌櫃早已傻了。

大翼猴在半空捶打了半天胸脯，不見回應，齜牙咧嘴發起狠，巨大的猴爪挾著呼嘯的狂風向客棧撓下。

眼看琳箐和應澤還在對峙，昭沅下意識地抬起手，將腹中龍珠的法力聚集在手上用力推出。一道金光自他的手心中發出，還挺明亮，匯成一道光盾，擋住了大翼猴氣勢千鈞的猴爪。所有的目光，都轉到了昭沅身上。

他用力地拚命地推著光盾，頂住猴爪，汗從額頭上一滴滴滲下來，渾身都漸漸開始打顫，他咬緊牙，仍然用力用力地頂頂頂頂住。

樂越一臉不敢相信地看著他，琳箐也忘記了和應澤爭怪，讚歎道：「有長進嘛。」

樂越頷首，比起當日只能吐小火球的道行，有很大進步。

力氣和法力都在一點點地流失，昭沅的眼前有些模糊，大翼猴吱吱叫了一聲，另一隻猴爪也撓了下來，昭沅掙扎著鼓起最後的法力和力氣，雙臂仍然一軟，身體被重重地彈得向後飛出——

他感到後背好像撞到了一團軟軟的雲朵，雲托著他輕而穩地站在地上。應澤從他身側嗖地掠過，飄向窗外。

琳箐怒目瞪著他，恨恨地咬牙。應澤剛出窗外，狂風便陡然停了，大翼猴眦起紅眼睛，用前爪撓撓腮，它感到一股無形的壓迫，很不對頭。應澤負著雙手，擺出一貫騷包的姿勢，一點點從地面升向半空，從髮絲到衣袖，紋絲不動。

剛升到屋頂高，大翼猴用爪子揉揉眼，突然抖了兩抖，吱的一聲，身形小了無數倍，兩隻前爪抱住頭，調頭便跑，雙翅拚命搧風，小翼猴們跟在它身後，好像一股馬車後的狼煙，一瞬間便化成了天邊一個飄渺的黑點，最終盡數不見。

應澤寂寞地落下，寂寞地鑽進窗，寂寞地又回到桌前。

琳箐的雙腳終於可以動了，跺腳恨恨地一拍桌：「跑了，你賠我！」

應澤寂寞地咬了一口松子杏仁糕，向外一指，簡潔地道：「去追吧。」

昭沅擦擦額頭上還沒乾的汗，剛才樂越拍著他肩膀稱讚了他一句，他很歡喜。這次總算能幫上忙，就算只有一點點，也比以前強。

只是，旁邊的人都直著眼睛看著他們幾個，好像他們是一群比飛先鋒還奇怪的大妖怪。

半晌，黃掌櫃方才拱拱手：「幾位眞是深藏不露。」

樂越乾笑兩聲：「還好還好，咳，那個，恰好今天來的是一群猴子，我們正好會此驅猴的祕技。」

黃掌櫃若有所思：「原來如此，可這位小兄弟方才雙手冒光，還有那位小少俠竟能平地升空……」

樂越道：「嘿嘿，那個，我們……」行走江湖，本應盡量低調，但經過方才退去飛先鋒一事，眞是想不被關注都難了。

牆邊一個蒼老的聲音嘶啞道：「清玄派弟子，名不虛傳。」用銅錢算命的老者向前一步，瞇眼望著洛凌之。「這位少俠，方才你說的《四海異奇錄》乃是數百年前清玄派的卿遙道長所著，唯有清玄派中弟子方能讀到。幾位既是出身清玄派，剛才種種，便不意外了。」

清玄派多年來一直是天下第一玄道門派，加之最近出了新太子和禎，名聲更盛，江湖傳言往往將清玄派的玄妙誇大許多，老者的話出口，其餘人看他們的眼光頓時又有不同。

黃掌櫃再度拱手道：「原來是天下第一派清玄派的弟子，怪不得幾位少俠各個一表人才，身手不凡。在下失敬了。」

其餘人紛紛跟著讚賞，稱讚清玄派名副其實，人才輩出。

樂越聽在耳中很不是滋味，行走江湖固然要低調，但也不能白白替重華子老兒和清玄派打名聲。他搖搖手：「諸位過獎了，在下並非清玄派的，只是江湖一遊俠而已。」

黃掌櫃笑道：「少俠何必過謙？」只當他故意掩飾。

樂越懶得多分辯，只說了一句：「委實不是。」

黃掌櫃待要繼續稱讚，洛凌之插話道：「敢問掌櫃的，孫將軍每次進城掠奪，是否都是飛先鋒打頭陣，先退官兵，打開城門，而後山匪們才跟著進城搶掠？」

黃掌櫃點頭言是。

洛凌之向樂越道：「越兄，我想翼猴雖退，但山匪們說不定已經進城，我等還是出去看看吧。」

樂越遂率先翻窗而出，洛凌之和昭沅跟在他身後。琳箐與應澤隨後，連那幾位江湖客也跟了出來。

大街上仍然空空蕩蕩，一個人影都沒有。每扇門每扇窗都緊緊關著，有被石砂砸爛、翼猴抓破的，也已用桌椅堵了起來。

樂越走到街中心，環視一周，思索該向哪裡去。

杏衣美婦道：「不然我們還是分頭行事吧，前方有個路口，正好東南西北四個方向，我們每個方向各去幾個人。」

拿短刀的短鬚中年道：「二夫人提議甚好。」其他人也都表示贊同。二夫人又從袖中取出幾枚竹筒，分給眾人，原來這竹筒是傳信的煙火，假如所去的那一方需要增援，就拉亮煙火信號。倘若無事，便回客棧會合。

樂越等選了向北的街道，在路口與其餘三組人分開。樂越把二夫人給的煙火筒舉到眼前轉了轉，看見上面刻著一行小字，南宮火器堂。

原來二夫人和錦衣少年竟是武林名門南宮世家的人。沒想到南宮世家的人在江湖上走動居然如此樸素，沒有高頭大馬軟轎華車，也沒有成群的僕役隨從。

有錢人家的做派總讓人想不到。

樂越將煙火筒放進懷內，繼續前行。走過一、兩條街道，前方隱隱有打鬥聲傳來。樂越率先快步向前，打鬥聲越來越清晰，只見靠近城門處，有衙役和兵卒正在與一群持刀的匪徒酣戰。

樂越抽出腰間的長劍，衝了上去，洛凌之也隨之上前。

衙役兵卒與土匪們不知他們是來幫哪一方的，手同時停了停。樂越的長劍挑開幾柄大刀，踹飛了兩個土匪。洛凌之反手劈暈了一個山匪，奪過一桿長矛，向下一點一絆，又絆倒一個土匪，官兵們方才明白他們是過來增援的。

這群土匪大多是附近幾座城裡的閒漢流氓，覺得做強盜比種田做工容易得多，就上山投靠孫奔。樂越和洛凌之對付他們自是綽綽有餘。昭沅和琳箐、應澤遠遠站在一旁袖手觀望。有個土匪掄起大刀企圖從背後偷襲樂越，昭沅和琳箐同時喊：「樂越當心！」昭沅下意識想衝上前，卻被琳箐伸手攔住。

樂越側身閃避，洛凌之的長矛桿掃上那匪徒頸側，將他劈暈過去，樂越向洛凌之一笑：「謝了。」

昭沅的一隻手臂被琳箐抓著，只能站在原地看，琳箐道：「這一種，我們不能幫，這是規矩。」

昭沅不解。琳箐解釋，護脈神只能護佑自己選定的人盡量平安，引導他走應走的路。假如有像鳳凰妖獸之類，可以幫著打一打，但不能替他打凡人。這是天規。琳箐鬆開他的胳膊，抱起手臂：「因爲凡人對我們來說實在太弱了，假如我們可以打凡人，凡間早已不存在啦。比如眼前這麼多凡人，我只要一招就能讓他們全滅。」她瞄了瞄昭沅。「龍也很厲害哩，你父王沒告訴你嗎？只要護脈龍神願意，可以輕而易舉地顛覆一個國家。」

昭沅摸摸鼻子，輕而易舉地顛覆一個國家，到底是種甚麼樣的感覺，他現在無法體會。他有時候也會想，爲甚麼會有天，爲甚麼會有地，爲甚麼會有仙界，爲甚麼會有凡間，爲甚麼會有神、有仙、有龍，有凡人。樂越是他要守護的人，到底算早已註定，還是碰巧遇見。

琳箐摸著下巴看他：「你知道作爲護脈神，你現在最缺的是甚麼嗎？」

昭沅虛心請教。

琳箐握起拳頭：「霸氣！」

昭沅一臉迷茫，顯然不能理解霸氣是種甚麼境界。琳箐忍住敲他腦袋的衝動，道：「將來，樂越和他子子孫孫都在你的爪子裡，你要主宰整個江山運勢，只有擁有凌駕於整個凡間之上的霸氣才能做到。」

昭沅的眼有點直，他的腦中忽然浮起一幅景象，他就像剛才那隻大翼猴一樣脹脹脹脹得很大，盤踞在整個凡間上空，一隻爪子抓著一座山，樂越和一堆小樂越蹲在他的另一隻爪子內。

霸氣就是這樣？好像不太對。他撓了撓腦袋。

琳箐向旁邊一比：「唉，還是讓應龍殿下教教你，甚麼叫作霸氣吧。」

昭沅求知的雙眼看向應澤。

應澤抬手向上一指：「這是甚麼？」

昭沅眨眨眼：「天。」

應澤簡潔地道：「把它當成你的。」再向下一指。「這又是甚麼？」

昭沅道：「地。」

應澤再簡潔道：「也把它當成你的。」

昭沅等著，應澤又負起手來，再沒有下文。

昭沅小聲問：「然後呢？」

應澤冷淡地看他一眼：「天地都是你的，還需要然後？到那時順我者生，逆我者亡。若有誰負我，必定不讓他好過。若天負我，便滅了天；若世間負我，便讓它血流成河。若天與地都負我，就讓天地都化為無。」

琳箐忙對昭沅道：「這些你就不要聽了。」恰在這時，樂越那邊又放倒了幾個土匪，琳箐的注意力立刻被引了過去，拍手大喊。「樂越，好棒！」拋下昭沅繼續思索怎樣才能霸氣。

樂越在琳箐的拍手叫好聲中用劍柄敲暈了最後一個土匪，劍花一挽，擺了個極其瀟灑的姿勢，將長劍收回腰間的劍鞘。琳箐的拍手叫好聲更響亮了。

衙役和兵卒們上前，掏出繩索把地上橫七豎八的土匪們捆成一串，其中一人向樂越和洛凌之抱拳道：「多謝少俠相助，不如同我們一道回縣衙，知縣大人定有重謝。」

樂越和洛凌之都婉拒。樂越道：「我們只是做應做之事，剿滅山匪，大家才能安穩過日子嘛。」

衙役和兵卒們再度交口稱讚。樂越正滿臉謙虛地享受，一旁的天空上炸開一朵煙花。樂越遙遙抬頭看，是西城門的方向。

西城門處戰得一團混亂。地上南宮二夫人、南宮某少爺與算命老者正在酣戰匪徒。半天空裡，那隻大翼猴領著一堆烏泱泱的小翼猴吱吱呀呀舉著果子石頭往下亂砸，小翼猴們還一批一批地砸，這一批丟完了，轉頭去撿石頭野果，換上另一批丟。總兵在城牆上指揮兵卒們張弓引箭，射向猴子們，可惜大翼猴不怕箭，小翼猴們身穿藤甲，射不穿。兵卒們索性撿起翼猴丟下的石頭野果回砸。小翼猴一邊砸一邊還桀桀吱吱地扮鬼臉，場面一塌糊塗。

大翼猴此時回歸了本形，大約有一個七、八歲孩子大小，盤旋在城牆和屋頂上。南宮二夫人等人正在專心致志地打土匪，大翼猴突然搧動雙翅，疾撲過來，向著南宮二夫人伸出利爪，南宮少爺急忙大喊：「嬸娘小心！」一旁的算命老者拉著二夫人向旁一帶，堪堪避過一抓，大翼猴一把掄走南宮二夫人鬢髮邊的一支珠花，又飛回半空中，桀桀怪笑。

樂越一行趕到時，正看見大翼猴落到街邊的房屋頂上，把南宮二夫人的珠花夾在耳朵邊，扭扭捏捏搖搖擺擺地在屋脊上走了幾步，搔首弄姿，回眸一笑。

這一回眸，恰好瞄見樂越身邊的琳箐和應澤，立刻又吱的一聲，掉頭就跑。

小翼猴們跟在大猴的屁股後面紛紛離去。有幾個飛了一段，又轉回身，向地面上扮鬼臉。

遠處突然響起短促笛聲，還在扒著下眼皮吐舌頭的幾隻小翼猴聞聲頓時也轉身飛快地搧翅離去。

洛凌之道：「這個笛聲，好像在操控猴子一般。」

樂越道：「十有八九是孫奔在吹。」土匪有不少被抓了，翼猴們也逃了，可過不了多久，恐怕又會捲土重來。

除非……

樂越揚眉：「不如我們今天就打個徹底，索性端掉匪窩！」

琳箐拍手贊同。

洛凌之看了看城門外方向道：「聽剛才的笛聲，孫奔應該就在附近。只要抓住他，翼猴與群匪便會不戰而降。」

城牆上的兵卒們說，方才他們聽見笛聲從城外河邊的樹林中傳來，就向裡面射了一陣亂箭，不知道有無射中孫奔。

樂越縱起輕功出了城門，突然想起一事，猛地停下腳步，向琳箐和應澤道：「你們兩個暫時先別跟來。」

琳箐瞪大眼：「為甚麼？」她早已摩拳擦掌，迫不及待要抓那隻大翼猴。

樂越解釋，因爲大翼猴耳目靈便，恐怕能察覺到琳箐與應澤身上非同一般的氣息，它一見琳箐和應澤就跑，萬一它能帶著孫奔飛，恐怕不太容易追到。

「等找到孫奔之後，我發煙火爲信號，妳再趕過來，絕對來得及。」

洛凌之也道：「孫奔只是藏身在後面操縱翼猴，看來此人本身的武功並不怎麼樣，不用擔心。」

應澤表示他老人家無所謂，琳箐卻不同意：「那群猴子肯定和孫奔在一起，你們又打不過。」

樂越拍拍昭沅的肩膀：「沒關係，讓昭沅跟我們一道過去。他能擋大翼猴一陣子。」而且他法力弱，大翼猴沒把他放在眼裡。

昭沅拚命點頭，表示自己一定能夠勝任。

琳箐無奈地嘆口氣：「好吧，我暫時就在這裡站著，一有情況一定要馬上放煙火喔。」

樂越笑嘻嘻道：「一定一定。」

昭沅跟著樂越和洛凌之走過架在河上的石橋，到了兵卒們所指的樹林邊。

窄窄的小路在林中蜿蜒，四周很靜，但好像有無數雙眼睛正藏在暗處，不動聲色地窺視。一個方向似乎有窸窣聲，樂越側首看了看，放慢腳步向那處逼近。突然，頭頂上方傳來一聲桀桀的怪笑。

昭沅迅速抬頭望去，那隻大翼猴正蹲在一根樹杈上，齜牙咧嘴地衝他們扮鬼臉。昭沅戒備地抬手，凝聚身體中的法力，大翼猴嘎嘎吱吱叫了兩聲，嗖地扔出一枚石子後，拍拍翅膀飛走。

昭沅拔腿想追，又站回原地，猶豫地向樂越道：「爲甚麼我覺得它好像有意把我們往那個方向引？」

樂越拍拍他：「說得不錯，我覺得這隻猴子在使調虎離山之計。」

大翼猴飛了不遠，回頭看他們沒有追來，又落在不遠處的一根樹杈上，扮鬼臉扔石頭。

洛凌之低聲道：「這樣吧，我跟上它，越兄你和昭沅賢弟去樹林裡查。」

樂越點頭，掏出信號煙火筒塞進洛凌之手中：「小心點。」

大翼猴看見有人來追，又開始往遠處飛了，樂越抓著昭沅的胳膊繼續無聲無息地向剛才傳出窸窣聲的方向前行。

穿過幾排樹木，前方是一片寬闊的草地。有幾隻小山羊正在悠閒地吃草，不遠處的樹下，一個頭戴斗笠、披著罩衫的人坐在樹下，好像是放羊的人。

樂越走上前幾步，揚聲問：「兄台，有沒有看見一個帶著猴子的山匪從這裡經過？」

放羊人掀起斗笠，露出一張十分年輕的臉，膚色黝黑，雙目朗朗，劍眉飛揚，挺鼻薄唇，看起來約二十一、二年紀。

他向一旁指了指：「山匪沒看到，猴子倒見過一隻，還是長翅膀的，往那邊去了。」

樂越露齒笑笑：「多謝多謝。」又上前幾步，走到牧羊人近前。「這幾隻羊是兄台你的？看起來頗肥美，爲甚麼山匪從這裡過，居然沒把牠們抓回去做烤全羊？」

放羊人丟開斗笠，放聲大笑：「可能他們不愛吃羊肉。」一隻手急如閃電地揚起，甩出幾點寒光。昭沅還沒來得及喊當心，樂越已經閃身避過，一旁的樹叢中撲棱棱飛出了烏泱泱的小翼猴們，像蝗蟲群撲向麥田一樣向著樂越衝下。昭沅趕緊抬爪，凝聚法力，他爪中射出金光，小翼猴們竟然吱吱呀呀地後退了一些。

昭沅雖然很弱，但畢竟是龍，小翼猴只是最低等的異獸，昭沅的這一點龍氣足以讓它們畏懼。

此時，放羊人已拋下短衫躍起身，與樂越交手數招，他的兵器十分奇怪，是一對拴在兩段鐵鍊上的刺錘，鐵鍊盡頭又各有一截短柄，握在他的雙手中。

這對兵器既重又活，很難摸清它要攻擊哪個方向，樂越斂息凝目小心應付，眼看又一錘重重甩來，他閃身避過，看準鐵鍊的空檔斬下，放羊人左手一抖，另一支錘重重地向著樂越的腦袋甩去。

昭沅被小翼猴們纏著，無法抽身替樂越抵擋，眼睜睜看那錘擊到樂越身上，他大驚失色，又忽見樂越周身光芒微閃，竟將刺錘彈開。

放羊人怔了一怔，就在這瞬間，樂越手中的長劍已經劈上了鐵鍊，喀地迸出幾點火花。樂越抬劍端詳，鐵鍊沒斷，劍上倒多了個豁口。

放羊人收回兩只刺錘，上下打量樂越：「剛才那一錘竟能被你體內的勁氣彈開，你是修煉玄法的人？」他傲然昂首。「就算如此，你也不是我的對手，想抓我，多喊幾個幫手來吧！」

就在此時，天上的翼猴們突然又抱頭鼠竄。放羊人揚眉：「原來幫手已經來了。」

只見遠遠的，琳箐風一般踏雲而來，洛凌之御劍居中，應澤踩著一朵小黑雲慢吞吞尾隨在最後。

放羊人挑起嘴角：「都會御物凌空之術，果然是玄法門派的人。可先說好，我從來不打女人和小孩子。」

琳箐盯著他看了看：「你是孫奔？」

放羊人笑笑，一口牙倒挺白：「正是在下。」

琳箐道：「我們也不是只有女人和小孩子。」指指洛凌之。「這裡還有一位風華正茂年齡剛好的男人，可以和你切磋切磋。」

她拉著樂越和昭沅退後幾步。樂越有些擔憂地看著洛凌之，在他心中，一直認爲洛凌之的武功和他不相上下，剛才他敗了，就等於洛凌之亦必輸無疑。

孫奔提著刺錘抱了抱拳：「請。」

洛凌之手無兵器，從容地道：「閣下腿上有傷，我若與你比試，勝之不武。」

樂越和昭沅這才發現，孫奔的站姿的確有些奇怪，像是把全身的重量都壓在了右腿上。

孫奔冷笑道：「若不是那群吃朝廷白飯的蠢材只會放冷箭，我還不至於被你們幾個追上。」言下對樂越等頗有不屑之意。「這位小哥，莫以此作怯陣的藉口。即使我腿上有傷，你在我手下，也走不出三招。」

洛凌之搖頭：「不管閣下怎麼說，我都不會和你動手。」

樂越在心裡大讚洛凌之高竿，堂堂江湖大俠，輸給一個腿上有傷的土匪頭子，面子上實在掛不住，索性就咬死了不和他比，還能顯得高風亮節。

只是不和他比，如何抓他回去？如果一擁而上把孫奔捆回衙門，一樣落下趁人之危的口實。

樂少俠於是很矛盾。

孫奔大笑道：「果然還是不敢。」他笑聲起時，人也動了，手中刺錘一甩，狠而準地砸向洛凌之，洛凌之後退半步，閃身避過，另一只刺錘再甩來，兩只錘流星般交織成一道網，竟是把洛凌之繞在其中。

洛凌之的右手一探一握，身形瞬息已飄開數尺，孫奔的一只刺錘已在他的手中。

孫奔僵了僵，收回另一只錘，爽快地道：「閣下好快的手，是孫某輸了。」

洛凌之雙手遞過刺錘：「閣下腿上有傷，在下佔了些身法上的便宜。」

孫奔搖頭：「輸了就是輸了，就算腿上沒傷，你那一招我也躲不過，我輸得心服口服。」他將手中錘拋到地上。「來吧，你們抓我回衙門吧。」

樂越看著這樣的孫奔，有點下不了手。洛凌之側身讓開道路，抬手道：「請。」

孫奔一怔，又大笑兩聲：「有趣有趣。好吧，多謝你們對我放心。」竟然是不用捆綁，自己一瘸一拐，向著衙門的方向去。

琳箐繞到樂越身邊，小聲道：「洛凌之又在故作仁義了。」

樂越皺眉，壓低聲音：「妳爲甚麼老針對洛兄呢？我說過了，他就是這種清高的人。」

琳箐哼了一聲：「那我不針對他了，我誇他一句——洛凌之的武功比你高多了。」不再理睬樂越，大步繞到另一邊去了。

樂越看著她的背影有些不明所以：「琳箐最近有點怪，她以前沒這麼彆扭。」

昭沅在一旁一聲不吭地走，心裡嘀咕道，因爲她喜歡你。

樂越嘆了口氣。樂少俠是個勇於正視自己的人，他承認，這一回他的臨場發揮的確沒有洛凌之好。

夜，縣衙知府大牢。

樂越、昭沅、琳箐、洛凌之和應澤與今天參與打山匪的江湖客們一起圍在牢內，觀看縣令大人夜審孫奔。

孫奔和他們一道回到縣衙時已經傍晚，不適合升堂。舒縣的百姓們聽說山匪被綁紛紛擁到縣衙要求知縣大人將孫奔遊街示眾，讓百姓們招待他一頓豐盛的菜頭果皮臭雞蛋，王知縣和衙役們花了很大工夫安撫民眾。這就折騰到了天黑。

按理說，應當明日再升堂審訊，但王知縣與山匪仇深似海，實在壓抑不住審審匪首的衝動，遂決定先在大牢中小審一番。

孫奔被五花大綁在柱子上，衙役們心中積怨深重，孫奔臉上頗多青紫，身上也有一道道鞭痕。

王知縣坐在藤椅內，捻一捻唇邊的一撇鯰魚鬚，重重一拍面前小桌：「孫奔，你爲何落草爲寇！背後有無他人指使，還有同黨多少未曾落網，快快從實招來！」

孫奔昂然道：「我有心報效朝廷，奈何無識我才能之人。我落草爲寇，只爲能做出一番動靜讓定南王爺知曉，倘若他發兵前來，我就能向他證明，當年自薦時並無吹噓胡說。我一定要讓他看到我的本事！」

樂越聽了這個理由，有點暈，敢情孫奔是和杜如淵的爹槓上了。但爲了證明自己的能力，就當土匪強盜，這好像說不過去。

王知縣再一拍桌子：「大膽，竟敢將過錯推給王爺！」

一旁站著的南宮二夫人開口道：「少年人，就算你想引起定南王爺的注意，舒縣百姓與你有何冤仇，任你數年滋擾？」她隨即向王知縣微福身道。「不好意思，知縣大人，忍不住多言了。」

孫奔依然理直氣壯，他說他並沒有傷過百姓，每次過來都是取些平日所需，要怪也怪衙門和守軍無能，守城不得要領而他攻城有術，方才能屢次成功。

王知縣氣得渾身連鬍子梢都在顫抖，連呼這個刁鑽的悍匪。

算命老者也按捺不住：「以搶劫來獲你所需，你不覺有錯？拿擾民當練兵，現在的年輕人眞是……」

孫奔哼道：「成者王敗者寇，眼下我被你們抓住，是我技不如人，甘願認輸，甚麼過錯罪名之類，隨你們定，我無所謂。」

樂越第一次見到這麼理直氣壯、正義凜然的強盜。

王知縣一場夜審，徒然把自己和衙役們及請來觀審的人氣了個半死，孫奔依然是那副茅坑石頭般的模樣。

出了衙門，回到客棧，樂越等又收了一籮筐的讚譽，黃掌櫃多送了他們兩間客房，琳箐單睡一間，洛凌之和應澤合住一間，原本的客房裡只剩下了樂越和昭沅。小夥計抬了兩大桶熱熱的洗澡水進來。昭沅變回龍形，半沉在浴桶中享受，樂越泡在旁邊的另一只浴桶裡，將浸透熱水的手巾摺疊了頂在腦門上，長長呼氣道：「眞是愜意啊。」

昭沅浸得龍鱗都好像變軟了，把頭抬到水面上道：「要是每天都能這樣就好了。」

樂越嗯了一聲：「這個要求不算高，咱們好好打拚，應該能做到。」

昭沅小聲道：「做皇帝，可以天天這樣吧。」

樂越道：「不只會這樣。」他告訴昭沅，在多年前有個朝代叫唐朝，其中一位叫唐明皇的皇帝，在一座山頂建了一個大溫泉，每天帶著他世上最美麗的妃子楊玉環一起泡澡。

就這樣整天泡啊泡啊，終於有一天泡出事了，一個胡人帶兵造反，殺進了他的皇宮，皇帝的位子差點不保，最漂亮的妃子也翹掉了。

樂越唏噓地道，這段史實告誡我們，做皇帝不能天天泡澡。

昭沅聽得也很唏噓，正想也說點啥時，突然察覺到窗外有一絲妖氣，他噌地變回人形，瞬間衣履整齊地站在盆外。樂越被他嚇了一跳，又不由得有點羨慕，會仙術就是這點好。

窗外傳來篤篤的敲擊聲，不疾不徐，彬彬有禮。

樂越這才後知後覺地知曉窗外有人，忙圍上浴巾，正要從木桶中站起，房門咣噹一聲被猛地踹開，琳箐像團火一樣地衝了進來：「你們這邊有妖怪！」

樂越撲通坐回木桶，琳箐哎呀一聲，滿臉通紅，轉過身去：「你你你爲甚麼不說一聲！」

樂越清清喉嚨道：「應該是我問妳進來爲甚麼不先通知一聲吧。」

琳箐的臉已經紅成了火，走廊上有別的房間打開門的聲音和腳步聲，昭沅趕緊去關上了門。

樂越咳嗽了一聲道：「萬幸啊，琳箐妳不是凡間的女孩子，要不然，我這樣被妳看了兩次，妳不嫁給我都不行了。」

琳箐捂住眼面向牆壁，向後一彈手指，在自己身後拉出一道光障，跺腳道：「你……你快點。」

樂越飛快地穿上衣物。

窗外的敲擊聲已經沒有了，昭沅發現窗紙上多了個窟窿，一隻紅紅的眼睛透過窟窿一眨不眨地盯著屋內。

樂越穿戴完畢，又咳了一聲，跺跺腳，琳箐這才揮手收了光障，轉回身。

樂越走到窗邊，抬起窗扇：「外面是哪位客人，請進來吧。」

窗外某物撲搧了一下翅膀，跳進房內。竟然是孫奔的那隻大翼猴。

琳箐抽出鞭子，樂越抬手阻止道：「它好像不是來打架的。」

大翼猴用力點頭，唔唔吱吱地叫了兩聲，跪倒在地，拿出一件亮晶晶的東西擺在地板上，低頭匍匐。

那件亮晶晶的東西是它今天從南宮二夫人頭上搶走的珠釵。

樂越詫異，搞甚麼，猴子來投降了？

琳箐面無表情地道：「它應該是來和你做交易，想拿東西換孫奔。」

大翼猴抬起血紅的眼睛，嗯嗯吱吱地點頭。它解開捆在脖子上的結，取下背後鼓鼓囊囊的包袱，摸出一只玉石扳指，放在珠釵旁邊。再用紅紅的眼睛期待地看樂越。

樂越的眼不由自主地發直，他不知道該做出怎樣的反應。

大翼猴見他不動，又把爪子伸進包袱中摸索，掏出一只撥浪鼓，還舉著轉了兩下，讓它發出咣啷咣啷的聲音，表明這是一只完好的撥浪鼓。

連昭沅的嘴角都忍不住抽搐了一下。

大翼猴仍沒有得到樂越的回應，它便從包袱裡將一件一件又一件的東西往外掏。硯台、毛筆、銀耳環、玉鐲子、茶杯蓋、銅門環、白色的小石頭、挖耳勺、絹花……甚至還有肚兜和奶娃娃穿的虎頭鞋。

最後，它滿眼絕望，把已經乾癟的包袱解開，攤在地上，包袱皮上孤伶伶地立著一個壽星臉的不倒翁，是它壓箱底的最後寶藏。

樂越渾身無力，面部僵硬。大翼猴睜大血紅的眼睛直直地哀求瞅著他。

樂越終於出聲道：「本少俠知道你很有誠意。可是你的這些東西，都是你跟著孫奔搶劫搶回來的贓物吧。」

大翼猴嘎嘎吱吱地叫了幾聲，把那堆東西向前推了推，似有懇求樂越收下之意。

樂越搖頭：「本少俠不會收，如果收了你這些東西，就等於收贓。」

大翼猴的目光變得很絕望，兩行清淚溢出了它的眼眶，慢慢流下，浸透了臉上的猴毛。它哽咽地吱吱叫了兩聲，再次匍匐在地，像人一樣拚命磕頭。

昭沅心中有些不忍，蹲下身想拉它起來。

樂越不由得感嘆，真是一隻有情有義的猴子。他有些頭疼地按住眉心，猴子很可憐，但它和孫奔之前都很可恨。且孫奔此時猶不知悔改。

昭沅問：「孫奔這次被抓住，會有甚麼結果？」

樂越道：「朝廷向來嚴懲匪寇，一般不是刺配到邊疆去挖礦篩沙子做一輩子苦力，就是直接砍頭。孫奔武功高，懂玄法，又會操縱妖猴，十之有十要被喀嚓掉。而且，連秋後問斬都等不到，直接斬立決。」

大翼猴哽咽得更淒苦了。

昭沅愣住了，他沒想對孫奔的處罰會這麼重。

琳箐道：「孫奔這個人把恃強凌弱、打家劫舍當成天經地義，又自以爲是，品德有些問題。但他資質不錯，又有抱負，算是個將才，被砍頭的話，是有些……」

樂越道：「其實對他今天的束手就擒，我滿佩服的。他應該知道被抓之後有甚麼結果，可洛兄勝了之後，他主動和我們去了官府，有擔當，是個人物。」

這樣一分析，他更頭疼了，孫奔縱之可惡，殺之可惜，該如何是好。

大翼猴聽得懂他在稱讚孫奔，嗯嗯吱吱地猛點頭。

昭沅猶猶豫豫地道：「我……今天見了孫奔後……一直有個想法。他該不會是琳箐要找的人吧……」

他的話像一根大棒，同時掄在了樂越和琳箐腦袋上，他們一起打了個哆嗦。

琳箐跳起來：「不會！我找的亂世梟雄才不會是這種人品差勁、打家劫舍、欺負老百姓的土匪！」

樂越直著眼合計了一下，是哦，武功、抱負、脾氣，都挺符合琳箐的要求，就是某些觀念扭曲了一點。不過，試想以往朝代中那些所謂的亂世梟雄，好像大部分都有點品德瑕疵，或者扭曲……這樣說來……

樂越和昭沅互相對視，達成了一致。

琳箐很激動，她非常不能接受：「就憑他恃強凌弱這一項，這個人就難成大事。我才不會護佑這種人。如果用他做大將，樂越豈不要變成暴君？」

一句話點醒了樂越，假如孫奔做了大將軍，十有八九是那種拿老百姓的命當稻草的悍將，那麼自己不就成了縱容殘暴臣子的暴君？下一瞬，樂越抬手狠狠敲了敲太陽穴，怎麼差點眞的把自己當成皇帝候選人了。

琳箐哼道：「如果孫奔是將才後備，那我情願去選洛凌之，橫豎他除了小白臉加有點假惺惺裝模作樣外，甚麼都比孫奔強！」

樂越和昭沅忽然有種茅塞頓開之感，再互望一眼，心中同時浮起一句話——我怎麼沒想到呢？

琳箐皺眉：「你們兩個怎麼一下子變得怪怪的，有哪裡不對？」

樂越搖頭：「沒有，太對了。」

昭沅點頭：「嗯，洛凌之很好的。」

樂越摸摸下巴：「怪不得你總針對洛兄，原來是因爲特別注意他。」

昭沅道：「我大哥告訴過我，有時候特別看不順眼，就等於特別順眼。特別不喜歡，其實是特別喜歡。原來眞的是這樣。」

樂越搭著他的肩膀道：「你大哥眞是個人才！」

琳箐直跳起來：「胡說！我剛剛只是在打比方！我才沒有特別注意洛凌之，更不會喜歡他！我怎麼會喜歡他！我喜歡的明明就是……」

昭沅和樂越一起瞪大眼。

琳箐突然又漲紅了臉，狠狠咬住嘴唇，嚥下了沒說完的話。她的神情瞬間變了幾變，片刻後方才又開口道：「反正，洛凌之不是我喜歡的類型！再說，現在要討論的也不是這個話題。我們眼下是要解決猴子怎麼辦，或者孫奔怎麼辦吧？」

一直跪趴在地上的大翼猴吱吱了幾聲，樂越不得不重新面對因剛才的跑題而被暫時冷落的它。一轉回來，樂越的頭就又開始疼了，他揉揉太陽穴：「是啊，該怎麼辦好？」

大翼猴紅紅的眼睛楚楚可憐地凝望著他，樂越蹲下身，和它對視：「孫奔已經被關進大牢，我不能帶你去劫獄啊。他如今算罪有應得。或者，你再給我點時間，讓我想一想？」

大翼猴眼裡的光彩一下子全部熄滅了，它吱吱兩聲，閉上眼，爬起身，默默地爬上窗台，展開翅膀，消失在夜空中。

房間的地上，它帶來的東西被油燈的光照得亮晶晶的，那個壽星不倒翁輕輕地來回搖擺。

昭沅心中隱隱有些酸和悶。他蹲下身，把大翼猴帶來的東西重新收拾進包袱皮中包好，放到桌子上。

樂越吐了口氣：「爲啥搞得我們好像反派一樣。」

琳箐也莫名有些不是滋味：「要麼，等明天看情況再說吧，先睡覺。」轉身走向屋外。「我先回房了。」

樂越叫來客棧小夥計收了浴桶後，關上房門，熄滅油燈到床上躺下。

昭沅聽見他喃喃道：「如果孫奔被砍頭，要不要救？救他是對是錯？」

作爲一個護脈神，他理應在這個迷茫的時候給樂越一點幫助。可他現在也很猶豫，所以只能乾巴巴地說：「結果還沒出來，孫奔未必會被砍頭。」

好像並沒有怎麼安慰得了樂越，樂越嘆氣道：「也是。」翻個身不再言語。

第二天早上，昭沅去隔壁叫了琳箐、洛凌之和應澤一道吃早飯。

他們在樓下大堂靠角落的地方坐下，昨天共戰山匪翼猴的幾位江湖客也都在，一一和他們打了招呼。那位南宮少爺還特地到他們桌邊客套了幾句，自報家門。

南宮少爺名叫南宮苓，在南宮家子弟中排行第五。

和他一起的那位二夫人，乃是他二伯父的正室夫人，南宮苓喊她嬸娘。

南宮少爺的二伯父是江湖中響噹噹的二俠南宮睦，南宮二夫人也是位赫赫有名的人物。她閨名竹音，二十多年前，江湖人都喊她竹音仙子，她與如今南海劍派的宗主綠蘿夫人，以及千葉閣主的老婆芷蘅仙子並稱爲江湖三美，傾折當時無數英雄少年。直至如今，江湖上沒有出現過可以與昔日三美在名氣上一較高低的美人。樂越在茶樓中閒混聽書時，每每聽到關於她們的故事，都不禁痛惜自己晚生了二十年，不見美人韶華盛，只見紅顏衰。

沒想到昨日與自己並肩戰山匪的，居然是這麼閃亮的人物。

可惜，樂越最近見到的大角色實在太多了，得知竹音仙子就在眼前時，他想蕩漾一下，竟然蕩漾不起來。

南宮苓先道歉，說他昨日一時情急，說了點唐突的話，希望樂越等人不要計較，而後又稱讚他們昨日大破妖獸山匪，令他仰慕不已。

樂越趕緊謙虛道不敢，這些都是眾人合力的結果，也讚美了一下南宮少爺儀表不凡，身爲世家子弟卻行裝簡樸。

南宮苓聽了他的稱讚，卻有些詫異：「樂兄竟然說出此話，難道不是與在下同路？」

樂越也詫異了，南宮少爺講不講排場和他們同不同路有甚麼關係？

南宮苓道：「難道幾位不是前去參加楚齡郡主招親比試的？西郡王府的英雄帖中說，凡參與者，隨從不得超過五人，都要騎馬或步行前往，不得坐車，據聞郡主一向不喜奢華浮誇之人。」所以南宮少爺這次身邊只有一位管家、兩個僕人，加上二夫人和她的一個婢女。南宮世家最近有點棘手事情，只能由二夫人做侄兒的高參。

樂越恍然大悟，怪不得昨天一起對付山匪的江湖人士每個看起來都有些來頭，他還納悶，爲甚麼舒縣一個小小縣城的客棧中會匯聚如此多的高手，原來都是爲了趕去參加郡主招親。

他笑道：「我們只是想去看看熱鬧，我們這些尋常老百姓，郡主哪裡看得上？」

南宮苓道：「在下也只想過去會會江湖朋友，見識切磋一番。郡馬的頭銜萬萬不敢想。」他看向洛凌之。「敢問這位洛兄是否是清玄派的首徒洛凌之少俠？」

洛凌之微頷首：「在下洛凌之，幾日前已不再是清玄派弟子。」這句話出口，一旁座位上頓時有幾道眼光飄了過來。

南宮少爺怔了怔，馬上道歉，他是個挺熱情的人，遂以大家反正是同路爲由，誠邀樂越等和他結伴同行。可惜他說這話時目光總有意無意地看向琳箐，讓人懷疑他熱情的目的。樂越客氣地婉拒，聲明沿路還要等一位朋友，會耽誤幾天，恐怕會拖累五少爺的行程。

南宮苓立刻表示他能理解，沒有關係。

這一會兒工夫，應澤已喝了三碗粥，又讓小二再加一碗，外帶多要兩張油餅。

南宮少爺笑咪咪地看了看應澤，向琳箐道：「令弟的飯量眞好。」

琳箐道：「一般般啦，他今天胃口不算好，吃得不多。」

南宮苓溫文爾雅地微笑道：「唔？」

應澤挾起一個小籠包：「因爲我還小，正在長身體，要多吃點。」

洛凌之不小心被嗆到，忍不住咳了一聲。樂越一口包子噎在喉嚨裡，忙端起碗灌了口粥，總算把那口包子順了下去。

南宮苓終於回自己的桌子吃飯去了。

昭沅覺得這位南宮少爺熱情得有點奇怪，不由多看了兩眼他的背影。

樂越道：「他是來摸我們底細的，不用理會。」

看昭沅一臉困惑，洛凌之向他解釋：「他認爲我們會和他搶郡馬，所以先過來探探深淺。」

樂越接著補充：「而且他大概以爲那個和他搶的人是洛兄。」

昭沅慢慢明白過來：「那麼洛凌之說自己已經不是清玄派的弟子，他豈不是會更加這樣以爲？」

清玄派是玄道門派，正式的弟子都不能娶老婆。

洛凌之搖首，慢慢道：「否，他打聽的是太子會不會去。」

南宮世家乃武林名門，綜合家世樣貌年紀，在江湖中，幾乎沒人能比南宮苓更出挑，能讓他忌憚的，唯有眞正的朝廷重臣子弟與貴族少年。

樂越道：「看來郡主的招親搞不好會比論武大會還要熱鬧，一定精彩無比。」

琳箐眨眼看他：「你還眞打算去看戲呀，杜書呆可是建議你色誘的。」

洛凌之第一次聽到樂越色誘之說，似又被嗆住，輕咳起來。

樂越露出森森的牙齒，低聲道：「妳不覺得，杜兄和郡主更般配麼？」

琳箐的雙眼彎了起來：「是喔。色誘這個主意既然是杜書呆出的，想必他親自去做，會比任何人都嫻熟。」

樂越和琳箐同時奸笑起來。

此時，遙遠的定南王府中，杜世子突然感到一股莫名寒意，他寒毛直豎，連打了兩個噴嚏，不由得喃喃道：「不知誰惦記吾了。」

吃完飯後，樂越他們本預備去衙門看審訊孫奔，但因想圍觀這次審訊的城中百姓太多，擠爆了衙門，知縣大人不得不改成不准任何閒雜人等在場，關門審訊。

到了快中午，審完退堂，結果很快傳到了客棧中。

知縣大人判了孫奔斬立決，已起草公文上報州府轉呈刑部。待刑部批文一下，孫奔就會人頭落地。

知縣大人派人來客棧請各位江湖俠士，說晚上要擺酒設宴，重重答謝。前來送口信的衙役曾與樂越在城門口並肩戰鬥，算是相識，他私下跟樂越說，孫奔那隻會飛的妖猴從清早起就在縣衙上空盤旋，怪聲鬼叫，用箭無法將它射下來。希望樂越他們能去幫幫忙。

樂越滿口答應，一群人浩浩蕩蕩趕到縣衙，遠遠就聽見大翼猴淒厲的哀啼。大翼猴發現他們走近，立刻搧翅升高，迅速飛向城外。

衙役們紛紛稱讚樂越等英雄了得，妖猴聞風喪膽。不過沒能抓住大翼猴，他們又有些遺憾。

樂越趁機請衙役幫忙代問知縣大人，能否去牢中見見孫奔。

孫奔被關押在縣衙最裡面的地牢內。為了防止他越獄，知縣調動了衙門七成的獄卒，層層把守。

獄卒頭兒舉著火把引樂越一行到了牢房前，孫奔坐在牆角的草褥上，手腳都上著鐵鍊鐐銬。

隔了一夜未見，他身上添了不少新傷，橫七豎八全是鞭痕，頭髮蓬亂，但渾身仍散發著一股桀驁之氣。

獄卒小心翼翼地打開牢門，讓樂越等入內，又迅速關上牢門。

孫奔抬頭看看他們，聲音依舊挺響亮：「怎麼，幾位過來看囚犯，連酒菜都不捨得帶？」

昭沅歉疚地道：「對不起，我們很窮。」

孫奔哈哈大笑起來：「不要緊，你們擒住了我，知縣大人應該會有賞銀送上，數目不會少。」

樂越道：「那錢，在下不會拿。」

孫奔翻翻眼皮：「既然已經抓了，有錢爲何不拿？如果不拿，說明你是傻子。」

樂越抱一抱拳：「孫兄，我們已經知道知縣大人判了你……對不住。不過，假如此事再發生一遍，我們還是會抓你。」

孫奔哼道：「你也不必惺惺作態，此次我折在你們幾個之手，是我該有此劫。我有心做番事業，千古留名，卻不想天妒英才，我壯志未酬，竟要被砍頭。罷了，只當凡塵中不配有我這個英雄！」

連琳箐都有些佩服孫奔了，身爲一個死囚犯，他仍然說得出這樣一番自負的言論，不是一般人能達到的境界。

她忍不住出言譏諷道：「只會帶著幾隻妖猴，打打劫、欺負老百姓，你還眞當自己是英雄？」

孫奔仍對他打家劫舍做草寇之事不以爲恥，他繼續堅持昨天的說法——攻城是爲引起定南王的注意，證明自己的確是領兵人才，他打劫沒有傷人，只搶東西餬口。

琳箐撇嘴道：「你想證明自己，幹嗎不挑個大城打，只敢蹲在小縣城外？明明是欺軟怕硬。」

孫奔瞥她一眼：「一聽就是無知之人說出來的蠢話，不過，妳是個女子，沒見識也不奇怪。舒縣雖是個小城，卻是兵家必爭之地，倘若西郡攻打南郡，定然會用重兵先攻舒縣，不然妳以爲，爲甚麼定南王爺要在一個小縣城塞近千兵卒。」他隨手拿起一塊碎瓦片，在地上大略畫圖示意。

舒縣地處西郡與南郡交界處，這一帶多山，又有一條舒河直入長江，假如運兵，可有三條路走，山路、水路、陸路。山路多崎嶇，行路速度必慢，從水路要備大船，且容易水底遭伏。所以平坦的陸路定然是首選。而走陸路，就必要經過舒城。山與舒河也都在舒城邊，佔據了舒城，便等於扼住了附近的牧州、唐池等幾座大城的咽喉。

孫奔冷睨著他們道：「以城池大小來論重不重要是最可笑之事。越小的城，往往越要緊。」他又在地上畫了兩道。「從這裡再往西郡走，有個紫陽鎮，論地勢比舒城重要許多。可惜那是西郡的地盤，西郡王是個庸才，我瞧不上眼。定南王爺英雄了得，我意欲投靠，所以才選了舒縣，誰料……」他冷笑一聲，轉過話題。「當年安順王領朝廷兵馬與叛王百里齊在紫陽鎮有一場大戰，不知你們知不知道？」

樂越怔了怔，低喃道：「叛王百里齊？」

孫奔挑眉：「看來那場大戰你有所耳聞，就是赫赫有名的血覆涂城。原本紫陽鎮叫作涂城，戰劫之後，因有人說涂字與屠殺之屠同音，才犯了滅城之劫，所以改成了紫陽鎮。」

涂城……竟然是涂城……

這個在心中念了十多年的涂城，竟然就在眼前。

昭沅察覺樂越有異樣，輕輕扯扯他的衣袖。樂越垂下眼：「血覆涂城之事我知道，我爹娘就死在那場戰劫中。」

牢中一時靜默下來，洛凌之、琳箐，甚至應澤都看向樂越，樂越感到昭沅又關切地輕拉他衣袖。

他盡量把口氣放得輕鬆些道：「不過那時候在下剛出生，一點印象都沒有，又過了這麼多年……我竟連涂城改名叫了紫陽鎮，就在附近都不知道，當真是不孝順。」

孫奔看著樂越：「那我和你還眞有些緣分，我父母也是因涂城之戰而死，我比你還慘，當時三、四歲，已經記事了。」

琳箐忍不住問：「你父母死於戰亂，你爲何還如此好戰？」身爲一頭戰麒麟，她都有些不理解。

孫奔面無表情道：「正是那場戰亂讓我明白，一個手握重兵之將，可主宰無數人生死，讓該死的人免於死，不該死的人沒命。戰亂起於兵戈，也唯能止於兵戈。」

樂越等都默默地冒冷汗了。

孫奔接著道：「我佔了城西北方的山頭做匪寇，攻舒縣一年餘，最多只帶百餘人，每次都只用直攻法，或分散四門主攻西門之法，每攻必破，舒城的總兵與知縣全都滿腦油膏。」

樂越再冒冷汗：「孫兄，那是因爲你的大翼猴和它那堆猴子猴孫們太厲害。」

「再厲害，難道無法可破？翼猴即便是妖獸，但也是猴子。猴子好仿人言行，喜愛鮮亮之物，怕火，怕爆竹聲。飛先鋒就是被我抓住的，他們爲何不能？」孫奔冷笑。「再則，我手下最多只有百餘人，舒縣有多少百姓？這些人中，有多少青壯男丁？滿城儒弱之民，一堆無用之兵，爲何要說過錯全在我？」他拋下手中的瓦片靠回牆上。「算了，反正看你們蠢模蠢樣的，我說了你們也聽不懂。只可嘆我空有抱負，卻落得如斯下場，老天不公！」

說到底，他仍然怨天怨地怨命運，就是不怨自己。

孫奔這一番爲自己辯解的道理，樂越、昭沅、琳箐都聽不慣，卻有人贊同。應澤十分欣賞地望著孫奔道：「少年人，你見識不凡，本座喜歡。」

他用孩童的相貌一派正經地說出這句話，孫奔露出莫名和詭異的神情。

樂越心裡咯噔一下，老龍看孫奔對了眼，萬一愛才心起，出手劫獄可就不好了。此牢不可久留。

「孫兄，你的作爲在下不能苟同，但你的氣魄才學我甚是欽佩。我等與定南王世子有些交情，我會請他幫你求情，使你免於死罪。」樂越抱抱拳，向孫奔告辭。

孫奔笑道：「不管你所言是否屬實，都多謝了。」

樂越他們在牢門口等獄卒開鎖時，孫奔忽然開口：「看在你此番探望，及父母同是死於涂城之劫的份上，我再告訴你一件事。據我所知，當日涂城的平民多數是被安順王朝廷兵馬所殺。有傳言說，那次戰劫，討伐百里齊只是個幌子，安順王到涂城中，另有一項祕密使命。」

樂越心中微驚。回過身，孫奔卻已躺在草褥上閉目假寐，不再多說了。

出了牢門，樂越一直很沉默，昭沅知道他在想父母的事，便碰碰他的手臂，以示安慰。

琳箐也一直走在樂越身邊，不斷地偷偷看他。行至街中央，她猛地站住：「不然這樣吧，我再回牢中問孫奔，問他……」

樂越搖頭：「算了。」牢中不方便多言，孫奔也可能只知道這麼多。

洛凌之緩聲道：「不如我們即刻趕往紫陽鎮，到了當地，應該能多知道些事情。」

琳箐難得地贊同了一次洛凌之：「是哦，這個方法比較好。我們這就回客棧收拾行李吧。」

樂越皺眉。雖然他很想立刻前往紫陽鎮，但孫奔之事尚未解決，此人雖然一堆歪理，卻的確是個人物，殺之可惜。

洛淩之道：「官府辦事速度一向不快，縣衙的公文要先轉到州府衙門，再由知府上呈刑部，再審批，起碼要耽誤月餘；太子冊封大典又要開始了，說不定還有大赦。等我們與杜兄會合後，再商量此事，救孫奔應該綽綽有餘。孫奔滋擾舒縣許久，讓他多在牢中幾日，只當是為百姓出氣了。」

樂越頓感很有道理，便趕回客棧中，收拾行李，準備出發。

黃掌櫃見他們要走，先挽留，又捧出銀兩相贈。

樂越望著銀子那白花花的銷魂色澤，怦然心動。但，身為一名大俠，行俠仗義不圖回報，乃是必備的品德之一。他嚥嚥口水，推開盛著銀錠的漆盤，正義凜然地拒絕，那一瞬間，他感到自己驀然高大起來。

樂越扛著行李，在黃掌櫃與小夥計們欽佩的目光中瀟脫地轉身，跨出門檻。

應澤道：「本座實在看不上凡人這種故作清高的行徑。分明就是缺錢用，收了有何不可？」

琳箐駁斥他：「這叫作風骨，我就喜歡樂越這一點，夠大丈夫。」

應澤不屑地冷哼。

他們走出不遠，身後有人氣喘吁吁道：「幾位大俠，留步、留步……」

樂越停步回身，只見客棧的一個小夥計氣喘吁吁追來，跑到近前，捧上抱在懷中的包袱：「這是些麵點吃食，掌櫃的說，權當是小店送給幾位的一點乾糧，還望收下。」

這個拿了應該無損大俠形象，樂越剛要道謝收下，卻見應澤上前一步，沉穩地推開了包袱：「嗯，不必了。」

小夥計捧著包袱笑道：「小公子，真的只是吃食而已。」

應澤站得筆挺，義正詞嚴道：「吾等行俠仗義，絕不收任何回報。」

小夥計抱著包袱感動了，雙眼中充滿了欽佩：「小公子小小年紀，竟有這般的氣節。」

應澤露出雪白的牙齒：「哥哥教的。」

小夥計帶著由衷的敬佩和乾糧包一起離開了。樂越盯著滿臉得意的老龍，後槽牙有點癢，琳箐皺皺鼻子：「你都有一萬歲了，居然喊樂越哥哥，要不要臉？」

應澤拖長了聲音道：「卿遙的徒孫，你既然講俠義，就要講得徹底一點。」摸摸昭沅的頭。「記住，千萬不要學凡人這種口是心非的虛僞習氣。」應澤比昭沅矮了許多，踮起腳尖才勉強搆到昭沅的腦袋做出摸一摸這個動作。

琳箐一把扯過昭沅：「跟著你才學不到好！記住，千萬不能變成這樣無賴的老龍！」

昭沅被夾在中間，只能無奈地乾笑，瞥見一旁的洛凌之唇邊也有一抹笑意。

樂越的後槽牙更癢了。

快走到城門前，他們再度被人攔住，舒縣總兵引著一群兵卒衙役、南宮二夫人南宮少爺，及昨日那幾個江湖客在道邊相送。

總兵道：「知縣大人已請諸位今晚赴宴，幾位少俠爲何走得如此匆忙？」

樂越答突然之間有急事要辦，不得不走。不能吃知縣大人的酒宴實在遺憾。

總兵表示可以理解，又說了一堆代表舒縣百姓感謝他們之類的客氣話。

拿短刀的短鬚中年抱拳道：「我等還要在舒縣內逗留一、兩日，說不底來日還能再碰上。後會有期。」

南宮少爺微笑：「期待與各位在西郡王府再見。」

南宮二夫人道：「此番擒匪退妖獸，有幸大開眼界，眞是江湖代有人才出，幾位不負天下第一派弟子的聲名。」仍然固執地把樂越等人算作清玄派弟子。

樂越很無奈，卻也懶得辯了。沒想到琳箐在旁脆生生地道：「夫人誤會了，清玄派是甚麼東西，我可不知道。」

清玄派是赫赫有名的天下第一派，琳箐的這句「清玄派是甚麼東西」，清晰明瞭地說明他們的確與之沒有關係，且對清玄派很是不屑。

她上前一步，盈盈一笑：「其實我們都是樂越公子的隨從，只聽公子的命令行事。所以，擒匪退妖獸，諸位只答謝我們主人便可。」走到樂越身邊，眼睛在陽光下異常明亮。「主人，時辰不早，我們快點趕路吧。」

樂越傻了傻，發現眾人的目光一齊向自己看來。

昭沅也有點呆，他愣愣地看看琳箐再看看樂越，方才醒悟，琳箐是在利用這個機會替樂越製造名望。

這本是他應該做的事情。

昭沅欽佩完琳箐之後又自責起來，爲甚麼這些事情他總是想不到，爲甚麼他應該做的事情總讓別人代勞？

樂越強壓渾身的僵硬與不自在，向眾人拱手道：「那麼我們先告辭了。」轉身大步向城門走去。

來送行的一干人等都站在路邊目送他們走出城門。南宮少爺低聲向南宮二夫人道：「嬸娘，妳怎麼看？」

南宮二夫人若有所思地看著他們的背影，嫣然道：「這幾個少年江湖經驗太淺，掩護都做不好，小姑娘謊話說得太明顯了。」

南宮少爺搖搖手中的折扇：「孀娘說的極是，那個叫樂越的，雖然一直在充大頭，看似是這幾人之首，卻掩不住一股粗鄙之氣。」

算命老者聲音嘶啞道：「樂越少年武功平平，資質平平，談吐舉止粗陋，是這幾人中最平庸的一個，恐怕也是地位最末的一個。清玄派的首徒，明顯也是隨從，至於那個小姑娘，倒像個說得上話的，地位應該高於這兩人。」

短鬚中年道：「賀老爺子看人，不會出錯的。難道這幾人中，眞正的魁首，在另兩個少年中？難道是那個黑衣的最小的孩童？」

算命老者捻鬚，微微搖頭：「依老夫看，黑衣孩童是樂越之外，故意安排的另一個幌子。這幾人中，眞正的貴人，是那個叫昭沅的少年。」

南宮二夫人道：「賀老說的不錯，我也看那少年不尋常呢，漂亮中帶著貴氣，一派單純，明顯從未出過遠門。最小的那個看起來都比他老練許多。」

南宮少爺皺眉道：「可他會是誰？和禎太子殿下年紀應該比他大幾歲吧。他們去西郡，難道這個少年要參加楚齡郡主招親？楚齡郡主年紀比他大。」

算命老者道：「女子比夫君大些有何不可？常言道，女大三，抱金磚。」

南宮少爺搖扇子的手頓了頓，瞇起眼。看來，這個來歷神祕的少年，值得多多留意。

城外的官道上，昭沅莫名感到後頭的龍鱗總是想豎起來，他鼻子發癢，打了幾個噴嚏。

樂越從懷裡摸出一塊縐巴巴的汗巾遞給他擦鼻涕，原來龍也會傷風。

走到離縣城很遠的一處僻靜荒野，樂越停下腳步，向洛凌之道：「洛兄，不如停下來歇歇腳，我想和你聊點事。」

洛凌之站定，頷首：「好。」

昭沅很識趣地從樂越身邊繞到琳箐和應澤之旁，一起在草地上坐下。

樂越拿出水袋，灌了兩口，開門見山道：「洛兄，你應該早就看出來，我們這堆人有點不對頭了吧。」

洛凌之回答得也很直接：「我是早已知道，其餘幾位並非凡人。當日論武大會時，昭沅變成的是一條蛇，但同去找太子時，在車廂裡他又曾變成過龍形，我想，蛇應該是矇騙鳳先生的障眼法，他是一條龍吧。」

昭沅抱著水袋縮了縮。洛凌之再道：「琳箐姑娘是麒麟？這位應澤小公子，應該也是龍族，貌似還是位前輩。」

琳箐緊盯著他：「你的眼光不錯嘛，之前假裝不知道裝得也挺像。」

洛凌之道：「實不相瞞，杜世子頭頂的那隻龜，我也能看得到。」

琳箐皺眉：「你爲甚麼能看得到？」洛凌之和樂越一樣，都只是凡人，就算修爲高於樂越，依照他的年紀，也不可能擁有可以看到常人不可見之物的能力。除非他像杜如淵一樣，有一半仙族血統。或者……

洛凌之道：「我也不知道爲甚麼能看到，總之，蒙各位搭救後，我睜開眼，就看到杜兄頭頂有隻烏龜。」

樂越想到了甚麼，忙問洛凌之：「洛兄，論武大會時，你看杜兄頭上有沒有龜？」

洛凌之肯定地說：「沒有。」

樂越喉嚨裡呵呵了兩聲，無奈地看向琳箐：「我想，此事，只能怪妳的藥太好用了……」

琳箐啊呀一聲，一拍額頭，眨眨眼睛。僵硬了一瞬間後，她握起拳頭，發誓道：「從今往後，我再也不給凡人亂吃仙藥了！」

洛凌之微微笑了笑：「所以越兄，假如我向你說，我根本沒聽過護脈神的傳聞，沒猜到這幾位恐怕就是龍神麒麟神和龜神，就是在說假話了。」

一路走來，他們說話做事越來越不避忌洛凌之，樂越料想洛凌之一定會猜到甚麼，卻不曾想，他竟能全部猜中。

琳箐的目光鋒利起來：「那你爲甚麼一直假裝不知道？」

洛凌之神情坦坦蕩蕩：「諸位沒有說破，定然是有不能說破的理由。我便也假裝不知道。我想，等到合適的時候，越兄和諸位會告訴我。」

樂越抓抓頭：「那麼，洛兄，你也猜到我可能是……」

洛凌之淡淡道：「不然，越兄又怎麼會離開青山派？」

樂越、昭沅和琳箐都沉默了。

半晌後，樂越扯出一個傻笑，道：「洛兄，你還願意和我們一道前行麼？」

洛凌之笑得如清風輕拂：「當日越兄救了我的性命，又幫著我前去阻止太子時，沒問過這句話。我被逐出師門，你前來開解，邀我同往西郡時，也沒問過這句話。現在又何必相問？」

樂越怔了怔，看著洛凌之清透明澈的雙眸，用力拍洛凌之的肩膀：「嘿嘿，好兄弟。」

他們繼續向前走，琳箐偶爾看著洛凌之，她的心中裝著一個懷疑，正越變越大。

洛凌之，很奇怪。

個性好得奇怪、冷靜得奇怪、聰明得奇怪。

像這樣的人，不應該古板，更不應該愚忠或死腦筋。琳箐忽然猜測，會不會，洛凌之從遇刺到被逐出師門，都是一場演給他們看的戲。他其實是奉太子之命、安順王之命，更可能是鳳凰之命，是接近樂越這邊的臥底。

可，在兔子精的山洞裡，洛凌之的確是快要死掉了，並非在假裝，假如這一切都是做的局，那這布置也未免太精妙了。

正因爲有看似不可能的地方，洛凌之才更奇怪。

琳箐莫名地有點想念商景和杜書呆。昭沅傻頭傻腦的，樂越掏心掏肺把洛凌之當兄弟，應澤只知道吃和叨叨他被欺騙的情感，都指望不上，假如商景和杜如淵在，還可以商量一下。

琳箐一路暗暗觀察洛凌之。事情說開之後，洛凌之的表現依然和往常沒甚麼兩樣，趕路的時候話不算多，他們說話，或者琳箐與應澤打口水仗時，他就在一旁聽聽看看，偶爾笑笑，甚是自得其樂。

他偶爾與樂越聊一、兩句天，告訴昭沅一點江湖逸聞，幫著昭沅一起尋河流、灌水袋。和樂越一道打野味、拔野菜、生火做飯。他吃素，所以之前在集鎮上就買了一口小鍋揹在行囊中，樂越、琳箐、昭沅和應澤啃烤雞吃烤魚時，洛凌之就拿那口鍋煮野菜吃。琳箐發現，看似死板的洛凌之其實挺會過日子，隨身還帶著幾個小調料瓶，有鹽有糖還有五香粉和辣椒粉等等。他記得住每個人的口味，幫大家烤野味，會在樂越的那一份裡多放鹽，琳箐的少放，應澤和昭沅的多放辣椒粉。

晚上夜宿荒野，即使不輪到他守夜，他也會起來一、兩次，幫著往火堆裡添點柴。

洛凌之和誰說話都很溫和，偶爾話語有槓上的地方，也不會執著爭辯，只是委婉地說出自己的意見，認眞聆聽旁人的看法。他很堅持自己的意見，但不會強求別人一定贊同。

琳箐有時刻意挑話想找他吵架，總有種吵不起來的無力感。讓她對洛凌之感到牙癢癢的。但她漸漸承認，這個洛凌之，在某些地方的確有可取之處，難怪樂越拿他當朋友。

她這樣承認之後，更加欣賞樂越的眼光了。

樂越行事豪爽，難免不拘小節。洛凌之看似溫呑，樂越疏漏的地方他卻往往能恰好地補上。她甚至會冒出很奇特的念頭，洛凌之比杜如淵看起來更像輔君之臣，杜書呆神叨叨的，不及洛凌之沉穩。唔，不過杜書呆的確讀過不少書，洛凌之肚子裡只有武功祕籍。

琳箐密切地察看著洛凌之，卻沒發現，昭沅和樂越也在悄悄地觀察她，偶爾還把頭湊在一起嘀嘀咕咕。

某天早上，樂越和洛凌之一道去找野味，琳箐和昭沅一道在河邊灌水袋。昭沅欲言又止地道：「琳箐，妳最近好像老在看洛凌之。」

琳箐在心中道，反正我懷疑的事情，告訴你這條傻龍你也不會贊同，就含糊地說：「有嗎？」

昭沅看看她再看看她，小聲道：「妳……是不是不喜歡樂越，改喜歡洛凌之了？」

琳箐手中的水袋掉在地上，像被針扎了一樣跳起來：「胡說甚麼，你哪隻眼睛看到的？」

昭沅滿臉無辜：「兩隻眼睛都看到了，妳以前老看樂越的，這兩天只看洛凌之。」

琳箐氣狠狠地捏住他的臉，向兩邊拉：「你你你，居然越來越八卦。我怎麼會喜歡洛凌之，我從來只喜歡樂越！」

她最後一句話喊出口，昭沅的眼睛立刻圓了，琳箐猛地捂住嘴，後退一步。昭沅瞪著雙眼看她：「妳終於承認了。」

琳箐再次捏住他的臉：「才沒有，你剛才聽錯了，是我喊錯了喊錯了，知道沒有？」昭沅的臉被蹂躪得生疼，只得暫時屈服地點頭。

琳箐這才鬆開手，她的臉已經通紅，眼睛異常亮，哼道：「好吧，我告訴你，我盯著洛凌之，是懷疑他會對樂越不利，我在幫樂越盯著他。」

昭沅點點頭：「我還以爲妳要麼喜歡他了，要麼認爲他的確是妳要找的人。」

琳箐的聲音再度拔高：「怎麼會是他？你有點常識好不好，大英雄都是很豪邁的！」

樂越的聲音遠遠傳來：「在說誰啊，甚麼常識豪邁的？」

昭沅側身，只見樂越和洛凌之一道拿著野味野菜大步過來。

樂越皺眉盯著琳箐看了看：「妳怎麼了，臉這麼紅？」

琳箐一瞬間有點無措：「呃，沒甚麼……我和傻龍，隨便聊聊天。」彎腰撿起地上的水袋，跑向另一邊。

樂越疑惑地看著她的背影，衝昭沅挑挑眉，昭沅回他一個傻笑。

近中午時分，他們到了孟城。孟城算是南郡和西郡交界處比較大的城。城中街道寬闊，房屋漂亮，市集繁華。

可惜他們囊中空空，甚麼都只能看不能買。

昭沅蹭到樂越身邊，偷偷扯他衣袖，往他手裡塞了一點東西。樂越舉到眼前看看，是一把銅錢。昭沅小聲道：「在舒縣客棧時，我們幫忙做工掙的。」

樂越握著這些銅錢，心中很感慨，傻龍到底是成長了，已經會賺錢，養在身邊越來越能幫上忙。他把錢重新塞回昭沅手中，壓低聲音：「你還是收著吧，等需要的時候我再和你要，小心點別被應澤知道。」

在不遠處走著的應龍殿下威嚴地咳了一聲。

前方的兩街交界拐角處圍了一堆人，異常熱鬧，還不斷有行人往那裡擠。

樂越扯著昭沅，昭沅拽著琳箐，一串三個一道湊過去看熱鬧，應澤哼道：「幼稚。」隨即踱向了一邊的胡麻餅攤兒。洛凌之遠遠站在最後微笑。

樂越帶著昭沅和琳箐削尖了腦袋往人堆中擠，耳中響著熱鬧的鑼鼓和震耳欲聾的叫好聲。

鑼鼓鏘鏘鏘響完後，一個聲音壓過了叫好聲朗朗道：「多謝各位父老鄉親捧場！不管有賞錢沒賞錢，給聲好就行！」

叫好聲越發驚天動地了。

樂越卻愣了一愣，與昭沅對望一眼。

爲啥，這個聲音，聽起來有點耳熟呢？

琳箐已經在他兩個之前奮勇地擠到了最內圈，驀地大叫一聲：「啊，孫奔！」

賣藝的這位，居然是孫奔。

當眞是孫奔，活蹦亂跳、紅光滿面的孫奔。

他手裡拎著一個銅鑼鏘鏘地敲著，一隻穿衣戴冠的猴子跟著鑼鼓點頂蹴鞠、翻跟頭，贏得一片如雷的叫好聲，銅錢如雪花般落到地上。

猴子撿起錢，對著人群轉著圈作揖，叫好聲更瘋狂了。

這隻紅眼睛的猴子怎麼看都是那隻大翼猴飛先鋒，只是沒有翅膀。

樂越他們對面的一個胖員外往地上丟了一塊碎銀，猴子立刻撿起，作揖數次，拐呀拐地跑去放進孫奔面前的小盆中。孫奔拋起個球狀物，猴子躍起身，一個倒掛金鉤，把球恰好踢到那位胖員外面前。球在胖員外眼前的半空中鬆散開來，竟然是一幅紅布，寫著「恭喜發財」。猴子再一個翻身，接住了紅布，撐在手中落到地面，對著胖員外露出牙齒嘎嘎吱吱地笑，把紅布舉著送上。

人群中頓時叫好聲再起，幾乎震破了樂越的耳膜，胖員外接過紅布，笑得眼睛都看不見了，又拋出一塊銀子。

猴子跳著撿起銀子，再次作揖不迭。

孫奔此時不是應該在舒縣大牢麼，爲甚麼會蹲在孟城街頭耍猴？

樂越喃喃道：「難道孫奔有個雙生兄弟？」

琳箐道：「那麼，飛先鋒恰好也有個不長翅膀的雙胞胎兄弟？太巧了吧。」

孫奔把鐵盆中的銀錢盡數倒進一個皮袋中，收入懷內。再敲了幾下銅鑼，抱拳團團一揖：「多謝各位父老鄉親捧場，今天就到這裡。小弟偶然路過，承蒙各位關照抬愛，他日有緣，江湖再見！」

孫奔說話的工夫，猴子抱著只簍子，掏出一把一把的五彩紙屑轉著圈撒。引得眾人又狂扔了一通銅錢，才亂哄哄散去。

樂越抱著手臂，和昭沅、琳箐只管站在原地不動。

看猴子撿起錢，看孫奔收好錢，看孫奔和猴子一道收拾地上的道具，放進包袱中。看孫奔把銅鑼和錘子分掛在腰的兩邊，與猴子各自揹上一個包袱。

人群差不多已經散盡了，只有幾個對猴子把戲還戀戀不捨的人仍在不遠處張望徘徊。

孫奔整一整背上的行囊，衝他們爽朗一笑：「幾位別來無恙？」

樂越抱一抱拳：「孫兄，生意不錯。只是落網匪首爲何會變成江湖賣藝人？」

孫奔的白牙在陽光下閃閃發亮：「幾位是路過的，當然沒有聽說，在下其實曾被抓進縣城大牢不下四、五次。每次都只住一晚而已，這次因爲腿受了傷，才多留了一晚。」猴子蹲在孫奔腿邊，扒著眼皮衝他們做鬼臉。

昭沅想起一件事，急忙從行囊中翻出猴子那天拿來換孫奔的包袱，遞還給它。昭沅一直隨身帶著，沒有扔，樂越還曾嫌那包袱累贅。

猴子嘎嘎吱吱地叫著，一把從昭沅手中搶回包袱，又蹲在孫奔腿邊衝他們扮鬼臉。昭沅試著對它友善地笑了笑，猴子撓撓腮，從衣袋中摸出一枚核桃，丟給昭沅。它丟的力度一點都不重，昭沅恰好能伸手接住，猴子吱吱嗯嗯兩聲，比劃兩下，表示這枚核桃送給昭沅吃。

猴子肯表示友好，昭沅挺開心。

樂越後悔道：「當時看孫兄一副慷慨就義的模樣，在下還心生惋惜。沒想到你竟會越獄。」

孫奔的牙齒多露出了兩顆：「我那時若不作認命待斃狀，你們怎會放心離開？這是兵法之中常用的詐降示弱之術，只能怪你們分辨不出了。」

琳箐道：「你不怕我們現在喊人來抓你這個越獄的土匪頭子呀。」

孫奔滿臉無所謂：「姑娘妳就喊一喊試試嘍，依照知縣衙門的辦事速度，恐怕通緝在下的榜文現在還沒寫完。孟城官府不知有孫奔之事，在這裡，在下只是一個尋常的賣藝人。」

眼下的情況，還眞拿他毫無辦法，樂越也沒有熱血到再把孫奔打一頓扛回知縣衙門的地步。

洛凌之道：「縣衙之中，閣下也吃了不少皮肉苦頭，假如不再滋擾舒縣百姓，我等可以權當未看見過你。」

孫奔揚眉道：「我本就打算幹完那一票便收手。欠他們的，來日我會還，到那時舒縣的人就會知道，我孫奔不是匪寇，而是英雄！」

樂越點頭：「很好，祝願孫兄早日成爲英雄，大家山長水遠，各自江湖。」再抱抱拳頭，拔腿離開。

「幾位，留步，你們不覺得再度相逢，表明我們很有緣分麼？」孫奔和猴子揹著包袱緊跟在他們身後。「江湖路，多漂泊，有緣人，最難得，能相逢，當珍惜。我們已是朋友，不如一同趕路如何？」

樂越嘴角抽了抽，琳箐不耐煩道：「誰和土匪頭子是朋友，一邊去。」

孫奔滿臉眞誠：「做匪寇的日子已是過去了，處一處你們就會發現，我這個人最講義氣，重朋友，連脊梁骨上插滿刀子也在所不辭。比如……」他湊得近了些，一邊嘴角挑出個若有若無的弧度。「在大牢中，我挨了無數鞭子，也沒有說出你們幾個其實是馭龍人，這位小兄弟是條龍的事情。」

樂越瞇起眼：「孫兄你當時說了也無所謂。我們幾個是特批的，不信，你可以去問未來的國師，太子殿下的高參鳳桐鳳先生。」

孫奔的神情瞬間有了些變化，眨眼又恢復常態：「原來幾位是安順王府的人？」

樂越搖頭：「不是，我們只聽鳳先生的話。」

反正鳳桐的確知道他們是誰，把這件事情栽給他，一點也不算陷害。

孫奔道：「那麼國師馮梧，幾位認識麼？」

樂越再搖頭：「不認識。」

孫奔又浮起殷勤的笑容：「幾位定然是去西郡參加郡主招親的吧，實不相瞞，在下也是一樣。」嘖嘖，西郡郡主招親招攬的人真不少，上至王公貴族，下到土匪頭子，一網打盡。

孫奔繼續堅持不懈地道：「既然如此，我們何不同行，也好有個伴？我先請幾位去酒樓小酌一番，再慢慢商議。」

樂越精神一振：「孫兄要請我們吃飯？呵呵，那怎麼好意思，我們人多，還是小弟請你吧。」

孫奔豪爽地道：「區區一頓酒，在下還請得起，這頓我付帳，千萬別和我搶。」

樂越笑道：「唉，孫兄這樣說，在下就恭敬不如從命了。」

孫奔把他們領到一家滿氣派的酒樓，沿途，昭沅在餛飩攤上用他懷中的那把銅錢換回了應澤。

孫奔豪邁地揮手要了個雅間，讓小二把菜單送到樂越等的面前，請他們隨便點。

樂越捧著菜單道：「孫兄，吃頓簡單些的便飯就好，何必如此鋪張？」

孫奔道：「我這個人，就喜歡喝好酒、吃好菜。人生在世，吃好喝好才痛快！今天你們一定要揀最貴的點，便宜了就是不給我面子！」

樂越讚歎道：「孫兄的個性小弟太欣賞了。」昭沅、琳箐和應澤叼著筷子一起點頭。

一個時辰後。

應澤刮完湯盆中最後一勺野參烏雞湯，琳箐喊來小二吩咐：「再來個塞外烤羊腿、一隻淮揚鹽水鴨、兩個醬肘子、一碗蒜澆排骨……」

樂越出聲打斷她：「這些菜，就不要了吧。羊腿鹽水鴨肘子排骨之流，太寒磣太粗俗了，妳這不是存心不給孫兄面子，讓他難看麼？」向小二勾一勾手指。「先一個蘇武牧羊，裡邊的羊肉只要前腿筋腱片兒，一定要是紙頁薄厚的，薄了不要，厚了不要，肥瘦不勻不要，明白麼？」

小二立刻哈腰點頭。

樂越再道：「再來個荷塘醉蟹，用二十年的花雕酒來做，燕窩乳鴿盅一份，這個富貴吉祥多寶蛋似乎還沒點過，上一碟先嚐嚐，再一隻黨參蜜汁暹羅乳豬……」

洛凌之插話道：「西域石榴酒釀丸子似也不錯。」

樂越立刻示意小二：「來一份。」

孫奔盯著應澤道：「小公子的食量眞好，呵呵……」

琳箐道：「哦，他最近老吃烤野味，可能傷了胃，今天吃得不是很多。」

應澤咬著昭沅剛遞給他的一卷脆皮鴨卷餅道：「乳豬，兩隻。」

樂越馬上向小二道：「改成兩隻。」

孫奔笑得眼皮都顫了。

小二帶著寫得滿滿的大張單子退出雅間。

一隻麻雀飛到窗台上喳喳叫了兩聲，孫奔身邊的猴子猛地躥起來，向牠撲去。

麻雀抖著翅膀倉皇逃走，猴子撲了個空，從窗口直墜下樓。

孫奔大呼一聲：「飛先鋒！」一頭扎到窗邊，向著猴子下墜的方向，風一般地跳了下去。

樂越湊到窗前看，樓下人來人往，孫奔與猴子都已沒了蹤影。

昭沅愕然地看著堆滿盤碟的桌子：「那我們怎麼辦？」

琳箐哼道：「我就知道土匪頭子不能相信！」

洛凌之淡定地道：「如今之計，唯有我們賣身給酒樓了。」

樂越道：「唉，本少俠是有意海吃把他嚇跑的，只是沒想到這小子竟然跑得如此快。」

洛凌之依然淡定地道：「越兄，下次你將計就計前，先想想後果。」

應澤吃完了最後一口菜。

樂越悲壯地等著一旁守候著的小二哥報出飯錢數目，他們好正式賣身。

小二哥報出了一個意料之中的天價，笑咪咪地看著他們：「哪位爺付帳？」

孫奔遁逃引起了店家的警覺，樂越隱約看見門口有幾個魁梧偉岸的身影，他清清喉嚨，剛要開口。應澤把他的話截在喉嚨中：「我來。」

樂越愕然轉頭，見老龍從袖中摸出一個金光閃閃的錠子，拍在桌上：「不用找了。」

金、金元寶！

應澤爲甚麼會有金元寶？

樂越立刻起身，親手扶著老龍鎮定迅速地離開了酒樓。

到了一個還算僻靜的街角，樂越才小聲問道：「殿下，那錠金子，你從哪裡取的？」老龍忌諱打劫這個詞，故而樂越用了保守的取字。

應澤傲然道：「本座不用取的難道便沒有錢用？區區點石成金術，連尋常小仙也會使。」

樂越的臉抽了抽：「你老人家……」

他們身後遠遠傳來一聲怒吼，幾個手執棍棒的人影追了過來：「攔住那幾個用石頭當飯錢的騙子！別讓他們跑了！」

樂越沉著冷靜地低喊一聲：「快跑！」拔腿飛奔。

樂越一路狂奔出了孟城，等跑到城外一處僻靜樹林內，方才停了下來，他從未如此慶幸自己會輕功。昭沅和洛凌之也跑得氣喘吁吁，琳箐與應澤是用法術逃的，依舊神清氣爽。

樂越坐到樹下長吐了一口氣，丟臉啊，他樂越少俠的一世英名，居然毀在一頓霸王飯上。

頭頂上方有個聲音笑道：「我還以爲各位當眞是正氣凜然的俠士，沒想到竟也是用石頭充金銀，坑蒙拐騙之輩，與我這個搶劫百姓的土匪頭子半斤八兩。」

樂越抬起頭，見孫奔抱臂站在不遠處的樹杈上，猴子倒掛在樹枝上對他們吐舌頭。

樂越跑得疲乏無比，懶得懊悔也懶得生氣：「這次又輸給孫兄了。慚愧慚愧。」

孫奔笑咪咪道：「承讓承讓，在下要先趕去西郡，後會有期。」帶著猴子縱身一躍，踏樹而去。

琳箐看著他的背影磨牙：「如果沒有不能打凡人這項破規矩，我一定讓他萬紫千紅。」

樂越晃晃腿，靠到樹幹上：「放心，君子報仇十年不晚，總有一天要他栽在咱們手裡。」

昭沅覺得樂越的這句話說得很像土匪，不過他很欣賞。

第八章

數百年前，這個朝代始建時，太祖皇帝修建京城，

皇宮建成後，帝心十分歡喜，

請來一位傳說中的高人卜算，京城和皇宮會傳承多少年。

高人留給了皇帝幾句話，飄然離去。

這幾句話要了整個百里氏的命。

——千秋業，萬古城，始於龍，亂於鳳，破於百里。

再走了一天多之後，寫著紫陽鎮三個字的城門終於出現在眼前。

樂越看著這三個字，心中本該有無數的情緒，卻空蕩蕩的甚麼也沒有。

紫陽鎮內，看起來很平常。

房屋整齊，街道乾淨，街上人來人往，也很熱鬧。

經過了十幾年的休養生息，當日的慘烈早已痕跡淡薄，可街邊的祈福神觀與香火繚繞的廟宇表明，那些無辜的血未曾被忘記。

神觀前的捐修石碑上刻著一行行捐資人姓名，最上面一行是某某未亡人，一白文。香火道人向他們解釋道，紫陽鎮當年因百里齊而遭劫，所以現在滿城的人都不用百字和里字，拿白與理代替。

洛凌之道：「用『理』替代『里』，莫非是譴責百里郡王罔顧君臣天理而謀反？」

香火道人嘆息：「世上道理哪有絕對，功過對錯誰能說得清。」

一百多年前，這座城就是郡王百里氏所建，爲了收容因大水逃到這裡的飢民。當時所有的人都感激百里氏的恩德。百年後，此城與城裡的人又因百里氏而遭遇大劫。可能的確是老天註定，命該如此。

昭沅小聲向樂越道：「我覺得天命不會讓一城的人這麼慘。」

樂越面色木然道：「當然不是天命，只是皇位上的人太相信天命罷了。就因爲一句甚麼開國預言，滅了整個百里氏。」

昭沅愕然。

洛凌之低聲解釋，數百年前，這個朝代始建時，太祖皇帝修建京城，皇宮建成後，帝心十分歡喜，請來一位傳說中的高人卜算，京城和皇宮會傳承多少年。

高人留給了皇帝幾句話，飄然離去。這幾句話要了整個百里氏的命。

——千秋業，萬古城，始於龍，亂於鳳，破於百里。

琳箐嘀咕道：「怪不得這個皇帝家要斷子絕孫，因為一句不知道靈不靈驗的話就滅人全族，太狠毒了。」

她嘀咕的聲音不算小，香火道人頓時臉色煞白，連唸道號：「萬不可多言，萬不可多言。」

樂越道：「喂，話不能亂說，我們被抓去砍頭沒甚麼，連累這位道長和其他路人就不好了。」

琳箐吐吐舌頭，不再說甚麼了。

樂越向香火道人道了聲歉，又問：「不知道長在紫陽鎮中住了多久？」

香火道人說，他就是紫陽鎮人，幼時家貧，不得已將他捨給了清風觀。涂城之劫時，他奉師父之命出鎮辦事，萬幸躲過一劫。待回來時，觀中的其他人或是死了，或是逃了，只餘下他一個。道觀後來便就改成了這座祈福觀。

道人的語氣很平淡，可昭沅樂越等聽著，心中都不由沉重。樂越道：「那麼請問道長，可知十幾年前涂城之劫的那段時間，曾在這城裡住過的一個叫作李庭的商人？」

鶴機子曾告訴樂越，他的父親李庭是個還算出名的商人，或許這座城中的人，十幾年後仍記得他。

香火道人思索片刻，搖頭：「貧道沒甚麼印象。」

樂越有些失落地哦了一聲，香火道人再道：「當年本城中有座大客棧，但凡有些身分的人和有錢商賈路過本城時，一般都會住在那裡。有個叫馬富的夥計僥倖撿了條命，如今就在當日客棧所在處開壽材店，幾位可以找他打聽一下。」

馬富的壽材店在紫陽鎮東南角。

壽材店所在的這條街十分寬闊，是處很繁華的市集，樂越依照香火道人的指點尋到街角，遠遠便望見一支招魂幡杵在街邊於風中招搖。

樂越走到近前，只見招魂幡旁邊蹲著一個少年，將一捆捆黃紙整齊堆碼好，店鋪門前掛著「老馬香燭壽材」的匾額，門外懸著一串串金箔紙疊成的元寶。

昭沅好奇地想用爪子碰碰那些紙元寶串，琳箐暗中拉拉他的袖口：「這是凡人燒給死人的東西，你可別亂動啊。」

樂越走到那少年身邊，問：「這位小哥，請問一下，這家壽材店的店主是否叫馬富？」

少年站起身，翻了翻一雙天然三白眼：「買壽材還是買香燭？」

洛凌之和聲道：「我們只是來找馬富，想打聽點事。」

少年將他們一一打量了一遍，再翻翻眼睛，向著店鋪門內揚聲道：「爹——有人找！」

店內有人含含糊糊應了一聲，不久後，從店門處慢吞吞走出一個雙手抄在袖中、弓著脊背，面目委頓的中年男子。

少年指了指樂越等人，言簡意賅地道：「爹，這幾個人找你，說有事向你打聽。」

樂越上前一步，抱抱拳頭：「敢問，閣下可是馬富？」

那人抬起一雙和少年一模一樣的三白眼，點點頭。

樂越的心不自禁地跳得快了些：「我……想請問馬老闆，是否還記得十幾年前涂城之劫時，曾住在這裡的一個名叫李庭的客商？」

馬富聽到「涂城之劫」四個字，便打了個哆嗦，猛地後退一步，連連搖頭：「不記得，我甚麼都不記得了。不記得不記得……」

樂越再想追問，馬富突然轉向那少年，呵斥道：「小發，你個敗家的娃，在門口蹲個甚麼喪！今天日子不好！關店！」

少年小發悻悻地應了一聲，翻翻眼睛，拎著黃紙紮與馬富一前一後走進店裡，樂越追上去：「馬老闆，你再好好想想……」砰，一扇門板在他鼻尖前重重闔上。

樂越拍了兩下門，琳箐道：「沒用啦，一看他那樣子就知道不想說。」

樂越頹然地垂下頭，轉過身，昭沅蹭到他身邊拉拉他的衣袖。

琳箐道：「依我看，咱們就直接衝進去，把那父子倆捆起來，嚇唬嚇唬，看他們說不說。」

樂越面無表情：「不行，這麼做我們不是成土匪了？」

琳箐攤手：「那能怎麼辦？」

昭沅認真想了想，道：「要不然我們再求求他們吧。」

琳箐受不了地望天。她又開始無比懷念起杜書呆和商景，商景懂得迷魂術和讀心術，如果有他在，根本不會如此麻煩。

樂越試圖去向鄰近的店鋪和小攤販打聽，那些人或是也立刻關門走開，或是搖頭聲稱自己近兩年才來紫陽鎮，不知以前的事。樂越轉了一圈，一無所獲，最後又轉回了壽材店前。

這樣來回折騰了一番，天已近黃昏，兩人兩龍一麒麟索性並排坐在壽材店門口。應澤袖中揣著一籠從旁邊小攤上買的包子，他最近看昭沅這個小後輩還算順眼，便分了他一顆。昭沅捏著包子，扯扯樂越的衣袖，把包子遞給他。

路上行人紛紛對他們側目而視，不明白他們為甚麼要坐在那個地方。有個賣葫蘆雕的小販推著車從他們面前經過，車輪被路上的石子磕了一下，車身一顫，幾個小葫蘆骨碌碌從車上滾下來。昭沅站起來，彎腰幫忙把葫蘆撿起。

小販道了聲謝，順便問了一句：「小兄弟，你們為何坐在壽材店門口？」

昭沅答道：「我們想找這家店的老闆打聽一個人，可是他不肯告訴我們。」

小販笑問：「甚麼人非要到棺材店打聽？」

昭沅道：「我們想打聽一個十幾年前曾在此住過的商人，名叫李庭，聽說只有這裡的老闆知道。」

小販滿臉瞭然道：「你們是要打聽十幾年前大劫時的事情吧。這些年有不少人來本城打聽，可當時住在這城裡的人那次死得差不多了，就算剩下的幾個，一來當日太亂，記不大住了；二則……」小販四下看看，聲音壓低了些。「關係到官府的事，誰敢亂說？」搖搖頭，推著車子走了。

樂越猛地站起身：「算了，走吧。」

昭沅愕然：「你不等了？」

樂越道：「等又能怎樣，琳箐說的對，人家不打算告訴我們，怎樣也不會說的，走吧。」

洛凌之道：「也罷，我看這家人今天應該是不會從店裡出來了，要不然等明天再問吧。」

樂越摸摸下巴：「而且我們現在囊中空空，還是找地方去掙點旅費。說不定，掙錢的時候慢慢套話，能打聽到當年的事情。」

琳箐拍手笑道：「好主意，不愧是樂越。」

其他人對她這種讚賞已經習慣，連洛凌之都只是微微笑了笑，一起動身去找可以做零工的地方。

紫陽鎮算不上大，花上半個時辰就能蹓躂差不多半座城。從城東走到城南，沿途店鋪不少，可惜天色已晚，不少店鋪都已打烊，偶爾碰見仍開著的兩、三家，也表示不需要零工。繞了幾條街，倒是又碰見剛才那個賣葫蘆雕的小販。樂越推昭沅去和小販搭訕，小販告訴他們，城北的鳳棲酒樓好像在招打雜的，可以去碰碰運氣。

昭沅喜孜孜向小販道了謝，一行人立刻殺往城北，果然遠遠看見了一家酒樓的招牌下，有張寫著大大「招雜役」字樣的紅紙。

樂越欣喜地向著那三個喜人的大字飛奔，卻發現對面路上，有一大一小兩個熟悉的影子也大步流星直奔酒樓。

冤家路窄，狹路相逢，樂越站在酒樓前露牙一笑：「孫兄，眞是人生何處不相逢。」

孫奔驚訝而欣喜地笑了：「哎呀，居然是樂兄，眞巧眞巧，咱們果然很有緣分。」

琳箐在樂越身後不屑地道：「嘁，誰和土匪頭子有緣分。」

孫奔臉上的笑容越發燦爛了：「幾位又來吃霸王餐？」飛先鋒蹲在他腳下吱吱地齜牙咧嘴、擠眉弄眼。

樂越道：「不是，我們囊中羞澀，想來這邊賺點盤纏。孫兄要是用飯就請便吧，不必客氣讓我們了。」

他和孫奔寒暄時，洛凌之和昭沅一道走到酒樓門檻處，門前迎客的夥計見他們衣著不俗，立刻便往酒樓內讓。

昭沅搖頭：「我們不是來吃飯，是來幹活的。」

小夥計驚訝地睜大眼，洛凌之客氣地開口道：「我們路經此處，囊中羞澀，見貴店正在招工，故而前來一試，望小二哥行個方便。」

小夥計上上下下把他們打量了四、五遍，方才道：「兩位公子請稍等，我進去問問掌櫃的。」

樂越、昭沅、洛凌之、琳箐和應澤一道站在門邊等，孫奔也抱著手臂站在一旁，琳箐擰起眉頭盯著孫奔：「喂，你幹嗎不進去？」

孫奔笑咪咪地道：「不急不急。」

此時天色漸漸暗淡，酒樓中已掌起燈燭，來吃飯的客人進進出出，門內飄出飯香陣陣，昭沅的肚子不由得咕嚕嚕響了一聲。

樂越猛地吸吸鼻子：「好香，是醬燒排骨的味道。」

應澤道：「嗯，還有鹽焗鴨。」

晚風起，再蕩起一陣香風，孫奔接口道：「這是爆炒肚絲了。」

昭沅的肚子響亮地叫起來。片刻之後，方才的小夥計引著一個穿寶藍色綢衫的中年男子出來，指向昭沅和洛凌之道：「二掌櫃，就是他們。」

二掌櫃捻著山羊鬚，把昭沅和洛凌之上下打量了一番，再看向樂越、琳箐、應澤和孫奔：「幾位可都是一起的？」

琳箐立刻一指孫奔：「只有他和我們不是一路的。」

二掌櫃面露難色：「本店眼下只缺一個後廚幫工而已，一日工錢十文，幾位……」

樂越馬上道：「掌櫃的，我們幾人一起做，只收一人的工錢，只要隨便管我們吃些剩飯就行。」

昭沅跟著點頭：「是啊，我們可以有人在後廚幫忙，有人在大堂幫忙，只收一個人的錢。很划算的。」

樂越讚賞地看了他一眼，傻龍突飛猛進地長進著。

抱著手臂冷眼站在一旁的孫奔開口道：「五文。」

二掌櫃的視線頓時轉落在他身上，孫奔上前一步：「五文錢，管一個人的飯。」

琳箐道：「我們也五文。五文錢，五個人哦。」

孫奔微笑不語。

樂越打個哈哈道：「孫兄，你在孟城掙了大錢，帶著這隻多才多藝的飛先鋒不愁沒活路，何必和我們搶這筆餬口生意呢？」

孫奔爽朗笑道：「樂兄太自謙了，比起在下，幾位更是人才中的人才，至於這筆生意要和誰做，還要看二掌櫃的意思是不是？」

二掌櫃的目光已牢牢膠在孫奔身上，樂越向著昭沅、琳箐等暗暗搖了搖頭，琳箐咬咬牙，跺腳道：「我們不要工錢，只要管飯就可以。」

孫奔挑眉道：「啊呀，姑娘真豁得出去，也罷，在下也不要工錢，管飯就可以。」

琳箐怒目瞪向他，孫奔滿臉笑容，顯然心情很好。

二掌櫃向著樂越拱了拱手：「小哥，對不住，本店實在用不了這麼多人手。」又向孫奔微頷首。

「這位小哥請隨我來。」

爲甚麼五個人加在一起還搶不過一個人？琳箐不服氣，還要再理論，樂越拉住她：「算了，我們搶不過他。」

孫奔一臉洋洋得意的神色，向著樂越抱拳：「幾位，承讓了。」

樂越等幾個眼睜睜看著孫奔和猴子一道跟在二掌櫃身後進了酒樓。

琳箐氣恨恨地抱怨二掌櫃不會算帳，是個傻瓜。樂越面無表情道：「假如二掌櫃不請孫奔請我們，那他才是傻瓜。」

琳箐睜圓眼：「爲甚麼？」

洛凌之和緩地開口道：「因爲他原本就只需要一個人做工。在請一個人吃飯和請五個人吃飯之中，當然選前者。」

昭沅抓抓後腦，原來要這樣算。

樂越嘆氣道：「做生意，當然從本錢出發嘍。不過，琳箐剛才做得好。」

琳箐眨眨眼：「啊？」

樂越嘿嘿笑了一聲：「孫奔搶了我們的生意，但他今天晚上也沒工錢拿。」

琳箐拍手道：「是耶。咱們夠缺德，眞痛快！」與樂越對視奸笑。

昭沅看著他們倆，想不通爲甚麼他們會開心，就算孫奔今晚沒工錢，大家仍舊沒飯吃，連孫奔都不如，反而是酒樓從中得了便宜省了工錢而已。有甚麼可高興的？

洛凌之看出他的疑惑，淡淡道：「只是在苦中作樂而已。」

應澤咬著不知道從哪裡弄來的點心道：「直白些說，這就是凡人所謂的損人不利己，窮開心。」

昭沅又抓抓頭，人間的學問眞是浩瀚無邊。

可能是他們在暮色中轉身離去的身影太過落寞，剛離開酒樓沒兩步，身後有聲音道：「幾位，且請留步。」

樂越停步回頭，只見方才那位小夥計搓著手快步趕到他們面前：「幾位看起來像是江湖人士，我知道有個活計，可能你們能做。」

樂越大喜：「多謝兄台，還請指點。」

小夥計又搓搓手：「這份生意，說起來算是份官家差事。我們城的知縣衙門這幾日正在招巡夜打更的人，好像要的人手挺多，還要求必須懂些武藝的，幾位可以去試試看。」

樂越頓時有種柳暗花明的驚喜，急忙向小夥計連連道謝。

洛凌之道：「此城不大，巡夜打更之事，二、三衙役，一、兩位打更人足矣，爲何要多招人手，還要會武功？」

小夥計的神色瞬間變了變，再一瞬又恢復如常：「官府的事情，咱平頭百姓怎麼知道。興許是因爲最近旁邊的西郡郡主招親，路過本城的人太多，知縣大人恐生事端吧。」

樂越也道：「是啊，洛兄你就是凡事太謹愼了，就算有甚麼事，憑咱們幾個，還能怕了？」再謝過小夥計，又細細問明了去往知縣衙門的路。

知縣衙門離鳳棲酒樓不遠，只隔了一條街。

縣衙門邊牆上張貼著一張招募榜文，榜文下擺了一張桌子，桌旁坐著一個師爺，站著兩個衙役。見樂越一行走近，師爺抬了抬眼皮，昭沅感到兩個衙役鋒利的目光向他們掃來。

樂越和琳箐一道探頭去看榜文。

師爺甕聲道：「限青壯男丁，有武藝者優先。」

琳箐皺眉：「為甚麼只要男的？」

桌邊的兩個衙役嗤地笑了。師爺抬著眼皮上下看了看她：「小姑娘，妳要報名也可以。」抬手向右一指。「搬得動那只石鼓者，即可被錄用。只要妳搬得起來，我便破格用妳，如何？」

琳箐斜眼看向他指的方向，只見牆角邊放著一塊石頭雕成的鼓狀物，約一只圓凳大小，其上有鐵製的把手，看來是個專供測臂力的物件。

樂越一馬當先，走到石鼓邊，微一運氣，穩穩地將石鼓提了起來。

衙役揚聲喝道：「好，過。」

師爺提起筆：「姓名？年歲？」

「樂越，樂天的樂，吳越的越。一十七歲。」

師爺親切地微笑頷首，提筆記錄：「不錯不錯，少年人，你年紀輕輕，臂力倒好。是否習過武功啊？」

沒想到這份差事居然得來不費工夫，樂越極為欣喜：「是，從小習武。」

那邊洛凌之也走到了石鼓邊，他內功遠比樂越紮實，輕輕鬆鬆用一隻手提起了石鼓。師爺笑得越發親切了，也記下了他的姓名年歲。

琳箐好整以暇地站在一旁看，應澤袖著點心在她身邊旁若無人地吃。昭沅左右看看，也走到石鼓邊。

師爺和藹地道：「小兄弟，我看你年紀不大，拿得動這石鼓嗎？你的兩個哥哥已經被錄用，你就不要勉強了。」

昭沅拿出龍的氣魄昂首道：「我，可以的！」

他暗中運了一口氣，把全部的勁力集中在前爪上，握住了石鼓的把柄，往上一提……

竟然出乎他意料地輕，昭沅感到爪中輕飄飄的，好像握住的只是一片紙、一根羽毛。他驚訝地把石鼓翻來覆去在眼前看了看，又試著向天上舉了舉。

兩個衙役的眼直了，師爺的雙眼中溢滿了驚詫與狂喜：「自古英雄出少年，少俠簡直是少年的楚霸王，轉世的李元霸啊！來，先把石鼓放下，告訴老夫，你叫甚麼名字，今年幾歲？」

昭沅有史以來第一次獲得如此熱烈的讚譽，有些不知所措，小心翼翼地看了一眼樂越，再把石鼓放下，走到木桌前，小聲道：「我叫昭沅，今年、今年十六歲。」

師爺笑咪咪地看他：「十六，少俠你說的是虛歲吧，看模樣，你實歲頂多十四、五。」

昭沅嘿嘿笑了一聲，在心裡說，其實我今年九十五。

他欣欣然地到樂越身邊站好，悄悄拉拉他的衣袖。樂越對他讚許地露牙一笑：「做得好。」昭沅歡喜地笑了。

琳箐在一旁冷眼看著，覺得昭沅身後假如有一條毛蓬蓬的尾巴，這時候一定會豎起來搖兩下，不由得感嘆道：「我覺得他這輩子都學不會甚麼叫霸氣了。」看著小傻龍一天比一天溫順，真不知道該喜還是該憂。

應澤殿下咬著點心，也很惆悵，明明這段時日他老人家都在對這個後輩悉心教導，爲甚麼他就是學不到一絲的狂霸之氣？應澤殿下破天荒地第一次想，難道本座眞的老了？

師爺一下子招到三個人手，喜悅之情溢於言表，他含笑向琳箐道：「姑娘，妳要試一下麼？」

琳箐道：「對本姑娘來說，拎這石鼓未免太容易了。」她走到縣衙大門前，伸手，抬起。

師爺和衙役們張大了嘴，統統變成了木雕泥塑。

衙門口的那座碩大石獅子，被她好像拈起一朵花般輕飄飄地拎了起來，隨意地晃了晃。琳箐無辜地向愣愣怔怔的師爺和衙役道：「可以破格錄用麼？」

師爺面如金紙，豆大的汗珠從額上滴下來，半晌後方才結結巴巴道：「可、可以……」

琳箐放下石獅子，拍拍手，走到木桌前：「是不是還要記錄下姓名和年紀呀。」

師爺用顫抖的手抓起筆，擦了擦額頭的汗：「是，請教女俠尊姓芳名？」

樂越卻密切留意著應澤的動向，方才昭沅和琳箐都做出一鳴驚人的舉動，按照他老人家的脾氣，必定不會落於人後。萬一……

樂越眼看應澤踱到縣衙邊，似乎有種把衙門的房子連根拔起的意思，趕緊上前一把扯住他：「這種事，交給我們做就好。」

應澤不滿地哼了一聲。

師爺笑容僵硬地向他們看來：「莫非，這位小兄弟也……」

樂越急忙道：「沒有沒有，他年紀還小，甚麼都不能做。但他也想爲官府衙門盡一份力。師爺，我們幾個都爲衙門效力，幼弟無人照看，能在做事的時候把他帶上麼？」

師爺爽快應允，感嘆道：「少俠一家眞乃滿門壯士。」

兩個衙役領他們到衙門裡的耳房中更衣。打更巡夜的報酬出樂越意料地高，每人每晚五十文，管一頓晚飯、一頓早飯。

衙役們再帶著他們去庫房領了一個銅鑼加鑼錘、兩對燈籠，配蠟燭和火石、幾把佩刀。

樂越向衙役詢問，晚上巡夜是他們幾人分開，各巡一片，還是幾個人在一起巡全城。

衙役道：「自然是你們幾個一起巡全城了，小巷子不必去，幾條街巡一巡就成。」

樂越笑道：「從城這邊走到那邊要些工夫，巡全城豈不是有些地方不能準時報更。」

衙役道：「準不準無所謂，最要緊是巡。要是拆分開，單人巡，就算是你們恐怕也招架不住。」

樂越聽得這個話風隱約含著蹊蹺，一面跟著衙役們往吃飯休息的耳房處走，一面不動聲色地打探：「這麼好的差事，怪不得還要舉石鼓選人，要不然衙門早該被報名的人擠塌了吧？」

兩個衙役嗤地笑了，其中一個道：「用石鼓，是我家大人不想平白害了人，這活，哪怕一晚上給一百文錢，樂意幹的也不多。招了半個多月，除了你們幾個，也只有四、五個人來。」

樂越假裝四下張望了一下：「唔？那幾位兄弟我怎麼沒看見？敢情和我們輪著値夜？」

那衙役冷笑了一聲道：「他們，你們一時半會看不到嘍，全在家裡躺著呢，不知道猴年馬月才醒得過來。」

另一個衙役停下腳步轉過身，把手搭在樂越的肩膀上拍了拍：「兄弟，你們今天晚上就要去巡夜了，有些實話，還是早點告訴你們好，免得晚上看見了甚麼，應付不來。」

他四下望了望，將頭湊得近些，用極細的聲音道：「你們雖是過路人，這地方十幾年前發生的事兒總該聽說過吧。知道這座城爲甚麼現在看起來依然半死不活的麼？這裡……每天晚上……鬧鬼。」

鳳桐一直很喜歡京城的傍晚。

每條街道都很喧囂，市集上永遠有絡繹不絕的人群來來往往。

而一道高高的圍牆，就能在喧囂中隔出一方寧靜的天地，在圍牆內的小院中獨坐，既在凡俗世間的萬丈紅塵中，又在紅塵外。

可惜，快要成爲那個讓他頭疼的國師，他越來越難在黃昏時享受這種矛盾的靜謐與安逸了。

紅衣小童，像隻兔子一樣一溜煙地奔來：「主人、主人。」

鳳桐皺眉放下手中的茶，他不耐煩陪著太子，看其一路犯傻心煩，提前回京想享受幾天清閒，誰知道回來之後更不得清閒。

小童舉起手中的方冊：「主人，剛剛來的消息，龍族那邊和那個樂越又有新動靜了。主人你要看看麼？」

哦，原來是另一群傻瓜有了消息。鳳桐淡淡道：「不必了，你把重點告訴我便可。」一個傻少年，外加一條更傻的小龍，一時半會兒翻不出甚麼大浪。

小童恭敬地低頭：「龍、麒麟和樂越要一起去參加西郡郡主的招親。他們已經到了紫陽鎮。」

唔，樂少年打算去祭奠父母麼？

鳳桐從小童手中取過方冊，翻開看了看。

小童低聲問：「主人，要採取甚麼對策麼？」

鳳桐淡淡道：「暫時不必。」他盯著方冊的某頁。「不過，等下把這本冊子給鳳梧送過去，請他把手中百里氏的所有記錄給我一份。畢竟是他當年做事不夠乾淨，方才留下這麼多麻煩。」

巡夜打更的差事每晚戌時上工，只須敲二更到五更的報更鑼，到了第二天清晨五更天過，就可以收工。

縣衙中還特意為樂越等人預備了一間耳房，可以在裡面吃飯休息。

房內的方桌上已擺滿了飯菜。一盤醬肘花、一盤韭菜炒蛋、一盤素三絲、一盤炒蒿根、一碟水晶皮凍、一碟拌粉皮、一盆青菜豆腐湯，甚至還有酒壺和酒杯。桌邊小凳上放著一桶熱騰騰的米飯。

樂越抓起酒壺搖了搖，是滿的，壺嘴處散發著一股濃郁的燒刀子的氣息。

這一路他們從沒有見過如此奢華的飯菜，昭沅聽見自己的肚子叫得更響亮了。樂越做了個順水人情，誠邀兩個衙役和他們一道用飯。

兩個衙役一個叫宋善一個叫劉慈，都是個性直爽之人，兩、三杯酒之後，便開始滔滔不絕，告訴他們不少紫陽鎮的傳言和祕辛。

紫陽鎮有個很獨特的習俗，每天晚上，縣衙的衙役們敲響一更的鑼鼓後，所有人家店鋪均關門閉戶，大街上連條狗都沒有。

因為，初更之後，就是紫陽鎮的鬼時。

劉慈道：「十幾年前的那件事，這個城裡一城的人幾乎全死光了，好多人家都是一家皆亡，更有外地途經此處的人，屍首認不出名姓，也沒有人收屍。官府後來派兵清理屍首，就發生了怪事，屍首明明被搬出了城外，過了一夜之後，又重新回到城中。怎麼也清不出去。官府疑心有人搗鬼，就派了幾個兵卒在城中巡夜，結果，到了半夜，出現了更奇怪的事情……你們猜，是甚麼？」

樂越、昭沅和琳箐都忘了吃菜，咬著筷子直直看著劉慈，連洛凌之都暫時放下了手中的碗筷，唯有應澤仍在一碗接著一碗地埋頭苦吃。

劉慈抿了口酒，喘了口氣，把聲音壓低了幾分：「那天晚上，這座城裡忽然起了一場大霧，霧氣中，那幾個兵卒發現一城的燈光全都亮了。店舖裡、酒樓中、大街上，到處都是人。那些死了的人，都像活過來一樣在城裡走來走去，走來走去。到了第二天，霧散了，城外的屍體又都回到了城中。」

晚風，順著窗戶的縫隙滲透進屋內，把桌上油燈的火光吹得左搖右晃，黑漆漆的人影在牆壁上搖曳。

昭沅感到一股幽幽的涼意從脊背上生了起來。

宋善接著劉慈的話頭繼續道，那樣的怪事讓官府的人也覺得害怕，所以他們請來了天下最知名的玄道門派的掌門道長來解決此事。

宋善滿臉肅然地道：「就是聖上親封的天下第一派清玄派的掌門重華子道長。」

樂越、昭沅和琳箐頓時叼著筷子不約而同地望向了洛凌之。

樂越覺得，原本詭誕的氣氛在重華子老兒的名字出現的一剎那，變得蹤影皆無。

宋善繼續道，重華子道長帶著清玄派的十餘位道長在城中做了場水陸超渡大法會，滿城屍骨方才順利安葬在城外。官府還派人在城中修建祈福道觀，將重華子留下的一柄寶劍供奉在觀內，鎮壓冤邪之氣。這把寶劍乃唐代名道鄧紫陽的佩劍，相傳是北極紫微大帝所賜。涂城因此改名爲紫陽鎮。

樂越剔一剔塞在牙縫中的韭菜葉，問：「法會也做了，又有甚麼寶劍來鎮壓，怎麼還會有夜晚鬧鬼之說？」

宋善道，此事說來又蹊蹺了，自從改名重建之後，紫陽鎮看起來是太平了一陣子，可是人人都當這裡是座凶城，沒人敢來住。後來朝廷強制遷入了一批因天災流離失所的饑民，城中才勉強有了人氣。但是到了夜裡，關於城中種種鬧鬼的傳言還是越來越多。

五、六年前，上一任的知縣大人初來此地，想重新翻修一下縣衙，結果在縣衙後院挖出了叛王百里齊的屍首。

原來，如今縣衙所在，是當年百里氏在涂城的舊宅，百里齊伏誅後，屍體被懸掛在城門上示眾三日，後不知所終，看來是被百里氏的餘黨偷偷埋在了舊宅院中。

知縣挖到了這具屍體，不知如何是好，便上書朝廷，今上素來仁慈，命將百里齊收棺葬之。

京城距離紫陽鎮太遠，從遞上奏章到皇上的旨意抵達，其間隔了近一個月，百里齊的屍首被草草停放在一個棚子裡，他的屍身早已腐壞，白骨在外面風晾了一個月，也散架零落，連頭骨都掉了下來，勉強拼接了才收棺下葬。

大概因此驚動了怨氣，從此後，紫陽鎮的夜裡越發不太平，有人說曾見到一個穿盔甲的人領著一群士兵在街上遊蕩，等湊近一看，才發現，那人竟然脖子以上只有一頂空空的頭盔，身後的兵卒全部都是香燭店裡紮的紙人紙馬。怪事越來越多，紫陽鎮人開始習慣入更後不再出門。

劉慈道：「本來，大家天天這樣過，過了幾年也都習慣了。哪知道最近咱們西郡的郡王被人害了，郡主搞甚麼招親，前去郡州府路過本地的人越來越多，這些人都不信邪。晚上非要出來蹓躂，結果出了好幾樁事，有莫名其妙缺胳膊少腿的，也有像被鬼迷了一樣昏睡不醒的。受害的人裡有的挺有勢力，非說這是有人搞鬼，本鎮夜晚有強盜土匪，要去告我們縣衙辦事不力，知縣大人也是沒辦法，才要招人巡夜。」

這麼長長的一段舊事聽完，一桌酒菜俱已吃盡，昭沅抱著盛米飯的木桶替應澤刮桶底的最後一點飯和鍋巴。

樂越看了看桌上的更漏，戌時已至，上工的時間到了。

戌時三刻，樂越拎著打更的銅鑼走出了紫陽鎮的縣衙。

昭沅提著燈籠緊緊跟在他身邊，琳箐與洛凌之隨後，應澤也拎著一盞燈籠慢吞吞地尾隨在最後。

宋善和劉慈把他們送到門口，眞誠地讓他們千萬保重。劉慈還摸出幾個道觀中求來的黃符，塞給他們每人一個。

縣衙外的街道上，漆黑寂靜，整個紫陽鎮像座空城。

琳箐道：「怪不得這些人傳言城裡鬧鬼，一到晚上就黑漆漆的，膽小的凡人走在路上，肯定會疑神疑鬼啦。」

她的聲音不算大，但在寂靜的暗夜中格外清晰，彷彿還隱隱有回音。

昭沅問：「這麼說妳不相信這裡鬧鬼了？」

琳箐道：「凡人魂魄有地府管著，我不相信地府鬼差們辦事如此不力，會放一堆鬼在陽間亂跑。」

樂越晃了晃手中的銅鑼：「我也覺得是有人疑神疑鬼或故意搞鬼。」

琳箐和昭沅都對今晚的巡夜頗爲興奮，琳箐還特別去找應澤打商量，讓他老人家把身上剛猛的仙氣斂藏起來，別眞的有一、兩隻小鬼小怪還沒露頭，先被仙氣嚇跑了。

應澤不屑地哼道：「小小鬼魂有甚麼樂趣，本座還是喜歡魔。」

琳箐斜眼瞄他：「那你跟著我們出來幹嗎？裝你的乖小孩在縣衙裡睡覺啊。」

應澤簡潔地道：「吃飽了，出來逛逛消食。」

昭沅豎著耳朵聽琳箐和應澤滔滔不絕地打口水仗，樂越鏘鏘敲響手中的銅鑼，高聲喊：「天乾物燥，小心火燭——」

聲音消失在暗夜的風中，星光下的紫陽鎭，依然死寂靜默。

走完縣衙所在的街道，折入另一條長街，樂越瞄了瞄昭沅提在手中的更漏，敲響二更的銅鑼。他運足內功，放聲高喊，報更的聲音估計一整條街都能聽到。

琳箐突然放慢腳步，豎起一根手指抵在唇邊，噓了一聲。昭沅屏住氣息，只聽見隱約有拍打翅膀的聲音，從附近屋脊上傳來。

琳箐抬手，向他們左側的屋脊方向彈出一簇小小光焰，光焰一沾上屋脊，立刻擴散，照亮了整個屋頂，一個熟悉的影子頓時搧著翅膀呼啦啦地飛起來，在半天空裡朝著他們吱吱怪叫兩聲。

是孫奔的那隻飛先鋒。

猴子在這裡，那麼孫奔應該也在，樂越朗聲道：「孫兄，夜色甚好，你如果願意和我們一道巡夜打更，我們也不介意多個伴。」

話音落，四周並無人回應，唯有飛先鋒在天上又桀桀叫了兩聲。

琳箐道：「我查探過了，孫奔不在附近，只有這隻猴子。」猴子嗯嗯地在天上點頭。

樂越撫著下巴看了看它：「最近在裝神弄鬼作怪的該不會就是孫奔和它吧。」在沿途裝神弄鬼打個劫，安慰下寂寞的旅途這種事，孫奔做得出來。

洛凌之搖頭道：「不對，孫奔趕路的速度和我們相仿，恐怕也是剛到此處，此城的詭奇之事卻已經鬧了許久。」

飛先鋒已經肯定樂越等人不會傷它，再次落到他們附近的屋檐上，瞪著亮晶晶、紅通通的雙眼。樂越等向前走兩步，它就拍著翅膀跟著飛兩步。猴子天生喜歡湊趣，孫奔有事暫時拋下了它，它打算跟著樂越一行湊湊熱鬧。樂越一開始鏘鏘地敲鑼，它就分外興奮，在屋瓦上手舞足蹈。

再轉過幾條街，樂越的腳步漸漸慢了下來，馬富的棺材鋪所在的街道就在附近。清澈的夜空漸漸變得朦朧起來，淡薄的霧氣悄悄瀰漫，有嚶嚶的女子哭聲在薄霧中飄蕩，忽遠忽近，哀婉幽怨。

樂越和屋脊上的猴子一起停下身形，豎起耳朵，精神抖擻。跑到腿都瘦了，難道真碰見了一個女鬼？不知道這個鬼是不是十幾年前血覆涂城的冤魂，她知不知道當年涂城的客棧中曾經住過一個叫作李庭的商人。

哭聲是從城牆根下的方向傳來的，琳箐在樂越身旁道：「不是鬼，是人。而且還不只一個人。」猴子無聲無息地向著那個方向一溜煙飛過去，琳箐揮手熄滅了燈籠中的燭火，兩人兩龍一麒麟放慢了腳步，小心翼翼地朝城牆下逼近。

走得越近，哭聲越清晰，女子的哭聲中還挾著一個年輕男子說話的聲音，樂越率先逼近最靠近城牆的屋角，琳箐、昭沅、應澤和洛凌之一起跟上，幾人貼在屋角處，悄悄向拐角後探頭。

星光下，霧氣中，一男一女兩條人影站在一棵樹下，女子用袖子蓋著臉，仍然在哭泣。「……你爲甚麼要這樣對我……你爲甚麼要這樣對我……難道你忘了，就在元宵看花燈的時候，你對我說過，今生今世都會和我在一起，哪怕天崩地裂我們也不會分開……」

男子握住女子的肩膀，聲音有些急躁：「環妹，要我說幾遍妳才會懂？即使我娶了她，我今生唯一愛的人，也仍然是妳。」

噢，原來是負心漢和痴心女的故事！樂越興奮地嚥嚥口水，昭沅和琳箐朝他湊近了些，都努力伸長脖子。

女子嚶嚶地哭著甩開男子的雙手：「我再也不會相信你的話！你是個騙子騙子騙子騙子！枉我冒著被師父逐出師門的危險一直和你好。是我太傻了，從今往後咱們一刀兩斷！」

男子用手捂住胸口：「環妹，要我把心挖出來給妳看嗎？我的心中從來就只有妳！我向妳保證，定不負妳！即使將來我娶了郡主，名分上她大妳小，可在我眼中，妳比正妻更加珍貴！」

喔喔，原來是因郡主招親釀成的人間慘劇。

啪地一記清脆耳光聲響起，女子發顫的嘶吼格外淒厲：「唐燕生，你這個人渣！從今後我再也不認識你！」

她轉身回頭，向著樂越他們的方向飛奔而來，樂越急忙縮回頭，只見一道鵝黃色身影挾著一股涼風撞過拐角，從他們面前狂奔而過。

接著，一個錦衣男子的身影匆匆追上，口中高喊著：「環妹、環妹——」

他跑了兩步，察覺到附近有氣息，驀然回頭，樂越立刻從牆角站起身，特別誠摯地道：「哈哈，兄台，我們只是路過的，甚麼都沒看見，眞的。你繼續。」

唐燕生在原地頓了頓，終於還是回過頭，追他的環妹去了。

琳箐盯著他的背影沒入夜色，哼道：「那一巴掌打得好，眞是個人渣。」

樂越道：「人各有志嘛。」

琳箐難得有一次不贊同樂越，道：「負心騙色，居然還想腳踩兩條船，這種渣男，就應該踏在地上踩扁！」

洛凌之微笑道：「可能他覺得三妻四妾本是平常事吧。」

琳箐再重重地哼了一聲：「你們男的當然幫著男的說話。」

樂越道：「洛兄這樣也不算幫著他說話，只是陳述事實而已。」

洛凌之又道：「譬如越兄將來倘若做了皇帝，也要封后納妃，三宮六院。」

琳箐猛地轉頭，狠狠地盯著樂越：「眞的嗎？」

這個……樂越有些冒冷汗，琳箐到底還是女孩子，總會在這種事上特別計較。他打個哈哈含糊道：「我還沒打算做皇帝哩，這怎麼好說。」

「還沒打算做皇帝」幾個字讓昭沅有些黯然。

琳箐瞇起眼：「我只問你假如。假如你是皇帝，你會不會很想娶三宮六院七十二個妃子還有三千個小老婆？」

這怎麼好假如……樂越的冷汗冒得越發洶湧了，只得含糊道：「三宮六院七十二個老婆，或是後宮佳麗三千之類的……我覺得有點太多了，恐怕招架不住。」

琳箐的表情稍微晴朗了一些。樂越嘿嘿笑了一聲：「那種傾城傾國又溫柔的美女，娶上十個八個的，我就滿足了。」

星光下，琳箐的神色噌地又黑了，黑得比此時紫陽鎮裡最陰暗的角落還黑。她跺跺腳：「雄的沒有一個好東西！」

樂越愕然看著她身周冒出一道紅光，瞬間消失不見，愣愣地揉了揉鼻子：「這個玩笑惹到她了？」

應澤幽幽道：「女人心，海底針，這是你們凡間的名言。」

昭沅與樂越一同迷茫中，明明他甚麼都沒說、甚麼都沒做，爲甚麼連他也不是好東西了？搞懂一個雌性，實在是件艱難的事。

昭沅小聲問樂越：「要不要我去追琳箐回來？」

樂越想了想，嘆氣道：「算了，說不定看見你她更生氣。」昭沅似懂非懂地眨眼。

洛凌之道：「琳箐姑娘並不常使小性子，讓她獨自冷靜一下可能更好。」

樂越贊同。昭沅哦了一聲，就不再說甚麼了，撿起剛才放在地上的燈籠，用火石點亮，跟著樂越繼續巡夜。

琳箐用了瞬間挪移法術，她沒有把自己挪太遠，只挪到了臨近的一條街上。

她站在漆黑的街道中央，向著街的盡頭望了望，附近並沒有樂越靠近的氣息，他沒有追來。

琳箐突然感到有些迷茫，她不明白自己剛才爲甚麼生氣，爲甚麼要做那麼無聊的事情，此刻爲甚麼要站在這裡。

洛淩之說的沒錯，那些全部都是凡間的道理。樂越可能只是在開玩笑，就算不是開玩笑，他將來要做皇帝，凡間的皇帝的確會娶很多很多個妃子。

她爲甚麼要在意這個呢？她是護脈神，樂越只是個凡人，而且不是她註定護佑的凡人，其實與她沒有太大關係。

她一直非常非常欣賞樂越，她從沒想過自己可以這樣欣賞一個凡人。

她一直不肯承認，她有時會嫉妒昭沅，憑甚麼因爲他是護脈龍，就算她先看中了樂越，也只能眼睜睜看著樂越被搶。

也許，她到現在還沒有找到自己註定要護佑的人，就是因爲下意識地在逃避，她還是不想放棄樂越，她想不出有誰可以代替樂越。

爲甚麼會有這種想法呢？琳箐困惑地敲敲太陽穴，難道是成天和傻龍待在一起，傳染了他的傻氣？

她不太擅長應付這種複雜糾結的情緒，她一向喜歡直接簡單的東西，簡單的對或不對，簡單的看得上或看不上。可能正是因爲樂越擁有這種直接的個性，她才覺得格外順眼吧。

琳箐決定不再考慮這種令人頭疼的事情，既然沒有人追來，那她就自己回去好了。嗯，反正，剛才莫名其妙發火的確是她不對。

她拍拍手，正要施法追趕樂越他們，有股凡人的氣息忽然逼近。

琳箐皺眉，這個氣息不是樂越的，但有點熟悉。她驀地抬頭，星光下，屋脊上的一個人影抱著手臂，向她露出整齊的白牙：「姑娘真的反應很靈敏，我再隱藏也瞞不過妳。」

琳箐瞇起眼：「孫奔？你在這裡做甚麼？」

孫奔從屋頂縱身躍下，身姿瀟灑地落到她面前：「我只是想告訴姑娘，這個世上，並非所有男人都愛美色，渴望左擁右抱，佳人如雲。」他低下頭，面孔湊近到有些曖昧的距離。「也有一種人，即便成爲了皇帝，也寧爲一人，捨棄後宮三千。」

琳箐挑起眉：「原來剛才你在偷聽呀。」

孫奔揚起嘴角：「可能方才姑娘與那群人都在忙著探討皇帝與後宮事宜，顧不上察覺我靠近。」他的笑意再深了些。「眞是沒想到，那位樂越賢弟竟然是要做皇帝，志向遠大，孫某佩服，你們不是奉了未來國師之命前來民間的麼？怎麼，連造反也是奉了密令？」

琳箐後退一步，不耐煩地道：「關你甚麼事，還有，你不陰陽怪氣就不會說話？」

孫奔嘿了一聲，道：「好吧，那在下就直接點。像樂越那種人，只是個尋常的庸才，不值得姑娘妳在意，何必在他這種人身上花心思？還不如另外尋一個値得的人。」

琳箐撇撇嘴：「比如找你？」

孫奔撫掌大笑：「果然夠爽快，我喜歡。」

琳箐環起手臂：「孫奔，你知道我爲甚麼喜歡樂越麼？」

孫奔揚眉，滿臉願聞其詳的神情。

琳箐一字字清晰地道：「因爲，他從來不會，像你一樣說這種噁心得要命的謊話。」

孫奔不以爲意地哦了一聲，再度證明了他臉皮堅韌的厚度：「姑娘，我說的話句句是眞，卻被妳說成謊言，我覺得很冤枉。」

琳箐不耐煩地揮手：「行啦，別在這裡裝模作樣，你有甚麼企圖直說吧。我知道你也懂些玄法，是聽到剛才我們的話猜到了甚麼才來找我的吧。」

孫奔再度露出他那口白牙：「眞的是甚麼都瞞不過姑娘，不和妳開玩笑了。明人面前不說暗話。姑娘，如果孫某沒猜錯，妳大概是傳說中的護脈神吧。」

嗯，這才夠直接。

琳箐不說話，默認。

孫奔揚揚眉：「而且不是那個樂越的護脈神。因爲我看得出，樂越身邊的那個昭沅少年是條龍。龍啊，選皇帝的吧。」

琳箐再默認：「你想當皇帝，就去找昭沅嘛，看看他能不能放棄樂越選你。」

孫奔搖頭：「在下對當皇帝沒興趣。天天三更睡五更起，頂著帝冠穿著龍袍聽大臣唸經批奏摺，簡直是活受罪，倒找錢我都不做。」他望著琳箐的目光驀然變得凌厲。「我只想要兵權，能打仗，可以讓我報仇雪恨。」

琳箐仍是雲淡風輕地佯作不解道：「你想要兵權，幹嗎來找我？」

孫奔望著她：「難道，會有人把姑娘妳當成輔佐文臣的護脈神麼？」

琳箐變了臉色，豎起眉毛惡狠狠道：「甚麼意思，我看起來很沒學問？」

孫奔滿臉無辜地搖手：「沒有沒有，我的意思是，姑娘妳看起來很有力量。」

琳箐哼了一聲：「你死了這條心吧，就算我是挑武將的神，也不會選你這種人。」

孫奔滿臉誠懇道：「妳覺得我哪裡不夠格？」

琳箐道：「哪裡都不夠格，首先就是人品太爛。」她懶得和孫奔再多做糾纏，正要甩手走開，孫奔在她身後道：「亂世之中，不需要好人。」

琳箐轉過頭：「你錯了，凡間甚麼時候都需要好人。而且……」她的周身暈出淡淡的紅光。「急功近利者，從來都難成大事。」

孫奔望著她的身影消失在紅光中，露出若有所思的微笑：「急功近利麼？可能我的確有點。」而且暫時不打算改正。

琳箐回到剛才的街角，用法術查探了一下，居然沒有查探到樂越他們的氣息。

她有些疑惑，難道是剛才和孫奔糾纏了太久，樂越他們走到自己查探不到的地方去了？

她沿著他們可能會去的方向迅速尋過去，找過了兩條街，依然沒有他們的蹤影。

琳箐隱隱感到不對，霧氣在不知不覺中越來越濃，四周一片模糊，透出詭異的氣氛。琳箐駕雲而起，升到半空，不由得大驚失色。

濃重的霧氣像一個白色罩子把整個紫陽鎮嚴密地罩住，霧氣之中影影綽綽，浮動著飄忽的幻象。是妖法！還是居然連她都沒察覺出的妖法！

紫陽鎮中，真的隱藏著出乎意料的東西？琳箐急急降下雲頭，向著城中的某一處直衝過去。

樂越嘴裡雖然說不用管琳箐，可昭沅看得出來他仍然有些掛念，一直在假裝不經意地左右看，一個小小的角落都要提著燈籠過去照一照。

夜霧由薄漸漸轉濃，走到一個三岔路口前，樂越猶豫了一下，向左轉，是馬富棺材鋪所在的街道。可是琳箐使性子離開，一定不會在他們將要前往的地方等著。

如果向右走，再想回到棺材舖就會比較繞路了。

昭沅提著燈籠問他：「我們向哪邊走？」

樂越想了一想：「再去棺材舖那邊看看吧。」反正按照琳箐的脾氣，說不定等一下就回來了。

有一縷縷的白色煙絲在他們面前繚繞而過，昭沅抬爪去碰，煙絲四散開來，融進充塞在天地間的霧氣中。

包裹著一切的乳白色越來越重，幾乎已看不清十步以外的物體。

洛凌之道：「越兄，你有沒有覺得蹊蹺？」

樂越還沒答話，有隱約的說話聲從左側傳來，伴著如笛似簫的清婉樂曲，在霧氣中模糊而空靈。

樂越的腿好像不聽使喚一般，情不自禁地向左邁去。頭頂上突然傳來一陣尖利的猴叫。

樂越心中一凜，神智驀然回歸清醒。飛先鋒撲搧著翅膀跳到他面前，情緒顯得有些激動，在地上連跳帶叫嘎嘎吱吱指手畫腳、比比劃劃，似有警告樂越他們不可以過去之意。

洛凌之道：「大翼猴乃是通靈性的魔獸，它這樣警告我們，看來那邊有連它都忌憚的東西。」

說不定就是紫陽鎮許多年來夜夜鬧鬼的根源。樂越精神大振：「過去看看。」

反正有應澤這位上古大仙在，甚麼妖魔鬼怪都不怕。

越往前走，霧氣越濃重，提在手裡的燈籠像幾點微弱的鬼火。昭沅小心戒備，伸手拉住了樂越的袖口。

走了大約十步左右，天地豁然開闊，前方一絲霧氣全無。

樂越站在濃霧與開闊的交界處，不由得愣了。

眼前的街道一片燈火輝煌。街上人流熙熙攘攘，沿路各類攤販擠擠挨挨，高聲叫賣，店鋪燈火明亮，門窗盡開，談笑聲、划拳聲、酒杯碗碟碰撞的聲音從那些房舍內飄出來，酒樓中賓客滿，勾欄內紅袖招。

街中央處的棺材鋪無影無蹤，那裡立著一棟兩層高的華樓，衣裝整齊的小夥計在門前笑迎四方來客，有身揹行囊、神色匆匆的落魄旅人，也有高頭大馬拉著的華車，還有扛著書箱進京趕考的書生，門前柱子上，「祥泰客棧」的旗簾高高懸掛。

如笛似簫的曲子在這片繁華氣象中縈繞，似在引人沉醉，沉醉在一個燦爛夢境中，再也不醒來。

昭沅跟著樂越往街道中走，那些來來往往的人從他身邊擦過，卻好像和他們不在同一個世界中，他看得見他們，他們看不見他。

他們誰也看不見，他們的世界裡只有這條繁華的街道，只有頭頂皓月銀星朗朗的天，只有無紛擾的安樂。

樂越像被一根絲線牽著，一步步走到客棧前。有身穿綢緞的人正被家僕從華車上扶下。

這人會是誰？是遊歷各處的豪門老爺，還是路經此地的客商？

倘若是客商，是姓趙姓錢姓孫，還是姓李？

迎客的小夥計躬身微笑：「客官請進。內有上好空房。」

不是對他們說，樂越卻有種走進客棧的衝動，想要走進這個沉酣之中，安逸平和的夢境。

他想沉進這個夢中，詢問，客商李庭，是否宿在此處，他現在何方？

樂越感到肩膀有隱隱異樣，他陡然回過神，發現傻龍在拚命擰他胳膊。飛先鋒正扒在他肩頭，張開血盆大口用力啃咬。

洛凌之溫聲道：「越兄你還好吧，剛剛若不是及時扯住你，你就走到客棧裡去了。」昭沅滿臉擔憂。

樂越抓抓後腦：「啊，哈哈，剛剛一時大意，差點著了道兒。」四處看了看。「這肯定是片幻境，而且這裡沒有一個活人。」

應澤啃著點心道：「嗯，也沒有死人，不是鬼。」

這麼說來，都只是幻象而已了。樂越皺眉四處望了望：「那麼，到底幕後搞鬼的是誰？」

應澤抬起袖子，向一個方向指了指，不屑地道：「一隻小怪而已。」

大翼猴跳回地上搧了搧翅膀，吱吱叫了兩聲，激動地比劃，表示不是一隻小怪。

應澤道：「在本座看來，叫小怪都對得起它了。你們去打打看吧。」言下之意，他老人家不屑於出手。「猴子，本座覺得你很有能力，完全可以與它一戰！」

得到了應澤這句鼓勵，飛先鋒瞪圓了紅眼睛，周身浮起升騰的綠焰，皮翅抖了兩下，身體開始膨脹。

它脹脹脹脹到差不多一座房子大小，那些來往行人繁華街道的幻象，在碰到了它身上的綠焰後，立刻消失無影，化作濃濃的白霧。

它騰空而起，用拳頭捶著胸脯，嘶吼了幾聲，向著應澤所指的方向直撲而去。

昭沅拉拉樂越的衣袖：「我們還是去幫幫忙吧。」

樂越點頭，讓猴子一個去打太不講義氣了，非大俠所爲。

他和昭沅一道追著猴子的身影，洛凌之也緊隨其後。

猴子飛到某一處屋脊上，盤旋了幾圈，剛剛抬起猴爪，那婉轉的樂曲驀然變了曲調，猴子竟然慢慢放下了舉起的爪，身形漸漸縮回尋常大小，落到了房頂，好像喝醉了一樣東倒西歪地走了幾步，曲聲再轉輕快，猴子一跳一跳地跟著曲子，拿大頂翻跟頭，扭腰擺尾，手舞足蹈。

完了，猴子著了道了。樂越追趕的腳步慢下來，提醒昭沅和洛凌之道：「看來這妖怪不尋常，小心點。」

應澤一直不緊不慢地尾隨在後，嗤道：「不是小怪厲害，是猴子太沒定力。」

但他依然端架子，不打算出手。施施然等著樂越來求他。

樂越正打算遂了老龍的心意開口相求，半天空中突然流星般落下一個緋紅的身影，直向著猴子舞蹈的方向墜去：「樂越、樂越，你沒事吧！」

是琳箐。

琳箐鑽進濃霧之後，在空中盤旋了一圈，終於察覺到妖氣的起始之處在城東南角，且與樂越、昭沅等的氣息混在一起。

她急忙踏雲趕去，降下雲頭，驀然發現整個紫陽鎮燈火通明。

空中有奇異的樂曲在響，樂越站在一處屋脊上對她微笑：「琳箐。」

琳箐迅速向他奔去：「樂越樂越，你沒事吧。」

樂越笑得很溫柔，和平時一點都不一樣：「琳箐，對不起，剛剛惹妳生氣了。」

琳箐怔了怔：「你……向我道歉嗎？」

樂越微笑著點頭：「嗯，對不起。琳箐，我喜歡妳。」

彷彿一道驚雷在頭頂裂開，琳箐傻了，她的臉轟地燙了起來：「你……你怎麼啦？說這種話……是不是腦子壞掉了。」

樂越深深地凝望著她：「琳箐，我喜歡妳。妳喜歡我嗎？」

琳箐更傻了，她平生頭一次吶吶地說不出話，只能直直望著眼前樂越的雙眼。

看著琳箐的身影呆呆地站在屋頂上，樂越不由得又加快了腳步。

昭沅暗暗戒備，連琳箐都能搞定，這隻妖怪太厲害了，必要的時候，他一定拚命保護樂越。

應澤搖頭道：「小麒麟，定力也不夠強啊。」

他振袖而起，升到半空，瞇起雙眼。他看到了，小麒麟和猴子的不遠處，坐著一個人影，手執竹笛，正在吹奏。

應澤冷笑一聲，正要一道雷電劈去，吹笛的人站起身，轉過頭，微風中青色的衣袂翻飛，唇邊漾起清淺的微笑。

「澤兄，多年不見，你還好麼？」

樂越眼睜睜看著老龍定在半空中，一動不動，不由得喃喃道：「不會連他老人家也中招了吧。」

昭沅小心翼翼地觀察了一下，輕聲說：「應該不會，應澤殿下是不是正在觀察或震懾妖怪？」

樂越倒吸口氣道：「震懾有個鬼用，對待妖怪，只有一個字，打！不用留情。」也許老龍在動手之前想裝裝樣子。

洛凌之沉聲道：「我們還是謹慎些，上前看看較好。」

樂越點頭：「洛兄，我和昭沅在前，你斷後，有甚麼不對就拉我們一把。」洛凌之將手中的燈籠遞給樂越，接過他拿的銅鑼。「越兄，你小心。」

樂越拉著昭沅的手，一步步向前走。

琳箐和飛先鋒所在的屋脊越來越近。

樂越的耳邊傳來一聲熟悉的咳嗽。他還沒來得及詫異，一個身影從屋頂落下，站到了他的面前。一身半新不舊的道袍，三縷飄然長鬚。

樂越愕然：「師父，你老人家怎麼在這裡？」

他不由得鬆開了昭沅的手。

昭沅感到樂越鬆開了他的手，頓時一驚，正要回頭，猛然聽見一個聲音道：「昭沅。」

一個穿著金色龍紋長袍的男子就站在三步開外。

昭沅瞪大眼：「父……父王。」

鶴機子對著樂越和藹地笑了：「越兒，這一路上，你吃了不少苦吧。」

辰尚露出溫柔的笑：「沅兒，你瘦了。」

呃……

啊——

越兒……

沅兒——

樂越渾身寒毛一根根豎起。

昭沅打了個哆嗦，所有的龍鱗都炸了起來。

樂越的手摸到腰間，昭沅握起右前爪。

一道劍光、一枚光球，同時撞向了鶴機子與辰尚。

「老子的師父這輩子不會說這麼肉麻的話！」

「我父王才不會笑得那麼噁心！」

嘩啦啦兩聲脆響，鶴機子與辰尚的身影碎成了粉末。

鏘的一聲，洛凌之手中的打更鑼響了。一瞬間，滿街的燈火、熙熙攘攘的人群、林立的店鋪和攤位，統統不見了。

寂靜的黑夜，寂靜的街道，重歸紫陽鎮靜謐的夜晚。

昭沅抬起右手，托起一團耀眼的龍火。樂越仰首朗聲道：「是哪路大仙高人，請現個身吧，不要躲在背地裡使些不入流的法術。」

洛凌之走到樂越身側，再度敲響銅鑼，鏘鏘的聲音驚醒了琳箐、猴子。唯有應澤還呆呆定在半空。

有個聲音在暗色中幽幽響起，很稚嫩：「能看見想見的人最溫柔的樣子不好麼？」樂越的眼前漸漸浮出一個身影的輪廓。「為甚麼你要說，這是不入流的法術？」

樂越有些不知該如何是好。

這個幕後的妖怪竟然是個小小的女孩。看起來只有八、九歲大，穿著褐色的小裙子，一雙大大的眼睛固執地看著樂越。

琳箐和猴子從屋頂上跳下，琳箐發現自己居然中了幻術，不由得大怒，打算把作怪的小妖怪拎出來痛揍一頓。但看見眼前的小女孩，她怎麼也下不了手。

洛凌之彎下腰，和氣地問：「剛才的幻象和這座城裡鬧鬼的事情，都是妳做的？」

女孩眼中有淡淡的霧氣：「他們一直都在這裡，每天晚上都在，不好嗎？」她舉起手中的葉片放到口邊，那如笛似簫的曲聲再次響起。四周的霧氣又濃重起來。

這個孩子，是遺留的冤魂，還是別的妖怪？

樂越還來不及問琳箐，半空中突然閃過雪亮的電光，吹樹葉的女孩用手抱住頭哎呀一聲，電光，將整個紫陽鎮變得比白晝更刺眼。

女孩縮成一團，在刺目的白光中越縮越小越縮越小，變成半透明狀，最終化爲一隻小小的刺蝟，蜷縮在地上。

狂風呼嘯，樂越被吹得東倒西歪，勉強抬頭向上望，見一個漆黑的身影踏著黑雲自半天空中緩緩降下，狂風中他的衣袂與黑髮一絲不動，雙目中閃著冰冷寒意：「那個人，妳爲甚麼能幻化出來？」

電光撞出火花重重擊落地面，石礫激散，刺蝟匍匐在地上斷斷續續地顫聲道：「大仙放過我，大仙放過我，我、我只是有讀心的鏡子，可以照出你心裡最想見的人……」

一面鏡子從它的身體中浮了起來，剛升起一點點，便啪地變成細小的塵末四散在空中。

應澤冷冷地落到地面，刺蝟抖了兩抖，十分乾脆地昏了過去。

琳箐噌地轉身，對應澤怒目而視：「你沒搞錯吧，這麼嚇唬一個小孩子！成天自我吹噓能滅天覆地，結果中了一隻小妖怪的妖術，面子掛不住，就恃強凌弱？」

應澤冷哼一聲：「本座只是問問。」衣袖一甩，電光無狂風止。

樂越吐了吐嘴裡的砂土。

琳箐俯下身，手中湧起淺淺的紅光，罩在刺蝟身上。

刺蝟抽搐著動了動，在紅光中漸漸變回那個小女孩，睜著大眼睛呆呆地坐在地上。

洛凌之蹲下身，問：「妳爲甚麼在這裡，又做那些事呢？」

女孩的眼睛眨了眨，兩行淚水從臉頰流下，雙手抱住膝蓋嗚嗚地哭起來：「他們都死了。全部都死了。我誰都護不了，我甚麼用都沒有，他們都死了……」

曾經繁華的街道，曾經在夜晚燈火輝煌的店舖，那些曾經說著笑著、來來往往的人們，全都已經不在了。

十幾年前的那天以後，甚麼都沒有了。

它還記得自己來到這座城裡時的事情。

它原本住在山上，不知道甚麼時候就成了精，沒有父母、沒有朋友，孤獨地住在小小的洞穴中。有一天，靠吞食其他妖怪增強妖力的狼精發現了它，它差點被殺，拚死拖著重傷的身體逃到山下的道路邊。一個討飯的老婦人救了它，把它帶在身邊，一路乞討，來到了涂城。

涂城的尼庵收留了這個老婦人，讓她打掃庵堂和庭院，在後廚做飯。它也有了一個窩，就在觀音殿的佛台後，它剛把窩安在那裡時，庵中的小師父要趕它走，住持大師父就說，世間萬物平等，皆有佛性，想來菩薩也會願意給這隻刺蝟一個棲身之所。於是，它就在佛台後住了下來，每天看老婦人打掃房間，聽她唸經，分她手中的饅頭吃。

老婦人不識字，她年紀大了，也記不住經文，只會唸阿彌陀佛，她每天都會在打掃庵堂時對著佛像唸，阿彌陀佛，請佛祖菩薩保佑好人平安，保佑這個城裡的人平安。她不知道它是隻可以聽得懂人言的刺蝟，但每天都會和它說話。老婦人說，尼庵和佛菩薩賞了妳和我一口飯吃，庵堂又全靠城中的善人們供養，所以，是這座城裡的人養活著我們，我們要請佛祖保佑他們，讓好人們都平平安安。

可是，好人們沒有平平安安，好多的兵殺了進來，好多的人都死了。逃命的人們想躲進尼庵，被箭一個接一個地射死在門前。它用盡全身的法術想要保護住尼庵。可，一個火紅火紅的影子站在天空中，揮了下衣袖，所有的法術就都沒有了。

它聽見有人在喊，尼庵中有人懂妖法，殺！它看見小師父、大師父、老婦人，一個接一個地被箭射穿，被刀砍中。

他們，全都死了，再沒有人會給它饅頭吃，發現它偷吃供果也假裝沒看到，拿著掃帚一邊掃地一邊唸阿彌陀佛。

阿彌陀佛，請佛祖菩薩保佑好人平安，保佑這個城裡的人平安。

刺蝟把頭埋在膝蓋中，放聲哭泣。

樂越、昭沅、琳箐和洛凌之都默默地低下頭。

琳箐道：「那隻火紅火紅的，是鳳凰吧。孫奔說的沒錯，血覆涂城這件事果眞不簡單。」

樂越道：「我有時候眞的想問問老天，所謂天理這種東西，眞的存在麼？」假如天理存在，爲何眼睜睜看著一城無辜百姓被殺。爲何屠殺了一城之人的罪魁禍首，至今還逍遙自在，沒有半點報應。

應澤冷哼一聲：「玉帝和他手下那班小神仙們忙著飲酒作樂，沒工夫管無關緊要的天理。」

洛凌之道，這樣說也微有些偏頗，百餘年前，百里氏的宗主百里長歌助鳳祥帝起兵奪位，並且親手斬太子和熙於馬上，百里長歌因此獲封威武侯，後又加封爲郡王，鳳祥帝把西南一帶的三州作爲封地賜給他。百里長歌自認殺孽太重，恐怕後人會有報應，方才有了建涂城、收留難民之事。

由百里長歌幫助登上皇位的人的後人百年後又滅了百里氏全族，說起來的確有點報應的味道。

琳箐道：「那也是百里氏一族的事，與涂城百姓何干？」

洛凌之垂下眼簾：「我曾在師門中看昔日典故，提到涂城始建時，城中不但住著難民，也有許多逃亡的匪徒強盜，此地是西南一帶來往的必經之路，有人便靠路吃路，出現許多劫財謀命之事，都查不出凶手。」

樂越冷笑道：「假如要報應，爲甚麼不報應到做傷天害理之事的人身上？那些無辜的人沒有做錯事，憑甚麼要遭滅城之災？」

洛凌之苦笑道：「這可能就是天理與人情不同的地方吧。」

應澤陰森森道：「這是天庭無能的表現！」

昭沅蹲在一旁默默地聽，刺蝟仍然在哭泣，昭沅小聲問：「那麼現在該怎麼辦？」

琳箐嘆了口氣，把手按在刺蝟女孩的肩上：「我們都知道，妳很想念這座城裡的人，可是妳的做法，給現在城中的人惹了不少麻煩，不能再繼續這樣做了。」

應澤負起手：「去妳該去的地方，那些凡人，已經死了。」

刺蝟慢慢地抬起臉。

是的，這座城裡的人，都已經死了。

儘管它不想相信。它曾經固執地一次次把那些屍體搬回城裡，希望他們重新站起來、動起來。可是沒有用。

每天晚上，它都希望這裡回到以前的樣子，可那些過往的種種，都是它自己造出來騙自己的。

那些情景，永遠永遠都不會再回來。

樂越突然開口問：「妳既然記得城裡的人，那麼妳認不認得一個叫李庭的富商和他的家眷？他們是我的父母，我就是那個時候在這座城裡出生的。」

刺蝟女孩搖搖頭。

樂越嘆了口氣。

刺蝟大大的眼睛望著他：「不過，假如你是那個時候出生，我想到有個人可能和你有點關係。」

刺蝟舉起雙手，劃了一個圓，圓圈暈出淡淡的光，好像一面冰鏡，鏡中浮現出一幅景象。

一個大肚子的婦人被兩個侍女攙扶著，走進了佛堂。

婦人十分年輕，看起來只有二十歲左右，秀美的臉上帶著恬靜的笑意。

她在送子觀音像前吃力地跪下，雙手合十：「民女李劉氏，求菩薩保佑我未出生的孩子此生平順。不求他爲官做宰，豪富顯貴，但求平平安安，一生安樂。」

樂越眼中酸澀，喉嚨有些僵硬。

他想起很多年前，自己曾問過師父鶴機子，爲甚麼我們師兄弟都是樂字輩，起個甚麼霸啊、驚啊、狂啊的字不是更有氣魄麼？

鶴機子捋著鬍鬚笑咪咪地道，樂字多好，樂山、樂水、樂世、樂生、樂天，這是我們修道之人應有的境界。

就好像爲人父母，都會希望自己的孩子快快樂樂。

不求爲官做宰，豪富顯貴，但求平平安安，一生安樂。

鏡中的婦人身影漸漸消失，樂越低頭，向刺蝟說：「謝謝。」

刺蝟搖搖頭，擦乾眼淚：「不用，我也要走了，去應該去的地方。」

十幾年後，它的夢醒了，它和這裡的緣分已經盡了。

偶因機遇得仙緣，佛前聽經又七年。聽得懂人話，被老婦人撿到，在這個城裡住過，是它今生最幸運的事。

小女孩的身影再次慢慢變成刺蝟，淡淡化成半透明、透明的，最終成爲一縷輕煙，消散不見。

女孩坐著的地方有一團綹綹的黃綢布。那是用來披掛在佛像身上的黃綢布的一角。

琳箐打開黃綢布，裡面有幾根小小的枯骨，和一張刺蝟皮。

其實十幾年前，它已經死了。

在被那個火紅火紅的人用法力擊中，丹元盡碎的時候。

但是，佛祖，我眞的不想死。

我希望我能夠活著，這一城的人都能活著。

他們給我窩住，給我東西吃，他們爲甚麼要死呢？

阿彌陀佛，請佛祖菩薩保佑好人平安，保佑這個城裡的人平安。

昭沉和樂越一道在城牆邊挖了個洞，把刺蝟的屍骨用黃綢布裹好埋了進去。

樂越靠著城牆坐，良久不說話。

好像有石頭壓著昭沉的心和雙肩，悶而且沉重。

琳箐看看樂越再看看他，拍了拍手道：「唉，凡人的鬼魂到了地府，一般三年就轉世了，說不定這一城的人已經過著另一輩子的好日子。」她站起身。「不過鳳凰親自出手，只怕涂城的事情另有內情，我看咱們還須要詳細查查。」

樂越也隱隱有些猜疑，父母的事讓他腦中亂成一團，暫時想不到太多。他撿起地上的燈籠和沙漏，站起身：「今晚還是巡完夜再說。」

他向著不遠處馬富的棺材舖看了看，幻象中的昔日繁華客棧現在已經一絲影子也無。

店鋪的門扇在暗夜中緊緊地闔著。

洛凌之道：「明天我們再來求他試試看。」

昭沉卻發現，飛先鋒正趴在棺材舖的屋脊上背對著他們，向棺材店內院的方向探頭探腦。他直覺猴子可能看到了甚麼値得留意的事情，便用法術上了房頂，猴子立刻轉過頭，對他比劃了一下，示意他不要出聲。

昭沅站上屋脊，聽見院中有詭異的聲響，他也探頭向下看，只見院子中有個人，正手持一把斧頭，一下一下地用力砍著木樁。

樂越的聲音在昭沅旁邊嘀咕：「奇怪了，他為甚麼三更半夜起來劈柴？而且還不點燈，他看得見麼？」

昭沅側首，發現樂越、琳箐、洛凌之、應澤不知甚麼時候都已經爬上了房頂。大家在屋脊上蹲成一排，一起看向下面的院中。

劈木樁的那個人，正是馬富。

琳箐瞇起眼道：「你們仔細看，馬富的樣子，好像不太對耶。」

樂越沒有麒麟和龍那種非同一般的目力，他脖子伸得再長，也只能看見一個黑影在院中揮斧頭，表情甚麼的，瞧不到。

昭沅認眞地看了一下，詫異小聲道：「是哦。他的眼睛為甚麼是閉著的？」

樂越皺眉，難道說，馬富在……夢遊？他決定下去一探究竟，琳箐和昭沅躍躍欲試地跟上，留洛凌之和應澤在房頂望風。

樂越小心翼翼地跳到院內，屏住呼吸一點點靠近馬富，夢遊的人不能輕易吵醒，否則很容易害他沒命。

猴子隨著他們一起下到院中，四下張望，嗤溜一下沿著牆根向著一口水井奔去，蹲在井沿上往下探頭，抓起井邊的一根木棍向裡戳一戳，再戳一戳。

樂越、昭沅和琳箐都顧不上管猴子，只站在牆角安全的位置小心地觀察馬富。馬富神色詭異而猙獰，劈木頭的每一下都好像用了全身的力量，他嘴裡不停地說著一些話，說得咬牙切齒：「……劈開你頭，劈斷你的腿，劈得你進不了門，我劈！」

木樁很快變成了一堆碎屑，馬富僵硬地拋下斧頭，僵硬地轉身，筆直向院中的廂房屋內走去，雙眼自始至終緊閉著。

嘎吱一聲，廂房的門關上。院子中重新恢復寂靜。

樂越走到廂房門前，正要伸手去推，突然有個聲音幽幽道：「你們是甚麼人？」從水井口處慢慢升起一顆人頭，猴子手舞足蹈吱吱叫了兩聲，再用棍子在那顆頭上戳了戳。人頭越升越高，漸漸露出肩部、上半身，最後雙手撐住井沿，跳上地面，走到樂越近前，搖亮一根火折子，翻了翻那雙三白眼：「原來是你們！半夜到我家院子裡來做甚麼？我家很窮，沒甚麼可偷的。」

樂越立刻道：「我們不是來偷東西的。」他疑惑地看著眼前馬富的兒子小發。「你爲甚麼……從井裡爬上來？」

小發再翻翻眼睛：「你也看見了，我爹他經常夢遊，一夢遊就拿著斧頭劈東西，不躲起來被他當柴劈了怎麼辦。」

樂越深感同情。

琳箐問：「那你娘呢？」

小發道：「被我爹嚇跑了，他這樣，誰會和他過啊。等我長大了，有了錢，我也會跑。」

樂越試探地問：「你爹爲甚麼會每晚夢遊？」

小發又翻翻眼：「我怎麼知道。」他翻著眼皮看了看樂越。「不過，可能和你今天說的那個李庭的名字有關係。他很久沒發作得這麼厲害了。聽了你的話之後，他就有點不正常。」

樂越再循循善誘地問：「你知不知道李庭和你爹的病之間究竟有甚麼關係？」

小發生硬地道：「我怎麼知道！」上下再打量了一下樂越、昭沅和琳箐。「哦，你們今天半夜潛進我家來，就是爲了打探這件事吧。我要去縣衙告你們擅闖民宅。」

樂越誠懇地解釋自己絕無惡意，小發向他伸出一隻手：「行啊，爲了證明你的話屬實，拿錢出來。擅闖民宅，總要給點賠償吧。二十文！」

樂越尷尬地摸了摸乾扁的衣袋，正想問小發少年能否延緩到明天付帳，琳箐搶在他前面向小發走近一步：「喂，我們談筆生意怎樣？假如你能從你爹嘴裡套出李庭的下落，我們可以給你更多錢。」

小發收回手，雙臂環在胸前：「這位姐姐，妳也看到了，我爹他脾氣很暴躁，如果一個不小心，可能我就會被他當柴劈掉。妳說的這筆生意，很危險。」

琳箐笑咪咪地：「所以我給的價錢也很高啊，五十文，你覺得怎麼樣？」

小發搖頭：「姐姐，我不能對不起我爹幫著外人。」

琳箐挑眉：「六十文。」

小發遙望著夜空：「我爹把我養大，很不容易。」

琳箐豎起一根手指，乾脆地道：「一百文。」

小發立刻伸出手：「姐姐，告訴我你們住的地方，明天等我消息。不過，妳現在就要給我錢。」

琳箐道：「我現在把錢給你，如果你不幫我們了怎麼辦？」

小發滿臉無所謂：「我做生意，一向說一不二。姐姐妳要覺得不合適，那麼這筆生意我們不做了就是。只把二十文賠償錢給我就可以了。」

樂越忍不住瞄了瞄琳箐。姑娘，我們明天才有工錢拿，現在兩手空空，拿甚麼付現給他？

琳箐卻痛快地一點頭：「好，不過你要稍微等我一下，我們現在身上沒有那麼多錢，要回去取一趟。」她抬手向上一指。「房頂上那兩個人，任憑你押在這裡，怎樣？」

小發猶豫地向上看了看，沉吟不語。

樂越道：「這樣吧，我也留下來做抵押，這下你總該相信了。」他不知道琳箐會用甚麼方法，但他知道，既然她這樣說，就絕對辦得到。

小發總算點點頭，向琳箐道：「快點啊，我沒甚麼耐心。」

琳箐拉著昭沅，抓住飛先鋒：「帶我們去找你主人。」

猴子搧著翅膀，在夜空中悄無聲息地飛。昭沅和琳箐一道駕雲尾隨在它之後。昭沅很疑惑地問琳箐：「妳爲甚麼想到找孫奔借錢？」

琳箐回答：「因爲我們現在只能找他借。」

昭沅再問：「可孫奔會借給我們嗎？」

琳箐揚起一絲微笑：「借不到就搶。」

昭沅又一次對琳箐充滿了欽佩，這就是他怎麼都學不到的霸氣吧。

飛先鋒在紫陽鎮上空盤旋了一圈，帶著他們向城外飛去。飛到一處黑壓壓的樹林上空，它斂起翅膀，向地面落下。

琳箐壓下雲頭，果然看見了孫奔。他正在挖一座墳。

或者再確切點說，這座墳已經被他挖完了，琳箐和昭沅的雙腳觸到地面時，孫奔從棺材裡拿出一把劍，拋到一旁的地上，闔上棺蓋，拿著鏟子跳出墳坑。對昭沅和琳箐的出現一點也沒表示意外。

琳箐忍不住道：「你這個人可眞夠過分，不但搶劫老百姓，竟連死人也不放過。」

孫奔不以爲意地露出他那口招牌白牙：「二位此時過來，應該不是來譴責我打擾逝者的。」

這座被挖開的墳前還有一堆猶有餘燼的紙錢灰，酒水澆出的繞著紙堆的圈痕尙在。琳箐在心中暗暗道，看來土匪頭子做挖墳生意還是有點怕報應的，弄點酒水紙錢假惺惺自欺欺人。

昭沅道：「嗯，我們來找你借錢。」

孫奔哈地笑了一聲，直截了當地問：「借多少？」

琳箐說：「一百文。」她頓了頓，又補充。「明天就還你。」

孫奔哦了一聲，從腰間的皮囊中摸出一串銅錢，遞到昭沅手中，連借錢的原因都沒有問他們。異常痛快。

昭沅接過錢串，琳箐向孫奔道：「謝了。」

孫奔微笑道：「姑娘不用客氣，若還有甚麼需要，和我說就行了。」

昭沅握著錢串來回看他們兩個，總覺得孫奔和琳箐之間的氣氛有點奇怪。

孫奔彎腰撿起地上的劍，用袖子擦了擦，拔下劍鞘，一泓銀寒光芒冷冷閃在夜色中。他舉著劍身在眼前來回看了看：「姑娘看這把劍怎麼樣？」

琳箐撇撇嘴：「凡人的兵器在我看來就是一堆俗鐵，只是這口被你撬開棺材的主人，未免太可憐。」

孫奔仍然端詳欣賞著寶劍：「姑娘看它是堆俗鐵，可在凡間，它是一件貨眞價實的寶器。它曾經斬下過應朝太子的頭顱，更曾在戰場上飲過無數敵血。唯有百里氏繼任王爵的人才有資格拿到。這樣的劍，埋在土中，是對它銳氣的折辱。」

孫奔的手指緩緩滑過劍身，劍竟隱隱發出鳴聲，彷彿在回應他說的話。昭沅隱約能察覺到從劍身上傳來的血腥味道及涼意，那麼，難道這個墳是……

琳箐喃喃道：「你挖的竟然是百里齊的墳。」這個人，爲了自己想要的東西，當眞是甚麼都不管，甚麼都做得出。

琳箐拉住昭沅的胳膊：「多謝你今晚慷慨解囊，祝你用這把劍殺個痛快。我們先走啦，後會有期。」

昭沅被琳箐扯到雲上，飄飄而起，仍不禁回頭向下望。

孫奔已把劍收回劍鞘，繫在腰上，一鏟一鏟把墳土填回墳坑。這座墳沒有墓碑，不知孫奔怎麼發現它是百里齊的墳。飛先鋒蹲在一旁看孫奔填墳，一動不動，好像一座墳前的雕像。

回到馬富家，小發拿到錢串，仔細數清數目後，眉開眼笑地道：「姐姐，我以紫陽鎮第一美少年的名號向妳保證，這件事我一定幫妳辦到。明天等我消息。」

樂越稱讚道：「小兄弟眞是個痛快的人。」

凌晨五更巡夜完畢，回到縣衙。縣衙的人發現他們居然囫圇著活蹦亂跳回來，均表示驚詫和欽佩。樂越卻對昨晚他們遇見的事情一字不提，只說甚麼都沒看見。回到耳房中休息時，昭沅問樂越是不是應該告訴紫陽鎮的人，從今以後晚上都不會再出現奇怪的事情了。樂越擺擺手，讓他暫時不用說。

昭沅又不解了，琳箐敲他的腦袋道：「你笨哪，我們今天爲了等消息，肯定還要留在紫陽鎮，那就再順便賺一夜工錢，明天再說嘍。」

昭沅方才恍然。吃早飯的時候，他特意吃得很少，把自己分到的油餅和茶葉蛋都送給應澤，待應澤滿意地吃完後悄悄向他請教：「有沒有像修練法術一樣的竅門，可以變得聰明起來？」

應澤嚴肅地看著他，神色難得變得苦惱：「你問的事沒有甚麼特別的訣竅，只能靠自己領悟。而且你先天不足，後天就會比旁人的境界低一些。」踮起腳慈祥地摸了摸昭沅的頭。「努力吧，本座相信你。等你參透了陰險這個詞的涵義，你就有望有所成了。」

陰險？這似乎不是一個好詞，鳳凰就很陰險。想做一條正直的龍的昭沅再度困惑糾結了。

傍晚，紫陽鎮第一美少年託一位衙役捎來了口信：「你們在馬富棺材舖訂的紙人紮好了。」

樂越大喜，小發竟然眞的把他爹馬富擺平了。

小發擺平馬富的方法很簡單。他從那一百文錢中拿出一、二十文做本錢，買了半斤豬耳朵、二斤燒刀子，等樂越一行趕到棺材舖時，馬富一臉醬色，兩眼發直癱在椅子上喃喃自語。

小發說：「我爹喝到這個地步，你問他錢藏在哪裡他都告訴你。」

樂越拖張凳子，坐到馬富身邊，試著問：「你認不認識一個叫李庭的人？」

馬富轉動渙散的眼：「李庭？李庭……李庭！」他突然從椅子上跳起，一把掀翻桌子，搬起椅子狠狠向桌上砸去。「李庭！李庭！他該死！！他們都該死！！！那些人！他們統統都該死！！！！」

椅子被砸得粉碎，馬富癱坐在地上，淚水縱橫交錯：「那個領頭的將軍說……因爲李庭住在我們客棧裡，客棧的所有人都要死……這座城裡，凡是接觸過李庭的……都要死。老闆……老闆娘……所有人都死了。李庭他該死！那些人更該死！如果李庭住店前我砍死他，我們整城的人就不用陪著沒命！他們該死……」

天地冰涼，樂越木木然不知自己身在何處，他渾身抑制不住地打顫。

昭沅握緊了拳，感到自己好像掉進了萬年寒冰中，有冷意從骨縫裡滲出來。

是啊，有和氏皇族血脈的人藏在民間一百多年，鳳凰怎麼可能察覺不到。誅殺叛王百里齊，何必要殺盡整城的人。

樂越腳下發燙，十幾年前的鮮血在土地中燃燒，炙烤著他的雙腳。

害死涂城一城人的罪魁之一，居然是他自己。

樂越沒有再賺一晚上的工錢。

從馬富家出來後，他就徑直離開了紫陽鎮。他有點不敢在這座城裡待下去。十幾年前整座城的血會從地下冒出來，把他淹沒。

夕陽的光濃重得刺目，連雲的顏色都像是被血染過。

樂越木然地向前走，昭沅、洛凌之和琳箐默默地跟隨。

走到城外的樹林處，應澤道：「少年，你整日自吹自己來日必成英雄。若連這點事都經不住，莫要說英雄，連膿包都算不得。」

樂越走到一棵樹下，狠狠一拳擂到樹上，咬緊牙關。

應澤負起手，淡淡道：「本座當年在天庭做天將的時候，正是仙魔大戰之時，我念在與貪耆曾有交情，有心放他一條生路，告訴他若往西南，尚有保命的餘地。結果，他利用此事故布疑陣，引我入圈套，折損我三十萬天兵。你這一城之人，才有多少，且還有閻羅殿讓他們轉生，而那三十萬天兵，是全部灰飛煙滅。你若想做上位者，想做英雄，就不能只擔自己的命，也要擔旁人的命。位置越高，擔的命就越多。只擔得了自己的，就是庸碌之徒，能擔得起無數性命，才是英雄。」

琳箐道：「本來這件事和樂越就沒有關係，是鳳凰和當時皇帝殺了那一城的人，樂越的父母也是無辜被殺的，他們根本不知道自己和皇家有關係，更沒有想過威脅皇位。」

從古到今，圍繞皇位的鬥爭都很血腥，說書人口中與戲文裡對此的描述不在少數，樂越向來都很明白。

但，有一天，這樣的事情與自己相關時，感覺還是不同。

他頭頂不遠處有個聲音道：「當日領兵進凃城者，是安順王。」

琳箐轉頭，孫奔站在不遠處的樹杈上施施然抱著手臂：「樂兄，你想做皇帝，我想要兵權，我們的仇人都是朝廷，互相合作豈不更好？」

琳箐皺皺鼻子：「樂越懶得理你。」掏出領到的工錢錢串，揚了揚。「喂，還你的，昨天多謝。」

孫奔一副豪爽的神情：「姑娘妳理我也行啊。不必謝了。」

琳箐懶得再和他說話，飛先鋒搧著翅膀飛過來，從琳箐手上接過錢串，驀然伸出猴爪，閃電般抓向琳箐肩側。

琳箐一時沒有提防猴子，飛先鋒噌地抓住她的頭髮，迅速後退，琳箐渾身紅光冒起，她的幾根頭髮已被飛先鋒抓了去。

孫奔微笑著從飛先鋒的猴爪中接過琳箐的頭髮：「姑娘，我聽說只要吃下麒麟神的鬍髮鱗片，就可成爲被其護佑之人，不知道這個傳說是不是真的……」他洋洋得意，慢慢將髮絲送入口內，嚥下。

琳箐渾身燃燒著熊熊的怒焰，突然一把拉過旁邊的洛凌之，以想像不到的速度把一樣東西塞進他口中。

此時，一股黑血忽然從孫奔口中噴出，他身形一晃，直直地從樹上跌下。

飛先鋒厲聲淒啼，躍到他身邊。

琳箐揚起下巴，冷冷地笑了：「區區一個凡人，竟然妄圖左右護脈神？這點小小教訓，已是我起了慈悲之心。從此刻起，洛凌之就是我所護佑之人，你這種人，永遠不要妄想！」

孫奔臉色灰敗，用手臂強撐著地面支起身體，擦擦嘴角的血漬：「沒有護脈神的人，難道便成不了英雄？王侯將相寧有種乎？」

琳箐道：「打劫挖墳之徒，還敢妄稱英雄。想要一把好劍都要挖別人的墳偷。」

孫奔居然笑了：「姑娘，那把劍，我從出生起，我爹就指給了我繼承。我爲報仇雪恨，不得已驚動父親，拿出原本就屬於我的劍，怎當得起一個偷字？」

琳箐嘴角的冷笑凝固住，孫奔按著胸口，扶著樹掙扎著緩緩站起，轉身向遠處走去。

「事已至此，告訴你們也無妨，我是百里齊的兒子，百里放。」

第九章

「勉強讓樂越做皇帝，真的只能是這個下場嗎？」

寧瑞十一年四月初八，太子和禎回京。

原定於三月底舉行的太子冊封大典，因太子爲皇上尋找藥材而耽誤，延遲到四月十九。

滿朝盛讚太子重孝道，來日定然是一位賢君。

崇德帝和韶已經寫好了自己的遺詔。他立遺詔時，四周大臣宮女宦官皆伏地而哭，轉眼便稱讚太子來日必是明君。

和韶明白，他也只剩下這個「來日」可以讓人期待了。最近，他咳嗽的次數一天比一天多，所謂「來日」正一步步向他走來。

太子回京後，爲了讓其早日熟悉政事，有很多奏摺已送給他批了。和韶無所謂，反正之前他就很少看奏摺，近一年來，大臣們極少送奏折到他面前。

天氣漸漸熱了，他到廊前看風景時，軟榻上仍鋪著厚厚的墊褥。和韶看著階下蝶繞花飛，又有些昏昏欲睡，左右服侍的宮女和宦官都奉他命退下，只留一、兩個在側，和韶朦朧中聽見有人輕聲道：「皇上、皇上。」

他睜開眼，只見被留下的小宦官跪地叩首：「皇上，有位大人，有關係江山社稷的大事，要向皇上稟報。」

不會是勸他此時就退位禪讓龍袍御座給太子吧。和韶點頭允了。片刻後，小宦官帶著一個身穿官服的人過來，一路還很警惕地東張西望，一副唯恐被人發現的模樣。那人在榻前跪倒，急切道：「皇上，臣乃內史尹鄭念，有一要事稟報皇上，請皇上爲了江山社稷，廢太子慕禎，萬不可立。」

他直稱太子本名，顯然的確對其深惡痛絕，和韶有些想笑：「慕禎被定爲太子許久，擬議此事更是一年多前就開始，卿若要勸阻，怎麼等到了今日？」

鄭念匍匐在地道：「前日臣翻閱舊日典冊，偶然發現一事，不敢使慕黨得知，方才祕密面聖。皇上萬不可立慕禎爲太子，慕禎若得皇位，我大應朝必亡。」

四月十二，樂越一行終於到了西郡的郡王府所在地九邑。

距離郡主招親還有一月有餘，九邑城已防守嚴密。通往城門的大路上，來來往往盡是攜二、三隨從的輕衫少年。

這些少年居然都是步行，無人騎馬，更無人乘車，衣著顏色也大都清淡。看來郡主不喜奢華的愛好，所有人都知道。

每個走進城門的人都要先向衛兵說明姓名來意。門內站著知客的官員，凡是想參加郡主招親的，都由官員引到城中專門的行館中居住。

城門口排了長長的隊伍。昭沅在樂越身邊仰頭瞻仰九邑高大的城門解悶，脖子都仰痠了，他們方才到了城門前。

衛兵攔住樂越，問姓名來歷，樂越道：「我們幾個，是來看郡主招親的。」

衛兵上下看看他：「來參加招親就不用謙稱只是看看，最近你這種的越來越多了。一看你的樣子，就知道是想來娶郡主的。」向昭沅、洛凌之、應澤指了指。「這幾位是你的隨從，還是結伴前來？」

樂越正待解釋，身後響起一陣喧囂。

馬蹄聲、車輪滾滾聲由遠及近，樂越和眾人都一起向聲音來處望去，只見八匹駿馬拉著一輛華車捲塵而來，數名黑甲精騎護衛左右。

眾人頓時議論紛紛，不知哪個傻子想在招親會上耍闊，第一個被踢出局的一定是此人。直到有明眼人和樂越等一樣認出了車上和黑甲精騎身上的紋飾。

「定南王府！」

馬車繞過排隊的人群徑直駛到城門邊，華車錦簾挑起，走下的少年一襲花紋繁複的華服，頭束玳瑁美玉冠，腰帶上的金飾和一顆碩大的藍寶石在陽光下閃得晃人眼睛。

少年刷地張開一柄白玉骨、泥金繪牡丹面的折扇，輕輕搧動，富貴沖天，無比耀眼。

因爲那頂玉冠佔據了他的頭頂，所以烏龜改趴在他的肩頭，依然淡定地打著瞌睡。

樂越、昭沅的眼都被他閃花了，琳箐自言自語道：「天啊，杜如淵怎麼搞得像頭公孔雀，他最近去天竺了？」

珠光寶氣的杜世子閒庭信步向他們踱來，城門前的衛兵與知客官員疾步上前攔住，但在杜世子奢華的光彩下，態度不由得格外恭敬：「世子，因進城人多，請暫且移步到後面排隊。」

杜如淵搖著折扇道：「唔，我此番一非來賞玩風景，二非參加招親，而是給人當隨從，這樣也須要排隊麼？」

知客官抬袖擦擦額頭的汗：「這個……不用，世子你，跟著與你一起的人一道走便可。只是……」

只是，能讓定南王世子做隨從的，是何等地位的人。

難道是……太子？

杜如淵合起折扇，向某個方向一指：「我是來給這位樂公子做隨從。現在快能進城了吧。」

樂越感到無數目光犀利地向他扎來，身上頓時像扎上了一萬根麥芒。

城中給參加招親的人預備的行館是座頗大的府邸，不論身分高低，每個參加招親的人只能分到一大一小連在一起的兩間房，大的那間是主人臥房，小的那間是隨從僕役房。

知客官員戰戰兢兢地把樂越等人引到這樣的一套房舍中，道：「這些都是給那些尋常待選預備的，未免唐突世子，卑職會盡快向上面稟報，爲幾位另擇房間安排。」

杜如淵搖扇道：「不必了，既然參與，理當完全公平。這兩間房，住得下我們幾人。」

知客官員偷偷望向門外的十餘黑甲侍從：「可是，這幾位……」

杜如淵道：「他們隨便在城中找家客棧住住就行了，不算違反規定吧。」

知客官員連忙道：「不算不算。」又說了一大堆誠惶誠恐的話，倒退出門。

琳箐道：「行啊，書呆子，這次過來譜兒擺得夠大，不過這樣一來，樂越顯得更加不尋常了，很好很好。」

杜如淵笑吟吟道：「多謝琳公主誇獎。對了，不知妳的亂世梟雄，我未來的同僚，找到了沒？」

琳箐抬手向洛凌之一比：「就是他。」

洛凌之露出淡淡的微笑向杜如淵頷首致意。

杜如淵有些驚訝地上下打量了他一下：「想不到居然是洛兄，呵呵，我說當初琳公主爲何老看你不順眼，原來如此。」杜如淵肩頭的烏龜也睜開小眼睛，瞄了一下洛凌之。

琳箐鼓起腮。

杜如淵又看向樂越：「我方才就想問，爲甚麼樂少俠和昭沅看起來如此萎靡，尤其樂越兄，很不尋常啊。」

樂越乾乾地扯出一點笑容。

琳箐道：「唉，不要提了……」正要和杜書呆敘述一路以來的種種。有行館的僕從在門前恭敬地叩了叩門，捧上一只漆盒，請郡馬待選前去沐浴。

樂越只好去了，昭沅隨他同去。

行館的沐浴之處是一處公共浴堂，兩側小隔間供更衣和存放衣物。浴堂正中有一白石條砌築的碩大湯池，有數人正像燉煮的水餃湯圓一樣泡在其中。一旁小間內還有供單人沐浴的小池，全憑各人喜好。

浴堂內充塞著熱騰騰的水霧。昭沅頭一次看見這種情形，抱著沐盒衣袋愣在那裡。

樂越在隔間中催他趕緊更衣。昭沅下意識地用手抓住衣襟：「都、都要脫光麼？」

樂越道：「廢話，你泡澡穿衣服？難道你害羞？」

昭沅臉有點熱，低下頭。

樂越拍著他的肩膀嘿嘿笑道：「大丈夫坦坦蕩蕩，當坦誠相見。」圍好浴巾，抱起沐盒先去佔位置。

昭沅呆在隔間中繼續發呆，他害怕，萬一到了水裡不受控制地浮出鱗片、露出尾巴龍角來該怎麼辦？

隔壁間有人在邊脫邊牢騷：「皇帝選妃子的時候要那些小娘子們都洗得乾乾淨淨，我們來選個郡馬也要跟那些秀女一樣洗得乾乾淨淨。這個世道眞是乾坤顚倒！」

另一個人道：「和那麼多人一道讓郡主選，可不就是和秀女一樣麼，我們叫秀漢。」

那廂，樂越抱著沐盒，相中了一個看起來最乾淨的單人小間。有一人大步走來，和他同時站到了小間門前：「樂少俠，眞是人生處處總相逢。」

樂越露牙笑道：「是啊，孫兄，原來你也到了。」

昭沅猶豫許久，終於還是裹著浴巾一步三挪地出了換衣間，東張西望去找樂越，前方有個小間門前堵了幾個人，吵吵嚷嚷，好像正在爭執。

一個很耳熟的聲音不緊不慢道：「兄台，我和我的猴子泡單間小池，又非大池，與你何干？」

有一人高聲道：「這個池子還會有別人洗，被畜牲泡過的水讓後面的人怎麼洗？」

昭沅湊到近前探頭看，透過氤氳的霧氣，只見孫奔和飛先鋒正泡在小間的水池中，池裡還另有一人，額頭上搭著手巾，一臉悠哉地閉目泡澡，卻是樂越。

孫奔向樂越處一比：「這位少俠都沒說甚麼，諸位管得哪門子閒事？」

立刻有人反問：「閣下以爲誰都願意和隻畜牲一起泡澡？」

昭沅小心翼翼地說著借過，從人縫中鑽進小間，樂越半抬起眼皮，衝他招招手，昭沅在樂越身邊下了池子，泡進水中。

孫奔雙手交叉，擱在後腦勺處，靠上池沿：「諸位請看，這位小公子也不介意。」

門前站的人群中，有個特別魁梧的壯漢聲音尤其響亮：「你們根本就是一伙的！」

樂越懶懶抬起右手：「更正一下，我和這位孫兄，不是一伙。」

壯漢冷笑：「都知道他姓孫，還不是一伙？」

昭沅戳戳樂越，暗示是否要勸架，樂越衝他搖搖手，示意不用管。

人堆外有個聲音道：「喬二俠此言差矣，知道名姓，亦可能只是偶然相逢或泛泛之交。」

門前的幾人向兩邊讓開，一位年輕公子緩步行來，含笑道：「恕在下插話說一句，各位在這裡與這位孫兄理論，全無必要。水已被猴子泡過，就算現在攆它走，也是被泡了。既然於事無補，何必多傷和氣。」

喬二俠道：「我們並不是存心找他麻煩，只是看不過去，我們知道水髒了，不會用，可後面來的人怎麼辦？」

那人微微一笑：「請各位給在下個面子，由在下做個調停人，待孫兄與他的小寵泡完澡後，在下去和這裡的管事說一聲，將這池水換了。」

喬二俠道：「文公子出言調停，在下怎敢不給面子，此事就依公子的意思處理吧。」向孫奔抱了抱拳頭。「方才多有得罪。」

其餘幾人也紛紛贊同，就此散去。

孫奔嘴角一勾，向文公子抱拳：「多謝。」

文公子回以儒雅一笑：「舉手之勞，孫兄不必客氣。」

他言辭謙遜，就算只圍著一條布巾，都顯得風度翩翩，昭沅目送他走遠後，向樂越道：「那人是不是很有來歷？」

樂越挖挖耳朵：「他姓文，那幾個江湖人士又挺給他面子，難道是淮南文家的公子？但不是說，文家這一輩的年輕公子都已經成親了麼？」

文家與南宮氏同為江湖名門世家，名聲不相上下。但，與楚齡郡主同輩的文氏公子俱已成親，故而在舒縣遇見南宮少爺南宮芩時，樂越才以爲這次南宮少爺能一枝獨秀。

孫奔道：「他是文老爺的外妾之子，名叫文霽，年紀比樂老弟你和杜世子大一、兩歲，此番爲了參加招親，方才公開身分。」

文老爺的正夫人是唐門的小姐，個性凶悍，精通各種唐門毒蠱祕術，文老爺被看管得死死的，一輩子沒敢娶過如夫人，恪守夫道，江湖知名。

沒想到這座江湖第一的貞夫牌坊也有倒塌的一天。

孫奔道，大約二十年前的一個鳥語花香的春天，文老爺去杭州辦事，爲了應酬，與幾人一道泛舟西湖，做東的若葉閣主請了江南第一名妓蝶小艷彈琴助興，當晚，文老爺大醉，與蝶小艷發生了一段香艷綺麗的露水情緣。

蝶小艷珠胎暗結，她是個既聰明又有自知之明的女子，知道文夫人很厲害，假如她膽敢做文老爺的小老婆，可能還沒跨進門檻就被文夫人毒死了。於是她默默地把這件事埋藏在心裡，迅速找了個痴情老實的男人嫁了，讓那個男人給她和文老爺的兒子當了近二十年的便宜爹爹。

蝶小艷嫁的這個男人也是江湖人士，後來還做了個不知名小幫派的幫主。一年多以前，蝶小艷的相公被篡位的手下殺死，蝶小艷向昔日與自己有情分的江湖人士們求助，爲夫君報仇，順便帶著兒子來和文老爺相認。經過滴血認親等各種驗證後，證明的確是文老爺的兒子，文老爺和其他人替蝶小艷的相公報完仇，偷偷養了他們母子幾個月，才向夫人坦白外加哄夫人幾個月，文霽方才進了文家門，認祖歸宗，恰好趕上郡主招親一事，文家便公開這位文公子的身分，送他來參選。

樂越和昭沅聽得眼都直了，樂越真心稱讚：「孫兄你打探得真詳細。」

孫奔露牙笑道：「知己知彼，方能百戰不殆。這些消息報上都有寫，樂兄大概最近忙著趕路，忘記看了。」

樂越疑惑道：「報？甚麼報？」

孫奔道：「萬卷齋的江湖雜報。在舒縣時萬卷齋的賀老頭與樂賢弟你們一道抓了在下，那件事在江湖雜報上連著登了三回，由賀老頭親自操刀動筆，幾位已經是江湖知名的英雄俠少，在下也成了江湖聞名的匪首，兩位不會和我裝不知道吧？」

樂越和昭沅的眼再次直了。

樂越用手巾擦了擦額頭的汗珠：「孫兄，我的確毫不知情。」

他只在言談間聽南宮夫人喊過那位老者賀老，從沒想過他竟是萬卷齋的人。是了，論武大會時，萬卷齋主人是評判之一，他名賀堯，和那位賀老同姓。樂越抓抓頭：「原來那位賀老是萬卷齋主人的親戚。」

孫奔道：「他是萬卷齋主人的親爹。」

「那麼樂越你已經出名了呀！」沐浴完畢後，回到房內，樂越把孫奔所言一一告知琳箐、洛凌之和杜如淵。琳箐大喜，杜如淵連連道：「甚好，甚好。」

只有昭沅依然沒弄明白，萬卷齋和江湖雜報到底是甚麼東西。杜如淵向他解釋，萬卷齋是江湖上消息最靈通的地方，它以販賣江湖情報起家，漸漸做大後，便兼顧官家和江湖兩道，刊印書籍，品評武學門派。如今大江南北各個像樣的城鎮中都有萬卷齋的書坊，各種江湖盛會，總要邀請萬卷齋的人到場。每年的江湖門派兵器武功排行，皆由萬卷齋評定。萬卷齋的江湖雜報幾十年來一直是江湖中最受歡迎的小報，刊錄江湖最新大事與種種祕聞，連涉及的朝廷消息都快過官家邸報。萬卷齋的消息永遠最靈通、最詳細、最隱祕，萬卷齋的排行榜一直最公正、最權威。江湖雜報上刊出的事件，從來都是被談論最多的話題。

樂越感慨道：「唉，本少俠一向不愛張揚，誰料該出名時竟然擋不住，做好事還是有好報的。」

琳箐哼道：「未必，那個孫奔壞事做盡，現在也一樣出名了。」

昭沅謹慎地插嘴道：「他變成了出名的土匪，不是甚麼好事吧。」

琳箐拍他頭頂一記：「你太不瞭解凡間了，很多凡人做壞事，就是爲了變成聞名天下的大壞蛋，還會有很多人欣賞這種壞蛋，這次孫奔算稱心如意了。」

昭沅迷惘地摸摸被琳箐拍過的地方，凡人的心態總有很多讓他搞不懂。

過了一會兒，孫奔一臉聯絡情誼的表情前來拜訪，從懷中掏出一大疊江湖雜報。

琳箐看到他就沒有好臉色，孫奔佯裝瞧不見，挑出寫著舒縣戰土匪事件的幾張江湖雜報指給他們看，其中一張還配上了面目猙獰的孫奔和捶胸吼叫的飛先鋒站在一起的畫像，只是簡單地勾出輪廓，卻十分生動。孫奔滿臉得意，飛先鋒蹲在一旁的椅子上興奮地吱吱叫。

琳箐挖苦他：「這也能當成光榮事說，你的臉皮比城牆還厚。我要是楚齡郡主，立刻把你趕出招親會。」

孫奔笑咪咪地說：「可惜姑娘妳不是郡主，其實在這人世間，比起死板板的小道士，除了嘴皮子之外一無所長的所謂俠少，還有靠著老爹福蔭的世子公子之流，很多女人更喜歡我這種武藝高強胸懷大志、英俊不羈的邪魅男子。」

洛凌之不以爲意地淡淡笑了笑。

樂越皺眉，除了耍嘴皮子，別無所長的所謂俠少，難道是說本少俠？有沒有搞錯！本少俠的優點車載斗量，豈容你一言抹煞！

昭沅不忿道：「樂越的優點很多！」他雖然武功差、沒才學、沒家世，沒有洛凌之長得好，但是他的心腸很好！

可惜他聲音不夠高，被琳箐壓了下去。

琳箐一臉作嘔的神情面對孫奔：「我錯了，和你的臉皮比起來，城牆差太遠了。死板板的小道士怎麼了，某些人可是人家的手下敗將。」

孫奔吊起嘴角：「那時我已被冷箭所傷。」

琳箐道：「喔，我記得當時有人親口承認，就算沒傷也躲不過那一招，現在想不認帳了？」

孫奔環起雙臂：「不錯，我現在依然承認，那招我躲不過，但我會讓他沒有機會使出那一招。」

琳箐撇撇嘴，懶得再理他。洛凌之仍舊好脾氣地笑笑。

杜如淵搖著那把金光閃閃的折扇看著一張江湖雜報：「萬卷齋連可能會中選的人選都列了出來，吾明明未曾參加，竟然還排在首位。」

樂越湊過去瞧，整整一張報上全是關於郡主選夫的相關事宜，並預測出最有可能成爲郡馬的幾個人，排在第一的赫然是定南王世子杜如淵。南宮苓和文霽也在其中，出人意料的是，私生子文霽的排名比南宮世家的長房嫡出少爺南宮苓高。後面有註解說，郡主招郡馬，是為了招一個能爲父報仇的男人，江湖世家文氏和南宮氏都無法在兵力上對西郡有所幫助；而文霽是私生子，顯然比南宮苓更適合做倒插門。

這些名單中，自然沒有樂越和孫奔的名字，只是，預測名單的最後，畫了一張簡略的小像，標註著「來歷不明的神祕少年」。

樂越道：「江湖雜報可眞夠狡猾的，最後來這一項，萬一中選的人不在名單裡，就說成是這位神祕少年。怎麼樣都全中。」

杜如淵搖著扇子道：「否，否，若要如此，說是神祕人士不是更好，何必特意說少年？參選人中，大多都不能稱作少年了吧。」

來歷不明的神祕少年旁還配有一行小字：天廣地闊，鳳隱蛟藏，休輕年少，不可估量。

樂越覺得這行小字玄乎得頗像廟中的籤文，他抓抓頭：「或者這個神祕少年與休輕年少之句只是想暗示，郡主喜歡比自己小的？」

杜如淵再搖頭。

孫奔無所謂道：「只是故弄玄虛，何必多理會。」

琳箐捧著另一張報：「這個小報消息靈通得奇怪呀，看這裡——唐門少負義圖郡馬，痴心女忍痛捨舊情。這是我們在紫陽鎭巡夜的時候看到的事情，當時只有我們看見，爲甚麼他們會知道。」

樂越道：「不奇怪啊，可能後來他們又鬧了一場吧。」

琳箐皺眉：「不對！」把小報遞到樂越面前。「你看這裡，『城牆邊，大樹下，夜半無人，唯有月朦朧。淚千行，喚不回，負心郎……』明明就是我們看到的那些！」

樂越仔細看了看：「是哦，怪了，我們沒說出去，難道是那兩個人自己告訴萬卷齋的線人？」

琳箐面無表情道：「這種丟臉的事肯定不會自己說出來。」

樂越也跟著皺眉，這確實蹊蹺，難道……琳箐斜眼看孫奔：「當時你也躲在暗處吧，該不會是你說的？」

樂越剛要勸琳箐別甚麼壞事都往孫奔身上扯，孫奔先笑了：「恭喜姑娘，又對在下多了一項瞭解。」

琳箐的神情反而僵了：「不會吧，眞的是你？」

孫奔滿臉坦誠地點點頭：「人在江湖，當賺則賺，多多益善。萬卷齋給的報酬甚高。」他跟著補充。「當然，這種有意境的句子，在下寫不出。末尾右下角署名處，事件提供路人丙是在下，至於撰文者悠悠海棠生我就不認識了，應該是萬卷齋自己人。」

杜如淵合上折扇，笑道：「未曾想到孫俠士竟與吾是同道中人。」

孫奔謙虛道：「世子過獎過獎。」

兩人相視而笑，甚是惺惺相惜。琳箐無語。

樂越在心中懊悔不已，竟然還有這種賺錢門路，爲何他沒想到？白白讓孫奔把錢賺了去。

孫奔聲稱自己還有要事待辦，帶著飛先鋒告辭離去，大方地把那疊江湖雜報留給樂越等作參詳之用。

待他走後，杜如淵又拾起那張預測郡馬人選的小報：「剛才孫奔在此，我沒有點出。」他拿著合攏的折扇在神祕少年的小像處畫了一圈。「你們看，這張畫像，很像誰？」

樂越、昭沅、琳箐和洛凌之都認眞仔細地看一遍，昭沅用爪子戳戳畫像，臉都沒畫全，怎麼看？另外三個卻瞇起了眼，琳箐道：「這個綁頭髮的樣式、臉型，還有大約的年紀……」爲甚麼，那麼像……

昭沅發現他們的目光都從小報上挪到了他身上，有些疑惑地左右看：「你們看出像誰了？」

樂越簡單明瞭地回答：「像你。」

昭沅怔住。

杜如淵道：「當然，這事兒對我們影響不大，暫時不必理會。」折扇往身邊桌上的另一張報上一點。「與我們關係最大的，應該是這裡。」

樂越等順著他所點之處望去，只見小報的左上之處有一篇消息，因爲關係朝廷，有所避諱，只有寥寥幾行——

太子回京，冊封大典即將舉行，今上已立遺詔。

傍晚，西郡王府的僕役送來了一張帖，帖上註明今晚酉時，郡主在府中宴請今天剛到的各位參選。每位參選可帶兩名隨從前往。

凡是收到請柬參加宴會的人，就是已經過了第一關，沒收到的則要收拾包袱走人。

江湖雜報上寫得清楚，從城門開始，到這座行館內，到處都有西郡王府的眼線，他們看似僕役或知客官員，實際在暗中考量參選者的品行舉止——這其實是第一道篩選。身有殘缺、口齒不便者，年過四十者，舉止粗野如市井莽夫者，都會被一一挑出記下篩除。

樂越掂了掂手中的請柬，怪不得每個參選者到了之後，都要先去沐浴，敢情是在澡堂裡考量得更徹底一些。他算是過了第一關，只是不知道，這封請柬，郡主是送給他，還是送給杜如淵的。

只能帶兩個人去赴宴，帶誰比較好？樂越有些頭疼。

本來，其中一個一定是杜如淵，但是杜如淵死活不願意去，說連日趕路腰痠背痛，要提前休息。

樂越口乾舌燥地勸說他：「杜兄，我這輩子第一次赴宴，甚麼規矩都不懂，若沒有你在旁邊指點，可能會出醜。」

杜如淵搖手：「無妨，晚上的宴席意在考量人品，郡主是要找能幫她報仇的丈夫，吃飯文不文雅，舉止斯文與否一點都不重要，太過做作拘謹反倒不好。你只管按照平時的習慣吃就行了。要麼，可以讓洛兄陪你同去。」

樂越見勸說無用，正要改請洛凌之，琳箐搶先一步說：「洛凌之也不合適。」洛凌之比樂越俊秀儒雅，更討一般女孩子的喜歡。琳箐擔心樂越被他喧賓奪主。

樂越不解問：「爲何？」

琳箐支支吾吾道：「因爲……因爲我想晚上和洛凌之出去打探一下其他人的來歷。」

洛凌之贊同琳箐，認爲查一下其他人的情況比較重要。

樂越愕然看琳箐：「也就是說，連妳也不能陪我一起去？」

琳箐一時也愣了。她只顧著阻攔洛凌之，沒想到把自己和樂越一起赴宴的機會也搭進去了。不過，樂越的這句話表示，他原本是打算請她一起去的，這讓琳箐很開心。

她說：「我去更不合適啦，我是女孩子，你參加招親宴，帶著我過去，有點不給郡主面子吧。」

樂越道：「無所謂嘍。」他沒有當著杜如淵的面把下面那一句話說出來——反正我從來都沒打算娶郡主。

琳箐懂得他的意思，嘴角不由悄悄翹了起來。

昭沅拉拉樂越的衣袖：「我陪你去。」樂越沒優先考慮帶他去，他覺得是正確的，因爲他幫不上忙，但，如果沒有別人陪樂越，他就和樂越一起去。

樂越拍拍他的肩膀：「這才是好兄弟。」

應澤慢吞吞道：「本座也陪你一起去。」

這個……樂越一時沉默了。

應澤道：「照顧後輩之事，本座一向常做。」瞇眼盯著樂越，頭頂嗖地聚起一朵小黑雲。「或者，你不想領本座的情，覺得本座不配？」

樂越馬上賠笑道：「沒有，能得殿下指教，我三生有幸。」

行館有一條專門的長巷可以通往西郡王府，晚上的宴席就設在郡王府內。

步行前往西郡王府的路上，有不少待選同行，大多都客客氣氣地和樂越打招呼，這些人到最後往往都會問一句話：「爲何杜世子沒和樂少俠同來？」

樂越和昭沅輪流回答：「世子趕路太累，身體有些不適，在房中休息。」

那些人就不再多問，拱手走開。

西郡王府不如定南王府華美，屋宇亭閣都顯得有些年分，古樸醇厚，府中處處懸掛著喪簾帷幔，不見一絲活潑的顏色，僕役丫鬟都身著深藍或暗綠的衣裳，白燈籠、白蠟燭，連燈籠下的穗子都是深藍色。

此時已差不多是夏天了，但踏進西郡王府，樂越驀然感到一股深秋寒冬的涼意。天已近黑，庭院內只有蔥蔥綠樹，見不到一朵顏色鮮艷的花。

樂越、昭沅和應澤隨著人流走進一間寬闊的大廳。收到請柬的約有二十餘人，有的隻身前來，也有帶了一、兩名隨從。加起來約四、五十人。廳中共擺了五張圓桌，眾人彼此謙讓就座，樂越揀了最下首的一張桌，最不起眼的靠牆位子坐下，方便不引人注意地飽餐。

孫奔赫然在最上首的圓桌邊坐著，飛先鋒就坐在他身邊，他看見樂越，遙遙抱拳算打了個招呼。雄赳赳的江湖客都如孫奔一般搶著往上首的圓桌旁坐，穿長衫帶隨從、衣冠楚楚的世家子弟，則大都選了下首的桌子，以示謙讓。樂越發現，到最後，他挑的這張桌上，同坐的全是看起來最有來歷的公子哥兒。有個身穿玉色長衫的人在昭沅身邊坐下，含笑向他們打招呼。

樂越和昭沅茫然地看他，那人道：「今日在浴堂中，文某忘記請教兄台的尊姓大名了。」

樂越和昭沅方才恍然想起來，他是那個文家的少爺文霽。樂越報上姓名，文霽驚訝道：「原來樂兄竟是那位守城退匪破妖獸的少年俠士。久仰久仰，之前失敬了。」座上的其餘人頓時也紛紛與樂越客套，樂越趕忙謙虛道：「不敢當不敢當，都是當時在場的江湖前輩們厲害，在下順便沾光而已。」

看來江湖雜報的確賣得很不錯。

楚齡郡主不便出面，由西郡王府的外務總管代爲陪客，稍稍寒暄幾句場面話後開席，端上酒菜，山珍海味，應有盡有，很多樂越都叫不上名字，他這輩子沒見過這麼豪奢的酒宴，振奮精神，準備不動聲色地大吃一場。應澤瞄準離得最近的一盤菜下筷，埋頭苦吃。

昭沅只覺得眼花繚亂，偷偷戳戳樂越，小聲問：「那邊那碟好像一個一個小蟲的菜是甚麼？」

樂越低聲道：「噓，淡定些。那個應該就是燕窩。」

他們的聲音壓得再低，也難逃過同桌其餘人的耳朵，但他們涵養都很足，表面皆不動聲色，只當沒有聽見。

昭沅打量四周，認為沒人注意，又再問樂越：「燕窩是甚麼？」

樂越再低聲和他解釋：「就是燕子的窩。」

同桌的人就算涵養再好，有的也忍不住浮出一絲笑意。

昭沅不解，燕子的窩也能吃麼？凡人好奇怪。

文霽抬手舀了一隻燕窩，放入面前的小碟中，嚐了一口，露出讚賞的神色：「久聞西郡王府的大廚師傅手藝高超，果然不錯，這道冬瓜乳鴿盅鮮美獨特，各位不妨也嚐嚐看。」

到了散席後，回行館時，樂越特意走到文霽身旁，道了聲多謝：「剛才在席上鬧了個笑話，把冬瓜乳鴿盅當成了燕窩，多謝文兄藉機提醒，又沒讓我們尷尬。」

文霽道：「樂兄客氣了，認錯菜本是常有事，我頭一回吃蟹還不知道怎麼撬殼。」

回到行館房中後，洛凌之、琳箐和杜如淵都在外間中等候，琳箐跳起來問樂越今晚宴席的情形，樂越道：「還好吧，菜很不錯，都吃得挺飽。」昭沅和應澤摸摸肚子，對他的話表示贊同。

琳箐說：「有沒有特意出難題甚麼的，考驗你們？」

樂越搖頭：「沒有，只是吃而已，吃完了，就回來了。」

琳箐再問：「那麼和你一起吃的人是不是都很有來歷？」

樂越再搖頭：「不清楚，除了文霽和孫奔外，其餘人都不認識。」

昭沅接口道：「我們鬧了個笑話，是我不好，亂問樂越，結果把冬瓜乳鴿盅當成燕窩了。」

樂越嘆氣：「是我的錯，郡王府每天都要設宴招待參選人，假如這道冬瓜盅真的是燕窩，一碟菜用掉十幾個，五個桌加在一起就要六十多個，太費錢了，怎麼可能。」抬手一拍腦門。「是了，從進城門時，我就覺得這次招親會好像有點古怪，可又總說不出來，現在有點想通了。」

琳箐瞪大眼看他：「甚麼古怪？我今天和洛凌之去查過，沒有古怪。杜書呆也沒看出甚麼吧，是不是你想多了。」

洛凌之跟著道，今天晚上，他和琳箐一道查探過行館中居住的其他參選人，都像正派的江湖人或良善的世家子弟，沒甚麼古怪。

樂越摸摸下巴：「可能是我多想了。總之，明天再說。」

待到睡覺時，分配臥房，琳箐睡了小間，剩下的全睡大間。

洛凌之下午已經買好了席子枕頭和薄被，依然按照當初住客棧時一樣分配，杜如淵和烏龜睡床，樂越、洛凌之、昭沅和應澤都睡地鋪。杜如淵對這樣分配還謙讓了一下，認爲按順序應該輪到樂越或洛凌之睡床，他睡地鋪。

樂越一邊鋪席子一邊道：「杜兄你還是省省吧，你是讀書人，不像我和洛兄這樣，練過武的，身強體壯，睡地鋪反而更舒服。」

杜如淵肅然道：「越兄，不要看不起讀書人。讀聖賢書者，樂於清貧。餐清風，眠山石，皆可也。」

樂越和洛凌之都不接腔，琳箐在小間裡揚聲道：「杜書呆，你吹噓清貧節操前，先把身上那套金光閃爍的孔雀裝扒下來。」

杜如淵傷感地搖頭：「吾這樣，不都是爲了替越兄撐場面？沒見識沒見識。」

琳箐道：「我看是你自己想顯擺，別拿樂越當藉口。」

他們不在同一間屋，竟然還能再槓上，樂越相當佩服，琳箐和杜如淵還在抬槓時，他已經鋪好了地鋪，躺了上去。

昭沅變回龍形鑽進樂越的被窩，熄燈後很久，樂越的呼吸聲仍然沒有變長，昭沅趴到他耳邊輕聲道：「你是不是還覺得招親會很奇怪？」

樂越嗯了一聲，轉過臉對著他小聲道：「我想查一些事，明天你陪我去。」

昭沅開心地應下，縮進被角，酣然入夢。

離五月二十日招親會開始還有一個多月，這段時間，行館中的待選人可以隨意自由在城中活動。西郡王府規定，參選報名截至四月十八日，跟著，每十天對所有的參選人進行一輪比試篩選，三篩之後剩下的人，方能在五月二十日那天被郡主親自挑選。

有參選者抱怨說，皇上選妃子，也不過如此罷了。

四月十三日清晨，吃完早飯後，杜如淵提議先爲後面的三輪篩選商討下戰術。三輪篩選分別是武藝、韜略和品行，距離第一篩尚有半個來月，目前最重要的是多方面地蒐集情報。

樂越分配打探情報的人手。琳箐和洛凌之一組，負責查探各參選人詳細來歷，武功高低。杜如淵和商景負責收集細看江湖雜報等各種小報及西郡王府近日的動向。應澤殿下屬於任意人士，他老人家愛跟哪隊跟哪隊。

樂越最後搭著昭沅的肩膀說：「我和昭沅一起，每天到行館外逛逛，留意城中和周邊的情況。聽點街頭傳言之類。」

杜如淵和洛凌之都道這樣分配很妥當，沒有異議。唯有琳箐不大樂意，她很想和樂越一起每天去逛大街。如果她說要換，昭沅一定會和她換，可昭沅實在不適合跟洛凌之一起做查探來歷和武功高低的事情，而且，她不是樂越的護脈神，不可以越俎代庖，插手昭沅該做的事情，只能也表示贊同。

上午，他們便按照分配各自行動。應澤選擇留在房裡吃點心睡覺。

昭沅心裡牢記著昨夜樂越要和他一起去查祕密事件的話，按捺著期待出了行館後，方才小聲問：「你昨天說的想查的事是甚麼，該怎麼查？」

樂越摸一摸下巴：「暫時還沒有頭緒，先隨便看看。」

樂越帶著昭沅在幾條街上逛了逛，又到了北城門前。城門口等著進城的人還排著老長的隊，樂越和昭沅在靠近城門處徘徊片刻，便有侍衛過來問：「爲何在此逗留？」

樂越道：「我們是來參加郡主招親的，在行館和城裡覺得有點悶，想出城逛逛，但看這裡好像戒嚴了，是否需要甚麼文書令牌才能出去？」

侍衛道：「九邑城任何人都能隨便出入，只因最近進城的人太多，方在進城時稍做盤查，好區分是不是來參加招親會的。出城則不會如此。」一面說，一面上下打量樂越和昭沅。「兩位是郡馬侍選，可以到行館的知客管事那裡要一塊出入牌符，進城時便不會被查。」

樂越向侍衛道了聲謝，轉身回行館領牌符。

行館負責發牌符的地方叫作知客齋，就在進了大門後左首一側的廂房中，經行館侍衛的指點，樂越和昭沅順利地找到了門前。

知客齋中坐著兩、三個文書打扮的人，樂越說明來意，那幾人問了他的姓名及所住的房號，取了一塊鐵牌給他。

樂越問：「在下一行有好幾個人，是否每人都要領一塊牌子？」

其中一位文書答道：「不用，少俠和隨行的人出入城門，只需這一塊牌符便可。」

樂越道了謝，帶著昭沅出門，掂掂鐵牌，反復看了看：「果然如此。」

昭沅疑惑問：「怎了？」

樂越小聲道：「等出去了再和你說。」

昭沅跟著樂越又出了行館，再到街上，四處逛逛後，樂越領他進了一家茶樓，在一個僻靜的角落裡坐下，掏出那塊鐵牌，向他道：「這塊牌，是兵營中用的編號牌。」

鐵牌一面刻著「甲」，一面刻著「拾貳」兩字，穿著一根普通的麻繩，樣式老舊。

昭沅依然一臉迷茫，樂越解釋道，凡間的兵營在招募兵丁時，都會發這種牌子標識身分。

昭沅不解地道：「那為甚麼給我們的也是這種牌子？」

樂越轉了轉牌子：「故意的，或臨時趕製不出來，都有可能。還有，知客齋的文書很有問題。」

昭沅努力回憶了一下那幾人的模樣，遲疑地說：「你覺得他們太黑？」

樂越稱讚地敲一下桌子：「你很行啊，有長進！說的不錯，那幾人膚色黝黑，雖然瘦，但看起來很精悍，手骨節和筋絡突出，有粗繭，憑我樂大俠閱人多年的銳利雙眼判斷，絕對是習武之人的手。」

昭沅道：「那他們爲甚麼要裝成文書，還要發這種牌子給我們？」

樂越撫摸著下巴：「這就是疑點！」他把茶點推到昭沅面前。「多吃點，吃飽了我們出城看看。」

北城門前依然人很多，樂越和昭沅徑直出了城門，沿著城牆根走了幾步，空曠曠的，未有甚麼異常。他們又向郊野處走，走到一處僻靜的樹林，樂越左右看了看，向昭沅道：「你現在能不能駕雲到天上看看九邑城和城邊四周的情況？」

昭沅點頭，變回龍形，趴在草叢中唸起駕雲咒。近日經過應澤的指導，他的法術一直在長進，已經可以扯出一朵稍大的雲了，趴在上面，恰好被雲擋得嚴嚴實實。

昭沅拍打龍尾，用力地升高再升高，飄到九邑城的上空，來回仔細地看了又看。下來之後，他拿樹葉變成一張紙，用爪子在上面畫出九邑城的布局。

九邑城是個四方形，東西南北皆有城門，共有九條主街，郡王府和行館都在城北，市集驛館多集中在城南，城東多爲富戶的豪宅，城西多是尋常老百姓居住，房舍矮小，多小巷，街道不甚乾淨。

昭沅的記性好，連曲折的小街都畫了出來。

昭沅在四處城門城牆上點上幾點：「這些地方的城牆上都有兵卒把守，不過我在天上沒被發現。」

九邑城的城北和城西有山，城東城南則一片平坦，只有荒野、農舍農田和樹叢。有條河從城西流過。樂越問：「那麼，在九邑城四周有沒有兵卒把守？」

昭沅搖頭。他仔細查看過，沒發現有異常。

樂越鎖眉沉思片刻，把圖紙收進懷中。

昭沅問：「你到底在懷疑甚麼？」

樂越道：「我在懷疑，郡主招親這件事是否另有文章。」

昭沅和樂越一直轉到天黑才回行館，琳箐、洛凌之、杜如淵和應澤都在房中。彼此說今天的收穫時，樂越先說了今日見聞，又說感覺很蹊蹺。

琳箐道：「西郡的郡王夫婦被人殺了，防止北郡的人藉著招親的機會混進來，所以才處處暗樁城外重防吧。」

杜如淵破天荒贊同琳箐：「假如西郡這邊全無防備，才蹊蹺。」

樂越便沒再多說甚麼。

琳箐和洛凌之則說起今日探查的情況，那位南宮少爺南宮苓已經到了，還特別來拜會他們，樂越當時不在，但南宮苓見到了杜如淵，更有收穫，攀談良久後，滿足地走了。

夜半，樂越輾轉不能寐，起身走出房門外，縱起輕功爬到中庭的遊廊頂上看月亮，少頃，身側瓦上有細碎的聲音，樂越以為是昭沅，轉頭一望，卻是洛凌之。

洛凌之在他身側坐下，道：「越兄，你是否有心事？出了紫陽鎮後，就見你悶悶不樂。」

樂越仰頭看著月亮，半晌道：「洛兄，我心中堵著沒說的事，琳箐和昭沅不知，但你應該知道。」

洛凌之沉默了片刻，方才緩緩道：「大家都是朋友，你的身世是否告知杜世子會好些？」

樂越道：「假如告訴了杜兄，會拖累他們父子獲罪。但現在待在西郡，我真的不知該如何是好。」

十餘年前，天下只有三王，安順王和氏、忠義王百里氏、孝賢王杜氏。其中，杜氏因先帝登基前的儲位之爭而獲罪，外戚叛亂，國師鳳梧在先帝面前保得杜郡王性命，杜郡王平外戚之亂，重獲王爵。

後，百里氏作亂，安順王奉旨討伐。百里齊手下副將白震和周厲投誠，斬殺百里齊全家有功，先帝遂封白震爲鎮西王，周厲爲平北王，把原忠義王百里齊的封地一分爲二封賞給鎮西王和平北王，孝賢王杜氏改封定南王。東有京城，帝王所在，故而安順王未改封號。

未幾，先帝病逝，崇德帝和韶登基，和韶體弱多病，常無精力料理朝政，朝中重臣弄權，地方郡王勢力坐大，這才有了四王鼎立分據天下的局勢。

這段舊事，世人皆知。

洛凌之道：「若在紫陽鎮查的事確實無誤，那件事關係隱祕，白、周二人當時大概並不知情。」

樂越道：「我明白，可自從在紫陽鎮得知眞相後，我竟覺得西郡王今天的下場不值得同情。我明明知道孫奔來西郡，並不是爲娶郡主，而是來報仇，也只袖手旁觀。」他抬起右拳，砸了砸額頭。「罪不應牽及子女，我這樣做實在有違俠義之道。可又茫然不定，不知究竟該如何。」

洛凌之道：「我等乃凡人，非仙非聖，心中有了仇恨，就很難放下。但還是要冷靜謹愼從事，以免因一時偏頗，誤做錯事。越兄你以爲安順王是你的殺父仇人，你手中無權無兵，何以對付權傾天下的王爺？」

樂越苦笑：「難道洛兄你也要勸我娶了郡主？」

洛淩之道：「孫奔是個將才，若以報仇之事與他結盟，他定會助你。」

樂越拍拍衣服站起身：「仇一定要報，可我不能用這種低三下四的手段。將來眞要混出名頭，做過這種事，都不好意思抬頭。」

洛淩之隨著起身，微笑道：「那麼越兄不是已有定論？之前猶豫著對孫奔之事袖手旁觀是對是錯，實際是不想看西郡主無辜遭罪吧。」

樂越怔了片刻，嘿地一笑：「洛兄果然會開導人，佩服佩服。」

洛淩之笑道：「過獎過獎。」

樂越抬頭看天，星河璀璨，心中放下了一塊大石，比方才輕鬆許多。

不遠處的屋脊後，琳箐死死按住昭沅，不讓他掙扎。

昭沅小聲道：「我們回去吧。」偷聽不好。

琳箐豎起一根指頭抵在唇邊，低聲道：「囉嗦甚麼！知道樂越有甚麼難處，幫他排憂解難，難道不是你應做之事？爲了盡責，偷聽一下有甚麼關係。」

昭沅只能乖乖地閉嘴。

琳箐又補充道：「我、我來是看著洛淩之的，沒別的甚麼。」

昭沅無奈地看看她：「我想起了一個新學的詞，叫欲蓋彌彰。」

琳箐毫不客氣地給他頭頂一下，豎起眉毛：「你呀，越學越壞！」

昭沅倒吸著冷氣摸摸頭頂，遊廊頂上的洛淩之和樂越轉過身，琳箐趕緊按住昭沅的腦袋，嗖地縮回屋脊後。

幸好，樂越和洛凌之是回房去睡覺，徑直跳到院中走了，自始至終沒有發現他們。

樂越回到房中，輕手輕腳地躺下，發現枕邊只有應澤在呼呼酣睡，昭沅竟然不見蹤影，不由覺得有些奇怪。他躺下後不久，感覺被角處有熟悉的蠕動，是圓滾滾的小龍輕輕地一點點頂開被子鑽進來，還帶著點夜霧和露水的氣息，最後趴在枕頭邊緣。

樂越覺得有些好笑，閉上雙眼，很快進入夢鄉。

第二天吃早飯時，樂越趕著再出去查事，吃得飛快，昭沅努力跟上，待樂越放下碗筷時，他嚥下了最後一口粥，掏手巾擦擦嘴。

杜如淵、洛凌之、琳箐和應澤都還在或慢條斯理或狼吞虎嚥地吃，琳箐瞪大眼看著樂越和昭沅推碗起身：「你們要查甚麼這麼積極？」

杜如淵道：「半夜出去溜個彎，早上胃口果然好些。」

樂越嘿嘿笑了兩聲，沒說甚麼，拖著昭沅出門。

琳箐目送他們出去，疑惑道：「這兩天樂越搞甚麼？神神祕祕的，難道西郡主招親，真有甚麼不對？」看向杜如淵。「喂，杜書呆，你好歹也是未來的謀臣，有沒有看出甚麼？」

杜如淵故作高深地搖頭道：「不可說，不可說。」商景跟著他一起晃晃腦袋。

琳箐很鬱悶。

再問洛凌之，洛凌之綳著那副淡然又清高的死樣子說：「未經查實，捕風捉影之事，在下不敢妄言。」

琳箐更鬱悶。

昭沅跟著樂越出了行館來到大街上，期期艾艾地向樂越道：「對不起，昨天晚上，我有偷聽你們講話。我只是想幫你忙，你不要生氣。」他很講義氣地只說了自己，沒供出琳箐。

樂越道：「嗯，我知道。」昨天你鬼鬼祟祟爬回被窩，猜不到才怪。

昭沅觀察他的臉色，小心翼翼道：「我們這幾天出來，你是不是想調查孫奔？」查到孫奔要用甚麼陰謀報仇，然後阻止他。

樂越道：「調查他沒用，他會用甚麼伎倆，本少俠早已了然在胸。」

孫奔對白家的報復，應該就是先娶郡主，用白家的兵滅了周家，奪回他父王應有的東西，再和郡主說其實妳爹是我的殺父仇人，我是來報復的。讓郡主驚訝悲痛而死，然後再去打敗安順王。最後去打皇帝。

這種情節，說書的段子裡或戲文中經常出現，一點也不新鮮。

昭沅欽佩地聽樂越分析，最後，樂越總結：「所以孫奔從來不在我的調查範圍之中。我要查的，是其他的陰謀。」

昭沅不明所以，任由樂越拖著，直奔城西。

城西都是尋常人家的住處，主街上有矮小的店舖，樂越轉到一間茶棚內花五文錢和昭沅喝了兩碗大碗茶，與攤主搭訕說了幾句話，問到近來生意如何，攤主道：「本來，王爺被害，城中人心惶惶，都說要打仗了，趕著往鄰縣或南郡逃，生意很難做。還好後來郡主招夫婿，人反而多了，買賣也好了，但願郡主這回能招個百戰百勝的勇將軍。」

樂越又在城西的小街上轉了轉，民宅街上都一片祥和，未見有甚麼異常。

樂越卻在城西一直逗留到天快黑才回去，各家店舖都逛過，最後還帶了幾斤烙得脆脆的蔥油千層餅回去。

回到行館，琳箐就把昭沅拉到一邊，問今天他和樂越都查到甚麼了。

昭沅回答：「沒查到甚麼，就是四下逛了逛，樂越老問一些關於城中近日的情況。」

琳箐自言自語道：「難道樂越是想查北郡有沒有趁機混入細作到城中，趁著這次機會徹底端掉西郡王府的勢力？」

昭沅覺得很有可能，但他不能肯定。

到吃晚飯時，琳箐向樂越道，今天她和洛凌之去查了一下孫奔，他最近兩天也神出鬼沒，她跟了一下，看他進了城南一家客棧，但只是做零工賺錢和客人聊聊天，沒做甚麼特別的事。

「不過，」琳箐興高采烈道。「回來的時候，讓我發現一件有意思的事！我們在紫陽鎭碰見的那個被拋棄的少女原來是南海劍派的女弟子。她現在就在西郡王府內。因爲她的師父，南海劍派的綠蘿夫人是郡主的遠親。郡主特意請綠蘿夫人前來，可能是爲了保護自己的安全吧。」

這倒是個意外，樂越記得綠蘿夫人在論武大會上曾對他賞識有加，不知道現在還認不認識他。

南宮夫人，再加上綠蘿夫人，昔日的江湖三美，這次招親大會竟然可以看到兩位。

杜如淵插話道：「我倒是聽過一個傳聞，不知是否屬實。西郡王手中，握有安順王的一個把柄。所以，西郡雖然勢力最弱，但仗著安順王的忌憚，也與北郡、南郡分庭抗禮了十幾年。」

樂越心道，正因這樣，北郡才敢肆無忌憚地毒死西郡王。誰會願意一輩子被旁人要挾，安順王肯定站在北郡那邊，巴不得西郡王府早點完蛋。

四月十八很快到了，這幾天內，樂越和昭沅東奔西跑，逛遍了九邑全城。

十八日傍晚，樂越拖著跑瘦的腿剛走到行館門前，便見有匹駿馬從街道的一頭飛奔而來。馬匹挾著煙塵直衝向行館大門，樂越拉著昭沅避到一旁，馬上的人身著錦衣，侍從打扮，在大門前一丈處勒住馬勢，取下身後揹的弓箭，搭弓引弦，錚的一聲，一支羽箭綁著一封書信牢牢釘在行館門匾上。

錦衣人揚聲道：「館中的人聽著！吾乃北郡虎賁營校尉李宣，奉北郡王平北大將軍周厲之命，前來提醒諸位。未得朝廷旨令，私自集會，調動軍隊者，按本朝律例，以謀逆罪論處。身無官職插手官府之事者，爲犯上作亂之罪，皆當誅之，或滿門抄斬。若有人敢明知故犯，蔑視朝廷，平北大將軍麾下所有兵馬，將傾力爲朝廷鏟滅亂黨，匡正律法！」

他話剛落音，門匾上的羽箭突然猛地顫動，倒射而出，一條人影自門內飛出，衣袖一揚，捲過羽箭，抬手接住，轉身落到地面。是那位文家少爺文霽。

文霽瞧了瞧羽箭，道：「在下只是一介草民，身無官職，前來西郡，只爲求親。在下冒昧請教軍爺，光天化日下，手執兵刃，意圖毀壞官府行館，驚擾平民，按照律例，是否有罪？」

錦衣人打量文霽片刻，冷笑一聲：「看來這位就是所謂的江湖人士了，功夫不錯。我只是奉命傳話，倘若你覺得有違律例，可前往衙門報官。信已帶到，我先告辭。」

呼哨一聲，調轉馬頭，又急馳而去。

四周空地上已聚攏了一群人，行館中的人不少也趕到了門前。樂越和昭沅目送那一股馬後的揚塵漸漸遠去，文霽上前幾步：「方才那人沒傷到二位吧。」

樂越道：「沒，只是吃了點土。」

文霽拿著那支箭看了看：「這叫作下馬威麼？還是速把它交給郡王府為好。」

樂越抱抱拳頭：「那文公子趕緊去吧，我們先進去了。」道了聲告辭，和昭沅一道進入行館。

趕到門前圍觀的其餘參選人亦三三兩兩、議論紛紛地轉身回去。

「北郡那邊囂張得可惡！」

「搬出朝廷，嚇唬得了誰？咱們常年江湖道上走，哪個不是嚇大的！」

「毒死郡王，還上門挑釁，倘若朝廷姑息，這才叫沒有王法！」

……

樂越身邊有個聲音道：「看樣子北郡的不義已招天怒人怨，就算做不了郡馬，也當為西郡出一份力。樂兄你說是不是？」

樂越轉頭，原來說話的是老相識南宮少爺。

南宮少爺對剛才北郡校尉的挑釁義憤填膺，出面擋敵的風光又被文少爺搶先佔了，使得他心中不忿更甚，義正詞嚴，滔滔不絕。直到回到住處後，樂越的耳朵方才得了一絲安靜。

郡馬參選報名在十八日截止。

第二日，西郡王府在行館門邊張貼出告示，言北郡目無王法，禍亂天下，今恃強欺凌西郡，但西郡王府不敢以一家恩怨禍及無辜，各位參選郡馬的義士可自行決定去留。

樂越一行擠在人群中看告示，樂越瞥見孫奔也站在人群中抱著雙臂看榜，圍觀眾人群情激憤，有人高聲道：「楚齡郡主一介弱質女流尚不畏懼，發誓爲父母報仇，我等若此時退縮，還有顏面自稱大丈夫，存活於世間嗎？」

附和聲頓起。

孫奔握拳舉起手臂：「不錯，我們絕不能走，誓要保護郡主！」

頓時圍觀眾人紛紛跟他振臂高呼：「保護郡主！」「保護郡主！」……

樂越叼著草棍，冷眼旁觀，抬手跟著應和了兩聲：「保護郡主……保護郡主……」待眾人散開，琳箐見孫奔徑直向大門外去，忙匆匆向樂越道：「我先去盯著他，等下回來。」

琳箐使出隱身術，一路跟著孫奔經過大街小巷，最後來到一個僻靜的小院，孫奔插上院門，飛先鋒從樹梢上撲搧翅膀飛下，仰頭看向空中琳箐所在的方向，嘎吱吱怪叫兩聲。

孫奔隨即也向這方望來：「是哪位高人跟蹤孫某，請現身一見。」

琳箐現出身形，降到地面，孫奔笑道：「喔，原來是姑娘。」

琳箐直截了當道：「我說話不喜歡繞圈，我知道西郡王與你有殺父滅門之仇，你來絕不是想好心娶郡主，你到底有甚麼打算？」

孫奔在院中石凳上坐下，瞇起雙眼：「姑娘爲甚麼要問我這些話，我又爲甚麼要回答妳？」石凳邊的石桌上有茶壺茶碗，孫奔倒了杯茶，飲了一口。「我即使有甚麼別的打算，對姑娘和樂少俠一方也只有好處，沒有壞處。或者妳是來和孫某商談聯手？」

琳箐哼道：「算了吧，我們自有我們的方法，和你不同道。只要你別礙到樂越，我才不會多管。我猜你想娶郡主，藉此羞辱折磨她，更利用西郡的勢力。但，這樣一來，你無法保證有外援，北郡可能會聯合安順王一起對付你，希望到時候你不要輸得太難看。」

孫奔朗聲大笑起來，飛先鋒跳到石桌邊對琳箐扮鬼臉，孫奔擦擦笑出的眼淚道：「姑娘太看得起在下了，這麼精彩的事情我可做不出來。」

琳箐狠狠瞪著他：「我知道你另有下三濫的陰謀詭計。總之，你走你的獨木橋，別干擾我們這邊就好。」

孫奔握著茶杯，嘆了口氣：「唉，我還以爲姑娘妳終於關心在下了，原來又是自作多情。」

琳箐一陣惡寒。

孫奔溫柔款款地道：「姑娘請放心，我的妻子，只可能是我今生唯一的摯愛。」

琳箐差點連三天前的飯都吐出來。也不知道是誰一直高喊對郡馬志在必得，姓孫的說這種自打嘴巴的話眞是眼皮都不帶眨的。

她剛準備離開，孫奔突然道：「姑娘不要以爲只有在下會用下三濫的伎倆，記得回去提點一下你們那位一無所長、壯志齊天要做皇帝的樂越少俠，別想著採嬌花卻被毒蜂螫了手，那位楚齡郡主可不是一隻溫順的小綿羊，龍生龍、鳳生鳳，老鼠的兒子會打洞，甚麼樣的爹媽養出甚麼樣的女兒，與某些心裡想甚麼全掛在臉上的姑娘一點也不一樣。」

琳箐擰起眉，瞪著孫奔：「你一個大男人，背後詆毀、嚼一個女孩子的舌根，丟不丟人？」

孫奔一臉無所謂：「反正在下一直是姑娘妳口中的下三濫。」

「……」琳箐覺得與這人無話可說。

孫奔又道：「白震和周厲，最初一個是木匠，一個是酒館的跑堂。他們欠了賭債，差點被賭莊砍手，幸虧遇到我爹，之後才進入軍中。」

起初，白震和周厲只是在他父王百里齊的帳前做小卒，那兩人懂得向上攀爬，肯吃苦，會鑽營，漸漸越升越高，他父王以爲這兩人是難得的人才，屢屢破格提拔，最終升爲左右副將。白震和周厲還曾在點將台處跪地對天發誓，永遠效忠忠義王，以報知遇再造之恩。

兩人做副將未有多久，得知朝廷因那句讖語對百里氏有所忌憚，便合謀陷害百里齊，白震偷竊郡王私印，僞造百里齊私通番邦的信件，由周厲祕密呈給朝廷，待朝廷的判罪旨意與討逆大軍一齊到來時，百里齊還被蒙在鼓中。白震和周厲二人依然僞裝著跟隨在他身邊，直到敗走涂城，白震、周厲套出了百里氏的祕密財寶與全部家眷所在，方才露出眞面目，殺了百里齊。

孫奔道：「他們殺我父王的時候，我就在現場，我父王萬想不到這兩人會拔劍刺向他，直到死都還睜著眼。白震和周厲的夫人陪在我娘、我奶奶、我的姑姑和嬸嬸們身邊，她們下毒毒死了所有女眷，包括我娘肚子裡六個月大的，我的弟弟或妹妹。本來也應該有我，可那時我想要跟著爹，沒和娘他們一起離開，藏在我爹的箱子裡。我被爹的侍從袁志發現，他讓我躲在別院的柴房裡，等爹談完大事再帶我去找他，結果……」

袁志爲了讓柴房中的世子不被發現，有意假裝逃跑，將白震和周厲及手下引向外院，最後死在亂刀之下，屍體被砍得七零八落。直到白震和周厲拖著百里齊的屍體準備領賞，放火燒別院，孫奔方才從狗洞裡鑽出逃跑。

孫奔笑道：「可能真是我命不該絕，或者老天知道百里氏冤枉，給我一條生路。我逃出別院，看到到處都在殺人，快跑不動時，突然有一隻黑色的四足異獸從天而降，把我甩在背上。」

說到這裡，他頓了頓，琳箐問：「然後呢？」

孫奔道：「然後我就暈過去了，醒來時，已經在一座山上，之後不久，就遇到了我的師父。」

聽完了孫奔的敘述，琳箐覺得，他的身世的確滿坎坷的，雖然做事不擇手段，但卻情有可原。憑藉護脈麒麟天生的直覺，她知道孫奔是難能可貴的將才，說不定有朝一日，他眞的能幫到樂越。

孫奔露出雪白的門牙：「怎麼，姑娘妳不再凶巴巴地瞪我了，是不是對我這個人已有所改觀？」

琳箐心中有些鬆動，但嘴上依然一點也不放鬆：「你身世坎坷不代表你能恣意妄爲做壞事。不過，今天，多謝你的提醒。」她再次隱去身形，化風而去。

琳箐跑去追查孫奔後，樂越和昭沅繼續到城裡四處查探。

昭沅不解，之前查過數日，樂越曾說已經查得差不多了，爲甚麼忽然又要再查。樂越解釋道，發生了北郡恐嚇事件之後，他想看看城中的反應。

城中沒有甚麼變化，城門前已沒有參選郡馬的排隊人龍，但依然戒備森嚴，進城出城都會被詳細盤問。最近樂越與昭沅常來城門處轉，進進出出，守衛的兵卒已經認識他們，任憑他們在附近徘徊，也沒有多問。

樂越看了一會兒進進出出的人流，剛要叫上昭沅一道離開，卻見城門處進來一輛馬車，被兵卒攔下，要求盤查，誰料竟起了喧譁。

那輛馬車裝飾華貴，有二、三十人護送，爲首的人堅決不讓兵卒查看車內。樂越和昭沅湊上前看，只見一個騎在馬上的老者正和衛兵爭得面紅耳赤。

「你們不過是一州城守兵，怎敢驚擾相府的馬車？」

老者面有褶皺，鬢有白霜，臉上卻光光的一根鬍子也無，聲音甚是奇怪。

衛兵頭兒使眼色讓一個小卒趕去報信，冷笑道：「我等乃西郡王府親兵，爲防止亂黨奸賊混入城中破壞郡主招親，除了皇上的御駕，所有入城的人與車輛都必須盤查。」

老者勃然大怒：「好大的膽子，竟連太后和丞相府都不放在眼中，誰給你們如此大的權力！」

一個衛兵道：「老爺子，你舉著塊牌子就說是太后的信物，誰又能給你證明？焉知不是假藉太后和相府名義企圖私運兵器刺客入城？讓車上的人速速下來！」

老者厲聲道：「誰敢！咱家奉太后懿旨，接澹台丞相的千金回京入宮，豈是你們可以驚動的。喊你們本州的知府或西郡王府知道事兒的過來！」

衛兵哄笑起來，其中一個道：「不好意思，想見知府大人，還請先讓我們盤查。就算車中眞如你所說是名女子，也不過是相府千金，又不是皇后公主，哪裡比得上我們郡主尊貴？竟還讓郡主派人來接？」

老者氣得渾身亂顫，那群衛兵眞的就欺上前去，要去掀車簾，車中突然飄出一個聲音：「且慢。」清脆嬌婉，好像銀鈴一般。

跟著，車簾挑起，一名少女緩緩從車上走了下來。

她穿著一襲彩色霓裙，鬢梳雙鬟，美目流轉，明媚無雙，眉心鑲著一點朱紅，更多出三分嬌艷，裙角兩邊各綴著細小的銀色鈴鐺，行動間發出碎碎的聲響。

少女走到車前，衣袖微抬，露出青蔥玉指，半截皓腕，她手中執著一塊罕見的朱紅色玉牌，玉牌正中刻著一隻展翅的鳳凰：「這是國師府的信物，我等奉國師之命，護送澹台小姐回京。請速速讓開道路，莫要阻攔。」

明艷的少女，朱紅的玉牌，竟讓門前的衛兵們感到了一種隱隱的壓迫。

昭沅攥緊拳頭，小聲道：「她是鳳凰。」

爲甚麼鳳凰會在這裡？

樂越看著那輛馬車，豁然明白，車中的女子是已被選中的太子和禎未來的后妃。

鳳凰少女明艷無雙，樂越卻不禁對車中的人感到更好奇。不知道被挑選做皇妃的女子是不是都像傳說中的那樣傾城傾國？

衛兵們雖對少女產生了一種莫名的忌憚，但此時讓開道路又感覺抹不下臉面，有損西郡王府的氣派，於是強作強硬，衛兵頭兒側頭打量一下少女手中的玉牌，道：「是眞的假的？既然太后的令牌都敢僞造，何況區區國師府？」故意伸手要去摸那塊玉。

哪知手指距離玉牌尙有數寸遠時，指尖驀地一陣鑽心的刺痛，好像被一道無形閃電劈中，衛兵頭兒猛地縮回手：「這小娘兒會妖術！」

城門前的衛兵紛紛拔出兵器。少女仍一動不動地站著，神色未變，衛兵們右手虎口與手腕處俱突然一麻，所有兵器哐啷啷地跌落在地。

正在此時，方才回去報信的兵卒引著一群護衛簇擁著一個文官打扮的人快馬奔來。

那人遠遠看見少女手中的玉珮，神色一變，滾鞍下馬，匍匐在地：「卑職九邑知府李蘆，不知國師特使駕臨，有失遠迎，望特使恕罪。」

少女微微一笑，收起手中的玉牌：「我們國師也是奉太后懿旨，派我們與劉公公一起接迎澹台丞相之女進京。知府大人向太后和劉公公請恕罪吧。」

李知府愈發惶恐，又連連向劉公公賠罪，劉公公方才受了悶氣，很不容易消，李知府賠了許久的罪之後方才寬宏大量地說了一句：「李知府不必自責。」

賠罪完畢，四周的衛兵退避讓開道路，李知府親自躬請劉公公一行入城，少女旋即回到車中，樂越擦亮雙眼，鳳凰少女掀開車簾閃身入轎的瞬間，他望見了一張嫻雅恬美的容顏，如清月出雲，如花映靜水，嫻靜端雅。

樂越一時間有些出神，馬車已緩緩前行，將要經過樂越和昭沅眼前時，恰有一陣和風掀起一側的小簾，樂越再度有幸掃見了澹台小姐的側顏。

只是，他依稀瞄到澹台小姐肩上有一隻嫩黃的絨團，似乎還蠕動了一下。

昭沅看到的遠比樂越多，他看見那隻嫩黃的絨團向他們這邊轉過頭，睜開黑溙溙的眼。

是一隻雛鳥。難道是雛鳳？

可是，方才那位凰女若是澹台小姐的護脈凰神，沒道理另外還有一隻。

昭沅抓抓頭，而且，鳳凰有黃色的嗎？

回到行館後，樂越言語遲鈍，神情微有恍惚，惹得琳箐大疑：「喂，你們今天上街查到甚麼了？知道了甚麼驚悚的內幕？」

昭沅替樂越回答說，他們今天在街上碰見了一個，呃，是兩個美女，樂越看了之後就這樣了。

琳箐皺起眉，上上下下打量樂越：「甚麼樣的美女呀，看完之後就失魂落魄了？」

樂越扯動嘴角笑道：「少聽昭沅胡說，我們今天看到了鳳凰手下的凰女和皇宮裡的公公一起護送丞相千金進城，好大陣勢，大概是給太子選妃吧。」

行館中向來消息靈便，澹台丞相之女路經九邑之事，琳箐、洛凌之、杜如淵也都聽說了。而且，貌似西郡主已經把澹台小姐請進了郡王府，說要做伴聊天一、兩日。

杜如淵道：「鳳凰會選人，澹台丞相的這位千金可是出名的美女。」據杜如淵介紹，澹台小姐是澹台丞相獨生女，閨名容月，自幼通讀詩書，擅丹青、精琴藝，端莊溫婉，堪稱名門閨秀的楷模。

琳箐道：「澹台容月有那麼好嗎？樂越看誰都是美女，楚齡郡主他不是也覺得很美麼？她身邊的那個凰女應當比她好看吧。」

昭沅感到琳箐的話中有股奇怪的酸溜溜味道。

樂越搖頭道：「錯了，這幾位並非一個類型，說起氣質，澹台小姐還稍勝一籌。」

琳箐沒再接話。

昭沅覺得氣氛有些僵，想辦法轉個話題，問道：「有黃色的鳳凰麼？」

杜如淵回答：「有，金鳳主大貴。」

昭沅於是把在澹台容月肩上看到雛鳥的事情說了。杜如淵也道奇怪，按理說，護脈神只有一個，沒道理有同種的兩個一起在身邊。「或者是因爲那隻金鳳凰太小，所以要其他鳳凰幫忙？」

琳箐插話道：「金鳳凰主皇后運，彩鳳凰主嬪妃運，這兩隻可差了很多。」

或者因爲澹台容月是皇后還是嬪妃尚且不一定，方才出現這種情況？

琳箐又道：「當然啦，還有一種情況，就是那隻根本不是鳳凰，而是黃鳥。」鳳凰族有將其他禽族帶在身邊做隨侍童子的習慣。鳳桐身邊的小童就是一對喜鵲，所以，那隻幼鳥是凰女豢養的小黃雀也不一定。

昭沅半猶豫地點頭。

吃完晚飯後，琳箐把昭沅拉到一邊：「喂，今晚陪我出去一趟。我想去查查那個凰女的來歷。」

昭沅知道琳箐根本不是去看鳳凰，她是想去看看那位澹台小姐。可是他不會說破。

半夜，昭沅和琳箐一道來到鎮西王府上空，隱隱察覺到鳳凰的氣息從內院一側的廂房中傳來。廂房還亮著燈，琳箐拉著昭沅降下雲頭，昭沅已經能使隱形術了，琳箐又在他身上加了一道法障，據說可以不被鳳凰發現。

一龍一麟來到有燈的窗下站著，聽見裡面傳來女子談話的聲音。

「……今日的境況是小時候怎麼也想不到的。我還記得當時容月妳說，將來要嫁給學問不輸妳爹爹的郎君。我們還笑妳是不是想嫁給那個鬍子一大把的莫太傅來著。」

琳箐聽見「容月」兩個字，立刻嗖地穿牆而過，進入房內，只見房中燈下端坐著兩個華服少女，一群婢女立在旁邊。

右首一身重孝的不用說，自然是楚齡郡主，她換了女裝後比男裝時好看了一些，雙眉鋒利，帶著些許英氣。

左首那位應該就是澹台容月了。

琳箐細細打量，澹台容月穿著一身淺綠的長裙，罩衫上繡著折枝茉莉花紋，她的頭髮烏黑而濃密，梳成雲鬢，只綴著幾件釵飾，精緻又不嫌繁複。琳箐不得不承認，她長得的確不錯，艷麗的凰女站在她旁側，卻一點也搶不了她的光彩。她舉止神態異常優雅，兼之看起來端莊溫柔，正是像樂越這種凡間男子最喜歡的類型。

琳箐順帶鑒定了一下凰女的羽色品級，這隻雌鳳凰在鳳凰族中等階應該不低，被她護佑之人必定是後宮中的佼佼者，大約是個貴妃或最受寵的妃子之類。太子尚未登基，澹台容月可能要先做太子妃，這隻鳳凰正合她身分。

聽了楚齡郡主的話，澹台容月輕輕笑起來：「是，我也記得，若珊妳那時說，妳要嫁給最厲害的大將軍，我也問妳是不是要嫁給張飛。」

兩人不禁掩口而笑，楚齡郡主收笑嘆道：「我家中遭此變故，不得不拿自己作賭注，爲了西郡一搏。倒是差不多眞能找到個很能打的人。」

澹台容月肩上的那隻雛鳥依然在，他縮成一團在睡覺，琳箐一時也判斷不出他是小鳳凰還是小黃雀。昭沅試著想往近前湊一湊，雛鳥動了一下，突然抬起頭，一雙黑亮亮的豆豆眼直看向昭沅。昭沅有些驚訝，澹台容月身邊的凰女都沒有察覺，這隻雛鳥居然能看見他們。

雛鳥歪頭看了看昭沅，又看看琳箐，小翅膀撲搧了兩下，向前跳了兩步。

昭沅捏了一把冷汗，唯恐招來凰女的警覺，琳箐奇道：「這小鬼還挺機靈。」

澹台容月正向楚齡郡主道：「王爺和王妃遭此暗害，若珊妳為何不請皇上主持公道？我不大懂朝政，但亦知道，倘若擅動兵戈，私自解決，挑起兩郡戰事，可能反會獲罪。」

楚齡郡主冷笑：「請朝廷主持公道？我父王和母后被人毒殺天下皆知，凶手何人更是一看便知，刑部的官員過來，卻說證據不足，疑點重重，此案恐會變成懸案。既然朝廷不能給我公道，那我就自己求個公道！」

雛鳥站在澹台容月肩側最靠外處，顯得越來越興奮，連連撲打翅膀。

楚齡郡主又道：「容月，妳這次進京，是要做太子妃吧？」

澹台容月沒有回答，但眉目間有些哀愁。

楚齡郡主笑道：「傻丫頭，有甚麼好愁的，太子的年紀與妳正般配，聽聞相貌英俊、才學好，自幼在玄道門派修習，武功也高。這樣的郎君能羨慕死天下的女人。妳的命可比我好多了，將來可能還會做皇后。妳如果現在就是皇后便好了，我就不用出此下策。」

澹台容月搖頭：「從古到今，後宮之中哪有人能安生過活。妳爭我鬥，處處心機。還不如找一個種田的、打魚的，只要不餓肚子，足夠生活，彼此眞心相待，兩個人相依相伴到老便可。」

楚齡郡主嗤地一笑：「眞是不知人間愁苦的大小姐說出來的話，眞的讓妳嫁了種田的、打魚的，曉得了世間的辛苦，妳就知道剛才說的話有多蠢了。這世上，甚麼東西不靠爭？老天只會眷顧聰明人，強者生，弱者亡。」拉起澹台容月的手。「好妹妹，我先提醒妳，若是不比旁人強，原本是妳的東西也會變成旁人的。」

澹台容月只是笑了笑。她肩上的雛鳥撲打小翅膀，猛地一躍，筆直地一頭向昭沅撞來。

昭沅吃了一驚，下意識後退，雛鳥已砰地撞在他胸口，拍著翅膀叼住昭沅的衣領，嗖地落上他肩頭，再奮力搧翅上躍，往昭沅臉側啄了一下，親暱地用腦袋拚命蹭。

昭沅手足無措，琳箐本要拍向雛鳥的手也僵住了。

凰女豎起眉毛，向這方呵斥道：「甚麼人!?」

昭沅和琳箐還沒打算溜走，房中的澹台容月、楚齡郡主和其餘人先都愣了。凰女方才醒悟自己不小心喊出了口，忘記有些事情凡人察覺不到。

澹台容月訝然問：「凰鈴，怎麼了？」

凰鈴眼睜睜看著黃鳥在空中某處又蹦又跳，暫時低下頭：「小姐，抱歉，我方才……」

楚齡郡主緩緩起身：「看來容月妹妹的這位女婢已經察覺到了。」她忽然看向昭沅、琳箐的方向。

楚齡郡主向著琳箐和昭沅的方向朗聲道：「姨母，既然容月妹妹已經發現，妳就出來一見吧。」

雛鳥撒嬌地依偎在昭沅頸側，琳箐與昭沅俱大疑，難道楚齡郡主又是一個看得見護脈神的凡人？

從琳箐身側屏風後，緩緩走出一個人。昭沅、琳箐愕然，這個人他們進屋時就在，原來是在偷聽，他們還以爲是安排在屏風後侍候的女僕。

那人走出來後，琳箐和昭沅才發現他們認識——論武大會上曾做過評判的南海劍派宗主綠蘿夫人。

楚齡郡主走到綠蘿夫人身側，向澹台容月笑道：「這是我遠親姨母，聽聞容月妹妹來到府中，一時好奇想看看。但她身無封銜，又是江湖中人，唯恐唐突，就在屏風後偷看了。」

澹台容月起身，向綠蘿夫人行禮道：「夫人是長輩，本該由我前去拜見。是我失禮了。」

綠蘿夫人向前兩步，上下打量了一下澹台容月，微笑道：「澹台姑娘美貌溫柔，端莊知禮，不愧是丞相千金，和太子實在般配。」

澹台容月低下頭，楚齡郡主趕緊插話：「姨母，妳在江湖上待太長時間啦，說話也變得和耍劍一樣，直來直去。容月這次只是奉命陪太后說話，其他的事，還沒公開提呢。」

綠蘿夫人尷尬地笑了一聲：「啊，是，我方才一時口快，亂說話了。實在是澹台小姐這麼好的姑娘太過少見。我若爲人母，一定想要一個妳這樣的兒媳婦。」

澹台容月的臉微微染了些紅暈，道：「夫人過獎。」

楚齡郡主咳了一聲：「姨母，我們別總是在嫁人的話題上說個不停。夜已快三更，容月妹妹須回房休息了。」

琳箐向昭沅道：「沒甚麼可看的，我們回去吧。」

昭沅點頭，可那隻雛鳥賴在他肩膀上，依偎在他頸側。昭沅想趕他下去，但他用兩隻小爪緊緊抓住昭沅的衣服，腦袋在昭沅脖子上討好地蹭。

昭沅不知該如何是好，琳箐笑嘻嘻地在旁邊看熱鬧：「和你這麼親熱，看來他不是小鳳凰。要不然我們拐他回去?」

昭沅向一旁瞄了瞄，凰女站在燈下，正暗暗用刀一樣的目光刺向這裡，假如他們敢拐帶這隻雛鳥，一定會死得很難看。昭沅無奈向琳箐求救，琳箐輕輕捏住雛鳥的小身體，強行把他從昭沅肩上扯了下來，放到一旁的屏風頂上，再使了道定神咒，方才解決了這塊牛皮糖，迅速撤離房中。

回到住處，樂越他們都還沒睡，詢問琳箐和昭沅有沒有查到甚麼。

昭沅說，沒有，只是看了一會兒郡主和澹台小姐還有綠蘿夫人聊天。

琳箐道：「也是有的嘛，起碼我們知道了，那隻凰女並不怎麼厲害，不須要在意。」

結果，當然是被樂越和杜如淵恥笑，花了一晚上跑去偷聽閨房中聊天，白做無用功。琳箐很鬱悶，恨恨地去睡了。

四月二十日，第一輪比試正式開始。

一大清早，樂越與所有參選人一起到九邑城外的校場處集合。經過數日挑選，總共剩下了八十名待選人。校場上竟密密麻麻站著許多兵卒，手執木棍，站成一個四方陣。西郡王府的外務總管站在高台上，展開一幅卷軸，宣讀楚齡郡主親自擬定的武藝比試規則。

這次武藝比試很有些與眾不同，場上共有八百名兵卒，每十人編成一隊，每隊皆有編號。校場上木桌的籤筒中裝滿寫有編號的竹籤，參選人依抽籤選定跟隨自己的十人，在四月二十到四月二十五這幾天磨合鍛鍊，四月二十六到四月二十九四天內各隊進行比試。前三十名進入下一輪篩選。

在場的郡馬待選們都很愕然，這哪裡是武藝比試，明明是練兵試煉。樂越抽中了第五十六號籤，跟著他的那十個兵卒剛剛被收編進兵營，神色萎靡。幸而樂越有在師門帶師弟們練功的經驗，先讓他們排成一排，教他們用手中的木棍挽個棍花。

十個兵卒中，有三個耷拉著眼皮佯作沒聽見，五個握著棍子意思地左右晃了一下，只有兩個照著樂越的方法做，棍子還沒轉完半圈，咣啷掉在地上。

樂越甚是無奈，他左右四顧，才發現其他人帶的兵卒都和他的差不多德行。

出身武師鏢局之類的人尙好，已經在有模有樣地調教。那些世家公子哥兒們各個一副束手無策的模樣。

樂越瞄見文霽和南宮苓兩位少爺正面帶微笑拱手抱拳文謅謅地和那些兵卒說些甚麼，跟著他們的兵卒全都一臉不耐煩，疲遢遢、姿態各異地站著，有的還在打呵欠。

校場的一角，孫奔正在和那堆兵卒聊天，貌似還聊得挺開心，時不時爆出一陣大笑，有幾個兵卒乾脆坐在地上。

樂越心中安慰了一些，他這邊比上不足，比下倒還綽綽有餘。

樂越反省挽棍花華而不實可有可無，還是先從基礎打起較好，又帶十個兵卒先練習紮馬步。那幾人不大樂意，向樂越道：「小哥，你東一榔頭西一錘子，到底要我們做哪樣？上戰場打仗是要向前衝，你讓做的這種，也就蹲茅坑好使吧。」

樂越道：「幾位兄台莫要和我開玩笑，我知道軍中也要練馬步，行軍當然要先從馬步紮起，下盤穩固，不會走兩步腿瘦見了敵人腿抖，才好上陣打仗不是。」

那幾人又道：「就算你說的沒錯，那紮馬步也是項基礎的長遠工夫，六天而已，扎了有何用處？說不定因爲腿蹲麻了，上場反而輸了。我們哥兒幾個也是爲小哥你著想，是吧。」

話雖糙，卻有理，樂越有些猶豫了，想一想，決定改練棍法。青山派有一套上敲腦袋下絆腿的絆纏棍法，很是實用，正可以用在此處。他向十個兵卒抱抱拳：「各位，在下這次全要仰仗各位幫忙，多多有勞，今天收工後，一起去吃飯，我請客。」

十個兵卒這才勉強精神了一些，拎起棍子，跟著他演練。

這十人練到傍晚，一套棍法才學會了前三式，互相演練時更是亂七八糟，揮棍亂敲。樂越安慰自己，也就和師弟們練得一樣爛而已。

日落西山收兵時，樂越已是灰頭土臉，疲憊不堪。南宮苓踱過來和他搭訕，充滿羨慕地認眞說：「樂兄，你練得眞好。我這輩子只被長輩練，從沒練過誰，實在不知如何做起。」

樂越誠實道：「實際我也是焦頭爛額，毫無頭緒，亂練而已。」隨即提點南宮苓。「南宮少爺你可以按照你家長輩的方法來練他們。」

南宮苓苦惱地搖頭：「不行，我們南宮家訓練子弟的方法是很多長輩一起練一個，這樣一個練很多的方法我不知道。」

樂越拍拍他肩膀：「那就只能靠南宮少爺你慢慢領悟了。」

南宮苓有心向樂越學習，樂越喊上他帶的十個兵卒去館子裡吃飯，南宮苓立刻效仿，連酒館都進了同一家，索性拼在一個包間內，二十二個人一起吃了個痛快。

酒足飯飽後，天早已入夜了，南宮苓與樂越搭伴回行館，南宮苓喝得有點多，舌頭微有些大，話微有些多，萬幸步履還算穩健，一路絮絮叨叨和樂越聊了很多。

南宮少爺道，其實他不想來參加郡主招親。郡主身分高貴，又能拿刀槍、上戰場，定然不是等閒角色。南宮少爺只愛溫順的小花貓，不愛母老虎。可是他爹提前打聽到文老爺的私生子要來參加招親，爲了南宮家的面子，非把他送來不可。他爹說，娶不娶在其次，重要是參與過。爲了防止他半路開溜，還特意委託嬸娘南宮二夫人一路押送。

南宮少爺充滿痛苦地說，樂兄，我眞的眞的不想娶，但我又不想輸，南宮家的人不能輸。樂兄，我很矛盾，我該怎麼辦？

樂越懇切地回答他，這個問題有點難，我也不知道。現在我連自己都保不住，幫不了你。

南宮少爺的表情更痛苦了，長嘆一口氣：「我爲此事日日苦惱，在行館中被嬸娘看管，不好表露，恐是太過鬱結，最近每每愁苦時，心口處肋骨之間好像堵了塊東西，隱隱作痛。」

樂越關切向南宮少爺道，別是他行功時眞氣岔道，多順一順較好。

南宮少爺道：「唉，這種痛和眞氣岔道不同，只是在深深吸氣再吐出時，隱隱有感覺而已，我看醫書上說，失眠多慮，肝脾虛火，便容易出現這種症狀。」

樂越也試著深吸氣，再吐出，竟感覺自己下面幾根肋骨處的內裡也有些滯堵和隱隱的刺痛。遂向南宮少爺道：「我也有。」

南宮少爺得知有人同病相憐，十分欣喜，向樂越道：「肝脾虛火很傷身，我最近幾日準備按書上所說，用冬瓜搗成汁水，日飲一碗，據說清肝利膽，能好很多，樂兄不妨也試試。」

樂越謝過南宮少爺指點，再一路聊到行館內，直到遊廊岔路處，方才告辭各自回住所。

昭沅、琳箐、洛凌之和杜如淵都在等他，居然連應澤都在，沒有吃飽了跑去睡覺，樂越很感動。他臀部還沒沾到凳子，就被連番地詢問情況如何。琳箐道：「我和昭沅、應澤有使隱形術偷偷過去看你哦，當時你和一群人正在空地上耍棍子，我們怕耽誤你，就回來了。爲甚麼讓你們每人和一群兵在一起耍棍子？」

樂越無力地道：「那不是在耍棍子，是在練兵。」

琳箐大驚：「啊？怎麼會有這麼傻的練兵？」

應澤嚥下糕點肅然道：「怎樣，被本座說對了吧？本座說一定是練兵，傻練兵，小麒麟非嘴硬說你不會那麼傻，肯定是在做另一件很有內涵的事情，譬如耍棍。」呵呵笑了數聲。

琳箐咬牙：「哼，不就是每天幫你跑腿買零嘴麼？我願賭服輸。」

昭沅默默地幫樂越端茶，又遞給他一條濕手巾，洛凌之問樂越：「樂兄，你們不是要比武麼？爲何突然改作練兵？」

樂越拿手巾擦了把臉：「我也不知道，今天到了校場後，宣布的規矩就是如此。」便把規則詳細一說。

琳箐道：「哦，原來如此，那麼西郡王府倒沒算亂定規矩，這的確只能算比武，不算練兵。」她隨即解釋，軍中所謂練兵，乃是從陣勢、步法、攻守進退的規則到必須遵守的號令等全部在內的操練，以一爲整，以整爲一。像這種分出幾人，各自演習槍棍，再互相比試，就是比武。只是，之前所有人都以爲按照江湖規矩的比武成了軍中常見的比武而已。

樂越恍然，沒想到軍中學問如此大，今天單是帶幾個人練習，他已有些焦頭爛額，手足無措了。

杜如淵插話安慰他道：「所謂隔行如隔山，越兄只是之前沒接觸過，不曉得門道而已。待摸熟門徑後，再加之領悟和鍛鍊，便能突飛猛進了。」又問樂越。「不知越兄用甚麼方法帶那幾人？」

樂越詳細地說了一下，琳箐和杜如淵都連連搖頭，應澤嗤笑數聲。

樂越摸摸鼻子：「我知道方法傻，我只在師門中帶過師弟們，不曉得能用甚麼別的辦法。」

杜如淵搖著扇子道：「越兄你首要錯的一項，並非方法，而是態度。這十人分到你手下，你要『帶』和『領』，便不能態度低於他們，亦不能相平。」

樂越刨刨頭髮：「他們只是暫時幫我忙而已，我並非他們的頭領，更不是軍官，本就應該平等相待吧，頤指氣使，豈不變成跳梁小丑？」

杜如淵輕哂道：「又錯，不低於並不等於頤指氣使。今日十人，明日後日就可能是千人萬人，馭兵者、馭國者，先要懂得駕馭人心。」

樂越砸砸額頭，琳箐阻攔杜如淵道：「書呆子，你那個甚麼御心之流太高深了，還是先從最實在處說，樂越現在帶他的那十個人怎麼練比較好？」

樂越起身道：「不然還是我自己先想一想，等眞的想不出了，諸位再幫忙吧。」大步走到外面去洗臉。

琳箐呆呆看著他的背影：「剛才我是不是說錯話了？」

應澤道：「沒有，卿遙的徒孫說的沒錯，此事須他自己領悟。」

半夜，樂越又悄悄起身到屋外看月亮，昭沅尾隨在他身後。

他看到樂越爬到遊廊的屋脊上坐下，便也跟過去，站在對方身邊。樂越望了望他，並沒說甚麼，昭沅小心翼翼在對方身邊坐下，樂越不說話，他也不說話。

坐了很久之後，樂越開口道：「我想說一句可能會讓你洩氣的話，我眞的不適合做皇帝。我就是個天生的百姓命，發號施令，駕馭他人這些事，我做不來。」

昭沅輕聲道：「我覺得你很合適，沒人規定皇帝必須怎樣做。」

樂越笑了一聲：「皇帝就是管人的啊，管百姓、管大臣、管江山、管整個天下。」

昭沉默默地看著他，道：「我以為你從不會說自己做不到。」

樂越臉皮微微一僵：「人貴在有自知，我一向具備這種品質。」

昭沉沉默片刻，輕聲道：「那你就不要勉強自己，按照你想做的去做。」

樂越苦笑道：「你這句話可真夠偉大的……我做不了皇帝，你怎麼辦，就無法打倒鳳凰了吧？其實，我算是你的負累。」

昭沉黯然，這的確是最讓他感到沉重的問題，不過，他此時最想告訴樂越——

「你不是我的負累，我也不是你的負累。」

因為在知道樂越是他要守護的人之前，他和樂越，就是朋友。

結果怎樣尚不可知。

但，我和你遇見了，我和你有緣。這便很難得，我很開心。

樂越悶頭坐了一會兒，猛地站起身：「好吧，就衝你剛才這句話，這一回，我就認真搏一把！」

第二天清晨，樂越很早起床，在行館不遠處的小街邊買了一大堆油餅燒賣茶葉蛋，裝了一提籃，提回去呈到應澤面前。

應澤用筷子挾起一枚燒賣，端詳良久，問：「卿遙的徒孫，你為何不去找小麒麟或是那隻龜？」

樂越道：「他們都沒打過仗，論境界，與你老人家無法相比。」

應澤道：「你既然知道用甚麼方法來求本座，怎麼想不到如何讓那些人聽你的話？」

樂越愣了愣：「就算他們誠心幫，我不知道只用這幾天該怎麼練好。」

應澤吃了個燒賣，又嚐了顆茶葉蛋，才又開口：「是一個對一個，還是一隊對一隊？」

樂越怔住，道：「不清楚，王府的人沒細說，不過，那麼多人，單對單的話，有點……大概是一隊對一隊。」

應澤道：「大概？這都是大概，還怎麼定方法？」

樂越沉默，片刻後向應澤抱抱拳頭：「多謝殿下，兩句話讓晚輩豁然開朗。」

應澤傲然地笑笑，不做回應。

一起吃早飯時，昭沅發現樂越的眼睛直直的，還把剝下來的雞蛋殼在碟子中分成兩堆，用筷子撥來撥去。

琳箐小心地問他：「樂越，要不要我……」

洛凌之開口，打斷琳箐的話：「樂兄，時辰差不多，你該去校場了。」

樂越這才猛地回過神，三口兩口吃完飯，擦擦嘴道了聲別，一溜煙出門去。

琳箐有些悶悶不樂，直到吃完飯後都沒有再說話，洛凌之和昭沅收拾桌子洗碗，拿起琳箐面前的空碗時，洛凌之道：「讓越兄自己考慮一下比較好。」

琳箐立刻搶白道：「我知道，所以我才甚麼都沒說嘛。」她自己也覺得這句話說得太生硬，又轉換話題。「還有，洛凌之，你比樂越更需要多知道些兵法及運用之術。你……對這些瞭解得多嗎？」

洛凌之沒說話，只是好脾氣地搖搖頭。

琳箐接著說：「那麼，讓杜書呆介紹你幾本兵書吧，我和你研究一下。」

洛凌之微笑，點點頭。

等洗完碗，收拾完房間後，琳箐去找洛凌之：「我們今天就開始研究吧。」

洛凌之順從地與她在木桌邊對面坐下。琳箐眨眨眼：「從哪裡開始比較好？你甚麼都不會，又沒有現成的兵書，呃，不然我們就從最簡單的……」

洛凌之溫和地開口道：「從訓練幾個人，小隊對陣開始吧。」

琳箐看了看他，轉開眼睛：「嗯，這樣也好，不過，就是和樂越現在做的有點像，那也沒辦法，不可避免嘛……那麼我們……開始吧。」

洛凌之的眼角微微彎起：「那正好，我還可以和越兄隨時切磋切磋。」

琳箐抬起眼，恰好與洛凌之清澈的雙眸對視，立刻迅速低頭，抓起紙和筆，開始畫小隊的安排和各種對陣圖。

杜如淵和商景出門去書坊中買兵書了，昭沅和應澤一起偷偷去校場看樂越，房中一時只剩下了琳箐和洛凌之。洛凌之的確資質悟性非同一般，琳箐毛毛躁躁地講，他竟能一聽便通，還舉一反三，最後在紙上與琳箐畫圖對局。

把一張畫滿的紙拿到一邊時，琳箐忍不住問：「洛凌之，你爲甚麼一點牢騷也沒有？」

洛凌之的神情有點疑惑。

琳箐乾脆直接地說：「我爲了和孫奔賭氣，拉你下水……然後一直，也沒有盡到做護脈神的本分。總是想著樂越比較多一點……你應該會有牢騷吧……」

洛凌之笑了笑：「我覺得沒甚麼。」

琳箐睜大眼：「不是吧，我以爲，誰都難免會有點生氣的。」

洛淩之再笑笑：「我當時是很意外，但……別的沒甚麼。還覺得，很有趣。」

琳箐的眼睜得更大了，洛淩之取過一張紙，提起筆桿：「可能我這個人比較無聊。」

到了傍晚，昭沅和應澤回來了。

昭沅說，樂越今天很順利，那些人都很聽他的話，他還把那些人分成兩組，練習對戰。

琳箐很開心，杜如淵和洛淩之也都露出喜悅的神色。

昭沅非常高興地說，樂越比很多人做得都好。

應澤嗤了一聲：「比他好的人也不少，那個孫奔比他強多了。」

琳箐皺眉：「怎麼會？昨天我們看見過，孫奔明明比樂越差，他帶的那些人都不動，坐在地上聊天。」

昭沅耷拉下腦袋：「可是他今天的確很強，數他最強。」

今天的演練，各組可以挑選地點各自練習，這樣做，一來不會互相干擾，二來可以防止有人偷學他人的訓練方法，以保公正。

樂越帶著他那隊的人在樹林的一處空地上，昭沅特意找尋其他隊看了一下，尤其是孫奔。連他都看得出來，那幾人完全被孫奔掌控在手中，對孫奔的指令非常服從。孫奔讓他們先單對單的對打，再把剛才對打的兩個人分作一組，與另一組對打，然後再合成三人、四人、五人組，或六對四，三對七等等，拆開組合，既能練單戰，又練配合和對局。均衡對局、弱對強、強對弱都顧及到了，異常周全。

和他一比，樂越那種分作兩批或合練拳腳是……差了很多。

琳箐道：「孫奔做土匪頭子這麼多年，又打劫縣城，自然經驗多。樂越現在比他弱很正常。之後一定會比他強的！」拍拍昭沅的肩膀。「我們要對他有信心！」

昭沅重重地點頭。

唯有應澤哼道：「單看資質，難。」

對老龍向著孫奔，琳箐很不忿，幸而應澤之後又負手，悠然遠望：「若非有本座點撥，他這輩子休想超過孫奔。」

大家恍然醒悟應龍殿下在拐彎自誇，都不再說甚麼了。

昭沅看到桌上擺的琳箐和洛凌之所畫的對陣紙，捧起來仔細看，湊到琳箐身邊：「能不能也教教我？」

晚上，樂越滿身汗氣、灰頭土臉地回來，對關於他突飛猛進的誇讚始終抱謙虛的態度。飯後，他去浴堂泡了個澡，等到琳箐、洛凌之、杜如淵等都睡下，又悄悄起身。

昭沅尾隨在他身後，樂越又上到遊廊的頂上，從懷中掏出一把黑白棋子，在屋瓦上擺。

昭沅到他身邊蹲下：「要不要我幫忙？」

樂越對他突然出現一點也不意外，遞給他白子，指著屋瓦道：「假如你的白子只能待在這片瓦上，我的黑子在另一片，你的白子想要越過瓦縫，打敗我的黑子，一對一會平局，你要怎樣？」

昭沅先拿兩枚白子，越過瓦片去碰樂越的一枚黑子，樂越又拿過另外兩枚黑子，這樣擺來擺去，竟然十分複雜，可以想出很多方法。

他們正在聚精會神地擺子對陣，昭沅忽然感應到一絲特別的氣息，他猛回頭，看見一旁的屋頂上站著一個錦裳的身影，那身影輕盈地飛掠過來，落在昭沅身邊：「終於找到你這個小賊了！」

樂越訝然，是那個凰女凰鈴？

昭沅站起身，擋在樂越面前：「我不是賊。」

凰女皺皺鼻子：「你就是！偷聽賊！前天是我沒辦法追你們，才會讓你們跑掉。我……」她話沒說完，從她肩膀上飛起黃乎乎的一團，一頭扎向昭沅，又蹭到他肩膀上。

凰女跺腳：「喂喂，阿黃，回來！」

樂越奇道：「這是甚麼？」向依偎在昭沅頸旁的黃絨團伸出一根手指，黃絨團立刻轉過腦袋，往他手指上啄了一下，親暱地蹭蹭。

凰女氣得咬牙：「你這個和誰都熟的傢伙，回來！」

樂越忍不住呵呵笑出聲，昭沅也笑了。

凰女伸手從昭沅肩上抓回雛鳥，雛鳥不情願地在她手中用力掙扎。凰女用手指彈他腦袋：「你，我回去一定告訴君座和鳳桐哥哥，有你苦頭吃。」

雛鳥縮縮脖子，繼續不屈不撓地掙扎。

樂越笑嘻嘻地搭話道：「鳳凰姑娘，妳是不是奉你們君上和鳳桐公子的命令來抓我們的？」

凰女清凌凌的雙目掃了一眼樂越和昭沅：「我們鳳與凰各有司職，只要不犯到我管的事情，我不會多管閒事。不過，那些別有用心的偷聽賊被我抓到就絕不放過！」

昭沅心虛地解釋：「我們、我們只是想去看看澹台小姐長甚麼樣子，好奇而已。」

凰女冷笑：「騙鬼！」

樂越道：「鳳凰姑娘，深更半夜，妳還是回去好好保護澹台小姐。這裡雖然是郡王府，可不很安全，連郡王和王妃都被毒死了。妳還是小心為妙。」

凰女板起面孔：「不勞你們虛情假意的費心。我們鳳凰保護的人，誰動得了？有想對澹台容月不利的人，已經被我修理了，我今夜只是想查查他的底細。倒是碰見了你們。算了，有鳳桐哥哥收拾你們，你們一定跑不掉！」

郡王府中出現了對澹台容月不利的事情？樂越心中微動，臉上卻笑道：「是，有鳳桐公子收拾我們，我們怎麼跑得掉，所以姑娘趕緊去忙正事吧。」有意無意補充一句。「既然忙著趕路，何必在郡王府中多耽擱？」

凰女道：「耽不耽擱關你甚麼事。」瞥一眼昭沅，丟下一句。「今天我還有事，暫時放過你這個偷聽小賊！」轉身消失在夜幕中。

樂越遙遙望向郡王府的方向，摸了摸下巴。

第二天，樂越早飯後匆匆趕往城外，他和十個兵卒約好在東門外的曠野處練習。拐到大街上，恰好遇見一隊人簇擁著一輛馬車出了東門，正是澹台小姐一行。

這一去京中，恐怕就是王妃了吧。樂越讓到路邊，在馬車經過他身旁時不由自主一望，恰好，與微微挑起的車窗簾後一雙美麗的眼睛對上。

天與地彷彿凝固了一瞬，再重新活起來時，馬車與那盈盈雙眸都已遠去，唯有樂越呆站在路邊。

昭沅在半空中看樂越，他身邊琳箐的臉色一定很難看。

怎麼辦，偏偏就是今天琳箐非要偷偷跟著樂越，還非要從出門時就跟著。結果……

樂越是不是對澹台容月一見鍾情了？

凡人的感情，很難說，昭沅苦惱地搓搓前爪。

琳箐一言不發，等樂越活動了，就繼續跟著。昭沅想找點甚麼說，琳箐卻自己開口了，聲音還很正常：「澹台容月進了京城，就要嫁給太子了吧，眞可惜呀。」

所以琳箐基於同情不會吃醋了嗎？昭沅嗯地回應了一聲，很複雜嘹。

琳箐戳戳他：「咦？你看，孫奔！」

昭沅順著她指的方向望去，的確。「不過孫奔昨天選的地方在城北啊。」他今天往城東幹嗎？和樂越選相同的地方？

街上的樂越沒有看到孫奔，孫奔卻看見了他，於是立刻繞進一旁的胡同中，改小路穿行。等樂越出了城門後一段時間，才左右四顧地出了城。

昭沅和琳箐見他拐進官道邊的樹叢，一直沿著官道前行，飛先鋒遙遙在一棵大樹上撲打翅膀，比比劃劃。

琳箐皺眉：「孫奔好像在跟蹤澹台容月的馬車。」

樂越匆匆趕往練兵地點的路上，忽然聽見琳箐的聲音在天上喊「樂越、樂越！」

再一瞬間，她已經拉著昭沅笑盈盈地立在眼前。

還好現在附近沒人，樂越擦擦冷汗。

琳箐滿臉神祕地小聲道：「告訴你件奇怪的事情，剛剛我和昭沅發現，孫奔正在跟蹤澹台容月的馬車。澹台容月是未來的太子妃，如果在西郡出事，西郡一定逃不了責任，孫奔是想利用這個來陷害西郡吧？」

樂越敲敲額頭：「孫奔好歹算是個大丈夫，不會去傷害一個柔弱女子吧？」

琳箐哼了一聲：「那可不一定，他來西郡參加招親，不就是處心積慮地要對付郡主這個落難女子麼？這種人，爲了自己的目的甚麼事做不出來。」

樂越皺起眉頭，他的確有些放心不下澹台容月。想了想，他讓琳箐和昭沅繼續跟蹤孫奔，自己則迅疾趕往與那十個兵卒約定的演習處，請他們自行演練，午時他會帶酒菜前來。

那十個兵卒樂得偷懶半日，聽說還有酒菜吃，立刻雀躍答應。

天陰無風，空氣濕熱，樂越趕得急，身上滲出黏汗，濕透衣衫。他揀近路奔向官道，接近離城不遠的小山時，突然覺得肩膀上被甚麼東西戳了戳，轉頭，卻甚麼都沒看到。跟著，一枚小石頭啪嗒砸到他的頭頂，身旁的樹梢上傳來窸窸窣窣的聲音。

樂越抬頭，只見孫奔正抱著手臂站在樹上，衝他露出雪白的牙齒，飛先鋒蹲在孫奔身邊，向他擠眉弄眼地丟石子。

琳箐拉著昭沅嗖地出現在樂越身邊，琳箐橫起眉毛向孫奔惡狠狠地道：「喂，你別過分啊。」

昭沅歉然地看著樂越，因爲飛先鋒對他和琳箐身上的仙氣特別敏感，他們不敢跟得太近，只好遠遠隱在半空中。不想樂越跑得太快，他雖急忙忙地戳了樂越肩膀兩下示警，卻已無法阻止他進入孫奔的察覺範圍。

孫奔挑眉：「好像是三位在跟蹤在下吧，怎麼反倒說我過分？」

琳箐直截了當道：「我們跟蹤你是因爲你鬼鬼祟祟跟蹤澹台容月，說吧，你打甚麼壞主意？」

樂越抱抱拳頭：「孫兄，跟蹤你是我們不對。我知你與西郡有深仇，得知你跟蹤澹台小姐的馬車後，不免以小人之心度君子之腹，跟過來看看。望孫兄諒解。」

孫奔笑道：「樂少俠越來越會說話了。」直接忽略琳箐，縱身躍下樹，向樂越搖搖手指。「幾位誤會了，我知道等下有場好戲要演，方才特意過來看。在下雖與西郡有血海深仇，還不至於對付一個與此並不相干的弱質女流。」

他說得坦蕩，樂越倒有些汗顏：「是我們誤解孫兄了。」

孫奔一臉不以爲意，十分大度地道：「反正各位沒把孫某當過好人，無妨無妨。」飛先鋒抓住他的袍子角，嘎嘎吱吱地叫了兩聲，表示它十分相信主人的人品。

琳箐哼了一聲，孫奔假裝沒聽到，眨眨左眼：「幾位既然已經來了，和孫某一起看戲如何？」

小山坡上的草長而密，匍匐在其中，身形能被徹底遮蔽，透過草的縫隙，可以清晰地看見山坡下官道的情形。

筆直的官道在通過山脈時也變得稍微狹窄和曲折，澹台小姐的馬車和隨行的人正緩緩向這邊行來，轎子和馬匹都行得異常緩慢。

樂越按死一隻趴在臉側喝血的蚊子，低聲道：「他們的速度慢得有些奇怪。」他解開身上掛的百寶囊，取出一枚驅蚊藥丸握在手中，又拿了一枚拋給孫奔。

孫奔抬手接過，道了聲謝，跟著道：「看那些馬，頭下垂、腿打顫，顯然是中了毒，他們被人算計了，一會兒定會出事。」

護衛已經察覺到異樣，走到一輛馬車前說了幾句甚麼。宦官劉公公從車上下來，和護衛一起走到馬前看了看，然後很激動地比劃說了些話。澹台容月的馬車車簾掀起，凰女凰鈴走出來，遞給護衛一件物品，說了幾句話，又回到馬車內。很快，車馬轉了個方向，又開始緩緩前行。

樂越他們屏息凝神地慢慢接近車馬隊。

昭沅跟在樂越身邊，學他一樣貓起腰，躡手躡腳地走。孫奔側轉過臉，向他道：「你不用這麼辛苦，和那位麒麟姑娘一樣隱身不是更方便一些？」

昭沅恍悟，不好意思地笑笑向孫奔道謝。隱身在空中的琳箐敲了他後腦勺一記：「不用和那種人道謝！」

孫奔噙著一抹笑，假裝聽不見。反倒是昭沅露出些歉意的神情。

琳箐氣悶，飄到樂越身邊小聲道：「你多教教傻龍嘛，你看他這個呆樣，說不定哪天就被人拐走了。」

樂越心道，傻，正是他最難能可貴的品德。妳和應澤殿下天天調教，也沒見把他調教好。不過昭沅雖傻，卻是怎麼被拐也不會走，樂越對於這點非常肯定。

琳箐見樂越沒甚麼反應，更氣悶。昭沅用了隱身術，和她一起飄在空中。琳箐便拉住他嘆了口氣：「唉，你還是跟著我，讓我罩著你吧，那些人都靠不住！」

昭沅頓時感激地衝著她笑：「嗯，琳箐妳一直都很照顧我。」

琳箐覺得兩眼有些發黑。

走到將近山腳下時，樹林中隱約傳來打鬥聲。樂越精神一振，快而無聲地趕過去，隔著樹和長草，遙遙看見前方河邊，護衛們正和十餘個蒙面黑衣人打鬥，澹台容月的馬車靜靜停在一旁。

昭沅恍然悟到，這些蒙面黑衣人早就算計好了，馬匹中毒後大約在這裡開始走不動，車隊會到河邊來，所以才埋伏在這裡。只是他不明白——

「這些人爲甚麼知道太子妃他們會來河邊，而不是回城裡？」

樂越道：「馬已經中毒，回到城中很浪費時間。出門在外，一般人都會隨身帶些簡單的解毒藥丸或治療馬匹瘟病的藥草，讓馬多喝點水也有解毒作用，而這條河，是這附近唯一的水源。」

樂越摸摸下巴。刺客們算計得很周詳，他們眞正的來歷和目的很耐人尋味。

孫奔興致盎然地抱起手臂：「孫某邀請你們來看的這出戲精彩否？」

琳箐現出身形，衝他道：「喂，孫奔，這些人到底是甚麼來歷？」

孫奔滿臉無辜：「我怎麼知道，我只是猜到有人要對未來的太子妃不利，所以過來看戲而已。」

猜到了不利會猜不到是誰？琳箐撇撇嘴。昭沅小心翼翼地問：「我們，須不須要過去幫忙？」

樂越還沒開口，琳箐就道：「不須要吧，那隻小鳳凰可不是吃素的，這幾個人還不夠她彈下手指頭，除非樂越有意去表演下英雄救美。」

樂越原本的確起了英雄救美之心，有點躍躍欲試，被琳箐一說，反而不太好衝下去了。

孫奔呵呵笑了兩聲：「很有道理。」他打個呼哨，突然向前躍去，大翼猴搧翅飛上天空。

琳箐瞪大雙眼：「喂，你要做甚麼？」

孫奔頭也不回地朗聲笑道：「多謝姑娘提醒，在下要去英雄救美，在太子妃面前表現一番。」

琳箐盯著他越來越遠的身影，咬牙推樂越：「你也去！趕快去英雄救美，反正沒危險準賺俠義的，別被孫奔搶光風頭！」

「這個……不太好吧。」樂越裝模作樣地躊躇一下。「不過，身爲大俠，路見不平，即要拔刀相助才是，固然不需要我去，多個人總能多幫點忙……」

昭沅知道樂越其實很想去，便沉默地站在一旁，不吭聲。

琳箐狠狠一腳踹在樂越腿上：「想去快去！不要假惺惺！」

樂越揉揉腿彎處快步衝向打鬥地點，昭沅很義氣地陪在他身邊。

樂越邊跑邊喃喃自語：「琳箐從來沒這樣對待過我，難道她眞的移情別戀了？」

昭沅依然沉默。

等樂越衝到戰場，孫奔已經左右開弓，身姿英武地對付刺客，配合飛先鋒在天空的嘶吼盤旋，尤其精彩。

樂越拔出腰間破劍，擺了個瀟灑的姿態，縱身凌空躍入打鬥圈，瞄準一個黑衣蒙面人劈了下去。

昭沅在戰圈外揉著爪子觀戰，十幾個刺客武功都不弱，但護送澹台容月的護衛都是宮中的御前侍衛，身手自然了得，原本就壓制得住這些刺客，再加上樂越和孫奔幫忙，更加應對輕鬆。蒙面黑衣人看見討不到便宜，其中一人虛晃一招，身前炸開一團煙霧，瀰漫擴散，另外十幾名刺客隨之躍入濃霧，眼看就要成功逃竄，飛先鋒搧動皮翅，鼓起腮，吹起一陣旋風，煙霧消散，刺客們再次暴露無遺。

護衛中爲首的喝道：「擒住活口，詢問來歷！」

黑衣刺客迅速向四方躍去，竟是各自逃離，有幾個護衛正要追上，卻聞半空中的飛先鋒厲啼一聲。

眾人抬頭，只來得及看見一個碩大的黑影，依稀是一塊巨石，向著澹台容月的馬車筆直砸下，護衛們不由得齊聲驚呼，卻見那巨石即將砸到澹台容月的車頂時，竟驀地一頓，硬生生靜止在空中。

眾護衛一時都睜大了眼，少頃後，方才發現巨石並非凌空懸著，而是被一個纖細的紅色身影單手托住，只見那紅色身影足尖在車篷頂輕輕一點，盈盈落下，將手中的巨石輕輕放在地上，好像她放下的只不過是一顆小石子。

馬車車簾挑起，凰女凰鈴從中走出，向琳箐微笑道：「多謝。」她這樣笑著，雙眉卻微挑，眼光射出的暗語分明是「不稀罕妳多管閒事」。

琳箐只當看不出，也微笑道：「不用客氣啦，要謝的話，謝我們公子好了。」說著，走到樂越身邊，雙眼閃著星星燦爛地笑。「公子，你剛才退敵好英勇！」

樂越冒著冷汗想，誰都不如妳英勇。

馬車中傳出一個輕柔的聲音：「凰鈴，究竟發生了何事？」

凰鈴側轉回身，躬身答道：「小姐，方才刺客用巨石襲擊馬車，多虧一位少俠的丫鬟相救。」

車簾一挑，澹台容月盈盈從車中走了出來。四周的護衛急忙低頭，澹台容月走到車下，向樂越與琳箐的方向深深一福：「多謝幾位救命之恩，容月必當竭力報答。」

樂越忽然有點手腳不知該如何放的感覺，急忙道：「姑娘不必客氣。」

澹台容月抬起雙目，望向樂越，樂越的心在這一望中驀然跳快了幾拍。

澹台容月肩上的雛鳥在她走出轎子的一剎那便發現了昭沅，立刻興奮地振動翅膀，向他撲來，再次依偎到他頸側，叼住他的一綹頭髮，又蹦又跳。

在場的凡人除了樂越外都看不見他，凰女不好發作，昭沅只感到她眼神如針，不斷地扎過來，但他也不能亂動。

樂越與澹台容月相對凝望，昭沅似乎能看到琳箐身上不斷冒出的黑氣。她上前一步，恰好斜擋在樂越和澹台容月中間，道：「澹台姑娘，妳到底得罪了甚麼仇家？竟然用巨石擊轎這麼狠毒的手法，可見對妳的恨意非同一般。」

澹台容月斂眉道：「家父在朝中爲官，應有不少仇家，但究竟是誰做下此事，一時眞的難以判斷。」

「澹台小姐此番奉旨進京，大約也讓不少人眼紅吧？」樂越摸摸下巴。「可惜巨石落下的時候那些刺客全趁機跑了，若能抓到一、兩個，或者能看出來歷。」

突然有個聲音朗聲道：「正好，在下剛剛抓到了一個。」

樂越轉過頭，只見孫奔肩上扛著一個黑衣人，大步流星走來。到近前，把黑衣人撲地丟在地上。

澹台容月的侍女們敏銳地感覺到了他身上撲鼻的匪氣，趕緊擋在自家小姐身前。

黑衣人直僵僵地躺在地上，一動不動，樂越俯身去看，孫奔簡略地道：「死了。」

侍女們驚呼一聲，用袖子擋住臉，瑟瑟發抖，澹台容月也轉過了身。

樂越蹲下按按黑衣人的頸側，的確已經死了。

孫奔隨著蹲下：「那群人跑得太快，我只跟上了這一個，他們牙齒中都有毒囊，被我抓到後就咬破毒囊自盡了。我還沒來得及搜身，翻查一下，說不定有證據。」

樂越和孫奔一起在黑衣人身上翻查搜索，解開屍首的衣襟後，發現刺客的左胸前有一塊刺青，是株開著花的草。

樂越不確定地道：「這是蘭草？」

孫奔瞇眼看了看：「是蘭草。」

護衛首領失聲道：「蘭草刺青……難道是蘭花會？」

樂越心中微驚，根據這幾日琳箐和洛凌之收集來的線報，西郡王府的祕密暗衛組織就叫蘭花會。對澹台容月下手的人，怎麼會是西郡王府？

護衛們噤聲不語，孫奔的臉上露出意味深長的笑容。

護衛首領立刻奔向劉公公的馬車，躬身稟報，車內卻沒有動靜。護衛首領告聲罪，掀開車簾，探身進去，發現劉公公昏在車中。大石從天而降時，曾聽到他老人家的驚呼，看來是那時刺激過深，厥過去了。

凰鈴作主道：「不管此事是否西郡所為，護送澹台小姐進京是當務之急，可將這具屍體就近掩埋，待回到京城後，再著人盤查。」

護衛首領卻不甚同意，一面著人救治劉公公，一面道：「只怕回到京城之後，凶手早已將證物等銷毀，甚麼都查不到。」

凰鈴含笑道：「折回西郡王府就能查得到？只有一具屍體、一塊刺青，西郡大可推脫被人陷害，此處是西郡地盤，官府未必中用，只有我們這幾人，就算真的查到凶手是西郡王府，又能奈他何？」

護衛首領啞口無言，他本來並沒有太把凰鈴當一回事，覺得她雖是國師府派給澹台容月的女婢，又懂些玄法之術，到底不過是個十五、六歲的小丫頭而已。

但方才那番話，令他收起了輕視之心，明白就算是個小小女婢，出身國師府也不會簡單。他的態度恭敬了起來，道：「姑娘說的極是，回京城要緊。」

澹台容月卻忽然道：「且慢。我們還是回西郡王府，將此事告之郡主為好。」

凰鈴微微躬身：「奴婢知小姐與郡主有金蘭之誼，不忍懷疑。但西郡凶險，已毋庸置疑，安全起見，小姐必須快些離開。」

澹台容月從容道：「凰鈴相勸有理。但是，一來我不相信西郡會刺殺我，郡主同我情如姊妹，她為何要害我？倘若真要害我，在郡王府中時下手豈不更方便？若想撇清關係，大可以等我們離開九邑地界後再派出刺客。」

樂越卻驀然想到前日半夜，凰鈴曾說過有人要加害澹台容月，不過被她發現了。

澹台容月繼續道：「……二則，我們畢竟是在九邑城外遇襲，按照常理，亦應向當地官府報知此事。倘若徑直回到京城，豈不是會讓官府和郡王府徒然揹上一條管治不力的罪名？」

眾護衛面面相覷，不知該如何是好。

琳箐插嘴道：「留下一、兩個人回九邑城中報知此事，其他人立刻護送澹台小姐去京城不就行了？」

澹台容月垂下眼簾：「我想，由我親自向楚齡郡主說清此事，會更好一些。」

琳箐忍不住想向天翻翻眼睛，連樂越也有些無語。

如此凶險，澹台容月竟還念著閨蜜的感受，這到底是善良過頭、傻過頭，還是想顯示寬厚過了頭？

但澹台容月如此堅持，凰鈴名義上只是女婢，不能太頂撞於她，便道：「既然澹台姑娘堅持，奴婢不能違背。再繼續糾纏，說不定又過來一批刺客。」遂轉身吩咐護衛首領。「鄧總管，有勞你帶兩個人先回九邑城中通報，待劉公公甦醒後，我們再護送澹台小姐回城裡。倘若你發現情況不對，拜託用煙火傳訊。」

護衛首領點頭答應，點了兩名護衛，匆匆徒步趕回九邑。

樂越抓抓後腦，向護衛們道：「幾位在此保護澹台小姐，在下去查查方才丟巨石的地點。」其實這件事要查也好查，大石擊車這一招，是學了古時候張良刺殺秦始皇的方法。當年張良找了個力士又動用機關幫他丟石頭，不知這些刺客用的是甚麼方法。從大石飛來的方向能大概推算出丟石的地點是在山坡的高處，方才他們下來的時候，竟沒有發覺那裡有人埋伏。

樂越與琳箐、昭沅奔向山坡，孫奔也跟在他們身後。飛先鋒向澹台容月扮了個鬼臉，呼地吹出一把蒲公英，再翻了個跟頭，才蹦蹦跳跳地追隨孫奔而去。

一個小侍女忍不住笑道：「這隻長翅膀的猴子真可愛。」

有侍衛在他們身後高聲喊：「且慢，還未請教幾位尊姓大名。」

孫奔率先回身抱拳頭：「在下孫奔。」

樂越遂也自報名姓：「在下樂越。」

侍女們低聲議論：「這幾個人好古怪，難道就是傳說的奇人異士？」

凰鈴面無表情盯著他們的背影：「這些人就是西郡主的郡馬侍選。」

有侍女驚呼：「西郡主的夫君，難道就會是這種奇怪的人？」

另一名侍女小聲道：「如果是這樣的夫君，說不定很不錯呢。」話一出口，立刻被旁側較年長的侍女狠狠剜了一眼，那侍女醒悟到失言，頓時滿臉通紅地羞愧低頭，還好澹台容月正遙望向樂越和孫奔離開的方向走神，並未留意她的話。

凰鈴緊鎖雙眉，滿面寒霜地盯著他們漸行漸遠的背影，心中恨恨地咬牙——阿黃那個不爭氣的東西，竟然跟著龍跑了！等回到京城後，看鳳君和鳳桐哥哥怎麼罰你！

此時那隻小黃鳥正賴在昭沅身上，啾啾地用喙啄他的臉側。

丟出大石的地點很快就找到了，而且一如樂越所料，是用機關丟出巨石。現場已被清理過，只留下一堆鐵木塊，連地上的腳印都被仔細地掃淨。

孫奔拿起其中一只鐵軸模樣的東西看了看，道：「果然如此，他們是從那邊的岩石上砸下大石，然後用這個機括把大石射向馬車。」

但他們如何能確定大石可以恰好擊中澹台容月的馬車？

樂越在鐵木塊堆裡找了找，發現拆卸開的車輪，這個機括可能類似三國傳說裡諸葛孔明用的那種木牛流馬，用輪子隨時推動調整位置。他們之前必定做過預練，大約能把握石塊擊中的位置。

琳箐道：「把那麼大的機括車推過來，必定會被人發現吧。」

孫奔向一旁指了指：「錯。他們只帶了鐵料和工匠，在此現做了機括。」他所指的地方明顯有樹木被砍伐留下的木樁。「按照這些拆卸的廢料推斷，從造機括、採石到布置，刺客起碼在此處待了兩天。他們大概早就知道，澹台容月會在今天離開九邑城。」

樂越皺眉沉思。從澹台容月到達九邑至離開，恰好符合孫奔說的時間；也就是說，起碼在澹台容月剛到達九邑時，這些刺客就開始籌劃布置了。

孫奔抱起雙臂：「樂少俠你如何看？」

樂越沉吟片刻後道：「我猜想，要麼，這些人早已知道澹台小姐的行蹤，從一開始就布局針對，要麼九邑城或郡王府中有內奸，意圖對澹台小姐不利。」

孫奔揚高雙眉：「這樣說來樂少俠並不認爲是西郡王府所爲。」

樂越嘆了口氣：「計畫這麼周詳，又怎麼會讓身上帶著印記的刺客來做？」

孫奔又露出那種意味深長的笑。

昭沅插不上話，只在一邊看，他隱隱感到此事有說不出的複雜，藏著意想不到的陰謀和隱情。可惜，他連猜都不知道該往哪方面猜，又深深羨慕起聰敏的琳箐和好像甚麼都知道、甚麼都能看透的商景。

而且，現在還有一件讓他覺得很頭疼的事情。凰女的小黃鳥賴定在他的肩膀上，像一塊黏得死死的狗皮膏藥，怎樣都趕不走。昭沅擔心等下凰女就會殺過來，因他拐帶雛鳥而找他算帳。

他舉爪建議：「要不然，我們也先回城裡去？」

樂越點點頭：「這裡暫時也看不出別的了，先回城吧。」

孫奔打個呵欠：「你們回城，在下趕去和那十個人繼續演練。」

琳箐瞥向他：「你不是很有興趣看熱鬧嗎？怎麼對未來太子妃回到西郡王府的熱鬧反而不積極了？」

孫奔懶洋洋道：「我倒是很積極、很想看，可回了西郡王府，關起門，再熱鬧人家也不讓我們看。」

樂越道：「是啊，孫兄這話說的對，估計今天沒我們甚麼事了，等我回到城裡買些酒菜，也繼續去演練。」

孫奔揮揮手：「那麼在下先走一步，祝樂少俠演練順利。」

樂越嘿嘿笑道：「彼此彼此。」

孫奔喚上飛先鋒，大步離開。

琳箐注視著他的背景，低聲道：「有古怪，很可疑！」

樂越呵呵笑了一聲，將雙手環在胸前：「我想，妳懷疑孫兄，澹台姑娘那邊說不定也在懷疑我們，這樣互相猜忌其實挺可笑，其實，這事明明很簡單。」

琳箐睜大眼：「你知道!?」

樂越故作神祕地笑笑。

琳箐皺皺鼻子：「你甚麼時候也學會杜書呆子那套裝神弄鬼、故弄玄虛的把戲，是不是你最近和傻龍查的事情中有這次澹台容月遇刺的線索？」用拳頭砸砸樂越的肩膀。「喂，快說啦。」

見樂越沒有反應，再一把揪住昭沅：「那，你告訴我。」

啊？昭沅茫然地抓頭，他根本甚麼也不知道……

樂越及時伸手，將他從琳箐的魔爪下解救出來，嘆了口氣：「好吧，告訴妳——這件事大概是北郡有意陷害西郡王府。」

琳箐拉著昭沅隱身在空中，小心翼翼地飄到西郡王府上空。應澤慢吞吞地跟在他們身後，琳箐的肩頭還趴著商景。

西郡王府的一處房屋中，正傳來激烈的說話聲，琳箐勾勾手指，低聲道：「應該就是那裡了。」

他們仗著隱身術，大搖大擺直接穿門而過。果不其然，這裡是個頗寬闊的大廳，澹台容月、凰女、劉公公、眾護衛、那具屍體、楚齡郡主甚至綠蘿夫人，還有鎮西王府的總管及幾個侍衛都在廳中。

楚齡郡主站在廳堂正中，神色凜然：「……我費盡心機謀害容月，對我有何好處？鎮西王府近來發生的事情大概諸位都有耳聞。我父王、母妃慘遭人毒害，無處申冤，弟弟年幼，王府中無人可主持大局，我逼不得已，設宴招親，前日還遭人恐嚇。鎮西王府如今岌岌可危，我若謀害容月，還派出有印記的刺客前去謀害，必定會敗露，試問太后殿下、國師大人、安順王爺、澹台丞相，從朝廷到官府的其他人，哪個會放過我？除了獲罪之外，我又能得到甚麼？」

廳中一片靜寂。楚齡郡主緩步走到劉公公面前：「劉公公，我方才的話，可能你或其他人聽來仍有詭辯之嫌。不如這樣，本郡主即刻停止招親，以待罪之身隨諸位一道去京城，請刑部調查，可好？」

劉公公坐在太師椅中，楚齡郡主站著，雖低頭以示恭敬，卻帶著居高臨下的氣魄。劉公公抬袖擦了擦汗：「郡主殿下言重了，老奴擔當不起，老奴只是個宮裡侍候的奴才，怎敢輕易冒犯郡主。此次澹台小姐遇刺，事出突然，故而才回到西郡王府，絕非懷疑郡主之意……」

凰鈴接話道：「不錯，澹台小姐從開始就說，此事絕不會與郡主有關，可能是有人栽贓陷害，只是不曉得，這些刺客到底甚麼來歷，此番行刺，真正的目的是甚麼。」

琳箐、昭沅、應澤和商景津津有味地看。應澤搖首道：「如此簡單的栽贓嫁禍，竟能吵成這樣，凡人的心智實在低下。」

昭沅撓撓後腦：「我覺得這件事很複雜，到底會是誰做的？」

應澤慢悠悠道：「要麼是和那個未來太子妃有仇之人，要麼是和西郡王府有仇的人。有何複雜的？」

昭沅在心裡道，就是猜不到究竟是哪個才覺得複雜。

琳箐撇撇嘴：「應澤殿下，你說了和沒說沒兩樣。」

應澤傲然道：「本座只是不屑於深究凡人的小小計謀。」

琳箐嘴角抽動，明明就是你猜不到。

昭沅虛心請教商景：「眞正的幕後主使，到底會是誰？」

商景半耷下眼皮：「眞中有假，假中有眞。」這個答案比應澤的更飄忽。

昭沅繼續糾結。黃毛雛鳥依然賴在自己肩上不肯回去凰女身邊，他好像知道現在昭沅很困惑，用毛茸茸的小腦袋在昭沅頸邊蹭蹭。

應澤卻看他很不順眼，因爲後輩受了欺負，現在他老人家不待見任何鳥族。他冷冷地瞥了一眼黃毛雛鳥，冷冷地道：「本座忽然很想吃油炸禾花雀。」

昭沅打了個哆嗦，可惜雛鳥明顯還不知道油炸禾花雀是甚麼東西，向著應澤拍拍翅膀，親熱地喳喳叫了兩聲，大有從昭沅肩膀跳到應澤肩膀上試試的意思。昭沅趕緊用手按住他。還好雛鳥很快放棄了那個念頭，繼續歪頭努力地啄昭沅的領口，絲毫沒察覺應澤的陰冷目光。

琳箐按了按太陽穴，覺得自己身爲這一堆中唯一一個正常的，眞的很辛苦。

廳中諸人對行刺事件的眞相各執一詞，意見不一，猜來猜去，毫無結果，最後竟然變成了郡主與澹台容月互相傾訴姐妹情誼。

連昭沅都感到很無聊，再看下去也沒意思，琳箐再次替他把雛鳥從肩上扒下來，定在大廳門旁的花瓶上，開心地向凰鈴揮揮手。他們這樣堂而皇之地在門外看熱鬧，凰鈴看在眼中又不能妄動，臉色越來越青，幾乎磨碎了銀牙。

雛鳥看見昭沅棄他而去，哀哀啼叫，水汪汪的雙眼中寫滿了委屈。

琳箐敲敲昭沅的肩側，笑嘻嘻地道：「不知道他是公是母，如果是母的，說不定長大後會想嫁給你做媳婦。」

媳婦……昭沅打了個哆嗦，下意識地脫口而出：「我、我不要。」

不知是否錯覺，身後的雛鳥好像啼叫得更哀怨了。

應澤哼道：「不錯，我們龍族，絕對不會跟羽族結親，不管他們再怎樣倒貼，都不能動搖。」

傍晚，樂越練兵回來，凳子尚未坐熱，水還沒來得及喝，門外便有人輕輕叩門。

一名僕役站在門前畢恭畢敬躬身：「小人奉郡主之命前來傳話，樂越公子和隨從今日力退刺客，救下澹台小姐。今晚王府內特設宴席答謝公子等人，萬望賞光。」

樂越欣然答應，洗了把臉，換套乾淨衣服，邀大家一道前往。

杜如淵搖搖合起的折扇：「無功不受祿，這宴席是答謝勇救未來太子妃的英雄，在下當時並未在場。再說我是定南王府的人，過去可能會引來一些不必要的拘束。」

洛凌之也推辭，說這次澹台小姐遇刺，可能是王府和郡馬參選中混有奸細，他要趁夜再打探一下。

應澤難得對吃飯的事興趣缺缺，打著呵欠道：「中午在王府中看那些愚蠢的凡人吵架，本座已很不耐煩，晚上要在房中休息，你們隨便吧。」不過，他老人家提出要求，從王府回來時，順便到街上給他捎點宵夜。

最終，是樂越和昭沅、琳箐一同前往。

宴席設在王府後花園的雅閣內，臨著一汪池水，雅閣的門扇與四面窗扇打開，倒像個涼亭模樣。閣內懸掛著素雅的琉璃燈盞，亮如白晝，熏香沁人心脾，夜風輕柔，月色清幽，荷花初擎新葉，葉下一池銀星。

樂越他們踏入雅閣，便看見飛先鋒正蹲在一張椅子上，抖著一塊綢布變戲法，從綢布中抖出一朵又一朵的花。

上首楚齡郡主和劉公公都悅然微笑，一旁的僕役侍女們也鼓掌笑個不停。孫奔噙著笑坐在下首。引著樂越他們入內的僕人彎腰通報，在座的楚齡郡主、劉公公、護衛首領鄧總管和孫奔，都從座椅上站了起來。

樂越連忙抱拳行禮，由女婢引著入座。

落坐之後，先由劉公公對他們今日相救之事盛讚了一番：「……若非你們正好經過，出手相助，說不定連咱家都變成石下之魂了。」

只是「正好經過」幾個字，連昭沅都聽得出，話中有話，別有所指。

護衛首領鄧總管立刻接口道：「是了，我聽聞樂少俠與孫少俠兩位是郡主的郡馬參選，這幾日都到城外演練武藝，眞是萬幸如此，你們才能經過相助。」

這位鄧總管定然已經查過，樂越和孫奔今日的演練地點都不在行刺事發地點附近，方才如此說。

樂越突然覺得臀下椅子坐起來很不舒服。他實話實說道：「不是，草民的演練地點並不在那附近。」

鄧總管滿臉驚訝地道：「哦？那麼樂少俠是因爲別的事從那裡經過？」

孫奔截在樂越的話前道：「不單是樂少俠，我定下的演練地點也離事發之地甚遠。實際我與樂少俠剛好經過那裡是有些難以啓齒的理由。」

樂越不曉得孫奔葫蘆裡想賣甚麼藥，只好選擇不說話。

鄧總管看看他二人，微笑道：「假如我詢問緣故，兩位少俠不會當我唐突吧。」

昭沅看著他們假作誇獎地盤問，很想立刻推開盤子走掉，琳箐暗中拍拍他的胳膊，用法術傳音道：「凡人就是這樣，經常會打著救人的旗號害人，對救了自己的人也常常心存懷疑，這種事以後會遇到更多。你別把情緒擺在臉上，會給樂越惹麻煩哦。」

昭沅悶悶地嗯了一聲，勉強讓自己看起來很平靜，也用法術傳音向琳箐道：「我不明白他們爲甚麼要這樣。」

琳箐道：「這就是凡人嘛。凡人心眼很多，很難搞的，你騙我我騙你，你算計我我算計你，所以我們護脈神是個苦差事。」

孫奔向鄧總管笑道：「大人過慮了。此事，其實是草民不大好意思說。」轉了轉酒杯，有意頓一頓，方才道。「草民……其實是草寇出身，前段時間與樂越少俠曾有些衝突。我唯恐他在王府中拆穿我的身分，之後在比試中又彼此不服，所以才約在城外，想私下了結一次，不想竟然撞見公公和澹台小姐遇刺。」此話一出，滿座愕然。

琳箐震驚地盯著孫奔，天啊，姓孫的腦殼摔壞了麼？竟然主動抖出自己是土匪，還是個越獄潛逃的土匪，藉此替樂越遮掩。這個孫奔是眞的孫奔嗎……

楚齡郡主初次開口道：「我曾聽說樂越少俠之前與幾位江湖義士一起力退悍匪，連江湖雜報都讚揚樂少俠英雄少年。」

孫奔爽快道：「樂少俠當時退的那些悍匪的頭子，就是在下。」

席中再度寂靜，楚齡郡主不愧是上戰場見大場面的女子，只是淡淡笑了笑。劉公公卻不禁問：「樂少俠，可是眞的？」

樂越不明白孫奔想做甚麼，只得點點頭。孫奔待他承認後，又道：「不過樂少俠已幫草民在杜世子面前求情，只要草民今後一心向善，對之前的事便不再追究。」

琳箐頓時明白了，孫奔還是那個孫奔，假意替樂越去他人疑心，其實全是爲了自己！樂越根本不需要他代爲開脫，因爲他們是發現孫奔鬼鬼祟祟才跟蹤前去的，心虛的應該是孫奔，樂越沒有說出這件事，已經是替孫奔遮掩了。沒想到孫奔竟然藉機連做土匪這事都拿來洗白，他肯定是知道西郡王府早晚會查到他的身分，所以先下手爲強。

眞是太陰險太無恥了！

琳箐氣得肚子疼，本來對孫奔的一點好印象因這句話一掃而空。

樂越道：「我是有和杜世子提過，不過杜世子是否已告之定南王爺，官府衙門是否會給王爺面子，我就不能保證了。」

孫奔笑咪咪地道：「無妨，只要樂越少俠替我提過，便是有心，孫某在此謝過。你我這次攜手有並肩退敵之誼，以往過節，皆已浮雲。」抓起桌上酒壺，斟滿酒杯舉起。「來，我先敬樂少俠一杯。在郡馬甄試中，你我雖是對手，但各憑本事過關，無論勝敗，都以參與爲幸。」

鄧總管打個哈哈：「孫少俠說得是，劉公公與澹台小姐可以平安無事，眞是多謝兩位攜手相助，我也敬兩位。」

樂越舉起酒杯，三只酒杯在圓桌上方清脆地互碰，樂越、孫奔、鄧總管都爽朗大笑，笑中各有春秋。

酒盡杯乾，鄧總管又道：「聽說樂少俠的隨從中，有位曾與太子殿下是同門。」

樂越心想，不愧是御前侍衛，短短半天，連這些都查了出來。他答道：「大人誤會了，那位太子殿下的昔日同門，還有身邊這兩位，都是草民的朋友和兄弟，不是隨從。草民出身寒微，哪可能有甚麼隨從。」

鄧總管呵呵笑了一聲：「樂越少俠眞是交友廣闊，我的脾氣與你有些相似，就喜歡多交朋友。來，我再敬你一杯！」

樂越忙道：「大人抬舉。」與鄧總管碰杯，又將杯中酒一飲而盡。

劉公公一直在不斷地打量琳箐，待樂越說昭沅和琳箐並非隨從之後，打量得更露骨了。終於，他藉著挾菜的工夫開口道：「這位姑娘眞是好俊的模樣，咱家在宮中過了大半輩子，見識了許多美人，看見妳，仍覺得眼前一亮。」

被誇漂亮，就算是個宦官誇的，琳箐也挺高興，她嫣然笑道：「公公過獎。」

劉公公翹起蘭花指，抿嘴一笑：「看，一說話，更討人喜歡。」

楚齡郡主盈盈看了琳箐一眼：「是啊，這位姑娘武藝更是高強，聽聞今日幸得妳舉起大石，實在好臂力。」

劉公公大驚失色：「啊？原來舉起大石的，竟然是妳？」上上下下打量琳箐。「眞是看不出來。

妳一個小姑娘，怎麼能舉起那麼大的石頭？是不是修練過法術？」

琳箐眨眨眼：「差不多吧，我和國師大人還有安順王爺身邊的鳳桐先生所練的功夫類似，師門也差不多，公公回去問一下那位鳳桐先生，定然就清楚了。」

劉公公、鄧總管的神色頓時又有了不同，連楚齡郡主的目光中都露出一絲別樣情緒，改看向昭沅道：「看來這位小公子，也非同一般。」

琳箐替昭沅答道：「他是我弟弟，甚麼都不大懂，跟著過來玩的。」

劉公公從袖中摸出一塊手巾，翹著蘭花指搧了搧風：「唉，你們這些江湖人，真是教人看不透。」

鄧總管趕緊出來打圓場：「我也和公公一樣，對江湖人士異常欽佩。」再度端起酒杯，對著樂越等人加上孫奔誇讚幾句，又碰了一杯。

一頓飯好不容易吃到盡頭，走出雅閣時，樂越大大呼了一口氣，昭沅小聲說：「好累。」

此時，同一片星空下，行館住所中，杜如淵和洛凌之正在窗下悠然品茶。

杜如淵抬首望向窗外天空：「越兄他們應該散席了吧。」悠閒地抿一口茶水。「不知他們吃得好麼？」

洛凌之淡淡笑了笑：「能好麼。」

商景趴在窗台上賞月，應澤在床上輕輕打著鼾。

樂越與昭沅、琳箐一道隨在引路的僕役身後步出了花園，孫奔與飛先鋒走在他們身邊，繼續與他們搭訕，琳箐懶得搭理他，只有樂越和昭沅回了兩句。

俠仗義了。

剛繞到遊廊上，迎面有位侍女盈盈一福：「樂越公子請留步，還有要事相商，這邊請。」要事？難道酒席上盤問不夠，還要徹底拷問一番？樂越心想，本少俠日後再也不對官府的人行俠仗義了。

那侍女手提一盞琉璃燈籠，指向遊廊另一側的岔路：「樂公子和這位小公子還有這位姑娘請隨奴婢來。」卻並沒有叫上孫奔。

孫奔渾不在意地笑了笑，與樂越拱手作別。樂越與琳箐、昭沅互相望了一眼，隨在那名侍女身後走下迴廊，沿鋪著鵝卵石的小路穿過濃密花叢，小路邊濃重的樹影搖曳，蟋蟀鳴叫，四周屋檐遊廊下懸掛的喪飾和白色燈籠透著莫名的森森鬼意。

侍女領他們走過一道道屋院月門，深入王府最深處，約半刻鐘之後，走進一處小院。樂越等走到廂房迴廊下，侍女抬手輕叩一間房門：「啓稟郡主，樂越公子到了。」

門扇隨即嘎吱打開，兩名侍女向他們微微福身，將他們讓進房內。楚齡郡主自上首椅中站起身，樂越向她見禮時，迅速左右掃了一圈，沒看見鄧總管、護衛或王府的侍衛，楚齡郡主身邊只坐著她的姨母綠蘿夫人，一旁隨侍著幾個女婢。

楚齡郡主微微挑起唇角：「散席之後，還請樂越少俠過來，是因有個人，想再次答謝少俠。」

啊？樂越茫然地看向綠蘿夫人，綠蘿夫人向他嫣然笑道：「原來你就是論武大會上青山派的那名少年。」

樂越嘿嘿一笑：「是啊，多謝夫人還記得我。不過我已離開師門，不再是青山派弟子了。」

綠蘿夫人神色浮起惋惜之意：「那眞是可惜。你與清玄派洛凌之兩人是此次論武大會中少年弟子中的翹楚，我還曾道，你二人將來定然是武林棟梁，前途不可限量。」

樂越被誇得輕飄飄的：「夫人過獎了，我現在離開師門，算是個獨行客，但願也能如夫人所說，來日在江湖上混出名氣。」

楚齡郡主插話道：「哎呀，姨母，妳的囉嗦毛病又犯了，正主兒還沒出來，妳卻先和人家聊上了。」說著笑盈盈起身，走到屏風邊。「容月，妳的救命恩公來啦，想答謝就出來吧。」

樂越怔住，看著楚齡郡主後退兩步，一個身穿淺綠羅裳的身影自屏風後緩緩走出，一雙清澈的雙目在燈下些微帶了點朦朧，樂越感到自己的心又怦怦怦很響地跳起來。

澹台容月低頭福身：「今日在城外，時間倉促，未能鄭重答謝。恩公的救命之恩，永世難忘。」

樂越的手足再次不太聽他使喚，抬起一隻手，想了想，抓向後腦：「呃……那個，澹台姑娘不必這麼客氣。我……在下……眞的只是舉手之勞而已。」

琳箐冷眼旁觀，在心中冷笑。明明接住大石頭、救了妳的人是我，爲甚麼光盯著樂越道謝個不停？白天不夠，還要晚上單獨請過來。所謂凡人的大家閨秀，不過如此。

昭沅感到琳箐身周的空氣開始急遽地冷下來。他縮縮脖子，燈光中，一枚黃色彈丸嗖地向他一頭撞來。

昭沅下意識後退一步，黃團已撞上他的肩膀，歡快地躍上他的肩頭。

琳箐用法術傳音幽幽向他道：「如果他是母的，就把他帶回去養大成親吧。」

膏藥般的雛鳥出現後，凰鈴也從屏風後轉了出來，在她不友好的目光冷冷掃視下，樂越瞬間清醒了一些。琳箐眼中，樂越和澹台容月之間某些很礙眼的氣氛也被沖散。

琳箐突然覺得凰鈴順眼了很多。

澹台容月又向琳箐福身道謝，答謝她接住巨石相救之恩。

琳箐臉上依然笑容燦爛：「澹台姑娘太客氣了。」

楚齡郡主道：「你們都先坐下再敘話吧。我今晚還有些事情要處理，先行一步。姨母，這裡妳幫我多多照看。」說完，帶著幾個侍女匆匆離開。

澹台容月到綠蘿夫人另一側的椅子上坐了，侍女們引著樂越、昭沅和琳箐在下首座椅上落坐。

澹台容月望著樂越滿臉欲言又止，躊躇了片刻才道：「樂越少俠，你的名字可是樂天之樂和吳越之越？」

琳箐瞇眼看樂越立刻像鴿子一樣點頭，說，是的，沒錯。

澹台容月又問：「我聽綠蘿夫人說，樂越少俠出身青山派？」

咦，問這麼詳細幹嗎？難道不想做太子妃改對樂越報恩以身相許？琳箐不動聲色，繼續觀看。

樂越笑得像喇叭花一樣：「不錯，但我已經離開師門一段時間了。」

澹台容月垂下眼簾，聲音低了低：「那麼，樂越少俠有沒有去過杭州的歸雲觀？」

嗯？樂越抓抓頭，為甚麼突然這樣問？杭州……歸雲觀……「我小時候隨師父去過一次，住了半個多月。」

澹台容月抬起眼睫，嘴角漾開一個有些羞澀的笑容，抬手迅速比劃了一個形狀：「那麼，這樣的展翅燕子風箏，你還記不記得，會不會做？」

樂越保持著手抓後腦的姿勢，傻了。慢慢地，嘴巴張開，越張越大：「妳……妳……妳是……」

澹台容月用絲絹捂住嘴，雙目彎彎，好像兩彎月牙：「大月，我是……」

「妳是小月亮！」樂越猛一拍後腦，顫抖著伸出手指。「妳、妳竟然是小月亮！」

那一瞬間，昭沅看見，琳箐的臉，完全黑了。

八、九年前，樂越還是個七、八歲大的孩童，那時候師兄們還沒有叛逃去清玄派，他還是個排名很後面的小弟子，每天只須跟著師父、師兄們練練功或者跟師弟們玩耍。

那年春天，鶴機子受隱廬子道長之邀，前去杭州歸雲觀論道。因此，樂越經歷了他平生第一件幸福的事——師父帶他同去。

三月的杭州，美得好像說書人所講的仙境，歸雲觀臨近西湖，觀外十里楊柳，觀中桃花滿梢。

樂越就是在歸雲觀圍牆邊最粗壯的那棵大柳樹上撿到那個金魚風箏。

他上樹前，四周明明沒人，偏偏在他拿到風箏躍下樹，爬進道觀的院牆，落地不穩，跌了個狗啃泥，外加風箏也在石頭上撞破了一個大洞時，不知從哪裡冒出一個豆丁，在他身邊跺著腳嚷：「你弄破了我的風箏！你賠我你賠我！」

樂越當然不忿，一骨碌從地上爬起來：「這只金魚風箏是我在院子外的樹上撿的，你憑甚麼說是你的？」

他的個頭比豆丁高，豆丁要仰起頭才能瞪視他：「是我的！這個風箏是爹爹給我做的，剛剛我放的時候掛在大樹上了，風箏後面寫著一個月字，是我的名字，你不信翻過來看！」

樂越翻過風箏，金魚的後背處果然寫著一個大大的月字，樂越挺起胸：「寫了月字又怎麼樣？我的名字裡也有月，我叫樂越，我還說這個風箏是我的哩。」

豆丁癟癟嘴，兩眼竟然開始泛出水光：「你、你欺負人！我要告訴爹爹，讓他打你板子！」

樂越晃晃拳頭：「你敢，我會武功，很厲害的喔，我還會金鐘罩、鐵布衫，你爹爹的板子根本打不疼我。你去喊爹爹之前我先打得你滿頭包，看是你爹爹的板子厲害，還是我的拳頭厲害！」

豆丁的雙眼眨了眨，扯開嗓子，哇的一聲大哭起來。

樂越伸伸舌頭：「打不過就哭，膿包！」有腳步聲由遠及近傳來，樂越還來不及拿著風箏開溜，已經有個身穿綢緞儒衫的男子疾步走到號哭的豆丁身邊，蹲下身替他擦眼淚：「小月亮，妳怎麼了？」

豆丁的哭聲頓時尖利拔高了一倍，一頭扎進男子懷中：「爹爹，他搶我的風箏，把風箏弄破了，還欺負我，說要打我！」

樂越看到大人，有點心虛，他抓緊風箏再挺挺胸膛：「你胡說！這個風箏是我在院子外的柳樹上撿的，你看，線都是斷的，是你非說這個風箏是你的，說我弄破了要我賠，還說要你爹爹拿板子打我！」

那男子再替豆丁擦擦眼淚：「小月亮，這就是妳的不對了。爹爹教過妳，做人要誠實，不可以說謊，更不可以知恩不報、恩將仇報。這位哥哥幫妳把風箏拿下來，妳應該謝謝他，而且他並不知道這個風箏是妳的，妳就讓人家賠，人家當然會不開心。妳怎麼還說要用板子打人家？快向哥哥道歉。」

豆丁見爹爹不幫著自己，哭得更凶了：「是……是他欺負我……我告訴他風箏後有名字……他還說風箏是他的……」

男子抱起豆丁，摸摸樂越的頭：「對不住，小月亮被我嬌慣壞了，蠻不講理，讓你受了委屈，我代她道歉。多謝你取下這個風箏，風箏已經破了，你要是喜歡，改日我送一個新的給你。」

樂越抓著風箏，忽然覺得被男子摸過的頭頂有點沉重，手裡的風箏有點燙手：「其實……其實我……」他抬起眼，看著男子溫和的面容，情不自禁想承認自己說了謊話，又硬生生嚥了回去。

他抓緊了風箏低下頭，旁側突然響起師父的聲音：「樂越，這個風箏，你眞的好意思拿？」

樂越趕緊丟下風箏，撲通一聲跪下：「師父，我錯了。」

鶴機子沉聲道：「爲師平日是如何教導你的？誑言非君子，無誠不入道門，還不快向兩位施主道歉。」

隱廬子站在鶴機子身邊笑道：「鶴兄，貧道還不知道，貴派竟還精通佛門少林絕學，連金鐘罩、鐵布衫都練過。」

樂越臉上火辣辣的，伏在地面上，羞愧得抬不起頭。這件事，最終以他向豆丁和他爹爹誠懇認錯告終。豆丁的爹爹是個好人，說這件事是豆丁有錯在先，還替他向師父求情，讓師父不要罰他。

師父當然沒有聽豆丁爹爹的勸，把他關進歸雲觀的一間小黑屋，罰他抄經文。樂越滿腔鬱悶，他被關的小黑屋正好就是歸雲觀放雜物的地方，樂越從中翻出了一些竹篾，在抄經文累了歇手的工夫，自己糊了一只燕子風箏，用墨畫了花紋。待罰完出關後，樂越拎著燕子風箏，到道觀後院去放，深深悟到，東西還是自己動手得來得好。

他的風箏飛得很高，樂越洋洋得意地想，豆丁的那個金魚雖然五顏六色，但一定不如自己的黑白燕子飛得高。

他頓線時，竟然發現那個豆丁藏在一棵桃花樹後，吮著指頭滿臉羨慕地看他的風箏。察覺到樂越的視線，立刻向後縮了縮。

樂越斜眼看看他，粗聲說：「喂，你很想玩嗎？」豆丁縮在樹後不吭聲。樂越拉著風箏靠近桃花樹，把手中的線軸遞到豆丁面前：「吶，你想玩就借你玩一會兒吧。」

豆丁仰頭眨眨眼睛看著他，豆丁的眼睛很大又很亮，真的好像月亮那樣漂亮。他猶豫地伸出手，怯怯地、慢慢地，接過了樂越手中的線軸。

樂越坐在樹下，看著豆丁歡快地拉著風箏跑來跑去，揚起下巴：「喂，我的風箏是不是飛得很高，比你的那個金魚還高？」

豆丁滿臉興奮地點頭。

樂越開心地笑了，豆丁跑到他身邊：「我叫小月亮，你叫甚麼名字？」

樂越說：「我告訴過你啊，我叫樂越。」他拿起樹棍，在地上寫出樂越兩個字，豆丁蹲下身，看看地上的字，再眨眼看看他：「原來你的越字是吳越的越，不是月亮的月呀。」

樂越清清喉嚨：「呃，我，我這個是我的大名，我還可以有小名有別號的，我的別號是月亮的月字，我叫大月。」

豆丁瞪大眼盯著他，樂越挺起胸膛：「你看，我的年紀比你大，我叫大月你叫小月亮，從今後你做我的小弟，我罩你怎麼樣？我會武功的，你絕對不會吃虧。」

豆丁又眨眨眼：「小弟是甚麼？」

樂越解釋：「就是，兄弟，朋友，我比你大，所以我就會護著你。」

豆丁似懂非懂地聽著，在樂越的鼓吹遊說下終於重重點頭：「嗯，好。」

從那天起，樂越和豆丁小月亮成了朋友，他眞心把小月亮當兄弟，有好玩的就分給他，經常帶他放風箏。

於是，等到樂越要和師父回青山派，去找小月亮道別，順便把燕子風箏送給他作紀念的時候，小月亮哭了，哭得濕透了兩塊手絹和他自己及樂越的袖口。

樂越粗聲道：「你不要哭，男子漢大丈夫，有淚不輕彈。我只是回家去，師父他們常說，有緣來日一定會見面的！」

小月亮哽咽著說了幾句甚麼，但是因爲哭得太凶，話在嘴巴裡嗚嚕嗚嚕的，樂越根本沒聽清楚。正在此時，有幾個年輕女子快步跑來，其中一個驚呼一聲，一把從樂越面前扯過小月亮：「哎呀，小姐，妳怎麼哭成這樣，怎麼又穿得像個男孩子一樣跑出來玩了？老爺和夫人正等妳吃飯呢。」

樂越被一道霹靂劈中了天靈蓋，木木呆呆地站在原地，看著小月亮哭得震天響地被那幾個年輕女子拖走。

小姐……

小姐小姐小姐小姐……

他認作小弟的豆丁，這個數日來一直跟著他跑前跑後的小月亮，竟然是個女孩子！

他竟然認了個小丫頭做小弟！

啊啊啊啊啊！

樂越被這道霹靂劈焦了，在半神遊的狀態下和師父一起離開了杭州。

很多年後，小月亮和那只燕子風箏都早已被他拋在記憶的犄角旮旯裡，沒有想到，竟然會在今日再度被提起，再度遇見，再度化作一道霹靂，又劈在他的天靈蓋上。

澹台丞相的千金，未來的太子妃，竟然是他昔日的小弟小月亮，這個世道實在是變化太大太不眞實了。

沒想到，小月亮長大後竟然是這個模樣，竟然會這麼好看。

樂越不曉得自己傻了多久，只聽到從自己口中滑出一句話：「呵呵……妳……變化挺大的……」

澹台容月的雙眼依然彎如下弦月：「你都沒怎麼變呢，所以今天你報上姓名，我一下就猜到是你。但沒有確定，還是不敢亂認，才拜託若珊幫忙把你請過來。」

說實話，面對眼前的澹台容月，樂越更加不知該如何是好。

幸而綠蘿夫人面露詫異地插話進來：「原來澹台小姐和樂越少年認識。」

澹台容月微微頷首，眼中仍帶著笑意：「嗯，小時候，與家父一同住在杭州歸雲觀時認識的。那時我爹才剛做了巡按御史，奉旨到江浙一帶巡查。」

綠蘿夫人方才恍然。

對小月亮的爹，樂越已印象模糊，只記得他那時年紀不算老，頂多三十歲的樣子，俊逸儒雅，待人非常和氣，沒想到竟然是今日的丞相。樂越在心裡嘆氣，原來本少俠撞貴人的大運從小就有麼？

澹台容月微笑道：「那個燕子風箏我放了好久，最後受潮壞掉了。之後玩的風箏，眞的沒一個像它飛得那麼高。」

昭沅見樂越和澹台容月之間重新冒出一片亮閃閃的氣氛，偷偷擔憂地瞄了瞄琳箐。

綠蘿夫人道：「那麼兩位這次再度遇上，樂越少俠又救了澹台小姐，可謂是意外了。」轉目看向樂越。「對了，樂少俠，你這次參加招親會，可以讓澹台小姐幫你在郡主面前美言幾句。」

樂越頓了頓，僵硬地笑道：「還是靠自己爭取方才公平。」

澹台容月道：「夫人說的是，好話我會幫你多說一點。」

綠蘿夫人微笑起來：「倘若樂少俠眞做了郡馬，澹台小姐成了太子妃，將來封爲皇后，那可眞是皆大歡喜。」

兩人聽了這句話，都沉默了片刻。澹台容月垂下眼簾：「時辰不早，因爲見到故人，一時喜悅，竟耽誤了幾位許久。」

樂越站起身：「呃，那個，夜深了，我們還是先告辭了。妳……澹台小姐和綠蘿夫人請早點歇息。」

他起身太猛，可能一時岔了氣，肋下針扎一樣刺痛了幾下，他忍不住輕啊出聲。

琳箐敏感地察覺到他的不適，皺眉道：「樂越你怎麼了，是不是哪裡受傷了？」

澹台容月聞言也關切望來。

樂越擺手道：「沒事沒事，可能剛才有點岔氣了。」

綠蘿夫人起身道：「是了，樂少俠暫請留步。屏風後有冷涼的蓮子百合粥，我親自下廚熬的，樂少俠與另兩位不妨嚐一碗再走，權當宵夜吧。」

樂越有些愕然，留在這裡喝粥似乎……不太妥當……大概因爲綠蘿夫人是一門宗主，行事作風比旁人豪爽。

澹台容月亦有些驚訝，但綠蘿夫人很有誠意地挽留：「我的廚藝不算好，還請幾位賞光。」

都留到這個份上，不給夫人面子也不太好，樂越與昭沅、琳箐便又留下，喝了一碗蓮子百合粥。

蓮子百合粥眞的只是普通的粥而已，裡面沒有甚麼別的特殊材料，也沒嚐出任何特別的味道。不過，樂越覺得今天晚上吃的那桌宴席上所有的山珍海味，也比不上這碗蓮子百合粥。

昭沅是頭一次喝，抱著碗喝得津津有味，雛鳥跳到他的碗沿上，啄他碗中的百合瓣和蓮子。等昭沅喝完，雛鳥又蹦到他肩上，在他的領口蹭蹭沾了粥的喙。

喝完粥後，樂越告辭離去，方才引他們過來的侍女再度提起燈籠，引他們出門。

雛鳥仍然黏在昭沅肩膀上，直到出了王府仍不離開。走到從王府通往行館的長巷中，左右無人時，昭沅方才小心地抓住他，把他從肩上扯下來，輕聲勸道：「你回去吧。」雛鳥縮起脖子，閉上眼，假裝自己睡著了。昭沅再勸他：「你不回去，你的主人會生氣，還會來怪我們拐帶你啊。」

琳箐伸過一根手指戳戳他的腦袋：「喂，你是母的嗎？」

頭頂的天空中飄來凰鈴氣急敗壞的聲音：「阿黃，回來！」

眞是說甚麼甚麼便到了。

凰鈴落到昭沅面前，從他爪中一把揪過雛鳥，重重在鳥頭上敲了兩記：「你到底要丟臉到甚麼地步！」

雛鳥歡快地唧唧叫了兩聲。

琳箐向凰鈴道：「拜託妳好好看著他，別讓他到處亂跑了。幸虧遇到的是我們，倘若別人，說不定早把他拐跑了。」

凰鈴寒著面孔，盯著昭沅：「阿黃不是母的。」

昭沅愣了愣，啊？

凰鈴揚起下巴：「他是公的。我們鳳凰族的女孩子才不會倒貼，尤其是倒貼龍族。龍又蠢又粗野，鳳凰比龍優雅高貴了不知道多少倍。」

昭沅眨眨眼，凰鈴正在攻擊龍族，但可能因為她是個女孩子，昭沅竟然氣不起來，還覺得凰鈴挺可愛。

琳箐繞著胸前的長髮：「我告訴妳，不單是龍族，我們麒麟族還有玄龜族的女孩子同樣不會看上你們的公鳳凰。品德陰險敗壞就不說了，單品味就夠受的，一隻雄性，竟然穿大紅。」她今晚憋了一肚子悶火，凰鈴恰好在這個時候撞到她的火山口上，算這隻小鳳凰倒楣。

凰鈴果然被她扎得跳起來：「鳳桐哥哥穿大紅最優雅，才不像某些雌麒麟，把大紅色穿得俗艷無比。」

琳箐故意拖長聲音道：「俗艷也比娘娘腔好。」

凰鈴氣得渾身亂顫：「妳才娘娘腔！鳳桐哥哥最有氣魄！」

琳箐勾起嘴角：「我娘娘腔？我本來就是女孩子啊，謝謝妳誇我夠嫵媚。妳那有氣魄的鳳桐哥哥可是我的手下敗將。也就是你們鳳凰族的女孩子所謂高貴的眼光，才看得上你們的公鳳凰。」

樂越揉揉額頭，與昭沅對視一眼，都很無語。女孩子吵架真的很不知所謂。

凰鈴恨恨地跺腳：「妳這隻俗艷麒麟，妳也只配看上這種凡人，人家還不喜歡妳！」琳箐驀地變了臉色，凰鈴不管不顧地繼續道。「妳喜歡的凡人喜歡上的是我們鳳凰族選中的姑娘。這也是理所當然，澹台小姐雖是凡人，卻溫柔美麗又高雅，妳這隻麒麟變成人形的時候俗艷，如果化成本形，哈哈，可以把凡人嚇死！」

琳箐豎起眉毛，樂越及時地拉住她的手：「時候不早，我們趕緊回去吧，還要給應澤帶宵夜。」

琳箐的臉憋得通紅，扭過頭不看樂越。

樂越故作驚訝地看她：「妳的臉爲甚麼好像要噴火一樣？」他微笑起來。「不過，噴火麒麟很可愛，我喜歡。」

琳箐怔了怔，慢慢轉回臉，樂越的笑如夜風般清爽。

他轉而又向凰鈴道：「鳳凰姑娘也請早點回去休息吧。」拉著琳箐大步離開。

琳箐咬著嘴唇，跟在樂越身後。她一向都喜歡衝在最前面，習慣了保護別人，但，樂越這樣拉著她，她忽然感到了被保護的幸福。這種幸福，她很想要再多一些。

凰鈴抓著雛鳥徑直飛到天空，掠回西郡王府中。

在她走遠之後，長巷的另一頭有條黑影一閃而過，迅速融進了拐角的陰影中。

琳箐和昭沅感應到了淡淡的人的氣息，卻都沒有在意，以爲不過是偶然經過的人。

黑影緊盯著他們越來越遠的背影。他今天只是奉命出來查探，卻沒想到見到了意外的事情——定南王世子身邊的人竟然在長巷中和空氣說話。這幾個人來歷很不尋常，須要快些回去向主上稟報，多多留意。

回到行館後，夜已經很深了，樂越實在忍受不了渾身的黏汗，拖著昭沅一起去浴堂泡澡。浴堂不論白天夜裡隨時開著，這一點讓樂越很喜歡。

天已近三更，浴堂裡除了看堂子的老僕役外，只有樂越和昭沅。大池小池中都是新換的淨水，他們還是進了小間的小池泡，樂越靠在池邊，愜意地吐了一口氣。

在和昭沅互相擦完背後，樂越突然左右端詳了一下昭沅，捏捏他的臉。昭沅愣了愣，樂越嘿然笑道：「我在想，你長大了會是甚麼模樣。」他又泡回池中，把熱手巾頂在腦門上。「不過，等你長大可能要很多年，說不定我都是個白鬍子老頭子的時候，你還是現在這麼大。」

昔日的豆丁都能搖身變成漂亮姑娘，說不定傻龍將來也會變得遠遠超乎想像。

昭沅小聲問：「你是不是在想澹台容月？」樂越點點頭，索性把當年如何認識對方的經過都告訴了昭沅。

昭沅方才恍然明白，爲甚麼樂越看到澹台容月會是那種樣子。嗯，樂越和澹台容月這種，是不是就是凡人所謂的青梅竹馬？他不由替琳箐擔心起來：「你，是不是喜歡澹台容月？」

樂越皺起眉頭盯著他：「爲甚麼我每碰到一個女人你都會問這句話？」碰見琳箐時問過、碰見兔精姑娘時問過、碰見郡主時問過，現在碰見了澹台容月，更離譜，連問了幾遍。樂越的眉毛擰得緊緊的。「你覺得我很像色狼？」

昭沅往水中縮縮：「沒有，我、我只是覺得你和澹台容月以前就認識……」而且你每次看到她都兩眼發直。

樂越嘆了口氣：「她是丞相千金，並不是普通的女孩子，做太子妃更適合她。」

昭沅小心地接口道：「嗯，還是琳箐好。」

樂越哈地笑了一聲：「琳箐更不可能了。她是麒麟神，我只是個凡人啊。你們覺得眨眨眼的工夫，我就會變成老頭子。」他再捏了捏傻龍的臉。「你今年九十多歲，凡人能活到你這麼大，算很了不起了。可能我到你這個年紀的時候早就去見閻王了。」

昭沅的心裡有點沉重，用前爪抓住樂越的胳膊。樂越拍拍他的爪：「不用這樣，我們凡人還有下輩子，再過十幾年，又是一條好漢！」

折騰了一天加一晚上，樂越很疲倦，他泡在熱水中打了盹兒。昭沅在他身邊不由自主也睡著了。

小間的門前，有個人走過，晃眼看到裡面的情形，頓時停下閃到門邊。

沒有想到，他稟報完主上，前來沐浴，竟發現又一個驚天的祕密。

樂越靠在池邊已經睡著了，他露在水面外的肩膀上，有條不到一尺長的淺金色蛇狀物。他的肚皮還在微微起伏，是活的，並非假物。

雖然他很小，但依然認得出，他是一百多年來，被列為禁忌的存在——

龍。

一條幼龍。

這天夜裡，琳箐作了一個夢。

她夢見自己站在一座殿閣前面，殿中最上方的座椅上空空如也。穿著紅色藍色綠色袍服，頭戴長長帽翅的黑色紗帽，手拿一塊狹長板子的人們在殿中吵吵嚷嚷地說話。

「皇上為何又沒上朝？」

「聽說關中出了江湖邪派，皇上又去行俠仗義了。唉，朝中無君，該如何是好？」

「杜丞相何在？」

「江南佛寺中挖出一塊古碑，杜相昨日就動身前去江南觀摩了。」

「洛將軍亦不在朝中？」

「洛將軍爲使本朝少兵戈，前日去邊疆以仁義道心教化鄰國蠻民了。」

……

嘈雜聲仍哄哄地響著，琳箐的腦子也開始嗡嗡地響起來，她聽見一聲滄桑的長嘆。

「不用多久，本朝必亡！」

琳箐剛要上前再聽得清楚些，隱約有人在一迭聲地喚：「皇后娘娘、皇后娘娘……」琳箐不由自主回頭，周圍頓時湧出濃重的霧氣，隱約間，她身邊的大殿已經不見，她身在一個寬闊的花園中，面前的淺紅芍藥蝶飛蜂繞。

那聲音仍在喊：「皇后娘娘、皇后娘娘……」

她凝神看去，喊話的是一個梳雙鬟，穿淡粉色宮衣的少女，正在向她跑來。

「皇后娘娘、皇后娘娘……」

琳箐愕然，這是在叫我？那身影漸漸地跑近，再近，再近……跑到琳箐面前，卻徑直穿過了她的身體，好像她只是一團霧氣。

「皇后娘娘、皇后娘娘……」

深紅的花叢後，緩步走出一個頭戴鳳冠的華美身影：「何事如此倉皇？」

那身影的臉被霧氣遮住了，看不清，但她溫柔的聲音很熟悉。

「娘娘，皇上又離宮去行俠仗義了。」

那聲音溫和地笑道：「皇上一向如此隨性，由他去吧。」

「杜丞相和洛將軍也不在朝中，朝臣都亂成一團。」

那鳳冠身影向前走了幾步：「妳慢慢說，不用太急……」她的腹部高高隆起，似已懷胎數月，手裡還拉著一個穿著黃色小袍子的幼童。籠罩在眼前的霧氣淡薄了一些，琳箐豁然看到了她的臉。

那是——澹台容月！

幼童拚命搖晃著她的手：「母后母后，弟弟出生的時候，父皇會趕回來嗎？我想父皇～～」

澹台容月撐著肚子，慈愛地撫摸他的腦袋：「乖，父皇一定會回來，還會帶糖人回來給你吃。」

琳箐被自己的夢嚇醒了，猛地坐起身，出了一身冷汗。

護脈神的夢，往往有預兆之意。難道這個夢就是樂越他們的將來？

琳箐捂住額頭，不要！就算拋開澹台容月，僅對這個天下來說，假如此夢成眞，也是徹底的噩夢，後果不堪設想。

勉強讓樂越做皇帝，眞的只能是這個下場嗎？

第二天吃早飯的時候，樂越破天荒地發現琳箐神色萎靡，無精打采，只喝了兩口粥。應澤體貼地替她解決了所有的小籠包。

樂越要去繼續練兵時，琳箐方才抬起眼皮，滿臉猶豫地說：「樂越，如果你不喜歡，不要勉強。」

樂越抬手摸摸自己的額頭，嗯，沒有發燒，再咬一下手指，沒在作夢，淡定地轉過身，揮揮手：「我走了。」

昭沅和洛凌之一道洗好碗，擦乾淨桌子，湊到琳箐身邊：「我們要不要去看樂越練習？」

琳箐捂住前額：「我今天沒心情。」

昭沅滿臉迷茫，拉上應澤走了。

洛凌之找出紙筆，問是否要繼續練習對戰之術，琳箐認眞地問他：「你老實告訴我，你喜歡打仗麼？」

洛凌之道：「戰為止戈，倘若能以仁義道心感化世人，天下永無紛爭則最好。」

琳箐再捂住額頭：「今天，先不練了，我想休息一下。」

洛凌之亦滿臉疑惑。

樂越與十個兵卒在山坡下空地演練到中午，照例休息半個時辰。

樂越走到幾棵矮樹邊的一塊大石旁，掏出帶來的水和大餅塡飽肚子。

他躺在樹下，回憶早上琳箐奇怪的話。從來都鬥志滿滿的琳箐，居然會向他說，不用勉強。

樂越拔了根草棍叼在嘴裡。他知道每天演練，昭沅和琳箐都會偷偷跑來觀看。琳箐會說出這種話，想來是眞的覺得他不是那塊材料吧。

樂越枕著胳膊嘆了口氣，他的確是個門外漢，練了這幾天，仍然沒摸出門道，在內行人看來，一定無比可笑。他翻身坐起，撿了幾枚石子，又把樹枝掰成一堆小棍，在樹下畫了個圖陣，又再度演練兩方對局的情形。他就是這個脾氣，幹了的事情，怎樣也會拚命幹到底，所謂好好幹，人生沒遺憾。

身後中有些動靜，樂越回身看，從大樹後緩步踱出一個人，走到樂越身旁，低頭看了看他面前的對陣圖：「這是你畫的？」

樂越有些訝然地點點頭，這人約四十歲上下，頭戴方巾，穿著一身褐色綢衫，樂越瞧了瞧他的鞋子，是普通的布履，鞋面乾淨，邊緣也沒多少灰塵泥污，更兼兩手空空，像是城裡出來散步的閒人。再度量他的面容和渾身氣度，尋常膚色，蓄著短鬚，眉目儒雅，幾分像員外，幾分像商賈。

那人再看了看，從容地蹲下身：「自己和自己對局，兩方知曉透徹，為何仍把樹棍看作樹棍，石子看作石子？」

嗯？樂越抓抓後腦：「我是閒來無事，隨便擺擺玩玩。請問先生為何說樹棍仍是樹棍，石子還是石子？」

他好歹出身青山派，知道此人言語玄虛，卻有指點之意，立刻虛心請教。

那人撿起一根樹棍：「這根樹棍比別的都長，可長驅直入，但先放在前，它不能與其他齊頭並進，先入勢單反易折，為何你要把它放在最前，而非中後？」他再取另一方的石子。「這枚石子稜角崢嶸，可為前驅，這枚石子圓潤且體態敦實，善守。」

樂越拍拍頭，恍然大悟，抱拳道：「多謝先生。」

那人起身，微笑道：「所謂調遣，是調妥當之才，遣向合適之處。先有調遣，方能謀局對陣。」

樂越喜不自勝，站起來恭敬地道：「蒙先生指點，小子受益匪淺，不知先生是不是郡王府的人？」這人對對陣之道如此熟悉，來歷定不一般。

那人搖頭道：「我只是個路過的閒人。平時看過兩本兵書，又好手談，偶然見少俠在此，忍不住高談闊論一番。」

高人總是愛這樣隱藏自己，樂越假裝相信了他的話，嘿嘿笑道：「那我今天算是賺到了。」

那人揚眉問：「是了，想來少俠是這次郡主招親的參選。」

樂越爽快承認，那人微笑道：「這次郡主招親，果然青年才俊濟濟一堂。」

樂越連忙道：「先生過獎。」卻不由得又再打量了他一番。

那人站了一站後，又踱步走了。昭沅和應澤一直隱身坐在樂越身邊的樹上，昭沅覺得那人有些古怪，便跟了上去。

那人離開樂越所在山坡後，徑直向城中走去，昭沅看他走進了一家客棧，是孫奔最近在做雜工的那家。

晚上回去後，昭沅將自己的所見告訴樂越，樂越認爲大有文章，杜如淵和洛淩之也道須要再查一查。

琳箐道：「他會不會是刺殺澹台容月的刺客中的一個？」

昭沅道：「那他爲甚麼要教樂越？我們雖然不認得刺客，可刺客一定認識樂越。」

琳箐道：「未必啊，他假藉指點，趁機換取樂越的信任，就可以打探與郡王府有關的情形。」

昭沅覺得很有道理，他對凡間還是瞭解太少。不過琳箐明顯已不像早晨那麼萎靡了，他挺高興。

琳箐已經想通，將來還未可知，現在多努力，未來才不會如噩夢那般絕望，她重新把頹廢化爲鬥志，並且鬥志更加熱烈了。她雙目炯炯有神地向昭沅道：「要不然，今天半夜外加明天，我們去查查那個人吧。對了，你知道他住幾號房嗎？」

昭沅搖搖頭：「不知道，我看見他走進去後就回去了。」

琳箐無奈：「你啊，還是經驗太少了。」看到人走進去便不跟了，完全沒有想到他可能不是住在那裡，只是進去找人，或和某個人密談。

可能這條線索現在已經不是線索了。

琳箐內心急切，天一黑便拉上昭沅一起去探訪那家客棧。他們在客棧內沒有找到那人，琳箐又帶著昭沅在城中轉了一圈，依然無所獲。

過了三更之後，抱著試試看的態度，他們再回到客棧內，使用隱身術一間間穿牆過去找，竟然意外地在一間上房內看到了那個人。

他們還發現一件更意外的事，上房內除了指點樂越的那名中年男子外，還有一個女人——楚齡郡主的姨母，南海劍派宗主，綠蘿夫人。

他們進入房內時，綠蘿夫人正含著眼淚在昏黃的燈光中向那人懇求著甚麼。

「……我只想見他一面，聽他和我說一句話，只一面和一句話就好……」

那人長長嘆息：「阿蘿，妳就當他從出生起就死了吧。」

綠蘿夫人有些激動地抓牢了手中的絹帕：「我爲甚麼要當他死了！他明明還活著！他喊了你的夫人十幾年娘親，現在你的夫人已經過世了，我既沒有要你給我名分，也沒奢望他會認我，我只是想讓他和我說一句話而已！」

那人的神情無奈又沉重：「阿蘿，不可能，妳也知道現在是甚麼時候。妳是他母親，更要考慮他的將來。」

綠蘿夫人緊緊咬住牙關，用絹帕拭去臉上不斷流淌下的淚水，深吸氣，昂起頭：「好，既然你這樣說，我不會再求你，也不會再見你。」她站起身。「從今之後，你我再無瓜葛。」

她起身快步走向窗前，那人疾步上前一把拉住她：「阿蘿，妳的脾氣爲何總這樣硬？有些事，變通圓融一些，大家都有餘地，都好做事。」

綠蘿夫人冷冷甩開他的手：「我只恨我十幾年前爲何不心腸硬一些，爲何會瞎了眼認識你！」她戴上身上黑色斗篷的風帽，推開窗扇，躍入夜幕中。

「沒想到，這個人竟然是綠蘿夫人的舊情人。」琳箐抱著茶杯，坐在桌邊嘆氣，她和昭沅後來守了一夜，都沒看見有人找過他，到了早上，他就收拾包袱，和一個僕人一起上了馬車出城去了，看來眞的是來和舊情人綠蘿夫人見面的。琳箐一直跟了馬車一上午，沒發現他中途停車或和旁人接頭。

猜測他有其他祕密，是否多慮了？

杜如淵笑嘻嘻地道：「如果妳仍然不放心，可以趕上那輛馬車，繼續去盯著。」

琳箐打個呵欠：「我才不要白做無用功。」進自己的房間補覺去了。

演練的最後一日，樂越照例在傍晚回來，他吃完飯，和昭沅一道去泡澡時，在路上遇見了南宮少爺。

南宮少爺滿臉疲憊，試探地問樂越：「樂兄，你把握大麼？」

樂越道：「老實說，沒把握。」

南宮少爺嘆息道：「你沒把握我就更沒有了。」他不自覺地抬手按了按左肋下。

樂越問道：「南宮兄，你是否哪裡不適？」南宮少爺有氣無力地搖搖頭：「沒有，嬸嬸帶來的大夫天天幫我號脈，沒異常，可能還是心躁氣悶所致。」

到了浴堂，剛好遇見文霽，彼此客氣地打個招呼。進換衣間脫衣時，樂越和昭沅聽見隔壁有人道：「依我看，文少爺比南宮少爺勝算更大，人隨和，會來事。不像那位南宮少爺，還沒斷奶似的，參加招親還要長輩陪著，飯食沐浴都自己人安排，從來沒進過這間浴堂。」

另一人道：「唉，文少爺也罷，南宮少爺也罷，說來說去，還不是南郡王爺的世子勝算最大？我猜，這個甚麼比試不比試就是個幌子，郡馬搞不好最終還是杜世子。」

樂越和昭沅端著盆出了換衣間，恰好方才說話的兩人也從隔壁間走出來，看見樂越、昭沅，頓時明白方才的話被聽見了，打招呼的聲音都有些訕訕的。

今天沐浴的人分外多，小間已被佔滿，樂越和昭沅只好在外面大池中泡了泡。洗完正在穿衣時，外面突然傳來一陣騷動。

樂越繫著腰帶探出頭，只見一堆人亂哄哄擠在一處，有人高喊：「不要擠，先把他抬到池沿上躺平，快幫他穿衣喊大夫！」

正在紛亂時，另一處又傳來一聲悶哼和幾聲驚呼，樂越轉頭，看見一個人口吐污血，一頭栽倒。圍向他的人驚呼：「中毒，這是中毒！」正在驚呼的人群中突然有人口中也噴出了黑血。彷彿像被施了某種咒一樣，浴堂中越來越多人噴血倒了下去。

浴堂中徹底亂得不可開交：「毒！有人下毒！」

樂越不遠處的換衣間裡，有個人直挺挺地倒出門外，嘴邊盡是污血：「……這毒……遇熱亦發……快……快出浴堂……」

他，竟然是那位唐門弟子唐燕生。

昭沅幫著樂越，和其他未有異狀的人一起，把毒發的人一一抬出浴堂。郡王府的總管和大批侍衛趕到了浴堂外，燈籠的光將浴堂前的空地照得亮如白晝。就在搬運中毒者的過程中，又不斷有人毒發倒下。連唐門的弟子與幾位江湖醫藥世家的少爺都中了招，判斷不出是何毒。

鎮西王府派來的醫官替中毒者診了脈，吞吞吐吐向總管道：「卑職查不出這是何毒，但看毒發的症狀……」他壓低了聲音，話語卻依然落進了正站在附近的樂越和昭沅耳中。「他們中毒的症狀與當日王爺和王妃有些相似。」

樂越驀然想到了甚麼，拉著昭沅迅速往住處奔去。

琳箐、洛凌之他們都在房內，已聽說了浴堂中毒事件，正在商議。樂越一把扯住洛凌之：「洛兄，你最近可有甚麼不適？」

可以讓這麼多人毒發，極可能是在飲食或飲水中下毒，琳箐、昭沅、商景和應澤都不怕毒，杜如淵是半人半仙，只剩下樂越自己和洛凌之有中毒的可能。

洛凌之怔了怔，道：「近日與平時一樣，並無任何異常或不適之處。」

樂越舒了口氣，他本人也無任何異兆。

琳箐道：「這麼多人一起中毒，明天的甄試肯定開不成了，下毒的可夠狠的。」

樂越道：「何止開不成，我聽醫官說，這種毒與毒死王爺和王妃的毒似乎是同一種。下毒者是要這些參選人的命。」

琳箐霍然變色，雖然樂越剛剛說他沒甚麼異狀，她仍不放心，剛要掏出隨身藥瓶，給樂越塞一丸麒麟仙丹，門外匆匆走進幾個侍女和隨從，還有一位醫官，向他們恭敬行禮。

「我等奉郡主之命，來為諸位驗毒。」

一名侍女取出一卷綢布，展開，另一名侍女手捧托盤，盤上置有一個琉璃盞。醫官向樂越道：「這位公子，請伸出左手。」

醫官從展開的綢布上取下一根銀針，扎破樂越的中指，凝視染血的針尖，再抓住樂越的手，擠了幾滴血在琉璃盞內。

殷紅色的血頓時在盛滿水的琉璃盞中擴散開，醫官微鬆了一口氣：「恭喜公子，並未中毒。」

樂越道：「敢問醫官大人，是否已查知此為何毒？」

醫官只含糊道：「尚未查清，只是此毒潛伏在人體中無聲無息，毒發之前，從脈象上根本驗不出變化，唯有用銀針試血，再以調配的藥劑融血試驗，方可查出。」從袖中摸出一丸藥，遞給樂越身邊的昭沅。「我還要趕去其他各房驗毒，餘下幾位請自行檢驗吧，將這丸藥溶進水中，再用銀針，像我方才所做一樣查驗，假如銀針沾血變色，或血入藥劑中變了顏色，請立即報知侍衛。」

說罷，帶著人匆匆離去。

樂越依樣讓杜如淵和洛凌之各自驗了一番，都未曾中毒。

其他房內的參選幾乎都查出已中毒，甚至連南宮苓都未能倖免。

南宮苓捂著左肋喃喃道：「原來不是真氣岔道，竟然是毒。」

南宮夫人還算鎮定，詢問醫官，此毒可有解藥，醫官躬身：「正在調配中。」

南宮苓臉色臘白：「調配？如果有解藥，鎮西王爺和王妃怎會死於此毒？本為來求佳人歸，誰料竟是送終路。」

樂越等人遙遙在廊下旁觀，杜如淵沉思地敲了敲扇子。樂越道：「杜兄，現在如何辦比較好？」

杜如淵道：「暫且甚麼都別做，看看之後的形勢。」

三更時分，尚未毒發的所有參選人集中在庭院中。

文霽走出人群，緩聲道：「現在毒無解藥，我們不能坐以待斃。我們之中，精通醫術或藥理的人不在少數，先從中毒的源頭查起，說不定能找到解毒的方法。」眾人都表示贊同，文霽便提議，沒有中毒的和已經中毒的人分開站，大家核對下最近的飲食行動，看能否查出中毒的端倪，見眾人沒有異議，他便先請沒中毒的站到左首空地。

人群中，唯有樂越、昭沅、琳箐、洛凌之、應澤走了出來，杜如淵因身分特殊，仍留在房中，未曾到庭院內來。片刻後，孫奔也走出人群，站在他們身邊。

文霽有些訝然：「再沒有別人了？」

人群中騷動起來，卻再也沒人走出。

文霽走到樂越他們面前，拱手道：「請問樂少俠，幾位最近的飲食如何，又都去過哪些特別的地方，做過哪些特別的事？」

樂越剛要回答，有人高聲道：「為甚麼只有你們幾人沒有中毒？該不會毒就是你們下的吧!?」

人群中的騷動更甚。

樂越朗聲道：「各位，假如毒眞是我們下的，我們裝作已經中毒了豈不周全？」

剛才的聲音道：「郡王府派人挨個驗毒，那毒沒有解藥，你們不敢假裝吧？」

樂越瞇眼看去，說話的人是個中等身材的瘦子，湊著廊下昏暗的燈光，只看得清他穿著一件靛藍色長衫，摸著唇上一撇短鬚，微顯猥瑣。

不待樂越再次解釋，文霽已轉過身，含笑道：「各位，在下覺得，樂少俠等人並無可疑之處。一則，於情於理，定南王府都不會下毒毒害楚齡郡主的郡馬參選。二來，正如樂兄所說，他們大可以假裝已經中了毒，但凡略通藥理的人，讓銀針變黑，藥劑中的血變色，並非難事。何況醫官只替參選人檢驗，陪伴或隨從之人都是自行查驗。」

短鬚男冷笑道：「難道文公子在暗示，下毒之人在我們當中？」

文霽從容道：「文某和大家一樣，都是想快點知道中毒緣由而已，無眞憑實據的事，在下從不妄加猜測。此時此刻，正要大家團結之時，倘若互相猜忌，反而會給別有用心者可乘之機。」

短鬚男冷笑不止，文霽正再度詢問樂越近日飲食行動時，忽見西郡王府總管面容慘淡焦急，帶著一群侍衛異常快步而來。眾人敏感地察覺到氣氛的緊張，不由屏息以待。

總管沉痛地道：「各位參選，北郡兵馬已到了城門外……我們的小世子……毒發……已經去了……郡主命我前來告知各位，西郡會拚死守護大家的安全，請各位不必擔心。」

溫和的夜空中，彷彿隱約帶上了一股血的氣息。庭院中的參選人靜默了許久，哐的一記甚麼被重重摔在地上的聲音掀開了憤怒的序幕。

「原來下毒的竟是北郡！」

「奸細！我們之中，有北郡的奸細！」

「北郡禽獸不如！」

南宮苓快步走出人群：「各位，我們只是來參加郡主招親，卻無端遭此不入流的陷害，我等大丈夫縱然不懼生死，卻不能窩窩囊囊折在這種小人陰招之下。無論如何，我們要討一個公道！」

立刻有聲音跟著大聲道：「不錯，我們要討一個公道！」

越來越多的聲音加入其中，越來越慷慨激昂：「討個公道！討個公道！」

孫奔大步上前：「總管大人，郡主此刻情勢危急，需人保護。不知我等能否前往支援郡王府？」

總管猶豫一下，有個身影從房中緩步走出：「我亦想去鎮西王府，突生此變，本世子無法再袖手旁觀，但不知我南郡有無能相幫之處。」

夜色中，他的神情帶著一絲看不透的模糊。

夜空中的星很亮，月光柔和，本該平和又靜謐的夜晚，卻無形中充滿了山雨欲來的氣息。

眾人趕到西郡王府時，郡主已親自前往北城門，只留下一些侍衛保護澹台容月和劉公公一行。

西郡王府內哀哭聲一片，靈堂中，即將再添一塊新的靈位。就在剛剛，楚齡郡主的幼弟身中劇毒，吐血身亡。

鎮西王白氏一脈，就此絕後。

劉公公在西郡王府前庭處大發雷霆：「大膽，咱家和澹台小姐還在西郡王府，他們竟敢明目張膽帶兵來打，分明不把皇上、太后放在眼裡！」

在此時凝肅的氣氛中，他的言行尤其突兀，鄧護衛長低聲勸道：「公公，鎮西王世子剛剛慘死，此時我們不宜多計較。」

劉公公怒道：「咱家是在爲西郡出頭！是個人都看得出來，小世子是誰毒死的！毒死王爺王妃世子，毒死來參加招親的人，謀害澹台小姐和咱家，攻打西郡，北郡如此膽大包天，簡直沒有王法！」

鄧護衛長再小聲道：「公公，此事無確鑿證據，我等不便多言。」

杜如淵先到靈堂，在靈位前上了三支香，再向郡王府總管道：「我欲去城門前看看。」王府總管懇切勸阻，道，城門危險，杜世子身爲南郡世子，不必爲了西郡與北郡的恩怨涉險其中。

杜如淵道：「這渾水，本世子早已蹚進來了，假如今晚北郡的兵破城而入，本世子、所有郡馬參選，還有城中無辜百姓，誰能獨善其身？」

樂越與其他人都紛紛贊同。

王府總管和侍衛們引著杜如淵在前，樂越、孫奔與其餘人在後，剛出了靈堂外，文霽突然躍出人群，拔出腰間佩劍，一劍刺穿門邊的白色喪簾。

喪簾刷地撕裂開，文霽的長劍架在了一個人的頸項上。那人竟然是之前在庭院內高聲質疑樂越的藍衣短鬚人。

文霽和聲道：「錢五俠，你趁眾人不備，藏身在此，是否已大功告成，準備回去向主子請功？」

錢五的臉色變了變，笑道：「文公子眞會開玩笑。」

文霽冷冷道：「在靈堂中肆無忌憚地笑，錢五俠還眞是百無禁忌。」

錢五神色大變：「文公子想說甚麼？」

文霽瞇起眼：「在庭院中時，我就覺得錢五俠神色有異，好像太急於將罪名栽給樂少俠。之後來到郡王府，果不其然，錢五俠就趁眾人無暇留意其他，悄悄沒了蹤影，你躲藏在此處，想要做甚麼？」

錢五張了張嘴，文霽的劍一抖，驀地一劍劃開了他的衣襟。破開的衣襟露出左胸皮肉處，赫然有一朵蘭草刺青，與當日行刺澹台容月的屍體一模一樣。

眾人皆變了顏色。

文霽的劍刃再度橫在錢五頸項處：「說，你有多少同伙？解藥在何處？」

錢五突然猖狂地大笑起來：「兵已在城下，西郡亡局已定，你們這群江湖烏合之眾，只是垂死掙扎，哈哈，解藥？毒不是我下的，不過就算我有解藥，你們也永遠別想得到！」

他的笑聲越來越弱，口中冒出黑血，一頭栽倒在地。幾個郡馬參選快步上前，和文霽一起仔細地搜查錢五的屍體，一無所獲。

南宮苓皺眉道：「他定然還有同黨！」

文霽長嘆一口氣：「不錯，他一定還有同黨，同黨會有解藥，可現在線索全斷，我們也沒有時間查了。」他仰頭看天，北邊天空，泛出了紅光。

那是無數火把燃燒時，照亮天空的顏色。這顏色代表，北郡大軍，已臨城下。

樂越看向那個方向：「不然我們兵分兩路，文兄，你沉著冷靜，看起來中毒還未深，就和我們一起前去北城門。南宮兄，你與其他人留在這裡繼續找內奸和解藥。」

文霽沉著道：「好。樂兄說的很是。」

南宮苓卻似有異議。琳箐打斷他道：「哎呀，現在沒機會爭了，你們中毒了，過去可能也沒用，郡王府裡有澹台小姐一行，還有不懂武功的侍女僕人，行館中毒發的人也須保護，你們還是留下吧。」

樂越道：「不錯，假如城破，這些人就拜託各位了，郡王府說不定有密道，到時候能救下一個是一個，能逃出一個是一個！」

南宮苓的神情終於堅定起來：「不錯，我們好歹都會武功，毒到明天上午前大概不會發作，足夠做很多事，這裡交給我們。杜世子、樂兄，你們多保重。」

樂越抱抱拳，轉身趕往北城門。

北城門處，殷紅色染滿了半個天空。

總管帶著杜如淵、樂越、昭沅、琳箐、洛凌之、應澤、孫奔和文霽上了城樓。城下，北郡大軍的先鋒官正高聲吶喊。

「城中的人聽著，西郡王府假藉招親之名，私自集結軍隊，意圖謀反，今日我北郡特意帶兵前來平亂，倘若西郡王府懸崖勒馬，開門認罪，尚有一絲活路！否則，將撞開城門，緝拿逆賊！」

楚齡郡主身穿鎧甲站在城樓上，凝視城門下，好像一尊靜默的石像。

聽到腳步聲，她轉過頭，目光落在杜如淵身上，紅色的火光好像大朵的血紅大麗花，盛開在她的周圍。

「我的母妃死了，我的父王死了，我唯一的弟弟也死了，鎮西王白氏現在只剩下我一個。西郡，只能靠我了。現在，爲了九邑城，爲了整個西郡，我要打倒北郡。已經沒有時間了。」她的雙眼異常堅定明亮，直視著杜如淵。「你要幫我。」

杜如淵嘆息道：「是啊，已經沒有時間了。」

孫奔抱起雙臂，靠在城牆邊：「郡主，北郡來了不少兵馬，妳打算怎麼打？」

楚齡郡主神色坦然地回身，俯視城下，下面手執火把、密密麻麻的北郡兵卒忽然分開了一條縫，一輛馬車緩緩行來，在距離城門不遠處停住，車上站著一個人，昭沅清晰地看見了他的臉：「是教樂越的那人。」

只是，他今天頭上戴的不是方巾，而是紫金冠，身上穿的不是布衣，而是繡仙鶴紋的長袍。他的身後有一面旗，旗上繡著一個字——慕。

他身邊跳下一名兵卒，牽過一匹馬翻身而上，縱馬到城下，高聲道：「安順王爺奉旨前來調停此事，請西郡王府速速打開城門，郡王所握之兵，都是朝廷兵馬，兩郡王府私怨，不應禍及百姓！」

安順王？

樂越愕然，在樹下指點他練兵的，竟然是安順王？在論武大會時，安順王明明是個面目還算慈祥的胖子，怎麼會數月之內，變化如此巨大？

楚齡郡主抬手示意，頓時有副將趴在城牆上向下大聲道：「回稟安順王殿下，北郡污蔑我西郡私屯兵馬在城中，藉故兵臨西郡，行叛亂之事，我們郡主說，願打開城門，請安順王爺入城盤查，但假如證實我們冤枉，還望安順王能代表朝廷，還我們一個公道！北郡周厲狗賊毒殺王爺、王妃與小世子，毒害參選郡主招親之人，不將狗賊挫骨揚灰，天理不容！」

孫奔站直身體道：「原來如此，北郡王以為郡主私下在城中囤積兵馬，自以為握有把柄，方才邀上安順王，藉故出兵，企圖置西郡於死地，卻不想中了郡主的圈套。安順王此刻進來盤查，城中定然無一名兵卒。」他遺憾地搖頭。「可惜蒼天無眼，這個世道重男人輕女子，可惜郡主投錯了胎，這輩子不是個男人。」

楚齡郡主微笑道：「是女人又何妨？栽贓陷害，註定不能成功，我只相信天理。」

昭沅和琳箐都沉默。

樂越向前一步：「郡主，妳要是眞的相信天理，請把解藥拿出來。」

楚齡郡主看著他，神色依然平靜得好像停泊在天空中的雲朵：「少俠在說甚麼？」

樂越走到城牆邊，轉身看城內，城內現在很安靜，滿城的百姓在安靜中忐忑地等待著命運。

「楚齡郡主，假如安順王知道，九邑城的地下有仿造當年三國時曹操建造的運兵道，九邑附近有一萬兵馬可在一個時辰內進入城內或隱藏進城郊挖空的山腹中，妳覺得他是幫妳，還是幫北郡王？」

起初，樂越只是單純發現，九邑城每天進城的人和出城的人數大大不同，與進入西郡王府的參選人數也不同。

而且江湖中來參加招親的青年才俊，未免太多了。江湖上恰好年輕未婚，又不畏懼官場權勢想倒插門的人眞的這麼多？

樂越拍一拍城牆的磚石：「我起初只是猜想，是不是西郡王府假藉招親，趁機做些別的事，因爲和北郡的關係緊張，稍有留心的人理所當然一下就會想到是不是在運兵。北郡王的探子也是這樣猜測，北郡王才會上了妳的當。」

但是因爲西郡王府做得未免太明顯，那樣武氣撲鼻的知客文官，稍有眼色的人都會懷疑，還有兵牌做的編號牌，簡直就是引人往上想。

「九邑城中那些少有人住的屋子，最近經常有人在那裡進進出出，有心人會猜想，郡主是否把兵藏在了那裡。」

但是樂越去查探過，那裡根本就是空屋，只是拿來做幌子。

「於是我從那時起就懷疑郡主是否在謀算甚麼。」

再然後，根據昭沅畫的圖紙，和勘察過九邑城的四周情況後，沿著九邑城牆走一走，樂越發現向外排水的溝渠位置很奇怪，結合聽過的許多書，一段曹操運兵道的段子湧上他心頭，終於被他發現了九邑城果然有地下運兵道。

樂越走到文霽身邊，抓抓後腦：「這位文公子，應該是郡主的侍衛吧。」

文霽滿臉驚訝：「樂少俠說的話，在下不太聽得懂。」他嘴裡這樣說，手已不動聲色縮進袖中，還沒觸碰到裝毒針的暗袋，突然身體如同不再是自己的一樣，一動不能動。

樂越道：「文少爺是江南人，之前的父親還是漕運相關幫派的幫主，恐怕記事前就和河鮮打交道，怎麼可能記得自己第一次吃螃蟹不會撬殼？」

文霽微笑道：「只是一句無心之語，樂少俠倒是挺留意這種小事。」

樂越謙虛地道：「沒辦法，兄弟出身修道門派，以前時常幫人看相賺零花。」

發現文霽有問題之後，樂越便猜測到底文霽是北郡王府的臥底，還是其他人所派。

「只是，我覺得，文公子用那句話來安慰我時，說得有點生硬，好像是有意說給我聽，引我懷疑你是北郡臥底，我曾以爲是我多疑。」

「再然後，就是澹台小姐遇刺。」

北郡一向仰仗安順王的勢力，估計不敢輕易亂動安順王的兒媳婦，未來的皇后娘娘。而且，嫁禍西郡，需要從數年前就培養死士，在他們胸口刺朵花？拿塊牌子充一充明明和那個效果差不多。

看那朵花的痕跡，至少是十年前紋上的，那時北郡和西郡同氣連枝，就算面和心不合，北郡要算計西郡，也不用這麼費事。

故意做得明目張膽，說是別人陷害，這種事情亦有可能發生。所以，如果不偏私來看，北郡王和西郡王府的嫌疑都很大。

但是這種猜疑更可怕，樂越不敢肯定。

直到毒發之事出現。

樂越嘆氣道：「郡主得知北郡王兵至，便讓人在浴堂中放了某些提早毒發的東西，使得許多人毒發。爲了引得江湖門派仇恨北郡，郡主的手段用得有點過了。」

醫官說，眾人所中的毒和殺死西郡王與王妃的是同一種時，樂越就覺得不對了，有很多毒毒發時都症狀相同，醫官剛看了一下就說同一種，未免太輕率。

然後不用多久，試毒的醫官就出現了，好像早有準備一樣。

再然後。

樂越搖頭：「文少爺，你抓錢五的那場戲唱得太假，漏洞百出，反而畫蛇添足。」樂越長嘆。「郡主，妳府中一下子可以搞出那麼多試毒的東西，爲何妳弟弟會中毒？」

西郡王世子還在吃奶，在眼下的緊要關口殺他毫無意義，還會暴露自己。

琳箐終於忍不住插話道：「妳爲了西郡算計北郡，做圈套引他們入甕。妳爲了讓整個江湖與北郡爲敵，以自己爲誘餌，毒殺所有來參加招親的人。甚至刺殺澹台容月，都只是因爲妳嫉妒，外加要讓安順王和朝廷對付北郡。這些都能找到理由，但妳爲甚麼要殺妳那還是嬰兒的弟弟？」

楚齡郡主依然滿臉平靜：「你們在囈語甚麼？」

一直默不作聲的孫奔開口道：「因爲生下世子的鎮西王妃，並非白震的原配。她是江湖女子，綠蘿夫人的師妹，在白震升爲副將後嫁給了白震，起初只是妾，白震做了鎮西王不久，原配死了，這個妾被扶正。此女乃是用毒高手，南海劍派擅劍術、精藥理。」孫奔嘲諷地挑起嘴角。「她曾用一劑藥，無聲無息毒死了數十條人命，郡主的手段，盡得她的眞傳。」

楚齡郡主的神情終於扭曲起來：「我才不會像那個賤女人！那個賤婢，勾引我父王，毒死我母后。我爲西郡上戰場拚殺，哪點不如男人？她爲了那個吃奶的小崽子位子能夠坐穩，竟要我嫁給北郡王的傻兒子，一個二十多歲還包尿布的白痴！」她的面容突然一瞬間又變得詭異得雲淡風輕起來，明媚地笑著。「不過，我現在知道了，老天是派他們來告訴我，甚麼才是天理。」她抬起手，輕輕握住一把空氣。「天理就是，想要，就要靠自己得到。」

半天殷紅的光芒，好像特地爲了她而存在，樂越的雞皮疙瘩禁不住冒出來。

楚齡郡主盯著杜如淵，含笑嘆息：「你爲甚麼沒中毒呢？明明只有樂越喝過綠蘿那個多事的老婆娘煮的蓮子羹，你並沒有喝，我第一次看到你的時候就在想，如果你和所有賤男人一樣死在這裡，全天下人都知道，你爲了西郡被北郡毒死，該多麼有趣。」

城樓下，又有傳令兵高喊：「西郡王府，再不開城門，連安順王亦無法調停，爲了西郡百姓，請愼重行事！」

楚齡郡主站在城牆邊支起下巴：「安順王，安順王很了不起嗎？還不是賤男人一個，家中有妻室，還勾引一個賤女人，生下一個賤種，成了太子。呵呵，西郡？西郡是我的，我想它是我的，它就是我的。」她轉身向文霽。「去，把安順王的情婦和兒媳婦綁在城門上，別告訴他們。等著他們破門而入，順便砸死她們兩個吧。」

她話音未落，突然看著城內天空方向，睜大了雙眼。城下的兵卒和城內的人也爆出了一陣驚呼。南方天空上，一隻七彩流光的鳳凰負著一乘華轎展翅而來，在城牆上空緩緩盤旋。

有件甚麼東西咔嗒砸在昭沅頭頂，跳到他的手心裡。是一張被搓成丸狀的紙張。

紙張上寫著幾行五色的大字——

「無知的蠢龍和凡人，因你等幫過凰族護佑之人，知恩圖報，那些凡人的毒我已經替你們解了，九邑城暫可平安，多出的人情不和你們計較。假如再次見面，鳳君有令，我絕不會輕饒你們！」

昭沅抬起頭，彩色的鳳凰緩緩降落在兵陣後的空地上，華轎落地，鳳凰化作螢光，四散融入夜空，消失不見。

華衣少女緩緩從轎中走下，恍若神明，滿城兵卒都有一種拜倒在地的衝動。她掏出一塊朱紅色的鳳凰令牌，琅琅道：「國師代傳聖上口諭，安順王、平北王即刻收兵，護送澹台丞相千金入京，不得有誤！」

九邑今天不會有戰事了。楚齡郡主直直地望向華轎的方向，雙手狠狠扣著城牆的牆磚。那頂華轎中，有澹台容月。

琳箐道：「楚齡郡主，今天過後，妳要怎麼面對所有人？妳太過激動，沒有留意妳剛才的聲音太大，我們說的話，這個城樓上的所有人，都聽見了。」

城樓上的兵卒，都安靜地保持著沉默。

楚齡郡主怔怔地回轉過身。

樂越轉身道：「我們走吧。」

楚齡郡主之後會怎樣，他不想管。只是，他忍不住想感嘆，人一步走錯，真的可以錯得很離譜。

剛走到石梯邊，身後突然響起拔劍的聲音。

樂越回過身，只見楚齡郡主正拿著長劍刺向她自己。劍身劃開她的胳膊，扎進她的肩頭，她突然一縱身，從城牆上跳了下去，直直地墜落進城下的塵埃中。

樂越來不及驚訝，楚齡郡主已掙扎著起身，指著城樓，斷斷續續厲聲道：「龍……是龍……城樓上那個叫樂越的人……帶了一條龍……他們要謀反……城中的人……所有的士兵……全被迷惑了……他們在九邑城外山腹中糾集了一萬軍隊……還有定南王世子杜如淵……和他們一伙……龍……要讓樂越做皇帝……」

安順王身邊兩個親兵打扮的人瞬間化作兩抹紅光，直躥入天空。

紅光展開，清嘯一聲，竟化作兩頭隼鷹，遮蔽半個天空，張口吐下兩顆閃著電光的巨大火球。

一顆砸向城樓，一顆砸向城中。

樂越愕然望天，看到火球越來越近、越來越近……

頭頂上方突然籠上一層淡淡的綠光，光球砸在綠光上，居然被反彈開來，化成星點的火光，反射向隼鷹。

城下的兵卒和城中再次傳來驚呼。

九邑城的上空出現了一隻碩大的玄龜身影，他的下方展開一弧綠色光罩，把整個九邑密密實實罩在其中。

隼鷹再次啼嘯，翅膀搧動狂風，張開利爪，猛地向城樓上直撲而下。

一條燃火的長鞭甩上天空狠狠抽向了他們，一隻隼鷹避之不及，被甩成了碎片。

他在消失前聽到了一聲怒斥：「區區不入流的雜碎，也敢在我面前用火？」

漾著淡淡綠色的九邑城上空，突然鋪天蓋地地燃燒起來，一隻火紅的麒麟站在中天，身側華美的烈焰肆無忌憚地席捲，吞吐星辰，整個黑夜如白晝般明亮起來。

下方抬頭看的人們已經連驚呼都發不出，只能靜靜地仰首看著，對那最直接、最華麗的火焰生出最古老的敬畏。

樂越呆立在城樓上，昭沅站在他身邊，在樂越被當眾指認與龍相關時，他內心忽然湧出一股異常強烈的願望。

彷彿有個聲音從遙遠的天空盡頭傳來，告訴他護脈龍神從第一代起從未變過的誓言——「我會護佑你成為天下的君主，守護你的血脈世世代代，守護這個朝代安康，守護天下太平，守護凡間輪迴延續……」

他的身周不由自主冒出金色的光芒，那金光越來越盛，越來越強，最終遮蔽一切，照亮天地。

所有仰首凝視的人的眼中，都看到了這樣的一幅圖景——

城樓上，明亮耀目的金光中，站著衣衫樸素的少年。

一條金色的龍盤旋在他的身上，最終，騰空而起，徑入九天。

寧瑞十一年四月二十六，成爲應朝一百多年來最大禁忌的龍神歸來。

龍神選中之帝初現。

《龍緣　卷貳》完

大風颳過談《龍緣》

大風颳過談樂越與洛凌之

樂越這個角色對我來說相對好寫一些，因爲他很直接。他的思考、說話、行爲都非常容易想像。但這樣的角色有一個比較難的點就是寫得太放的話就會有些「用力過猛」的感覺，在有些情節中讓讀者大大們覺得這裡寫得比較尷尬。其實我在寫的時候犯了不少類似錯誤，請大家多包涵，這個不是樂越的錯，是我的錯！

洛凌之對我來說就稍微難一點，他屬於比較含蓄，內斂，說話做事都有風範，稍一寫不好，就可能讓讀者大大們感覺這個人物有些「裝」和「端」。而且我覺得這樣的人物，描寫他的表情是最難的。其實我也被讀者大大們吐槽過，可不可以不要總讓某個人物「微微一笑」啦，因爲寫不好溫文爾雅的人在交談中的表情，就會用微微一笑來描述。一段看下來只見這個人物不斷在微笑……慚愧因我的筆力不足，沒能把洛凌之寫得更好一些，感謝大家的寬容。

大風颳過談昭沅父親辰尚

昭沅下凡闖蕩時，辰尚在小河溝裡的生活貧窮又充滿希望。

每天跟其餘的幾個孩子叨叨往昔的榮光，再暢想未來，展望無限。

幾條小龍：還不如去當護脈神呢，被父王念得耳朵都要起繭了……

〈小花絮〉未完待續

龍緣

下集預告

百年最大禁忌的龍神歸來，
四大護脈神終於在眾目睽睽之下齊齊現身，
進入充滿權謀心計的宮廷，對樂越來說似乎已成為必然事實。
入宮在即，古老讖語的亡佚殘句，卻在此時驚現……

滴血認親的大典上，須憑一己之力單挑三神的鳳凰，
為何如此安定沉穩？
傳說中鬧鬼的那口陰冷古井，又和樂越師祖的頻頻入夢有何關聯？
讓人青春不老的隱祕長壽村，究竟埋藏著怎樣的謎題？
山海奇緣、悠久讖語，原來傳說，不只是傳說……

《龍緣》卷參
即將上市，敬請期待！

國家圖書館出版品預行編目資
龍緣.卷貳, 三神同盟 / 大風颳過 著.
— — 初版.— —台北市：蓋亞文化，2020.02
冊；公分.

ISBN 978-986-319-449-1（卷2：平裝）

857.7 108015417

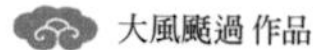
大風颳過 作品

龍緣 卷貳 三神同盟

作　　者 大風颳過
封面插畫 見見
裝幀設計 莊謹銘
責任編輯 盧韻亘
主　　編 黃致雲
總 編 輯 沈育如
發 行 人 陳常智
出 版 社 蓋亞文化有限公司
地址：台北市103承德路二段75巷35號1樓
電話：02-2558-5438　傳真：02-2558-5439
電子信箱：gaea@gaeabooks.com.tw
投稿信箱：editor@gaeabooks.com.tw
郵撥帳號 19769541　戶名：蓋亞文化有限公司
法律顧問 宇達經貿法律事務所
總 經 銷 聯合發行股份有限公司
地址：新北市新店區寶橋路二三五巷六弄六號二樓
電話：02-2917-8022　傳真：02-2915-6275
港澳地區 一代匯集
地址：九龍旺角塘尾道64號龍駒企業大廈10樓B&D室
電話：+852-2783-8102　傳真：+852-2396-0050
初版一刷 2020年2月
定　　價 新台幣 299 元
Published and printed in Taiwan

ISBN 978-986-319-449-1

GAEA

GAEA